苏州诗咏与吴文化

吴文化视野中的古代苏州诗词研究

杨旭辉 / 著

苏州大学出版社
Soochow University Press

图书在版编目(CIP)数据

苏州诗咏与吴文化:吴文化视野中的古代苏州诗词研究/杨旭辉著. —苏州:苏州大学出版社,2017.12
ISBN 978-7-5672-2352-3

Ⅰ.①苏… Ⅱ.①杨… Ⅲ.①古典诗歌-诗歌欣赏-中国-高等学校-教材②吴文化-高等学校-教材 Ⅳ.①I207.2②K295

中国版本图书馆 CIP 数据核字(2017)第 323430 号

苏州诗咏与吴文化
——吴文化视野中的古代苏州诗词研究
杨旭辉　著

责任编辑　史创新

苏州大学出版社出版发行
(地址:苏州市十梓街1号　邮编:215006)
苏州工业园区美柯乐制版印务有限责任公司印装
(地址:苏州工业园区东兴路7-1号　邮编:215021)

开本 787×1092　1/16　印张 17　字数 324 千
2017 年 12 月第 1 版　2017 年 12 月第 1 次印刷
ISBN 978-7-5672-2352-3　定价:42.00 元

苏州大学版图书若有印装错误,本社负责调换
苏州大学出版社营销部　电话:0512-65225020
苏州大学出版社网址 http://www.sudapress.com

前 言

法国哲学家丹纳在其《艺术哲学》中,通过对大量文学史实的分析研究,揭示了文学艺术与种族、环境、时代这三个要素的紧密关系。这一学说在中国古代文学的研究中曾经产生重要的影响,因为这一学说中关于地理环境与文学艺术的论述,和中国古代文论中文学地域、地理视野的论述有着很多相似之处。翻检一下中国古代的典籍,这样的记载和论说确实不少。《左传·襄公二十九年》中记载吴公子季札观周乐的事情,公子季札听了十五国风之后,分别给予了不同评价,诸如《齐风》的"泱泱乎大风"、《魏风》的"大而婉,险而易行"、《秦风》的刚健宏大等,这些都足以表明2500多年前的古人已注意到文学的地域风格差异,初具文学地理学的研究视野。到了唐代初年,《隋书·文学传序》关于这一问题的论说就更为集中和明确了,其中有谓:"江左宫商发越,贵于清绮;河朔词义贞刚,重乎气质。气质则理胜其词,清绮则文过其意,理深者便于时用,文华者宜于咏歌,此其南北词人得失之大较也。"因此,在西学东渐的进程中,中国古代文学的这一传统受到研究者的重视也是情理之中的事情。

古典文学与地域文化的关系、古典文学的地域性特征等课题,很长时间以来一直是古代文学研究界的热点,学界已有的成果也颇为丰厚。文学作为一种重要的文字载体,它不仅承载了作家的思想情感,更承载了社会历史真实的许多方面,其中也包括多姿多彩的地方文化图景,但是文学研究者却较少关注到诗词等文学作品是如何全面展现一个地域的文化及其文化性格的。作为地方文化的一种书写存在方式,历代文人的诗词歌赋以及戏剧小说的创作,本不应该被从事地方史研究的历史学者忽视,不少地方史学者愿意将更多的注意力投在各种地方志和历史典籍中,且时以"虚构""不真实"等说辞为推脱,使得诗词等文学作品中对地方文化真实而细致的描写就这样遗憾地缺席了。

在笔者看来,文学不应该仅仅只关注风花雪月的文辞之美,或只注意发掘作家的个人思想情怀,作家生存的时空场域同样重要,地域空间及其文化个性之于作家思想情怀之养成,在某些时候可能比时代背景、个人经历更为重要。历史不应该仅仅是史书或方志中的传记和簿录,也不应该是在史料基础上抽象演绎出来的干巴巴的定律、原则或原理,它更需要鲜活的书写状态,让人们充分感受到历史的脉动和承绪。一直以来,笔者不断尝试将文学和史学研究紧密结合,通过历史文化的视角去品读诗词,将诗词作为了解历史和地方文化的一个窗口,努力做些力所能及的探讨。在笔者先前出版的几种专著中,就或多或少地体现了这一学术设想。本书也是这一学术思路的继续,书的副标题《吴文化视野中的古代苏州诗词研究》便足以说明。只是本书作为在校大学生通识课程的参考学材,文字略活泼些,行文虽与通行的学术专著略有不同,但"无征不信"的学术原则还是恪守的。

  在本书中,通过史籍、方志的参融,对历代苏州题材的诗词等文学作品进行多学科的交融式品读和鉴赏,既对苏州自然山水之佳胜、风土人情之淳厚、文人生活之风雅以及名胜遗迹的保护、文化精神的传承进行了较为系统的展现,又对苏州文化的深层次内蕴作了进一步剖析,藉此来消除世人对吴人和吴文化的种种误会与曲解。世人都说吴文化崇文重教,风流儒雅,这算是一个积极正面的公论。然而这一所谓"公论""定评"的背后,吴人却一直背负着一个本不该属于自己的所谓"缺点"——生性懦弱,胆小怕事。但是,当你听到明清易代之际顾炎武的振臂高呼"天下兴亡,匹夫有责"的时候,当你了解到范成大"使不辱命"惊心动魄的场景时,当你被郑思肖《心史》中"独力难将汉鼎扶,孤忠欲向湘累吊"的情怀所感动时,当你吟哦着范仲淹"先天下之忧而忧,后天下之乐而乐"的名言时,当你观看着舞台上演绎的"五人义"的千秋大节时,还有苏州文庙中的廉石默默诉说着陆绩"官无长物唯求石"的清正廉洁时……所有的误会和曲解也许会一扫而光,因为这才是吴文化的真正内核,至于富庶繁华、风流儒雅,毕竟只是表象而已。

目 录

前言　／001

姑苏声音篇

"吴趋风土著清嘉,弄笔闲窗纪岁华"
　　——历代姑苏竹枝词的风土人情之美　／002
"双袖翩跹舞越罗,小娃十五解吴歌"
　　——吴地民歌的情韵及其历史文化的解读　／013
"一串珠喉逐晚风,百啭新莺出幽谷"
　　——苏州评弹的浅唱低吟　／021
"依约晓窗人未起,卖花声里到苏州"
　　——吴侬软语的圆匀嘹呖之美　／029
"天下兴亡,匹夫有责"
　　——吴中文人在学术思想史上的最强声音　／036

山水风物篇

"阿侬生长烟波窟,不羡浮家张志和"
　　——烟波太湖的诗情画意和风土民情　／048
"长虹稳卧碧江心,梦寐频游觉莫寻"
　　——垂虹桥的文学风雅和文学记忆　／057
"一峰突起青螺堆,万古晏秀临苏台"
　　——历代文人题咏"吴中第一名胜"虎丘　／065
"行人半出稻花上,宿鹭孤明菱叶中"
　　——范成大《四时田园杂兴》组诗中的吴风吴韵　／075

"结伴寻春邓尉山,梅花消息此山间"
　　——长盛不衰的"香雪海"赏梅风习　/085

园林风雅篇

"隔断城西市语哗,幽栖绝似野人家"
　　——苏州园林的意境营造与古典诗文的艺术亲缘　/094
"图披子美迹,诗诵欧阳篇"
　　——沧浪亭的文学因缘考辨　/101
"竹外瑶笙时一听,风前玉麈正多谈"
　　——玉山草堂的风雅与诗词吟咏　/107
"绝怜人境无车马,信有山林在市城"
　　——文徵明的《拙政园三十一景》诗画册　/115
"闲向词坛纂遗逸,听枫园里烛摇红"
　　——以苏州听枫园、鹤园为中心的晚清词坛风会　/127

文学胜迹篇

"补种甘棠绕屋新,后先循吏总诗人"
　　——白居易的苏州行踪与诗咏　/138
"见说松陵富酬唱,直从皮陆到如今"
　　——晚唐诗人陆龟蒙的躬耕甫里及"皮陆"唱和　/147
"解道江南断肠句,只今惟有贺方回"
　　——贺铸魂牵梦绕的"横塘旧梦"　/159
"姑苏城外一茅屋,万树桃花月满天"
　　——"江南第一风流才子"唐寅的人生诗咏　/165
"独力难将汉鼎扶,孤忠欲向湘累吊"
　　——苏州承天寺的"井中奇书"《心史》　/172

苏式生活篇

"如此清闲受清福,何须复梦殿东廊"
　　——晚明吴中文人家居遵生的"长物"情怀　/182

目录

"净淘红粒罨香饭,薄切紫鳞烹水葵"
　　——苏州饮食文化与美食诗咏　/ 191

"院本爱看新乐谱,舞衣不数旧霓裳"
　　——氍毹上的吴门风雅昆曲　/ 201

"浮白奏来天上曲,杀青搜尽世间书"
　　——甫里梅花墅之文学、戏剧与出版活动　/ 210

"园灵证盟"苏州的浪漫
　　——沧浪亭与沈复的情感"小世界"　/ 216

文化传承篇

"只今惟有西江月,曾照吴王宫里人"
　　——吴越春秋风云激荡的历史记忆与文学书写　/ 224

"一堂俎豆千秋业,异代文章四海人"
　　——从虎丘山"唐宋五贤祠"到沧浪亭"五百名贤祠"　/ 233

"先天下之忧而忧,后天下之乐而乐"
　　——范仲淹及其儒家人格精神之传承　/ 241

"一传词坛标赤帜,千秋大节歌白雪"
　　——《清忠谱》与诗咏五人义　/ 249

"贪泉便饮难移念,廉石将从压载留"
　　——"官无长物唯求石"的清廉之风代代相传　/ 256

后记　/ 261

姑苏声音篇

"吴趋风土著清嘉,弄笔闲窗纪岁华"

——历代姑苏竹枝词的风土人情之美

竹枝词是中国文学史上一种独特的文学样式,最早是作为一种民歌的形式,在今天的四川、重庆和湖北西部的沿江地区广泛流传。唐代诗人的笔下就时有描写,如顾况的《早春思归有唱竹枝歌者坐中下泪》,诗中这样描写竹枝词民歌在楚地的盛行:"渺渺春生楚水波,楚人齐唱竹枝歌。"中唐乐府诗人张籍在《送枝江刘明府》诗中,更是将楚地竹枝词盛行的情况写到了极致:"老着青衫为楚宰,平生治业有谁知?……向南渐渐云山好,一路唯闻唱竹枝。"这一民间盛行不衰的歌谣,自然引起了中唐时期诸如白居易、刘禹锡这一批推重乐府的诗人的关注。白居易在《忆梦得诗》中有谓:"几时红烛下,听唱竹枝词。"根据白居易的自注"梦得能唱竹枝,听者愁绝",我们知道,那是在听刘禹锡演唱竹枝词。刘禹锡在永贞革新失败之后,贬谪西南,在巴蜀一代接触了竹枝词这一民歌形式,于是就从民间文化中汲取养分,学习并创作大量竹枝词,其中最为有名的当属那首"杨柳青青江水平,闻郎江上唱歌声。东边日出西边雨,道是无晴还有晴。"自此之后,文人开始逐渐熟悉并热衷于竹枝词的创作,竹枝词以其语言明快流畅,以及浓厚的民歌情韵而深受人们的喜爱,后来竹枝词逐渐演变为一种吟咏山水风光、民俗风情的诗歌体裁。因为这一文学史贡献,清代学者翁方纲在《石洲诗话》中这样总结刘禹锡的文学史成就:"刘宾客之能事,全在《竹枝词》。"

苏州以其悠久的历史、优美的自然风光、深厚的文化底蕴以及多姿多彩的民间风情而备受世人的钦羡,因而文学史上以苏州山水自然、风土人情为题材的竹枝词创作,就成为一道靓丽的风景。诸多并非苏州本籍的文人来到苏州,无不对杏花春雨的江南、柔婉清雅的吴侬软语以及园林、昆曲、盆景、美食等苏式文化生活留下极其深刻的印象,竹枝词就成为最直接、最方便的咏唱形式。

元代末年,原籍会稽(今浙江绍兴)的诗人杨维桢寓居吴下日久,竟然觉得苏州的风光、风物、风情皆要远胜于家乡绍兴,他在一首《吴下竹枝词》中这样写道:"三箬春深草色齐,花间荡漾胜耶溪。采菱三五唱歌去,五马行春驻大堤。"要知道,绍兴之美,就王献之的一句"从山阴道上行,山川自相映发,使人应接不暇"(《世说新语·言语》),就已然让天下人如痴如醉,神往不已,但杨维桢对吴中的喜爱不仅超越了历代文人"山阴道上"的想象,更超越了"美不美家乡水"的家乡情结,若耶溪虽美,但又怎敌吴中的"花间荡漾",更何况还有吴娃娇娥的"采菱三五唱歌去",隐隐地萦回在山光水色之间。世俗、市井的生活,竟然可以这般的诗意,这般的风雅……

清康熙年间的大学士张英来到苏州,兴奋激动之情似乎难以掩抑,一口气写了数十首竹枝词,其中就将"最苏州"的风物写进诗中,兹举三首如下:

> 名园随意成丘壑,曲水疏花映小峦。
> 一自南垣工累石,假山雪洞更谁看?

> 虎丘待月中秋节,玉管冰弦薄暮过。
> 山畔若教明月上,便愁无地驻笙歌。

> 吴市花儿半塘住,小山盆景索千钱。
> 酒船摇向河堤看,三月家家买杜鹃。

第一首诗着力介绍了苏州的园林营造和园林艺术之美学追求。明清时期是苏州园林营造的高峰时期,一座座名园的诞生,与许许多多的造园艺术工匠密不可分,其中就涌现出诸如计成(1582—?)、张南垣(1587—1671,原名涟,以字行)等叠山造园的大师。诗歌的前两句,实在是计成提出的"虽由人作,宛自天开"(计成《园冶·园说》)这一造园理论的忠实体现。园林中假山的堆叠,要讲究因地制宜、因势造形,切忌造作,因而"随意"二字,说来简单,却是极为考验工匠的经验和技艺。毫无疑问,计成和张南垣堪称千万苏式营造大师的高标。计成曾经营造过的名园有常州的东第园、仪征的寤园、南京的石巢园、扬州的影园。而张南垣营建的假山遍及南北,无锡寄畅园、嘉兴烟雨楼、上海豫园以及北京皇家畅春园、西苑中南海等处的假山均出其手,"一自南垣工累石,假山雪洞更谁看",就是对张南垣一生艺术成就的最高评价。水流笔直则无"曲水流觞"之趣,若曲折蛇形过甚,则有矫枉过正之失。至于假山、流水之间的草木花卉,只需"疏花"点缀其间,绝不能若时下流行的色块铺地式,那只能是对中国古典园林审美无知者所为。

第二首诗歌是对中秋虎丘曲会的直接描写,真实再现了吴人沉醉痴迷于昆曲的热情,对此,本书将在昆曲一节中专门论说,不在此展开。

第三首诗描写了吴地种植花卉的盛况,尤其是对虎丘花市和苏式盆景艺术的正面描写,极具史料价值。晚明时期的苏州,形成了追捧盆景的风尚,这个时候的苏州文人通过洗浇、剪修、点缀等手法,艺术处理盆栽,在案头、庭院营造一种自然灵动之趣。文徵明的曾孙文震亨是一位对盆景很有研究的艺术家,他的《长物志》卷二中就专列《盆玩》一目,讲论他对盆景艺术的理解,说盆景造型必须要体现出制作者深厚的文学修养、清雅的文人志趣,因而其最终的艺术形象要能够"结为马远之欹斜诘曲、郭熙之露顶张拳、刘松年之偃亚层叠、盛子昭之拖拽轩翥等状,栽以佳器,槎牙可观"(文震亨《长物志》卷二《盆玩》)。如此看来,张英诗中所说的"小山盆景索千钱",绝不是虚诞的夸张笔调,应该属于完全正常情理之事了。

在众多姑苏竹枝词中,清初桐城诗人方孝标(1617—1697)有一组显得比较特别,它既不是描写自然风光,也没有对苏州的风俗、风情进行描写,却将眼光转向明清易代之际这一重大事变的历史背景,写出了自己对士风丕变的无限感喟:

不到姑苏十八年,年来风景倍堪怜。
阊门一半屯戎马,甓篥城头咽晓烟。

别作乌云学画图,妆成秃发亦能铺。
娉娉故向旁人问,似得孙家堕马无。

翩翩褒袖说遗民,周粟夷齐颇入唇。
闻得将军需记室,遍求书札荐陈琳。

衮衮群公为奏销,悬车岂待北山招。
辕门昨日昌黎寿,止有三人衣锦袍。

才华果不愧相如,八十红衫伴彩舆。
舆外双鬟何楚楚,一盘佛手一宣炉。

在经历了明清易代的历史大动荡和变革之后,许多士大夫不愿做贰臣,以伯夷、叔齐为楷范,选择隐逸山林、"不食周粟"的生活,坚拒出仕新朝。但是,在清初三大案("通海案""科场案""奏销案")的震慑下,江南的士绅群体最终也产生了分化,出于不同的目的和考量,有不少人放弃了遗民气节的坚守。方孝标的这几首《竹枝词》就是再现"奏销案"对苏州士风所产生的巨大影响,其中用到陈琳在袁绍失败后又转投曹操,充当记室的典故,表达自己对这一人生选择的轻鄙之情,故而诗中出语尖刻辛辣,字字刺人痛处:"闻得将军需记室,遍求书札荐陈琳""周粟夷齐颇入唇""衮衮群公为奏销,悬车岂待北山招"。这里的"北山招",用的是南朝时期骈文家孔稚圭《北山移文》的典故,方孝标在此更是不留情面地批评那些放弃坚守遗民志节者,其实就和《北山移文》中的名士周颙一样故作高蹈,而实质上是醉心利禄之辈,根本无需"北山招"也会主动"招安",最终求得"衣锦袍",甚至是"八十红衫伴彩舆"。面对这样的士风丕变,当时江南士子间就普遍流传着一首讽刺士人纷纷仕清的诗作,可以为方孝标的这组《竹枝词》下注脚,不妨一读其诗,诗曰:"圣朝特旨试贤良,一队夷齐下首阳。家里安排新雀帽,腹中打点旧文章。当年深自惭周粟,今日幡思吃国粮。非是一朝忽改节,西山薇蕨已精光。"(褚人获《坚瓠五集》卷三《一队夷齐》),若方孝标这样的竹枝词,与纯粹描写风物、风情的传统竹枝词相比,只能是一种别调,但它极具历史价值,故而在此兼及,聊备竹枝之一格。

  苏州本籍诗人、文人,他们不仅是吴地文化的体验者、参与者,也是吴地辉煌文化的创造者。长期生活的感性体验,使得他们所创作的姑苏竹枝词比起外地来苏文人的作品来,更能全面深入细致地体现出吴地的风土人情之美。在苏州文化史上,清代的顾禄、袁学澜等人,就是这方面的杰出代表,他们专以苏州乡邦文献整理研究为己任,诗歌创作以苏州节令诗和姑苏竹枝词为重点。袁学澜《自题〈吴郡岁华纪丽〉》中的"吴趋风土著清嘉,弄笔闲窗纪岁华"二句,可以作为顾、袁二人学术研究和诗歌创作的总体评价。

  顾禄,字总之,一字铁卿,自署茶磨山人,道光、咸丰年间苏州人。顾禄家境富裕,富才性,喜结交名流,好友韦光黻在《闻见阐幽录》中说他"恃才华,纵情声色,娶妾居山塘之抱绿渔庄。刻《清嘉录》《桐桥倚棹录》,外洋日本国重锓其版,称为才子"。袁学澜也曾在《重过抱绿渔庄感旧记》一文中这样写道:"昔乙未秋,余与顾曾相识于青溪邀月榭,时彼豪气方盛,志方恣,挟赀出游,骛声逐利,遍交贤杰,衔杯接欢,日驰骋于酒场文社间,颇以豪侠自命。"

  顾禄一生尤措意于苏州风土、风情,所著《清嘉录》,取陆机《吴趋行》中"土风清且嘉"一语的意思,按照十二月为序,详细记述了苏州地区的节令习俗,并以大量的经史典籍、地方志、历代诗文作品加以参证,是全面记录苏州节令和风土人情较为全面的经典著作。著名历史学家顾颉刚曾高度评价此书曰:"顾铁卿以详记苏州岁时风俗,并加考订,著《清嘉录》成名。"(顾颉刚《苏州史志笔记》)虽然顾禄自己未多作关于吴地岁时风俗的诗词,但他在《清嘉录》中,却收集了大量先贤和同时代人所写的苏州节令风俗诗词,其中尤以竹枝词为多,兹举蔡云和徐士鋐对苏州独特节令风俗"石湖串月"和"冬至大如年"的描写,由此可以感受一下苏州民俗文化的地域特征和民情:

    行春桥畔画桡停,十里秋光红蓼汀。
    夜半潮生看串月,几人醉倚望湖亭。

    有几人家挂喜神,匆匆拜节趁清晨。
    冬肥年瘦生分别,尚袭姬家建子春。

            ——蔡云《吴歈》

秋风十里绿蒲生,串月看来虚有名。
十八桥环半遮没,渔村一点水边明。

相传冬至大如年,贺节纷纷衣帽鲜。
毕竟勾吴风俗美,家家幼小拜尊前。

——徐士铉《吴中竹枝词》

因为住在山塘街的缘故,顾禄对虎丘、山塘一带的历史文献和风俗民情特别熟悉,因而曾专注于此,完成了《桐桥倚棹录》,"是书以桐桥为虎阜最著名之处,故名曰《桐桥倚棹录》,盖摘取李嘉祐'春风倚棹阖闾城'诗意也"(顾禄《桐桥倚棹录·凡例》)。顾禄在编写的过程中,特别注意以往史家、学者和修志者所轻忽的内容,他在《凡例》中就明确指出:"山塘市廛、工作、舟楫、园圃之属,志皆缺而不载,止偶载一二物产,志体自应如是。"著名历史学家顾颉刚对此给予了很高的评价,认为此书的价值正在于此:"此书最佳部分为市廛、工作、园圃诸部,足见当时苏州商业、手工业及园艺业之情况,以前修志者所未措意者也。"(顾颉刚《题〈桐桥倚棹录〉》)

《清嘉录》和《桐桥倚棹录》二书曾因种种原因,在日本备受关注和推崇,在中国却不能广为流传,在顾颉刚等前辈学者的绍介、刊布后,学界越发重视其学术价值,南开大学文献学家来新夏先生的一段评价,堪为定评:"清代的风土杂著颇多,重要都邑几乎都有,而以谈北京、苏州者为多。此类著述或随笔札录掌故沿革,或按方位记述城坊建置,或发之于吟咏,或以之为导游。其能以月为序,以节令民谚为题,叙地方风土人情,娓娓详备,兼能参稽群籍,附加考按者,自当以《清嘉录》为最。"(来新夏《清嘉录·桐桥倚棹录》前言)

在顾禄之后,苏州又出现了一位有"风俗诗人"冠冕的文人袁学澜,他在苏州风俗研究和风俗诗歌的创作上比起顾禄,更是有过之而无不及。

袁学澜(1804—1879),原名景澜,字文绮,号巢春,元和(今江苏苏州)人。据民国《吴县志》记载,袁学澜"世居尹山袁村",自幼"独溺苦于学",23岁时在乡里倡议组织"尹山吟社",诗歌创作在吴中小有名气。仕途蹭蹬不遇,袁学澜遂决意于苏州风俗人情的调查研究,并以此为诗,创作了千余首专门吟咏苏州风俗、节令以及名胜掌故的诗歌,这些作品收入他的《姑苏竹枝词百首》《苏台揽胜百咏》《田家四时绝句百首》《游吴郡西山诗》《吴俗讽喻诗》《吴门新年杂咏》《虎丘杂事诗》《适园丛稿》等诗集中,袁学澜也因此获得"风俗诗人"的雅号。

袁学澜的很多著作以稿本的形式存世,且其中有很多稿本流传保存在日本和美国国会图书馆等处。他另外一部重要的代表作《吴郡岁华纪丽》的稿本藏于南京图书馆,后据此点校出版,世人得以一睹全貌,也成为研究苏州风俗最为重要的一部典籍。《吴郡岁华纪丽》是在顾禄《清嘉录》的影响下,并以此为基础,进行大量的增补而成。全书以岁时节令为序,全面记载了苏州地区的山川风光、风俗风尚、物产工艺、饮食娱乐以及百姓日常生活、生产的方方面面。书中的每一则介绍、考证文字,都是旁征博引,在考证之后都附有大量的诗词作品,其中就有不少是袁学澜自己创作的竹枝词等风俗诗,使得全书不仅具有学术性,也极具文学性和可读性。

袁学澜自己对这部著述的自我期许还是很高的,他在《自题〈吴郡岁华纪丽〉》诗中反复致意:"要与吴中添近事,旗亭补唱竹枝声","吴趋风土著清嘉,弄笔闲窗纪岁华","好景从头记四时,山谣里谚并歌词","田家月令齐民术,本计宜从卷里寻","频参稼圃蚕桑话,聊代香山讽喻诗"。从袁氏的自题文字中,我们不仅可以清楚地看出《吴郡岁华纪丽》和顾禄《清嘉录》之间的学术渊源,也可以看到他不避俚俗,对民间文化、风俗人情的高度重视,更可体会到他搜集整理、研究风俗,创作大量风俗诗的真正意图在于秉承白居易以来的讽喻诗传统,正所谓"聊代香山讽喻诗"也。所以,在袁学澜的《吴郡岁华纪丽》和他的诗歌创作中,我们既可以看到纯粹描写苏州风土人情的诗歌作品,可以看到诗人徜徉在苏州山水和历史遗迹中的幽情逸韵,还可以读到关乎民风、士风的讽喻之作。

"福济喧游四月天,笋鞋争踏运千年。神仙轧处香尘涌,剩有归人拾翠钿。"(袁学澜《姑苏竹枝词》)这是袁学澜所写的一首典型而纯粹的风俗诗,若再结合《吴郡岁华纪丽》的文字记载和考证,就会明白苏州独有的民俗活动"轧神仙",明白何以吴地士人百姓会在农历四月十四聚集福济观,举行如此盛大的活动。袁学澜《吴郡岁华纪丽》卷四:"福济观在吴郡皋桥东,俗称神仙庙,中奉回祖吕祖像。四月十四日为仙诞日……仙人每化褴褛丐者,混迹观中,有患奇疾者,至是日进香,每得获疗,谓仙怜其诚而济度也。以是士女骈集进香,游人杂闹,谓之轧神仙。"

长期隐居不仕的生活,并没有使袁学澜忘却文人的社会责任,他在《吴郡岁华纪丽》的《凡例》中就专列一条,明确提讲到自己著述岁时、风土的目的,就是为了像白居易提倡新乐府和讽喻诗一样,"频参稼圃蚕桑话,聊代香山讽喻诗"也,其中有曰:"其为写承平之风景,纪乡间之旧俗,以示民去奢即俭之意,则无弗同也。然而著书立说之旨,专以觉世牖民为务,故于卷端,首列吴俗箴言数则,为徇路之铎声,当头之棒喝,其亦诗人好乐无荒,良士瞿瞿之意也。"《吴郡岁华纪丽》卷首的《吴俗箴言》,是袁学澜从历代的苏州著述,或是苏州地方官的文告中摘引出来,聚集在一起的,作为垂戒世人的箴言。这样的文字在今天依然有借鉴意义,不妨摘引几则:

化民成俗,莫先于兴学育材。城乡村镇,宜设社学一处,延聘学问纯正之士为师。本乡子弟八岁以上,及家贫无资者,州县官量为设处廪谷,概送入学。

先与讲明孝经、小学,教之歌诗歌习礼、问安视膳、进退揖让之节,使知存心敦行之学,然后以四书五经、程朱传注,养蒙育德。

宴会所以洽欢,何得争夸贵重,烹调珍错,排设多品,一席费至数金。小集辄耗中人终岁之资,徒博片时之果腹,重造暴殄之孽因。自后正事张筵,不得过八菜,费限一金。小集定以五簋。酌丰俭之宜,留不尽之福。物薄而情敦,费省而礼尽,何苦而不为也。

袁学澜在其所作《阊门讴》一诗的序言中,曾批评西晋文学家陆机,说他的《吴趋行》"侈陈富美,未寓箴规",并明确地提出:"窃谓吴俗日靡,亟宜返本崇朴","故述是诗以劝焉"。而其所作《春日游吴中诸家园林用东坡和子由踏青韵》的诗序,更加集中地体现了袁学澜的这一思想。在《吴郡岁华纪丽》中,袁学澜对苏州城内流行的诸如迎神赛会、祭祀烧香、灯船妓宴、蟀斗虫嬉这一类的活动,给予了尖锐的批评,认为这些活动滋长了社会上的铺张浪费、攀比之风。在《吴郡岁华纪丽》中,袁学澜饱含深情地描写了农夫的辛勤劳作,奉劝世人惜福,不要浪费粮食:"是时炎气郁蒸,风绝丝丝,所最难堪者:为食力担夫,红尘赤日也;为锄禾农父,汗雨泥途也。火煜云头,霞烘日脚,蚊飞薨薨,潜啮肌血,煨草驱之不能去。蝇营营,复来扰人。贫家有热恼城,无清凉国,桔槔轮转灌田,无昼夜,其鸣作苦愁声。睹此情景,惺然知盘中餐,粒粒皆辛苦矣。"(《吴郡岁华纪丽》卷六《六月溽暑》)时至今日,尚有津津乐道,侈言吴地物产富饶、生活精致奢华者,读此能不汗颜乎?

拓展训练

吴下竹枝词(选三)
(元)杨维桢

三箬春深草色齐,花间荡漾胜耶溪。
采菱三五唱歌去,五马行春驻大堤。

家住越来溪上头,胭脂塘里木兰舟。
木兰风起飞花急,只逐越来溪上流。

宝带桥西江水重,寄郎书去未回侬。
莫令错送回文锦,不答鸳鸯字半封。

两山竹枝词

（明）沈懋孝

洞庭秋水接三江，正美鲈鱼橘柚香。
丝管家家明月夜，侬今何事不还乡。

吴江竹枝词

（明）顾　清

正月吴江好放船，雪消冰泮水如天。
江头杨柳千千树，记得东风似去年。

二月吴江燕子飞，河豚欲上荻芽短。
侬家艇子前洲里，贪看春波忘却归。

三月吴江柳正青，柳花飞去半为萍。
蔬畦麦陇蔷薇架，妆点田家作画屏。

四月吴江正插田，青秧白水暖生烟。
回桡转入深村里，只见垂杨不见天。

五月吴江赛屈原，红旗画楫满晴川。
鸱夷漂泊谁家事？寂寞胥门一炷烟。

六月吴江锦作天，青蒲绿柳间红莲。
渔郎日见不知爱，空在江边住百年。

七月吴江斗巧天，鸡头菱角彩楼前。
青裙荡桨谁家女，独自中流唱采莲。

八月吴江泊钓船，芙蓉花下绿杨边。
鸳鸯一双堪入画，只可遥看莫近前。

九月吴江空水鲜，菊花篱落晚霞天。
诗中尽说斜川好，不道斜川在眼前。

十月吴江大有年，耞声两岸夕阳天。
竞舂白粲轮官里，不遣乡胥恼夜眠。

冬半吴江水未坚，芦花枫叶尚依然。
沙头一派天书宁，知道鸿飞若个边。

腊月吴江更自妍，梅花开近竹林边。

王猷可惜空归去,不见新晴雪后天。

吴江竹枝词
（明）沈自晋

湖中藕树白花香,湖边莼菜紫丝长。
藕花结子秋露落,莼丝流滑秋风凉。

姑苏竹枝词
（清）冯敏昌

杨梅千颗出光福,芡实满湖来太湖。
多事风流张翰好,秋风江上想莼鲈。

虎丘竹枝词
（清）舒　位

两岸园林夹酒楼,冶坊滨外最清幽。
吴儿使船如使马,再出一回水鐴头。

姑苏杂咏
（清）陈竺生

靓妆少妇倚门偕,锦缎偷翻绣谱佳。
针黹巧留裙角样,鸳鸯三十六双排。

阊门讴（并序）
（清）袁学澜

士衡《吴趋行》侈陈富美,未寓箴规,窃谓吴俗日靡,亟宜返本崇朴,故述是诗以劝焉。

华堂酣高宴,客醉红袖扶。
曲终宜奏雅,为君歌吴歈。
奥壤启甄冐,阖闾雄霸图。
阊门郁嵯峨,周城环清波。
水陆门二八,腴田连山阿。
夜市足鱼米,春船泛绮罗。
延陵通上国,公瑾威四遐。
间里尚游侠,阀阅盛名家。
川泽尽秀美,人物竞才华。

麋城猎烟草，娃馆舞朝霞。
台高路九曲，平看茂苑花。
去古日以远，淫乐日以深。
筵携谢公妓，路献秋胡金。
那堪艰难业，逞此奢靡心。
愿将蟋蟀诗，编入吴中吟。
一返勤俭俗，我歌实虞箴。

春日游吴中诸家园林用东坡和子由踏青韵（并序）

（清）袁学澜

吴郡东南一大都会，其间民俗之靡丽，风物之清美，读广微《吴地记》、士衡《吴趋行》可知已。兹自承平日久，闾井繁富，豪门右族，争饰池馆相娱乐，或因或创，穷汰极侈。春时开园，从人游赏，车骑填巷陌，罗绮照城郭，恒弥月不止焉。余尝值春暮偕友朋，办杖头钱，蜡阮家屐，遍览诸家园林之胜。惟时东风扇和，流莺在树，香衢尘涨，有女如云。园外缭以粉垣，趁市者张幔列肆，瀹茗以待来客。佣夫担竖，无资入游，群聚植立，以观杂沓，粉舆数百，雁翼鱼贯以进，喧声潮沸，粉黛若妍若媸，目不给辨，延颈鹤望，不见其后。入门则肩摩踵接，头不得顾，众拥身行。园内金壁陆离，目夺神炫，临其台则峦翠参于雉堞，西山之爽气，若可挹焉；蹑其阁则蛾绿充于雕栏，南部之烟花，可平视焉。更有银塘碧沼，转水成瀑，惊鸿往来于桥上，文鱼游泳于波间，或投饼饵，观其喷食，以为笑乐。假山迭云，鸟跂虫结，倪迂南垣之遗制。于是乎在水边林下，人卖糖饧、玩具、泥孩、纸虎，并拟诸生，儿童争集，投钱如雨。轻薄之子，随逐少艾，如蜂聚花，曲廊窄径，群阻其行。围亲芗泽，约指断钗，男女定情密赠，遗于牖间，往往而有。日晚人散，蔗滓果核，拥积碍履，遗钿堕珥，园丁拾归。产致中人，其繁盛也如此。然询其始末，或曰："向曾属于宦室，尝以事藉入官者。"或曰："向曾鬻于豪族，以子不肖，旋归于他姓者。"或数年易一主，或数十年易一主。每至荒芜不治，鱼钥守门，鬼啸狐啼，阒无人迹，转成邱墟，其后复有人兴起之。则今之楼台歌舞莺花士女，皆昔之颓垣断井、蔓草烟榛也。嗟夫！岂盛衰之理，固如是耶？抑土木足以致殃耶？大抵豪贵子弟，习赌奢靡，服鲜骑肥，万钱下箸，不知樽节，遂至丧家。故君子之居室也，勤俭以率之，斫橼则戒，刻桷则讥，督之肯堂肯构，使知稼穑之艰难。田园牧养，闭门足养生之具，斯百世可久耳。余以寒素之士，以六籍为笙簧，以百家为园囿，采野芳，罝溪鲜，无羡乎山珍海错也；曝茅檐，风竹簟，无慕乎层台广榭也。优游林薮，未尝随纨袴儿，于罗绮丛少寻佳趣，兹乃铺张游事，不惮烦言者。盖犹东城父老，目睹开宝繁华，每乐向人道之，使后之游者，知持盈之宜慎，而耽乐之不可长也耳。

泼火雨霁无纤尘,吴王城廓花柳新。
到处园林鱼钥放,啼莺唤出钿车轮。
妙岩台下埋香地,踏青有女来西邻。
约伴闲登桂馨阁,曲池漾碧双鸳驯。
谺廊宛转通帷闼,华妆平视难回嗔。
屏山盆树工点缀,疏篱栏住鹤与麋。
金阊亭馆尽历遍,如梦清明何上春。
来朝鼓枻虎邱路,还采江蘋赋洛神。

狮子林

(清)袁学澜

九曲峰峦访旧游,啼莺林际唤春愁。
石飞云气迷苔磵,松泻涛声过佛楼。
池鹤倒窥人影立,苹鱼仰唼鬘花游。
倾城士女咸来赏,笑说倪迂画意幽。

"双袖翩跹舞越罗,小娃十五解吴歌"
——吴地民歌的情韵及其历史文化的解读

　　五四运动前后,北京大学掀起了一场轰轰烈烈的歌谣运动,在这场声势浩大的民歌运动中,苏州籍的著名历史学家顾颉刚也加入其中,搜集编纂了《吴歌甲集》,并撰写了《吴歌小史》。根据他自己的说法,他之所以参与民歌的整理、研究工作,"不消说得,自然是北京大学征集歌谣的影响"(顾颉刚《吴歙集录的序》)。不得不承认,在开始的时候,顾颉刚的研究是被动的,但是顾颉刚先生却凭借与生俱来的某种优势,使得他的研究很快在大家云集的盛况中脱颖而出。这种优势,正是源于家乡苏州丰厚的俗文化土壤,或者说是他自幼所受到的耳濡目染。在其《吴歌甲集自序》中,顾颉刚详细叙述了搜集、编辑吴歌的过程。《吴歌甲集》是顾颉刚在苏州老家养病期间搜集整理而成的。开始的时候,"就从我家的小孩子的口中搜集起,又渐渐推至邻家的孩子,以及教导孩子唱歌的老妈子",妻子以及苏州好友叶圣陶、郭绍虞等人又向他提供了大量的民歌口传资料,更得之于顾颉刚自己儿时的记忆。

　　对于家乡民歌之美以及对自己的深厚濡染,顾颉刚是深有感受的,他在给日本《改造杂志》社所作的《苏州的歌谣》一文中,饱含深情地说道:"苏州是中国近古的一个文化中心,那里的歌唱也很有名。翻开《辞源》来看,上面就写:'山歌,榜人(即舟子)所歌,吴(苏州一带)人多能之,即所谓水调也。'其实山歌(民歌)何地没有,不过苏州人受了水乡的陶冶,声调靡曼缠绵,容易使得听众爱好罢了。"还有一个人所共知的原因,那就是苏州话素有"天下最美的声音"之誉,用以演绎山歌民谣,自然有令天下人为之痴迷、耸动的魅力。大概顾颉刚先生觉得这是人尽皆知的事实,故而不再赘言之。

　　若追溯吴地的民歌发端,文献记载最早见诸《楚辞·招魂》:"吴歙蔡讴,奏大吕些",现实的情况恐怕还要远远早于这个年代。后来,《汉书·艺文志》中就载录了《吴楚汝南歌诗》,宋代郭茂倩《乐府诗集》中就有大量的《吴声歌曲》,其数量达到四卷之多,但这些作品,大多数还是六朝至唐代文人根据吴地民歌音乐而作的诗歌。目前文献记载中能够见到的最早的吴地民歌歌词,是经由吴越王钱镠演唱的。据释文莹《湘山野录》卷中记载,吴越王钱镠在还乡的时候,和乡人宴饮,"自唱还乡歌以娱宾",但是义言的歌词太过文雅,以致无人能听懂,"时父老虽闻歌进酒,都不之晓"。吴越王意犹未尽,于是就"再酌酒,高揭吴喉唱山歌以见意",也就是用吴语吴音演唱,其词曰:"你辈见侬底欢喜,别是一般滋味子,永在我侬心子里。"这首吴音歌曲唱完之后,满座"合声赓赞,吟笑振席,欢感闾里"。之后,吴歌歌词也只是偶见于文人的笔记、诗话中,即便被记录下来,记录者更多的是带着猎奇的心态和目的。真正给予吴地民歌以很高评价的当数明代太仓著名的文学家王世贞,他其所著的文学理论著作《艺苑卮言》中,记录了两首极富民间风情的吴地民歌:

月子弯弯照九州,几家欢乐几家愁?
几人夫妇同罗帐?几人漂流在他州?

约郎约到月上时,只见月上东方不见渠。
不知奴处山低月上早?又不知郎处山高月上迟?

这两首爱情题材的民歌信口信手,出语自然质朴,情感真挚动人,因而深得王世贞的赞赏,他这样评价道:"吴中人棹歌"这一类的民歌,"虽俚字乡语,不能离俗,而得古风人遗意,其辞亦有可采者……即使子建、太白降为俚调,恐亦不能过也"(王世贞《艺苑卮言》卷七)。王世贞作为一代文坛盟主,已然在苏州地区发现了吴地民歌之美,这是一个重要的发现,更是文学观念的极大进步,然而遗憾的是,王世贞没有来得及辑录编纂一部吴歌的集子。这一文学史的重任就落在了另一位苏州文人冯梦龙的身上,连同王世贞所著录的这两首在内,冯梦龙几乎将他当时所能够搜集到的吴地民歌,全部编辑在他的《山歌》和《挂枝儿》中。

冯梦龙(1574—1646),字犹龙,又字子犹,别号龙子犹、墨憨斋主人、顾曲散人、词奴等。长洲(今江苏苏州)人,出身士大夫家庭。是明代著名的小说家、戏剧家、出版家,对通俗文学、民间文学推重有加。由他整理刊行的"三言"中,有很多作品是明代白话短篇小说的经典。

冯梦龙的文学理论主"情",因而他对于民间歌谣中真情实感的自然流露和表达,极为推崇。他曾在《山歌序》中直言不讳地说,山歌、民歌无不是"田夫野竖,矢口寄兴之所为",虽然这些作品"荐绅、学士家不道",也"不得列于诗坛",但是被士大夫阶层所轻忽的山歌,却因其"情真而不可废",自有其重要的艺术审美和学术价值。在这篇序文中,冯梦龙甚至借民歌以批判明末文人诗歌创作的矫揉造作和虚情假意,其言词之激烈足以警撼世人:"且今虽季世,而但有假诗文,无假山歌。则以山歌不与诗文争名,故不屑假,苟其不屑假,而吾藉以存真,不亦可乎?"

万历四十年(1612)前后,冯梦龙先后编印过《挂枝儿》《山歌》两部民歌集,收录了流行于吴中地区的民歌("吴歌")800多首。他编选民歌的目的,是为了让世人真挚质朴地吟唱,感受到"民间性情之响"和"天地间自然之文",

最终"借男女之真情,发名教之伪药"。这样的想法在当时是冒天下之大不韪的,冯梦龙不顾世俗的攻讦和谩骂,把这些被人视为"私情之谱"的作品编印,广为流播。《山歌》《挂枝儿》刊行后,"举世传诵,沁人心腑","真可骇叹"(沈德符《野获编·时尚小令》),冯梦龙的所作所为,在当时确实具有冲决礼教束缚的进步意义。

宋元以来,"理学"思想盛行,其中"存天理,灭人欲"的学说被统治者所利用和宣扬,这无疑是对人性极大的扼杀。到了明代,思想家李贽提出了令世人振聋发聩的"童心说"。在李贽看来,世人皆因理学的禁锢,"反以多读书识义理"而淹没了人本来应有的"最初一念之本心"——"童心",人一旦"若失却童心,便失却真心;失却真心,便失却真人"。李贽的"童心说",在当时统治者的眼中,绝对属于"异端"。但是它在文人中影响深远,半个世纪之后,苏州人冯梦龙已然公开宣称自己"酷嗜李氏之学,奉为蓍蔡,见而爱之"(冯梦龙《情史》卷七卷末总评)。所以,在中国文学史和思想史上,一直都把冯梦龙的这一文学行动,视为李贽思想启蒙在文学领域的延伸和发展。

虽然冯梦龙所编《山歌》《挂枝儿》中也收录了一些色情和庸俗趣味的民歌作品,这需要加以批判,但总体而言,其中不乏思想性和文学性、艺术性极高的作品,特别是有很多格调清新质朴、语言大胆泼辣的爱情题材的作品,表现出普通民众希望挣脱封建礼教束缚,追求爱情自由和个性解放的强烈愿望。

很多民歌作品表达了吴地乡民,特别是青年男女对真挚爱情的渴求和羡慕。爱情中的男女双方,绝对是真心诚意的,来不得半点虚情假意,因而在吴歌中最常见的字眼就是"痴心""真心""志诚"(吴语,意即"真心实意")。如《挂枝儿》中有一首歌就直接名曰《真心》,其词唱道:"我是个痴心人,定要你说句真心话。我想你是真心的,又不知是真共假。你若果真心,我就死也无别话。你真心要真到底,不许你假真心念头差。若有一毫不真心也,从前的都是假。"一个活脱脱的痴情女子形象跃然纸上,冯梦龙在读过之后,做了这样的批注:"真心何必说,说真心未必真也。定要说句真心话,果痴心矣。又曰:痴心便是真心,不真不痴,不痴不真。"《挂枝儿》中还有一首名叫《耐心》的歌谣,也同样表达了这样的情感诉求:

真不真,假不假,你的心肠不定。长不长,短不短,怎的和你完成。吞不吞,吐不吐,一味含糊答应。人说你志诚,看你不像个志诚人。说一个明白也,情愿耐着心儿等。

面对自己钟情的男子,却始终难以得到一句"明白"、确切的真心话,女子在伤惋的歌唱中,最后向男主人公自陈心迹:只要你给我一个爽快"明白"的话儿,我就会耐心地等你到永远,真可谓是山盟海誓的痴情。其后的评注中,冯梦龙用骈偶之语评注道:"志诚二字,委实难言。一篇传恨,还地下之枯魂;

千遍呼名,走屏间之彩笔。锦文织就,薄幸回颜;绿鬓吟成,才人挥涕。真情所至,金石为开。世无尾生情女其人,只索大家含糊云尔。"冯梦龙将这首吴歌中的情感抒写,与古代诸如苏蕙"织锦回文"、卓文君"白头吟叹"、"尾生抱柱"、"倩女离魂"等经典的爱情故事紧密联系在一起。可以清楚地感受到,在冯梦龙的观念中,已经抛弃了文学所谓"雅"和"俗"之间的鸿沟,将吴歌视为中国古代文学不可分割的重要组成部分。

就艺术表达的层面来看,吴歌的情感抒发多采用坦诚直率的直抒胸臆,信手拈来,信口而唱,一切是那么的质朴率真,不妨引述《挂枝儿》中著录的另一首《耐心》:

熨斗儿熨不开眉间皱,快剪刀剪不断我的心内愁,绣花针绣不出鸳鸯扣。两下都有意,人前难下手。该是我的姻缘,哥,耐着心儿守。

以上这些民歌都是直抒胸臆的,直白率真,也有一些民歌在吟唱中运用了谐音、双关、比兴等文学手法。《山歌·葵花》就借用葵藿向阳的自然属性来起兴,喻指对爱情的忠贞不贰,其歌唱道:"姐儿好像蜀葵能,胸中一片是丹诚。姐道郎呀,我捉你当子天上日头,一心只对子你。你没要阴晴,无准弗照阿奴心。"还有一些纯乎白描的手法,也很是传神,《山歌》中有一首《等》,就堪称这一手法的代表:

栀子花开六瓣头,情哥郎约我黄昏头。日长遥遥难得过,双手扳窗看日头。

"日长遥遥难得过,双手扳窗看日头",就在这一细微而极具生活化的动作描写中,女主人公的情深切切、殷殷期盼的等待之情,传达得毕露无遗。这样的完全白描式的吟唱,颇有五代词人笔下"终日望君君不至","斗鸭阑干独倚,碧玉搔头斜坠","闲引鸳鸯香径里,手挼红杏蕊"(冯延巳《谒金门》)这样的韵致。还有一些吴歌在音律、歌词的结构和演唱方式方面,和当时流行的曲有很多的相近之处。在演唱过程中,为了渲染气氛,增强歌唱的音乐性和节奏变化,有些民歌中还使用了叠复的手法,这就很类似于戏曲音乐和演唱中的"合头"。这一手法的运用,不仅使民歌的旋律更有起伏顿挫,而且极大地增强了民歌的感染力,《山歌集》中的《梅子垂金》便是这一类型的代表。文长不引,参见本文之后的《拓展阅读》。

冯梦龙收集的吴歌既有独唱的形式,也有几人对唱的形式,《山歌集》中的《争》就是一首典型的对唱民歌。这首歌曲描写一位青年女子在争取爱情的时候,受到母亲的阻拦,母亲不希望她早早地嫁人,在与母亲争执不下、无计可施的情况下,她就"决定争娘弗过听个外婆争",最后得到了外婆的支持:

一朝迷露一朝霜，镜台前手冷懒梳妆。披头散发听娘争嚷，耍般样天气我无郎。

娘道：囡儿呀，你弗要慌来弗要忙，我教爹去寻媒话你个郎。六十岁做做亲八十岁死，还有二十年夫妇好风光。

囡道：娘呀，我也弗慌来也弗忙，也弗要爹去寻媒话我个郎。爹爹也弗要来娘房里去，哥哥也弗许听个嫂同床。争娘弗过听个外婆争，你几岁上贪花养我个娘？娘几岁上贪花养子我？小阿奴奴几岁上养外甥？

外婆道：囡儿弗要听我争，我十六岁贪花养子你个娘，娘十七岁上贪花养子尔，外甥十八正当争。

这种民歌对唱的形式，直至今天依然盛行，世人熟知的就有广西的刘三姐对歌、黄梅小调中的对花等。

民歌在口耳流传的过程中，自然存在着一些文字上的异同，也会因流行区域的不同而存在着不同的版本。这是口头文学在其发展演变过程中极为常见的现象。冯梦龙在收集、编纂山歌时，也充分注意到这一问题，所以无论在《山歌集》还是在《挂枝儿》中，都记录了同一首民歌的很多不同版本。《山歌集》中一首吴歌《比》，其词曰："凭你春山弗比得姐个青，凭你秋波弗比得姐个明。凭你夜明珠弗比得姐个宝，凭你心肝弗比得姐个亲。"这首歌曲本已写得很好了，冯梦龙在田野调查和寻访中，又听到了一位不知名的船娘唱的《劝郎歌》，是在《比》这首民歌的基础上翻唱、发展而来，觉得文辞"颇佳"，也收录在《山歌集》中。细读这首《劝郎歌》，通篇采用敷陈和重章叠唱的手法，渐次展开女主人公的内心情感世界。文长不引，参见本文之后的《拓展阅读》。

在冯梦龙的《挂枝儿》中，还有一首民歌值得向世人做重点推介，那就是《茉莉花》。时下世人都说江苏民歌《茉莉花》是最具世界影响力的中国传统民歌，"我有心采一朵戴，又怕旁人笑话"这一优美的旋律，早已经乘着歌声的翅膀，飞向全世界。众人只道这是江苏民歌，至于民歌的源起，则知者甚少，有一些地方为了争抢这首民歌的首发地位，展开了激烈争夺。若真要追根溯源起来，那么《挂枝儿》中的这首吴地民歌《茉莉花》绝对不应该忽视：

闷来时，到园中寻花儿戴。猛抬头，见茉莉花在两边排。将手儿采一朵花儿来戴。花儿采到手，花心还未开。早知道你无心也，花，我也毕竟不来采。

上个世纪70年代末、80年代初，苏州籍著名歌唱家程桂兰用苏州方言演唱《茉莉花》，因其优美的旋律、淡雅的文辞，再辅以吴侬软语的娇媚，使得这首植根于江南文化土壤、带着泥土芬芳的江南民歌，顿时唱响全国。

在晚明时期"重情"的文学思潮中，苏州有一些文人的诗歌创作也颇受民风民习的影响，尤其是本身就源自民间的竹枝词。明代无锡籍诗人唐诗有一组《吴下竹枝词》四首,就极具吴歌的风味,其中多为男女相思恋情的主题,其中有曰:"双袖翩跹舞越罗,小娃十五解吴歌。酒垆休说临邛好,闾阖门前花柳多。""侬家住在越来溪,五月荷花路欲迷。郎若来时休用问,门前杨柳一行齐。""七十二朵莲峰青,总是江南小洞庭。侬家惯向湖中去,自小从人唱采菱。""不见郎归万里船,枫桥北望水连天。平生空爱双罗袜,无处凌波逐水仙。"明代苏州文人史鉴的一组《分题得震泽竹枝词送中书李舍人》八首,则用近乎民歌的形式,表现男女爱情的内容,更在其中穿插了对苏州地区风俗和风土人情的描绘,显得多姿多彩:

洞庭西望水漫漫,浪打船头来往难。
荷叶作衣蒲作帽,只遮风雨弗遮寒。

野老乘舟自打桡,闲看翡翠戏兰苕。
连山不断南津口,曲水回通底定桥。

太湖一水跨三州,洞庭两山在上头。
侬意如山常日静,郎行似水去难留。

合作送郎湖水边,柳丝无力系郎船。
黄檗作藩篱更苦,淤泥种藕别生莲。

震泽雨晴添水波,郎船将发唱吴歌。
谁知三万六千顷,不及侬愁一半多。

十里荷花云锦机,鸳鸯相对浴红衣。
不道采莲歌渐近,一双惊起背人飞。

燕子来时雁北飞,留郎不住别郎悲。
小麦空头难见面,春蚕作茧自缠丝。

风吹雨点打荷盘,点点成珠碎又圆。
碎珠更有重圆日,雨点何曾再上天?

不仅文人如此,就连当时的僧侣也不能免俗,学起了吴歌,写下你侬我侬的诗歌。僧人文湛的《渔家竹枝词》就这样写道:"阿侬家住太湖边,出没烟波二十年。不愿郎身作官去,愿郎撒网妾摇船。"由此可见吴地民歌之影响力。

时至今日,苏州民间的歌谣演唱之风依然很盛,诸如常熟的白茆山歌,吴江的芦墟山歌,张家港的河阳山歌,太湖、阳澄湖的渔歌、船歌,都是国家级或是省级的非物质文化遗产,成为人们感受、理解苏州地区浓郁吴风吴韵的重要艺术形式。讲起苏州民歌,早已不是《茉莉花》《太湖美》《苏州好风光》等所能够涵盖的,还应该包括《紫竹调》《铃铃调》《太平调》《弦索调》《迷魂调》《银绞丝》等在内的许多旋律及其优美的唱词。这些优美的吴地民歌,被各种地方戏曲、曲艺所借鉴、吸取,并发扬光大。对于这些珍贵的文化遗产,我们有责任好好地去珍惜和爱护。

拓展训练

梅子垂金

(明)冯梦龙编《山歌集》

梅子垂金。杨花飞雪。园林中又逢长昼。绿荫亭馆。碧水池塘。静沉沉爽似清秋。竹径深幽。午梦初回。携琴款步在溪岩左右。熏风馥馥。炎日迟迟。绿荷香里。闲驾渔舟。得鱼换酒。野兴悠然。曲子无腔任意讴。微醉前村。找寻故友。谈笑盘桓。斜阳挂树晚烟浮。(叠)尽日淹留。再来时。月映前滩。凉生襟袖。(叠)卷湘帘卷湘帘。长空净。摇小扇。伫立香亭。朱栏外。残红片片魂无定。清香迷燕雀。栏麝醉流莺。风细细。雨星星。春欲老。蝶无情。想当初是锦帐风流。到如今做了那断雨残云。凄凄月又明。烟漠漠。漏沉沉。灯已灭。梦难成。似这等一刻千金。玉人儿你在何处里吹笙。(叠)悔当初。不该误入桃源佳境。(叠)风轻帘栊静风轻帘栊静。点染苍苔尽落红。画阁中。莺声唤醒佳人梦。窗前晓妆罢。款步上春亭。动人情。轻摇彩扇。赶散黄莺。恨他成双奴孤零。喘吁吁。汗落香肩。软怯怯。把雕栏斜凭。又听得卖花声。猛想起昔日奴对镜。郎傍妆台画双峰。到如今花郎虽在夫不在。教奴戴花有何心。哎。花郎。空教你在墙儿外。连唤了数声。(叠)引的我凄凉转增。无语恨薄幸。(叠)离别时离别时。落红满地。到而今。北雁南飞。央宾鸿。有封书信烦你寄。他住在白云深山红树里。流水小桥略向西。一派杨柳堤。紫竹苍松。斜对柴扉。(叠)那就是薄幸人的书斋内。(叠)听残玉漏听残玉漏。辗转动人。愁苦凄凉。怕的是黄昏后独对银灯。暗数更筹。奴比作。(叠)墙内的花儿。潘郎比作墙外的游蜂。花心未采。来来往往。采去了花心。飘然儿不回。就是这等丢人。(叠)天呀。我把玉簪敲断凤凰头。平白的将人丢。要说来就说来。要说是不来就说是不来。哄奴家怎的。耍奴家怎的了。潘郎你看这般样时候。月儿这不转过了西楼。(叠)这事儿反落在他人后。(叠)花蝴蝶身靠妆台手托腮。思量情意得场呆。姐道郎呀。你好像后园中一个花蝴蝶。采子花心便弗来。郎道姐儿呀。我也弗是采子花心便弗来。南边哎有一枝开。我今正是花蝴蝶。处处花开等我采。

劝郎歌

（明）冯梦龙编《山歌集》

劝郎莫爱溪曲曲。一棹沿洄，失却清如玉。奴有秋波湛湛明，觑郎无转瞩。

劝郎莫爱两重山。帆转山回，霎时云雾间。奴有春山眉黛小，凭郎朝夜看。

劝郎莫爱杏遮道。雨余红褪，点点逐春潮。郎试清歌奴小饮，腮边红晕饶。

劝郎莫爱樯乌啼。乌啼哑哑，何曾心向谁。奴为郎啼郎弗信，验取旧青衣。

劝郎莫爱维船柳。风乱飞花，故扑行人首。奴把心情紧紧拴，为郎端的守。

劝郎莫爱湖心月。短桨轻桡，搅得圆还缺。奴原团圆到白头，不作些时别。

劝郎莫爱汀洲雁。一篙打起，嘹呖惊飞散。纵有风波突地邪，奴心终不变。

紫竹调

苏州民歌

一根紫竹直苗苗，送与哥哥做管箫。
箫儿对着口，口儿对着箫，箫中吹出鲜花调。
问哥哥呀，这管箫儿好不好？
问哥哥呀，这管箫儿好不好？

"一串珠喉逐晚风,百啭新莺出幽谷"

——苏州评弹的浅唱低吟

"上有呀天堂,下呀有苏杭。城里有园林,城外有水乡。哎呀苏州好风光,好呀好风光。哎呀哎呀。春季里杏花开,雨中采茶忙。夏日里荷花塘,琵琶丁冬响。摇起小船,轻弹柔唱,桥洞里面看月亮,桥洞里面看月亮。哎呀哎呀。秋天里桂花香,庭院书声朗。冬季里腊梅放,太湖连长江。推开门窗,青山绿水,巧手绣出新天堂,巧手绣出新天堂。哎呀哎呀,上有呀天堂,下呀有苏杭。古韵今风,天下美名扬。哎呀说不尽苏州,好呀好风光。"这曲脍炙人口的江南小调《苏州好风光》,是由苏州弹词大九连环调《姑苏风光》重新编配而成的。作为苏州市的市歌,《苏州好风光》以其委婉动听的旋律和浓郁的地方风韵,让所有来到苏州的朋友留下了深刻的印象,优美的旋律伴随着琵琶丁冬琮铮而名扬海内外。

一直以来,苏州评弹就是国人心目中最富江南情韵的艺术表演形式,"最苏州"几乎就成为它唯一的标签。即便听不懂吴语,但凡到了苏州,亲身聆听、感受一下"中国最美声音",几乎成了游客到苏州的"必修课"。

"中国最美声音"这般赞誉,早在明清时期的文人墨客笔下,就屡见不鲜。晚清著名思想家、文学家,苏州人王韬在其《瀛壖杂志》中这样描写苏州弹词女演员的演唱:"珠喉玉貌,脆管么弦,能令听者销魂……其声如百啭春莺,醉心荡魂,曲终人远,犹觉余音绕梁。"上海开埠后,苏州评弹以其迷人的艺术魅力而风行十里洋场,听评弹成为当时上海滩上最为时尚的娱乐活动。有一位笔名叫"云间逸士"的上海文人,在其所写的《洋场竹枝词》中这样叙述苏州评弹在上海的演出情景:"一曲琵琶动客心,无非说古与谈今。著名双丽何从觅,试向香街闹处寻。"(诗见王韬《海陬冶游续录》卷上)

如此盛况,有图为证。光绪年间,《申报》馆刊行了中国最早的旬刊画报——《点石斋画报》,在《申江胜景图》组画中就有一幅表现苏州评弹风行上海的风俗画——《女书场》。图中有书台,有状元台。书台上两人,上手拿弦子,下手操琵琶,书台之后站立两人,四人均为女性。书台上有对联曰:"有同听焉斯为美,若是班乎可以观。"书台有屏风,屏风中贴"福"字,右贴"恕不送客"。书场门口挂有水牌,上面写着:"特请姑苏马双珠、王逸卿先生弹唱《古今全传》。"另有小牌:"每盅茶五十文"。门前停有轿子,达官贵人前来听书者

绝不在少也。与此图相对应,还有一首题诗曰:

灯光排列明如昼,何人却立当门守。
客来宣唤一声通,引人歌楼如辐辏。
两行茗碗静无哗,中安高座景双双。
柔情绰态姑射子,轻拢漫捻浔阳江。
绮语清音相间作,绝妙当场丝竹肉。
一串珠喉逐晚风,百啭新莺出幽谷。
别有豪情殷碧空,铜琶铁板大江东。
如意欲将唾壶缺,巾帼恍与须眉同。
换羽移宫随所欲,荡气回肠犹未足。
顿教客子费徘徊,转恨春宵太局促。
不须引古说兴亡,离合悲欢已断肠。
一腔命意谁人会,座中纨绔与膏粱。

诗歌开头两句"灯光排列明如昼""引人歌楼如辐辏",淋漓尽致地表现了晚清时期上海评弹夜场表演如火如荼的场景,书场灯火通明,四方听客如辐辏聚集。这样的盛况,在光绪二十年(1894)由梅花盦主所编的画册《申江时下胜景图说》中的《女唱书场图》中,也得到了印证,书场内人头攒动,听众全神贯注,而门楼水牌上所列的演员,清一色都是姑苏弹词名家。

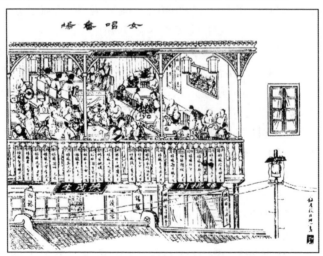

梅花盦主编《申江时下胜景图说》,光绪二十年印本

这首诗中最值得人们注意的,当数对于评弹艺术本身的描写。我们也完全可藉此诗,对苏州评弹艺术做一次简单的巡礼。

苏州评弹是一个统称,它包含着两种不同类别的曲艺形式——"评话"和"弹词"。苏州评话是以苏州话为主,进行徒口讲说表演的曲艺形式,在江南地区俗称"大书"。苏州弹词,俗称"小书",是在琵琶和三弦等主要乐器的伴奏下,用苏州方言表演的说唱艺术形式,其文辞韵、散结合,以叙事为主,代言为辅,叙事语言多用散体白话,抒情、描写多用较为典雅的韵文。二者同属说书行业,在清代曾拥有共同的行会组织,苏州民间习惯将"评话"与"弹词"合称为"苏州评弹"。晚清文人王廷鼎在其《南浦行云录》中,就对此作过明确的记载:"按平话一流,已是宋人小说中,此技独盛于苏。业此多常熟人,男女皆有之,而总称之曰说书先生。所说如《水浒》《西游记》《铁冠图》之类,曰'大书';《玉蜻蜓》《珍珠塔》《三笑》《白蛇传》之类,曰'小书'。"(王廷鼎《紫薇花馆集》)

苏州评弹的起源大约在明末清初。在古代文献记载中,这一时期苏州地区的评话和弹词演出已经极为盛行了。随着民间说书风气的逐渐盛行,苏州地区的说唱表演中开始渐用吴语、吴音,最后全用吴语、吴音,便形成了独具地方特色的苏州评话和苏州弹词。清初苏州剧作家李玉在其《清忠谱》第二折《书闹》中就比较详细地描写了说书的场景,说在"城中玄妙观前,有一个李海泉,说得好《岳传》",李王庙前的书场老板周文元就请他前往表演,每天的听众极多,收益甚是可观,足有"一二千钱拉下"。听众往往被艺人的表演所吸引,听得如痴如醉,每当"说到人间无义事",著名的义士颜佩韦都不禁"捶胸裂眦骂荆卿"。这应该就是苏州评话较早的文献记载。至于弹词的演唱,明末清初湖州南浔人董说,晚年长期隐居在苏州的灵岩山,师从弘储继起修禅,在其小说《西游补》第十二回《拨琵琶季女弹词》中既有对评话的描写,也写到了《玉堂暖话》《天刖怨书》《西游谈》等弹词曲目和"凄楚琵琶调""泣月琵琶调"等弹词曲调,其中特别写到了演唱吴歌"月子弯弯照九州,几家欢乐几家愁"的场面。到了康熙末年,苏州地区的评弹演出已达到火爆的程度,康熙六十一年(1722),昆山人章法(号瓶园子)在《竹枝词》中曾这样描写苏州弹词演出的盛况:"不拘寺观与茶坊,四蹴三从逐队忙。弹动丝弦拍动木,霎时跻满说书场。"

到了乾隆年间,苏州评弹迎来了它的辉煌。其中最为后世评弹艺人所津津乐道的就是王周士在乾隆皇帝御前弹唱的故事。王周士,以弹唱《游龙传》《白蛇传》而享名一时,其说唱伎艺以滑稽调笑,著名诗人赵翼曾有诗称誉他的表演:"酣嬉每逐屠沽博,调笑惯侑侯王酒。妙拨鹍弦擅说书,故事荒唐出乌有。优孟能令故相生,淳于解却强兵走。有时即席嘲座客,自演俚词弹脱手。张打油诗未必工,胡钉铰句不嫌苟。但闻喷饭轰满堂,炙輠争推此秃叟。"(赵翼《赠说书紫癞痢》)乾隆皇帝南巡至苏州,曾特召王周士觐见,王周士在御前弹唱称旨,赐七品冠带,温旨优渥,随銮回京,供奉内廷。后因病告假回乡。

回乡后的王周士把自己的弹唱经验进行总结,形成《书品》《书忌》各十四则。《书品》曰:"快而不乱,慢而不断,放而不宽,收而不短,冷而不颤,热而不汗,高而不喧,低而不闪,明而不暗,哑而不干,接而不喘,新而不窜,闻而不倦,贫而不谄。"《书忌》曰:"乐而不欢,哀而不怨,哭而不惨,苦而不酸,接而不贯,板而不换,指而不看,望而不远,评而不判,羞而不敢,学而不愿,束而不展,坐而不安,惜而不拚。"其中关涉苏州评弹之说功、吐字、发音、用气、内容、台风、手势、表演、学习态度、艺人修养等诸多问题,不乏精彩有益之见,是为评弹艺术发展尤可宝贵之财富,后世评弹艺人口耳相传,受益匪浅。

乾隆四十一年(1776),苏州城内宫巷第一天门创设评弹行会,取"光前裕后"之意,名曰"光裕公所",塑三皇圣像,以联系弹词艺人、培养后进为己任。自此之后,苏城的评话、弹词名家知有所崇奉,且有所归宿也,苏州评弹得到了前所未有的发展,在江南各地广为流行,经久不衰。

可能是因为乾隆皇帝个人对苏州钟爱有加,他在位时,苏州评弹的演出在京城地区也很受欢迎,京城和直隶地区的人甚至都为之痴狂。乾隆年间的河北清苑人李声振在《百戏竹枝词》中就写到了苏州评话和弹词在京师周围盛极一时的情景。其中《弹词》一首,专门写北京四宜轩茶楼中演出苏州弹词的情景,其中有曰:"四宜轩子半吴音,茗战何妨听夜深。近日平湖弦索冷,丝铜争唱打洋琴。"诗后有注曰:"亦鼓词类,然稍有理趣。吴人弹《平湖调》,以弦索按之。近竟尚打铜丝弦洋琴矣。都中四宜茶轩,有夜演者。"从这里,我们也可以约略知道,当时的京城还流行过用洋琴为弹词伴奏,只是如今基本不见了。在另外一首《评话》诗中,李声振细致地描写了评话艺人手拍"醒木",开始了"半声闲话千年事,一席清谈四座欢"(马如飞《竹枝词》)的表演。表演过程中,评话艺人出口成章,上下五千年,古今稗史逸闻,似乎尽在胸襟之中,再加上手中的折扇潇洒地挥舞着,引得听众痴狂不已,正所谓:"醒木轻敲小扇翻,胸饶野乘口成编。与君一夕评今古,占毕诗云胜十年。"诗后有注:"其人持小扇指划,谈今古稗史事,以方寸木击以为节,名曰'醒木'。亦鼓词类,颇叠叠不倦也。"

乾隆以来,评弹几乎成为苏州市井生活中必不可少的一项重要内容。除了在寺、观等露天场所说书外,苏州城里涌现出许多听书的书场。苏州的听客一旦被某一部书所吸引,往往是"累月经旬,寝食俱忘,不厌不倦"。这样繁盛的景象,在僻耽山人《韵鹤轩杂著》之《书场说》中有淋漓尽致的再现:"何以聚人曰场?场之高下决胜负者,曰试场、战场。场之备积贮、正刑名者,则曰仓场、法场。天下之场,莫大乎是也。至丁灶所集,是谓盐场,商贾所辏,是谓集场。同学熙熙,皆为场来,天下攘攘,皆为场往矣……而世所谓书场者,乃日益甚,吾不知是书也,何书也?使为三皇、五帝之书耶,则人必思卧矣。使为诸子百家之书耶,则人必厌而求去矣。然而是书也,一人高座于上,环而听者数百人,上自衿绅,下及仆隶,莫不熙熙攘攘,累月经旬,寝食俱忘,不厌不倦,惟是书之是听。则是书也,其必有深中于人必而不可解者。其谓之场也固宜然。问其地则茶场也。问其人则先生也。先生者谁? 或生而盲也,或钗而艾也,或穷而佞且谄者也。噫!其为书也,几何矣!"

苏州地区的听书之风,长盛不衰,直到晚清民国,依然如此,可引不同时期的诗歌为证。僻耽山人有《苏州新乐府》一首,是嘉庆、道光时期苏州人热衷听书、风雨无阻最为真实形象的写照,亦可视为他《书场说》一文之补充:"举业无心贸迁懒,赶到书场怕已晚。经旬风雨未曾辍,要听书中紧关节。苏州弹词谁最精,陈、俞、姚、陆皆有名,场中高坐称先生。三家村里老学究,失馆多年竟无就。始嗟五经师,不及工盲词。"尤可注意的是,诗中说到的"书中紧关节",就是弹词表演中特别重要的"关子",这足以说明此时的弹词表演已经非常成熟了。所谓"关子",就是"书中有吃紧处,是日听者倍多,曰'关子',说书者故作腾那,有延至三四日,仍说不到其处,曰'卖关子'。"(王廷鼎《紫薇花馆集·南浦行云录》)

苏州评弹在同治、光绪年间的盛况,在苏州民俗学者、诗人袁学澜的笔下就更是不胜枚举。他的《姑苏竹枝词》中有曰:"说书赌曲集名家,荷诞乘凉想水涯。十字洋中停鹄舫,笙歌人隔数重花。"("三伏,游人舣画舫于虎丘十字洋,习清歌赌曲,弹唱新声,清客演说稗传,名乘风凉。")其《续姑苏竹枝词》中也有这样的描写:"蠹窗天幔好茶场,赢得游人逐队忙。弹唱稗官明月夜,娇娥杂坐说书场。"此际苏州弹词的演出有茶馆、书场中的演出,也有青山绿水之间的露天演出,更有"堂折"。至于表演的形式则更趋于多样化,王廷鼎《紫薇花馆集·南浦行云录》中:"独说者曰'单档';两人对说者曰'双档'。一男一女者曰'雌雄档'。一日两回,日三点钟至五点钟止者,曰'日档';夜九点钟至十一点钟止者,曰'夜档'。有至其寓中,或唤至家使说者,曰'堂折'。"

同治、光绪时期的弹词表演,在苏州附近的城乡地区都受到了追捧,除了上海,杭州也是一个重要的码头。清末民初的杭州文人陈蝶仙有四首《(杭州)拱宸桥竹枝词》,再现了晚清时期杭州的弹词热潮:"灯火齐明十二楼,美人高座说风流。听来不是生公法,顽石如何尽点头。""华灯累累出檐明,弦索声声兼笑语。金字玻璃牌子小,姑苏特请某先生。""十幅珠帘尽上钩,鹅笙象板忒风流。如何一样歌声好,不及秋江月照楼。""洋街两面沸笙歌,戏馆茶园逐渐多。国忌如今都不禁,日间弹唱夜间锣。"

随着评弹艺术的蓬勃发展,许多艺人的说书脚本得到了整理和刊刻,艺人们也逐渐形成了自己的风格,因而流派的出现就成为此后评弹艺术发展的一个重要现象。

嘉庆、道光年间苏州弹词名家吴毓昌擅长表演《三笑》,他的脚本就曾于嘉庆年间由四美轩刊刻,名曰《三笑新编》。在这部弹词脚本的卷首,有一首附凌菊人所作的《〈三笑〉七古题词》，其作用相当于全书的序或题记，该诗在对吴氏弹词表演特色评论的同时，简明扼要地概括了苏州评弹的艺术感染力，完全可以视为苏州评弹的经典写照："十指泠泠风乍生，三条弦索珠盘走。大弦轻抹小弦挑，莺声呖呖钟声吼。"这些诗句完全脱胎于唐代大诗人白居易的《琵琶行》，语言优美雅致，且极富诗性。吴侬软语的演唱，犹似"莺声呖呖"滴溜儿圆，在弦索丁当的伴奏下，更富声情摇曳的变化。这便成为后来描写苏州弹词经典的诗句，无怪乎晚清时期《点石斋画报》中要不惜用"柔情绰态姑射子，轻拢漫捻浔阳江。绮语清音相间作，绝妙当场丝竹肉。一串珠喉逐晚风，百啭新莺出幽谷"这样清雅绝伦的文辞去赞美苏州弹词的演唱。晚清文人黄协埙在《淞南梦影录》卷二中更是说，听着苏州弹词演员的"珠喉乍啭，如狎雨莺柔，裹风花软，颇足荡人心志"。

然而，苏州弹词的表演风格绝不只是单一的婉约风格，还有幽默之风，更不乏豪放之风。在吴毓昌《三笑新编》的唱词和说白中，可以清晰地看到，吴氏一人就集三者于一身："吹竽声曼讯千古，弹铗歌惭走四方……齐谐荒诞供喷饭，才拨冰弦哄一堂。"苏州弹词的表演讲究"说、噱、弹、唱"并重，附凌菊人在《〈三笑〉七古题词》中，不仅沉醉于苏州弹词婉转动听的"弹""唱"，对弹词中的"噱"（即弹词表演中的幽默），尤其是那种含蓄蕴藉、充满智慧、令人莞尔的吴地幽默"谐语"（俗称"阴噱"），也给予很多的关注，其中就直接写道："霏霏谐语忽复来，引得髫童笑遮口。"而前引《点石斋画报》上的题诗则对苏州弹词中豪放一路风格做出了准确的描写："别有豪情殷碧空，铜琶铁板大江东"，"换羽移宫随所欲，荡气回肠犹未足"。

随着苏州评弹艺术的发展，到晚清时期，开始出现各种流派，而且流派之间风格鲜明。黄协埙《淞南梦影录》卷二就介绍了同治、光绪年间弹词两大流派之间的差异："弹词有俞调、马调之分。俞调系俞秀山所创也。宛转抑扬，如小儿女绿窗私语，喁喁可听。马调则率直无余韵，咸、同间马如飞所创也。"马调字多腔平，单纯直朴，一泻千里，俞调字少腔多，曲折婉转，悠扬抒情，都是苏州弹词最基本的声腔，后出艺人皆在此基础上不断丰富音乐，形成诸多流派。

苏州弹词不仅以其优美动听的旋律和生动的表演吸引着人们，它的叙事、说表以及唱词也因极具文学性而受到人们的喜爱。苏州评弹在叙事结构、节奏的处理以及"关子"的运用上，与中国古代传统章回小说叙事艺术的精华一脉相承，异曲同工。至于它的唱词，典雅细腻，雅俗共赏，更堪与古典诗词媲美，再加上吴语软糯细腻的演唱，更将弹词善于抒情表意的特质发挥到极致。如弹词开篇《潇湘夜雨》，通篇骈偶，连续使用数十组牙音、齿音声系的叠词，再加上连续使用的顶针续麻格，在声律上造成一种幽咽凄绝又缭绕萦止的艺术效果，这岂非前人评价李清照《声声慢》词作时所谓的"啮齿叮咛之韵"乎？如此韵味的文字，真可作为文学经典阅读、欣赏。

拓展训练

《三笑》七古题词
附凌菊人

毓昌老人泉石友，独擅词场无敌手。
十指泠泠风乍生，三条弦索珠盘走。
大弦轻抹小弦挑，莺声呖呖钟声吼。
形容画出桂亭香，佳士风流配佳偶。
歌喉宛转换人声，泛泛池塘莲出藕。
咀嚼当时一片神，密语深情细分剖。
风月无边谁主持，雅者伊人韵者妇。
有时错落四五星，有时一一贯鱼柳。
巷语街谈一扫之，弹词宁落龟乍后？
霏霏谐语忽复来，引得奚童笑遮口。
夜凉月上拂袖辞，特令盘桓饮以酒。
团扇为歌一首诗，归去商之贤太守。

鹧鸪天
毛菖佩

言宜清丽唱宜工，却与梨园迥不同。南北曲文重未碍，古今书意改无穷。
劝孝弟，醒愚蒙，古今余韵敬亭风。登场面目依然我，试卜闲人一笑中。

竹枝词（四首）
马如飞

韶华匆匆卅余年，不读文章不种田。
赖有南词谋活计，未尝摇尾乞人怜。

剧怜阮囊走穷途，若个甘为贱丈夫。
直待行装空似洗，始有东道主人无。

生公说法虎邱山，聚石为徒尽不顽。
椅子点头桌子笑，书场到处有禅关。

有利有名非富贵，不僧不道岂衣冠。
半声闲话千年事，一席清谈四座欢。

潇湘夜雨
苏州弹词开篇

云烟烟,烟云笼帘房,月蒙蒙,蒙月色昏黄。阴霾霾,一座潇湘馆,寒凄凄,几扇碧纱窗。呼啸啸,千个琅玕竹,草青青,数枝瘦海棠。病恹恹,一位多愁女,冷清清,两个小梅香。只见她,薄桪桪,桪薄罗衫薄,黄瘦瘦,瘦黄花容黄。眼忪忪,忪眼添愁怀,眉蹙蹙,蹙满恨满腔。静悄悄,静坐湘妃榻,软绵绵,软靠镶牙床。黯淡淡,一盏垂泪烛,冷冰冰,半杯煎药汤。可怜她气喘喘,心荡荡,咳声声,泪汪汪。血斑斑湿透了薄罗裳。情切切,切情情忐忑,叹连连,连叹叹凄凉。可怜她生离离,离别故土后,孤凄凄,栖迹寄他乡。路迢迢,云程千里隔,白茫茫,总望不到旧家乡。她是神惚惚百般无聊赖,影单单诸事尽沧桑。只见那夜沉沉,夜色多惨淡,声寂寂,声息愁更长。只听得风飒飒,飒飒风凄凄,雨霏霏,霏霏雨猛猛。滴铃铃,铜壶漏不尽,哒啷啷,铁马响丁当。笃咙咙,风惊帘钩动,渐沥沥,雨点打寒窗。丁当当,钟声敲三下,卜咚咚,谯楼打五更。那妃子是冷飕飕,冷风禁不起。夜漫漫,夜雨愁断肠,从此后病汪汪,病魔入膏肓。

"依约晓窗人未起,卖花声里到苏州"

——吴侬软语的圆匀嘹呖之美

晚明文人陈继儒在《小窗幽记》中曰:"论声之韵者,曰溪声、涧声、竹声、松声、山禽声、幽壑声、芭蕉雨声、落花声,皆天地之清籁,诗坛之鼓吹也。然销魂之听,当以卖花声为第一。"陈继儒(1558—1639),字仲醇,号眉公、麋公,华亭(今上海松江)人,晚明时期著名的文学家、书画家,也是一代山人雅士的代表,在他的笔下,亟亟称道的居然是卖花声,而且认为其远胜一切天籁。需要说明的是,陈眉公笔下令人销魂的卖花声,自然是用吴侬软语吟唱而出的,若没有吴地的生活经历,似乎很难领会到这样的韵味。

但凡踏上苏州的土地,春夏时节,时而会听到从狭窄的小巷或是遍布城内外的水巷中传来"栀子花、白花兰"的叫卖声,这种有着绵长而悠远旋律的吆喝,毋宁说是歌唱,这悠悠的叫卖和吟唱,似乎有着浸润心田的万千柔肠温情,无不使人在轻歌曼语中感受着江南的无限神韵和水乡的款款风情。吴语一直被世人誉为"天下最美的声音",尤其是江南女子软糯妩媚的声声歌唱。元代诗人谢宗可组诗《咏物诗》中《卖花声》一诗,专门描写江南女子卖花声让人产生的无限遐思和想象,极富有诗意,值得一读:

> 春光吟遍费千金,紫韵红腔细细寻。
> 几处又惊游冶梦,谁家不动惜芳心。
> 响穿红雾楼台晓,情逐香风巷陌深。
> 妆镜美人听未了,绣帘低揭画檐阴。

春日里,或是透过漫天柳烟的迷蒙,或是在绵绵春雨交织成的氤氲中,就在不经意间,就能够听到卖花姑娘温软柔美的"紫韵红腔",一声声圆匀嘹呖,似"呖呖莺声溜的圆"。如此妩媚软糯的叫卖声,飘忽于深远悠长的江南小巷,所有的人都能够感受到江南无限烂漫的春光。更有甚者,"响穿红雾楼台晓,情逐香风巷陌深"的情韵,完全足以销摄闺中人的魂魄,那些"幽闺自怜"的"妆镜美人""听未了",就不由得涌动起游冶、惊梦之情思,并由此而产生"如花美眷,似水流年"这般惜春的无限感慨。谢宗可不愧是一位摹景抒情的高手,在诗歌最后以低垂的帘幕和昏晦的光影收束,把"妆镜美人"听闻卖花声之后"此恨绵绵无绝期"的哀婉写到了极致,风神无限,令人有迷离惝恍之感。

这样的情绪和感觉似乎一直存在于文人墨客的想象之中,因而也就会时常在其笔端流露出来。有"乾隆第一诗人"之称的诗人黄景仁在他的两首《即席分赋得卖花声》中,更是将谢宗可诗中的"绝怜儿女深闺事"情思和意绪发挥到了淋漓尽致的地步,正所谓"听多偏是惜花人""惜花无奈听成愁":

> 何处来行有脚春?一声声唤最圆匀。
> 也经古巷何妨陋,亦上荆钗不厌贫。
> 过早惯惊眠雨客,听多偏是惜花人。
> 绝怜儿女深闺事,轻放犀梳侧耳频。
>
> 摘向筠篮露未收,唤来深巷去还留。
> 一场春雨寒初减,万枕梨云梦忽流。
> 临镜不妨来更早,惜花无奈听成愁。
> 怜他齿颊生香处,不在枝头在担头。

如果说谢宗可和黄景仁的诗歌属于"男子而作闺音"的那种类型,描写的还只是女子的感受,并不能完全代表传统文人士大夫的感受的话,下面我们就来读几首男性文士笔下借卖花之声实现自我抒怀的作品。

许久以来,世人称道吴侬软语的卖花声时,都喜欢援引陆游的那句"小楼一夜听春雨,深巷明朝卖杏花",以为吴地风雅之证明。陆游所作,题曰《临安春雨初霁》,很显然,其诗所描写的并非吴中,而是杭州的景象。难道卖花声这般极具苏州风韵的场景,就没有经典的诗句为引证吗?其实不然,苏州地区文人笔下的佳作亦复不少。明代常熟诗人邵圭洁在一首《苏台竹枝词》中,就饱含着对家乡的深挚之情,深情地摹状了江南水乡独有的山水光影,在水光潋滟、"片片明霞"之外,邵圭洁更以极富诗性的笔调,复现了飘忽于江南湖光山色之间,隐约流荡在纵横交错水巷中的卖花声,虽然只是"三五声",零零星星,若有若无,却是情韵无尽。其诗曰:

> 鱼尾晴霞片片明,鸭头新水半塘生。
> 平川荡桨一十里,深巷卖花三五声。

苏州的水巷是曲折而幽长的,又是静谧而优雅的,轻柔悦耳的"卖花声"穿梭萦绕在苏州的水巷深处,使文静的苏州水巷多了些活泼和生动,自此之后,"栀子花、白兰花……",这一吴地百姓最为熟悉、最为亲切的叫卖声也就无须再用陆游的诗句为证了,因为有邵圭洁"平川荡桨一十里,深巷卖花三五声"的吟唱就足矣。

城市的声音,尤其是带着浓郁乡情的乡音,本应该是一个城市文化重要的组成部分,然而在城市现代化的进程中,这种带着无限乡愁的乡音越来越被人淡忘。记住乡音,记住城市的声音,也应该是传承城市历史、城市文化的重要方式之一。在苏州,除了软糯温婉的卖花声,还有许多值得记住的乡音和乡情,诸如太湖流域的渔歌以及江南特色鲜明的采菱歌、采莲歌等。古往今来的文人墨客,有多少人将这浓浓的乡愁融入声声亲切的乡音之中,苏州文学史中也不乏这样的经典佳作。

元代末年,绍兴籍诗人杨维桢寓居苏州,对苏州的风土人情和风物青睐有加,他创作的《吴下竹枝歌》组诗中就有许多描写苏州的各种声音的,其中既有江南女子采菱时的声声歌唱,也有青年男女买花赠花、互诉衷情时的情歌对唱,还有文人雅士诗酒风流中的踏歌嬉乐和赠答唱和,兹引其中的三首小诗如下:

三箬春深草色齐,花间荡漾胜耶溪。
采菱三五唱歌去,五马行春驻大堤。

马上郎君双结椎,百花洲下买花枝。
罟罛冠子高一尺,能唱黄莺舞雁儿。

灼灼桃花朱户底,青青梅子粉墙头。
踏歌起自春来日,直至春归唱不休。

元末苏州文人陈基参与杨维桢、顾阿英等人在阳澄湖畔的玉山草堂雅集的时候,也时常被吴地如歌似曲的声声叫卖所吸引,他在《次韵怀玉山》一诗中这样写道:"滑滑春泥满郡城,出门策马不堪行。未能学道从猴母,且自忘忧对曲生。流水小池垂钓影,春风深巷卖花声。《停云》赋罢心如渴,安得沧浪濯我缨?"徜徉在吴地秀润的山水之间,更有流水小池之畔垂钓的从容和淡定,此乐何极! 和煦的春风拂面,时而也会夹杂着三两声温软惬意的卖花声,缭绕于深巷之中,飘入耳边,静静地倾听着,油然而生望峰息心、窥谷忘返的情意,诗歌结句所谓"《停云》赋罢心如渴,安得沧浪濯我缨",正是这样一种情怀的直接抒写。

对于流寓苏州的外地游子,卖花姑娘轻声慢语的浅吟低唱,温情脉脉地抚慰着游子孤寂的灵魂,纾解着各自内心的思乡愁绪。"一程春雨一程愁,小阁重帘水上头。依约晓窗人未起,卖花声里到苏州。"这是清代常州诗人刘嗣绾离乡到苏州谋营生时候所写的小诗《题水阁》(刘嗣绾《尚䌹堂诗集》卷六)。原本是带着满怀愁思离开家乡的,当诗人的小船驶入苏州山塘河时,沿河的水榭在水雾和晨曦的映衬下,尽显祥和安宁,就在此时,不经意间,从远处,不知是岸上还是水面上,隐隐传来一阵吴侬软语的叫卖声:"栀子花、白兰花……栀子花、白兰花……"真叫人销魂。随着时间的推移,寓居姑苏的时日越长,越发地喜欢这样的诗意场景,尤其喜欢在迷蒙的烟雨中,静享着这样温婉细腻的情调。不知《卖花声》这一词牌的创立,是否与这样的情境存在着某种关联?旧时的词乐早已不传,我们自是很难求证,若是从诗意的角度去理解吴地文化,心中存着这样的假设,无疑是最有诗意的,也是最有美感的想象、期待和憧憬。

这样的诗情画境,到了近现代也还时时复现于文人的笔端,现代著名作家周瘦鹃的《浣溪沙》更在莺声嘹呖中,把吴地娇娃的纯美和娇羞写到了极致,其词曰:"生小吴娃脸似霞,莺声嘹呖破喧哗。长街叫卖白兰花。　借问儿家何处是?虎丘山脚水之涯,回眸一笑鬓鬟斜。"读着这样的清词丽句,会和多数人一样,眼前每每幻化出一位位娇柔的吴娃,耳际萦绕着滴沥溜圆的近乎歌唱的叫卖之声。"借问儿家何处是?虎丘山脚水之涯",这倒是完全写实的笔调,也写出了苏州卖花声之所以历经千年而弥久不衰的原因。

据顾禄的《桐桥倚棹录》记载,苏州的虎丘山麓、山塘街一带种植花卉之风尤盛:"自桐桥迤西,凡十有余家。皆有园圃数亩,为养花之地,谓之园场。种植之人俗呼'花园子'。"盛产各种花卉名木,常见花木不下百种,"大抵产于虎丘本山及郡西支硎、光福、洞庭诸山者居半。其有来自南路者,多售于北客;有来自北省者,多售于南人。惟必经虎丘花农一番培植,而后捆载往来",山塘街于是成为明清时期江南地区最为著名的花卉贸易集散地,无怪乎诗人翁照在其诗歌中要感慨:"更怜一种闲花草,但到山塘便值钱!"虎丘、山塘栽培花卉之盛况,在清代苏州状元石韫玉的《山塘种花人》一诗中表现得颇为集中:

江南三月花如烟,艺花人家花里眠。
翠竹织篱门一扇,红裙入市花双鬟。
山家筑室环山市,一角青山藏市里。
试剑陂前石发青,谈经台下岩花紫。
花田种花号花农,春兰秋菊罗千丛。
……

春日里,鲜花大量上市的时候,山塘河上就出现了石状元《山塘种花人》诗中的繁忙景象:"桃花水暖泛晴波,载花之舟轻如梭。"穿梭不息的花船上,各色时令鲜花应有尽有,卖花女子甜美软糯的叫卖声,伴随着欸乃的橹声、汩汩的流水声,还有馥郁芬芳的花香,洒满山塘河,也飘洒到苏州城的每一条水巷。枕河而居的人家,听到声声叫卖,支开临河的窗棂,招呼一声,花船渐渐停靠岸边,卖花女子的纤纤玉手递上三两串带着晨露的鲜花,或是白兰花,许是茉莉花,这样的场景和画面,极富有市井风情,也极具诗情画意的美感。

诗意是美好的,让人充满着无限的憧憬和神往,然而现实中的景况却每令人尴尬和不解。随着虎丘山麓鲜花种植的萎缩,山塘花市的盛景不再,更令人

姑苏声音篇

唏嘘的是,而今行走在街巷中、园林景区入口处的卖花者,基本不见吴娃美娇娥,大多为年迈龙钟的老妪,而且声音也是那么的苍老和生硬:"啊要买花?"她们的眼神中流露出丝丝乞怜和哀伤,每逢这般场景,总觉得过于败兴。古典诗词的描写中,与卖花声相伴相随的确实多吴越之地的美娇娥,然而也不尽然,吴娃娇媚的幻想,实在只能算是世人的"意淫"而已。晚唐时期的苏州诗人陆龟蒙在《阊闾城北有卖花翁讨春之士往往造焉因招袭美》诗中有曰:"故城边有卖花翁,水曲舟轻去尽通。十亩芳菲为旧业,一家烟雨是元功。"与陆龟蒙同时代的诗人吴融有《卖花翁》诗曰:"和烟和露一丛花,担入宫城许史家。惆怅东风无处说,不教闲地著春华。"在南宋诗人陆游的诗中,卖花的绝不是什么"南国婵娟",而是被后世交口传称的"山阴卖花叟",陆游之诗曰:

　　君不见会稽城南卖花翁,以花为粮如蜜蜂。朝卖一株紫,暮卖一枝红。屋破见青天,碗中米常空。卖花得钱送酒家,取酒尽时还卖花。春春花开岂有极,日日我醉终无涯。亦不知天子殿前宣白麻,亦不知相公门前筑堤沙。客来与语不能答,但见醉发覆面垂鬖鬖。

　　放翁此诗题目甚长,但有利于理解诗旨,故不避冗繁录之:"城南上原陈翁,以卖花为业,得钱悉供酒资,又不能独饮,逢人辄强与共醉。辛亥九月十二日,偶过其门,访之,败屋一间,妻子饥寒,而此翁已大醉矣。殆隐者也。为赋一诗。"卖花陈叟之豪放,自是让人难忘,然而,放翁诗作之立意似乎并不在此,所谓"以花为粮如蜜蜂"良以是也。原来,在卖花这一看似风雅的风俗背后,实在是隐藏着花农的辛劳和心酸。世人对陆放翁笔下"山阴卖花叟"的播传,更多着力于"卖花得钱送酒家"的"八卦",后人真正能味得此中诗旨者唯元末明初的刘伯温,他在《题陆放翁卖花叟诗后》一诗中曰:"君不见会稽山阴卖花叟,卖花得钱即沽酒。东方日出照紫陌,此叟已作醉乡客。破屋含星席作门,湿萤生灶花满园。五更风颠雨声恶,不忧屋倒忧花落。卖花叟,但愿四海无尘沙,有人卖酒仍卖花。"在遇到风雨灾害的时候,花农们担忧的不是自己屋舍的安全,而是雨打飘零,"花落"无数的扼腕。这样的立意,倒是在一定程度上传承发扬了白居易新乐府诗的精神。巧的是,白居易新乐府中就有《买花》一诗,李唐王朝,世人甚爱牡丹,故而种花、卖花就成为田舍之人的生计"旧业"之一,这正是白居易诗中所谓:"有一田舍翁,偶来买花处。低头独长叹,此叹无人喻。一丛深色花,十户中人赋。"

拓展训练

山塘种花人

（清）石韫玉

江南三月花如烟，艺花人家花里眠。
翠竹织篱门一扇，红裙入市花双鬟。
山家筑室环山市，一角青山藏市里。
试剑陂前石发青，谈经台下岩花紫。
花田种花号花农，春兰秋菊罗千丛。
黄瓷斗中砂的皪，白石盆里山玲珑。
山农购花尚奇种，种种奇花盛篋笼。
贝多罗树传天竺，优钵昙花出蛮洞。
司花有女卖花郎，千钱一花花价昂。
锡花乞得先生册，医花世传不死方。
双双夫妇花房宿，修成花史花阴读。
松下新泥种菊秧，月中艳服载罂粟。
花下老人号花隐，爱花直以花为命。
谱药年年改旧名，艺兰月月颁新令。
桃花水暖泛清波，载花之舟轻如梭。
山日未上张青盖，湖雨欲来披绿蓑。
城中富人好游冶，年年载酒行花下。
青衫白袷少年郎，看花不是种花者。

虎丘竹枝词

（清）舒　位

茉莉花开蝴蝶飞，湖船儿女买花归。
北人不识簪花格，丫鬟山前雪一围。

虎丘竹枝词

（清）席蕙文

平波如镜漾晴烟，正是山塘薄暮天。
竞把花篮簪茉莉，隔船抛与卖花钱。

瑶　花·咏茉莉花篮
（清）吴锡麒

浓香解媚，清艳含娇，簇盈盈凉露。金丝细绾，讶琼壶、冷浸水如许。玲珑四映，问恁得、相思盛住。已赢他、织翠栽筠，消受美人怜取。　　几回荡着轻舠，听吴语呼时，争傍篷户。拎来素手，爱袖底，犹带采香风趣。斜阳渐晚，看挂向、粉舆归去。到夜阑，斗帐横陈，梦醒蝶魂无据。

虎丘竹枝词
（清）顾文铉

苔痕新绿上阶来，红紫偏教隙地栽。
四面青山耕织少，一年衣食在花开。

"天下兴亡,匹夫有责"
——吴中文人在学术思想史上的最强声音

"天下兴亡,匹夫有责",这句响彻寰宇的豪言壮语,出自明清之际著名思想家顾炎武的名著《日知录》,这大概是吴地文人在中国学术思想史上发出的最强音。在《日知录》卷十三《正始》篇中,顾炎武这样说道:

> 有亡国,有亡天下,亡国与亡天下奚辨?曰:易姓改号谓之亡国。仁义充塞,而至于率兽食人,人将相食,谓之亡天下……是故知保天下,然后知保其国。保国者,其君其臣,肉食者谋之。保天下者,匹夫之贱与有责焉耳矣。

到了晚清时期,另一位著名思想家梁启超对顾炎武的这段话进行了集中和提炼,在其《辨法通论·论幼学》中说:"夫以数千年文明之中国,人民之众甲大地,而不免近于禽兽,其谁之耻欤?顾亭林曰:'天下兴亡,匹夫之贱,与有责焉已耳。'"最后在《痛定罪言》(三)中把顾炎武的思想和话语,凝练成"天下兴亡,匹夫有责"这八个劲捷有力的铿锵之语:"今欲国耻之一洒,其在我辈之自新……夫我辈则多矣,欲尽人而自新,云胡可致?我勿问他人,问我而已。斯乃真顾亭林所谓'天下兴亡,匹夫有责'也。"顾炎武的一生,正是用他自己切实的努力和行动,践行着他所倡导的"保天下者,匹夫之贱与有责焉耳矣"这一理念。

顾炎武(1613—1682),初名绛,初字忠清,入学时曾一度改名继坤。明朝灭亡后,改名炎武,亦作炎午,字宁人,跟随他问学的人称之为"亭林先生"。为了"抗清大计",顾炎武奔走四方,在其一生漂泊的历程中,还曾别署蒋山佣、顾佣、顾石户、圭年等名号。

顾炎武出生于江南昆山千墩古镇的一个诗书世家。顾炎武自幼便留心经世之学,少年时代就遍览典籍,历代史书、当朝实录、天下图经以及说部别集中,凡关乎民生利害者,分类抄录,著《天下郡国利病书》,书未成而明亡。其母王氏在昆山城被清军占领之后,绝食而死,对顾炎武的临终遗命有曰:"汝无为异国臣子,无负世世国恩,无忘先祖遗训,则吾可以瞑于地下。"母亲的遗命,顾炎武恪守一生,并将抗清作为自己毕生的事业。

顾炎武早年曾加入"复社",明亡之后,他就在秘密结社中联络环太湖地区的抗清义士,积极参与并组织抗清活动。他和好友归庄一起,参加了吴江人叶继武成立的惊隐诗社,"岁于五月五日祀三闾大夫,九月九日祀陶征士","以抒其旧国旧君之感"(杨凤苞《秋室集》卷一《书南山草堂遗集后》)。他与好友归庄、杨永言、吴其沆(字同初)等人一起,参加了王永祚领导的抗清义军,顾炎武后来在《吴同初行状》中不无自豪地回忆这段往事,说是"从军于苏"。虽然,顾炎武参加的这次抗清活动失败了,但他始终没有放弃,由此拉开了顾炎武三十多年的漂泊流亡生活的序幕。

与其说是漂泊流亡,更不如说是"全身心地致力着沟通南北同志,胼手胝足于'博学于文,行己有耻'的信念之实践"(严迪昌《清诗史》)。纵观顾炎武的一生,南北奔走呼号,其目的更多的是出于志存恢复而进行的秘密联络,只要简单梳理一下他在三十多年中结交、接洽的对象,就可以一目了然。对此,严迪昌先生在《清诗史》中有精辟的论述曰:"'行'是顾炎武全部遗民生涯的基核。作为清初最伟大的思想家和学术大师之一,如果架空或轻忽其在特定历史背景下的艰苦卓绝、坚毅不拔的行为实践,必然不足以认识他的思想和学术力量的底蕴,从而对其成为后世'乾嘉朴学'的启导人的读评也不免陷于形面上的误区。同样,作为遗民诗群中影响深广的杰出爱国者,倘若人们无视顾炎武之为诗,究其本意只是相副于诸如'五谒孝陵,四谒欑宫'之类践行,作为明志和张扬舆论、鼓舞士气、激励同志的一种器具的话,那么,岂止有悖于诗人原不欲以诗鸣世的初衷,也难以确定其在诗史应有的切实的位置。"

顾炎武一生著述极为丰厚,留存至今的就有《日知录》《天下郡国利病书》《音学五书》《亭林诗文集》《明季实录》《菰中随笔》《历代宅京记》《金石文字记》《石经考》《建康古今记》等数十种之多。怎样来正确地阅读、理解顾炎武,就成为一个重要的问题,严先生的这段分析,无疑给了我们极为明确的思路和方向。

顾炎武本人在很多场合多次表达不欲作文人、为诗人的意思。他在《与人书》中说:"君子之为学,以明道也,以救世也。徒以诗文而已,所谓'雕虫篆刻',亦何益哉?"并且反复申述"无关于经术政理之大,则不作也","凡文之不关于六经之指、当世之务者,一切不为"。在《日知录》中,顾炎武更专列"巧言""文辞欺人""文人之多"诸条目,以尖锐的笔触批判"不识经术,不通古今,而自命为文人"这一现象的泛滥。与此同时,他高举"文须有益于天下"的旗帜:"文之不可绝于天地间者,曰明道也,纪政事也,察民隐也,乐道人之善也,若此者有益于天下,有益于将来,多一篇,多一篇之益矣。"(顾炎武《日知录集释》卷十九"文须有益于天下"条)明白了这层意思,顾炎武诗文作品以及所有学术著作中所深蕴的家国天下的情怀以及经世致用的学术追求,就不应该简单地被忽视。要充分理解这些,又必须紧紧结合顾炎武波澜壮阔的人生和思想的脉搏,而不能仅仅从辞章角度作简单的欣赏。

顾炎武的诗歌创作"主性情,不贵奇巧",很多诗歌是他在风云激荡的历

史背景下,抗清斗争中喋血南北的真情流露。虽然顾炎武口口声声说自己无意为诗人,但他时时将自己满腔的忠爱义愤之情熔铸笔端,因而作品中充满着高亢悲壮的情韵,成为明清之际遗民诗界的翘楚。就其题材而言,强烈的现实性和政治性,也使得顾炎武的诗歌带有明显的史诗特色,因而也获得了"诗史"之称号。

清军南渡之初,一路烧杀淫掠,生灵涂炭。顾炎武目睹惨状,写下了许多纪实的诗篇,如《秋山》诗二首,就描写了清兵南下在江阴、昆山、嘉定等地屠城之后的惨象:

秋山复秋山,秋雨连山殷。
昨日战江口,今日战山边。
已闻右甄溃,复见左拒残。
旌旗埋地中,梯冲舞城端。
一朝长平败,伏尸遍冈峦。
北去三百舸,舸舸好红颜。
吴口拥橐驼,鸣笳入燕关。
昔时鄢郢人,犹在城南间。

秋山复秋水,秋花红未已。
烈风吹山冈,磷火来城市。
天狗下巫门,白虹属军垒。
可怜壮哉县,一旦生荆杞。
归元贤大夫,断脰良家子。
楚人固焚麇,庶几歆旧祀。
句践栖山中,国人能致死。
叹息思古人,存亡自今始。

这是经历国破家亡之后的长歌当哭,更何况这其中有顾炎武亲身经历家人惨遭杀戮,母亲绝食而亡的痛苦记忆。但是,顾炎武并没有在血色中消沉,这反而激起了他的斗志,弘光元年(1645)四月,他在长江江防重要的据点镇江,面对浩浩汤汤的长江水,写下了《京口即事》一诗。诗中对弘光小朝廷派黄得功、刘良佐、刘泽清、高杰四将镇守江左,派史可法督战扬州,充满了希望和信心:"河上三军合,神京一战收","大将临江日,中原望捷时","转战收铜马,还兵饮月支"。与此同时,顾炎武用祖逖击楫中流的典故自励,表达了自己抗清的决心:"祖生多意气,击楫正中流!"

顾炎武在参加的一次次抗清活动中,接触到很多志士仁人,很多人未完成自己的"抗清大业",中道就义牺牲,顾炎武在《哭杨主事》(杨廷枢)、《哭陈太仆》(陈子龙)等挽诗中痛哭泣下,既有对同志故友的哀思,也有对前程的深深忧虑。为了能够拓展他的抗清大计,他奔走于太湖、淮河、黄河流域,足迹半天下,为的是联络隐遁各地的遗民志士,希望他们在各地纷纷起事,互为犄角,遥相呼应。在与这些遗民志士的往还中,顾炎武写下了许多慷慨激昂、誓志抗清的诗句:

> 向日心常在,随阳愿未亏。
> 寄言幽谷友,勿负上林期。
> ——《赋得越鸟巢南枝用枝字》

> 碧血未消今战垒,白头相见旧征衣。
> 东京朱祜年犹少,莫向尊前叹式微。
> ——《赠朱监纪四辅》

> 中年早已伤哀乐,死日方能定是非。
> 彩笔夏枯湘水竹,清风春尽首山薇。
> ——《路光禄书来叙江东同好诸友一时徂谢感叹成篇》

> 自从一上南枝宿,更不回身向北飞。
> ——《路舍人客居太湖东山三十年寄此代柬》

> 戮力事神州,斯言固难忘。
> 我宁为楚囚,流涕空沾裳。
> ——《王征君潢具舟城西同楚二沙门小坐栅洪桥下》

这些诗句,激情满怀,字字血泪,堪称战斗的号角和誓死的决心。"碧血未消","宁为楚囚",也要"戮力事神州",因为顾炎武和他的同志们,早已将自己的命运和哀乐交付给了复明大业,"向日心常在,随阳愿未亏"正是这样的自我期许。

在上引顾炎武的几首赠诗中,有一个家族的昆仲是应该引起足够重视的,那就是河北曲周路振飞诸子。路振飞(1590—1648),字见白,号皓月,明末清初著名的抗清领袖。弘光朝为马士英所黜,曾流寓于苏州太湖洞庭东山。后追随唐王朱聿键入闽,拜太子太保、吏部尚书兼文渊阁大学士。季子路泽浓随往,泽浓赐名太平,授职方郎。汀州一役,唐王隆武政权灭亡,路振飞逃居海岛。顺治四年(1647),赴桂王朱由榔之召,在前往的路途上,路振飞悲愤成疾,卒于粤中。路氏昆仲承乃父遗志,坚持独立不阿,不仕二姓。路氏一门英烈,早在客寓苏州时,就与顾炎武交善。后来顾炎武在"杀仆讼系案"中最后得以脱身,路氏兄弟的斡旋起了很重要的作用。所以,顾炎武曾先后作有《赠路光禄太平》《赠路舍人》等诗,不仅表达了自己对路氏兄弟的感激之情,更将他与路氏昆仲志同道合、"合谋共事"的心迹表达得非常充分,其中有曰:"君从粤中来,千里方鼎沸。绝迹远浮名,林皋托孤诣。东山峙大湖,昔日军所次。奉母居其中,以待天下事……君才贾董流,矧乃忠孝嗣。国步方艰危,简在卿昆季。经营天造始,建立须大器。敢不竭微诚,用卒先臣志。明夷犹未融,善保艰贞利。"与上引的《路光禄书来叙江东同好诸友一时俎谢感叹成篇》《路舍人客居太湖东山三十年寄此代柬》两首诗歌一起读来,遗民志士相互间的心灵契合,自然应该引起后人的重视。

除了路氏一门之外,顾炎武一生中交往至密的人,当属傅山了。

傅山(1607—1684),初名鼎臣,字青竹,改字青主,又字仁仲,别署公之它、石道人、啬庐、朱衣道人、青羊庵主、侨黄老人、浊翁、观化等。汉族,阳曲(今山西太原)人。傅山是明清之际著名的思想家、书法家、文学家、画家、医学家,北方学术的领袖,更是清初明遗民的代表。在明朝灭亡之后,傅山身披红衣,改号为"朱衣道人",广泛联络抗清志士,秘密从事抗清活动。顺治十一年(1654),傅山因反清被捕入狱,惨遭酷刑,然而深陷大狱的傅山"抗词不屈,绝食数日,几死"(全祖望《阳曲傅青主先生事略》)。最后友人出奇计,救出傅山。出狱后的傅山在《七机岩》一诗中自明心志:"中原用剑戟,偷生亦可耻",由此拉开了他"兴亡著意拼"(傅山《龙门山径中》)的秘密抗清活动。

顺治十四年(1657),顾炎武虽然从"杀仆讼系案"中脱身出狱,但是奸人叶方恒依然对他实施持续迫害。在江南难以容身的顾炎武遂"浩然有山东之行"。后应傅山之邀,顾炎武来到山西太原,开始了与傅山密切的往还。南北两位遗民的领袖在太原起码有过三次的密切交往,在学术切磋和诗文唱和中,关注最多的自然是国事的沧桑巨变以及天下兴亡之大计,因为他们两人在学问上都力主"经世致用"。

康熙二年(1663),顾炎武游太原时,傅山作《晤言宁人先生还村途中叹息有诗》以赠顾炎武,诗中写道:

河山文物卷胡笳,落落黄尘载五车。
方外不娴新世界,眼中偏认旧年家。
乍惊白羽丹阳策,徐领雕胡玉树花。
诗咏十朋江万里,阁吾伦笔似枯槎。

面对山河易色,河山四处"胡笳"声声,遁入"方外"的傅山在诗中明确地宣称,自己的眼中永远还有"旧年家"(指明王朝),绝对不会屈就,更不会献媚而"娴"于"新世界"(指清王朝)的。对傅山的自我明志,顾炎武在和诗《又酬傅处士次韵》二首中立即做出了呼应:

清切频吹越石笳,穷愁犹驾阮生车。
时当汉腊遗臣祭,义激韩仇旧相家。
陵阙生哀回夕照,河山垂泪发春花。
相将便是天涯侣,不用虚乘犯斗槎。

愁听关塞遍吹笳,不见中原有战车。
三户已亡熊绎国,一成犹启少康家。
苍龙日暮还行雨,老树春深更着花。
待得汉庭明诏近,五湖同觅钓鱼槎。

两人的诗歌唱和,心意相通,在情感上产生了强烈的共鸣,顾炎武遂有"相逢江上客,有泪湿青衫"(顾炎武《赠傅处士山》)的喟叹。顾炎武的这两首诗歌,大量使用典故,将自己沉挚深厚的情感融入历史的典故之中,这也就是后来学者所说的"学人之诗"的典型特点。为了更好地理解其中的深沉意蕴,不妨对第一首诗歌中的几个重要典故作一简单疏解。

"越石",是晋代著名文学家刘琨的字。刘琨曾任并州(今山西太原)刺史,晋室南迁后,长期坚守并州,"尝为胡骑所围数重,城中窘迫无计。琨乃乘月,登楼清啸,贼闻之,皆凄然长叹。中夜奏胡笳,贼又流涕嘘唏,有怀土之切。向晓复吹之,贼并弃围而去"(《晋书·刘琨传》)。以刘琨坚守并州的故事,喻傅山在太原危殆的环境中矢志不渝的斗争精神。"穷愁犹驾阮生车",用的是竹林七贤之一阮籍的故事,在此用以赞扬傅山如阮籍一样,虽然身处穷厄之中,但始终坚持气节,过着清啸隐居的自在生活。"汉腊",是指汉朝岁终祭神的节令。据《后汉书·陈宠传》记载,王莽篡位之后,曾召陈宠的曾祖父陈咸入朝"以为掌寇大夫,谢病不肯应"。不仅如此,陈咸还要求他在朝的三个儿子"悉令解官,父子相与归乡里,闭门不出入",家中的年终祭祀仪式"犹用汉家祖腊","人问其故,咸曰:'我先人岂知王氏腊乎?'"以坚持汉家天下的典章制度、衣冠文物作为"遗臣"的操守体现,顾炎武的这一用意是很显然的。"韩仇",典出《史记·留侯世家》:"秦灭韩。良年少,未宦事韩。韩破,良家僮三百人,弟死不葬,悉以家财求客刺秦王,为韩报仇,以大父、父五世相韩故。"在此表达不忘明朝灭亡以及在这一历史大动荡中生灵涂炭、血流成河的苦难,表明顾炎武和傅山坚定的恢复之志。在诗歌的最后一联,顾炎武便直接称傅山是自己可以倚靠、扶持终生("相将")的"天涯侣"。最后还用了《博物志》中"乘槎浮海,远求天河"的典故,藉以说明二人当面盟誓,结为至交,以抗清为终生之大业,并对未来的光复之路充满了信心和希望。这一种对未来充满希望的情绪在第二首诗中得到了进一步的展示,正如严迪昌先生所说:"'苍龙日暮''老树春深'所体现的那种坚如金石的志意,正是一种事虽难为而依然勉力为之的精神。两首诗的结末联句,尤可表现他们怀抱的乃是'天下兴亡,

匹夫有责'之心,蹈危履险原不是为一己功利。"(严迪昌《清诗史》第四章)

当然,顾炎武一生中像这样自述胸臆的政治抒情诗佳作还有很多,诸如《海上》(四首)《重谒孝陵》《五十初度时在昌平》《一雁》《元旦》《又酬傅处士次韵》《汾州祭吴炎潘柽章二节士》《井中〈心史〉歌》等,限于篇幅,在此不再展开。

顾炎武一生的精警之言还有很多,尤其是《日知录》和他的文集,很多都闪烁着思想家的真知灼见。在本文行将结束之际,再引一句顾炎武的壮语:"士大夫之无耻,是谓国耻。"(《日知录·廉耻》)这是吴地文人发出的振聋发聩且足以警醒世人的名言。顾炎武和他的好友傅山都在其人生的最后阶段,以实际行动向世人昭示了自己士大夫的风骨。康熙十七年(1678)正月,为了笼络汉族士大夫,清王朝开设"博学鸿儒"科,各级官员举荐当时的名流、学者应试,最终将他们吸收到朝廷中,让天下英雄"尽入吾彀中"。顾炎武和傅山都在被荐之列,但是顾炎武令门生对外公开宣称:"刀绳俱在,勿速我死。"次年,顾炎武听说清廷要请他去翰林院修《明史》,在给叶方蔼的信中断然拒绝曰:"七十老翁何所求?正欠一死,若必相逼,则以身殉之也!"至于傅山,面对"博学鸿儒"的举荐,则一再称病拒绝,被逼到了北京之后,拒绝应试。在他没有应试的情况下,朝廷依然给傅山授官"内阁中书",傅山以绝食表示不从,被人强行架至午门谢恩,傅山坚拒下跪,后因身体虚脱而仆倒在地,终被放归老家。

拓展训练

海上(四首)

(清)顾炎武

日入空山海气侵,秋光千里自登临。
十年天地干戈老,四海苍生痛哭深。
水涌神山来白鸟,云浮仙阙见黄金。
此中何处无人世,只恐难酬烈士心。

满地关河一望哀,彻天烽火照胥台。
名王白马江东去,故国降幡海上来。
秦望云空阳鸟散,冶山天远朔风回。
楼船见说军容盛,左次犹虚授钺才。

南营乍浦北南沙,终古提封属汉家。
万里风烟通日本,一军旗鼓向天涯。
楼船已奉征蛮敕,博望空乘泛海槎。

愁绝王师看不到，寒涛东起日西斜。

长看白日下芜城，又见孤云海上生。
感慨河山追失计，艰难戎马发深情。
埋轮掷镞周千亩，蔓草枯杨汉二京。
今日大梁非旧国，夷门愁杀老侯嬴。

京口即事（二首）
（清）顾炎武

白羽出扬州，黄旗下石头。
六双归雁落，千里射蛟浮。
河上三军合，神京一战收。
祖生多意气，击楫正中流。

大将临江日，中原望捷时。
两河通诏旨，三辅急王师。
转战收铜马，还兵饮月支。
从军无限乐，早赋仲宣诗。

哭杨主事
（清）顾炎武

吴下多经儒，杨君实宗匠。
方其对策时，已负人伦望。
未得侍承明，西京俄沦丧。
五马遽南来，汪黄位丞相。
几同陈东狱，幸遇明主放。
牧马饮江南，真龙起芒砀。
首献大横占，并奏北边状。
是日天颜回，喜气浮彩仗。
御笔授二官，天墨春俱盎。
鱼丽笠泽兵，乌合松陵将。
灭迹遂躬耕，犹为义声唱。
松江再蹉跌，搜伏穷千嶂。
竟入南冠囚，一死神慨慷。
往秋夜中论，指事并吁怅。
我慕凌御史，仓卒当绝吭。
齐蠋与楚龚，相期各风尚。

君今果不食,天日情已谅。
陨首芦墟村,喷血胥门浪。
唯有大节存,亦足酬帝贶。
洒涕见羊昙,停毫默凄怆。
他日大鸟来,同会华阴葬。

哭陈太仆
（清）顾炎武

陈君晁贾才,文采华王国。
早读兵家流,千古在胸臆。
初仕越州理,一矢下山贼。
南渡侍省垣,上疏亦切直。
告归松江上,欻见牧马逼。
拜表至福京,愿请三吴敕。
诏使护诸将,加以太仆职。
遂与章邯书,资其反正力。
几事一不中,反复天地黑。
呜呼君盛年,海内半相识。
魏齐亡命时,信陵有难色。
事急始见求,栖身各荆棘。
君来别浦南,我去荒山北。
柴门日夜扃,有妇当机织。
未知客何人,仓卒具粝食。
一宿遂登舟,徘徊玉山侧。
有翼不高飞,终为罻罗得。
耻为南冠囚,竟从彭咸则。
尚愧虞卿心,负此一凄恻。
复多季布柔,晦迹能自匿。
酹酒作哀辞,悲来气哽塞。

赋得越鸟巢南枝用枝字
（清）顾炎武

微物生南国,深情系一枝。
寒风群拉沓,落日羽差池。
绕树飞初急,寻柯宿转迟。
悬冰惊趾滑,集霰怯巢危。

路入关河夜,思萦岭峤时。
山川知凤性,天地识恩私。
向日心常在,随阳愿未亏。
寄言幽谷友,勿负上林期。

赠朱监纪四辅
(清)顾炎武

十载江南事已非,与君辛苦各生归。
愁看京口三军溃,痛说扬州七日围。
碧血未消今战垒,白头相见旧征衣。
东京朱祐年犹少,莫向尊前叹式微。

路光禄书来叙江东同好诸友一时徂谢感叹成篇
(清)顾炎武

削迹行吟久不归,修门旧馆露先晞。
中年早已伤哀乐,死日方能定是非。
彩笔夏枯湘水竹,清风春尽首山薇。
斯文万古将谁属,共尔衰迟老布衣。

路舍人客居太湖东山三十年寄此代柬
(清)顾炎武

翡翠年深伴侣稀,清霜憔悴减毛衣。
自从一上南枝宿,更不回身向北飞。

赠路舍人泽溥
(清)顾炎武

秋雁违朔风,来集三江裔。
未得遂安栖,徘徊望云际。
呜呼先大父,早识天子气。
谒帝福州宫,柄用恩礼备。
汀江失警跸,一死魂犹视。
君从粤中来,千里方鼎沸。
绝迹远浮名,林皋托孤诣。
东山峙太湖,昔日军所次。
奉母居其中,以待天下事。
相逢金阊西,坐语一长喟。

复叙国变初，山东并贼吏。
长淮限南北，支撑赖文帅。
擒魁献行朝，逆党皆战悸。
江外甫晏然，卒堕权臣忌。
铄金口未白，牧马弯弓至。
天子呼恩官，干戈对王使。
感激千载逢，一下君臣泪。
岭表多炎风，孤棺托萧寺。
怒声泷水急，遗策空山闷。
君才贾董流，矧乃忠孝嗣。
国步方艰危，简在卿昆季。
经营天造始，建立须大器。
敢不竭微诚，用卒先臣志。
明夷犹未融，善保艰贞利。

山水风物篇

"阿侬生长烟波窟,不羡浮家张志和"

——烟波太湖的诗情画意和风土民情

太湖美呀太湖美,美就美在太湖水。水上有白帆哪,啊水下有红菱哪。啊水边芦苇青,水底鱼虾肥。湖水织出灌溉网,稻香果香绕湖飞。哎咳唷,太湖美呀太湖美。太湖美呀太湖美,美就美在太湖水。红旗映绿波哪,啊春风湖面吹哪。啊水是丰收酒,湖是碧玉杯。装满深情盛满爱,捧给祖国报春晖。哎咳唷,太湖美呀太湖美,太湖美。

三十多年前,苏州籍著名歌唱家程桂兰将这一曲《太湖美》唱遍大江南北,歌中唱到了湖光山色,也唱到了丰饶的物产,让全国人民通过这首歌曲领略到太湖的优美和富饶。

太湖,古称"震泽""具区",也曾有过"笠泽""五湖"之称。早在先秦时期,《尚书·禹贡》中就有记载:"三江(按:吴淞江、娄江、东江)既入,震泽底定。"诸如《史记》《水经注》在内的历代重要史籍,都有关于太湖的记载。《越绝书》卷二有谓:"太湖周三万六千顷",此后"三万六千顷"就成为太湖水域面积的通行说法。根据现代测绘的结果,太湖水域面积大约近2500平方千米,其中苏州占其中的72%,无锡、常州、湖州三市占其中的28%。不仅如此,太湖美景和名胜古迹亦更多地集中在苏州一地,纵观中国诗歌史上的经典吟咏,描写苏州太湖的佳作迭出。在接下来的文字中,我们将从湖光山色、风景名胜、风土人情和风物特产等几个方面,通过对古代经典诗词佳作的解读,对苏州太湖之佳胜做一次简要的巡礼。

中唐诗人白居易在苏州担任刺史期间,曾泛舟游太湖。面对美景欣喜至极的诗人连忙写诗赠与好友元稹,笔墨间不无得意之情,在诗中竟然对元稹说出了这样的话语:"报君一事君应羡,五宿澄波皓月中。"那么,白居易泛舟并夜宿太湖"澄波皓月"中,所见的景象是如何呢?白居易不愧为大诗人,他信手拈来,写下了这样的诗境:"烟渚云帆处处通,飘然舟似入虚空。玉杯浅酌巡初匝,金管徐吹曲未终。黄夹缬林寒有叶,碧琉璃水净无风。避旗飞鹭翩翻白,惊鼓跳鱼拨剌红……"(白居易《泛太湖书事寄微之》)风平浪静时的太湖,水面莹净如琼玉,白居易有"碧琉璃水净无风"的描写,后世许多诗人有都有同样的感受行诸笔端诗简,若皮日休有曰:"三万六千顷,千顷颇黎色。连空淡无颖,照野平绝隙。"(皮日休《初入太湖》)范仲淹则有"无风还练静"(范仲淹《太湖》)之比喻。舟行水上,面对着一望无际浩渺的湖水,自然会有"飘然舟似入虚空"的感觉,明初苏州著名诗人高启在《太湖》诗中也写到"太虚混鸿蒙,元气流沆瀁。初疑溟渤宽,稍觉云梦隘"的感觉。

在鸿蒙浩渺的湖面上,太湖中的七十二峰,给广袤无垠的湖面以更多的姿彩,它们并不高峻陡峭,山上密匝的植被使得山体尤为苍翠秀润,在水波的映衬下,就好似散落在太湖中的一块块碧玉,苏州人以极具诗性的想象力,把这些湖中的岛屿、山峰称为"浮玉",陆龟蒙在《初入太湖》诗中就有如此一比曰:"又云构浮玉,宛与昆阆匹。"今天在洞庭东、西山上依然可以登临远眺,欣赏到这水墨画卷般的美景。洞庭西山石公山上就有一座观景楼阁,直接化用陆龟蒙的诗句,名之曰"浮玉堂"。和陆龟蒙一起泛舟太湖、作诗唱和的好友皮日休,则在《初入太湖》中赋予了湖水中的"碧玉"以动态的美感和韵律,他在诗中这样写道:"疏岑七十二,岰岰露矛戟……树动为蜃尾,山浮似鳌脊。"将太湖七十二峰比作在水中时浮时沉的"鳌背",而将山上随风舞动的树枝比作"蜃尾",这是何等的气度和想象力!

微风轻拂太湖时,有"树动为蜃尾,山浮似鳌脊"这样唯美的景象,当遇到大风大浪时,太湖也会展示出它风起云涌的澎湃激烈,这样的景观在古代诗人的笔下也不少见。皮日休的诗中是这样描写的:"西风乍猎猎,惊波罨涵碧。倏忽雪阵吼,须臾玉崖拆。"(皮日休《初入太湖》)而陆龟蒙的奉和之作,通篇采用敷陈夸张的笔法,将风浪中太湖的壮美写到了极致,其诗有云:

东南具区雄,天水合为一。高帆大弓满,羿射争箭疾。时当暑雨后,气象仍郁密。乍如开雕笈,笙翅忽飞出。行将十洲近,坐觉八极溢。耳目骇鸿蒙,精神寒佶栗。坑来斗呀豀,涌处惊嶪峍。崄异拔龙湫,喧如破蛟室。斯须风妥帖,若受命平秩。微茫识端倪,远峤疑格笔。巉巉见铜阙,左右皆辅弼。盘空俨相趋,去势犹横逸。尝闻咸池气,下注作清质。至今涵赤霄,尚且浴白日。又云构浮玉,宛与昆阆匹。肃为灵官家,此事难致诘。才迎沙屿好,指顾俄已失。山川互蔽亏,鱼鸟空謷衴。何当授真检,得召天吴术。一一问朝宗,方应可谭悉。

晴空微澜中的太湖富有诗情画意,美不胜收,汹涌澎湃中的太湖足以令人耳目惊骇,这些完全不同的美感,在历代诗人的笔墨中有很多精彩的描绘。但是古代的诗人,尤其是苏州的文人雅士们,似乎更偏爱月色中安详而平和的太湖之境。明月之夜,三五知己好友,驾一叶扁舟,从流飘荡于水天一色的太湖之中,看着月光静静地泻在水面上,尽享着大自然赐予人们的诗境。苏州文人的风雅,就在这样的场域中不知不觉地慢慢演绎出来了。忽然,水面上隐隐飘来一阵丝管之音,风行水上,空灵缥缈,像是天籁。诗人皮日休初入太湖是在白天,自然无法亲历这样的景象,但竟不由得在诗歌中做起了"白日梦",希冀眼前立刻能够浮现"好放青翰舟,堪弄白玉笛"(皮日休《初入太湖》)这样的风雅。这般空灵优美的意境,几乎每一个苏州文人的内心深处都幻想着。直到宋代,两位苏州诗人用他们的诗笔将其写到了极致,经由他们这么一写,泛舟太湖,中秋赏月,在后来的苏州文人士大夫间,几乎成为一个保留节目。不妨一读其诗:

> 有浪即山高,无风还练静。
> 秋宵谁与期,月华三万顷。
> ——范仲淹《太湖》

> 中秋全景属潜夫,棹入空明看太湖。
> 身外水天银一色,城中有此月明无?
> ——范成大《四时田园杂兴》

吴中太湖的许多风景名胜,就是在山光水色与人的活动,尤其是与历史故事和文人风雅的相互结合、碰撞中而逐渐形成的。说到泛舟太湖赏月的历史,似乎可以追溯到2500年之前,据方志记载,吴王夫差曾携西施夜游太湖,还在苏州太湖之滨留下了一个美丽的地名"明月湾",明代王鏊《姑苏志》卷三十三中就有曰:"明月湾,在西洞庭山消夏湾之东,吴王玩月处。"大概是有了这层关系的缘故,明月湾成为吴人赏月的一个极好选择,明初苏州诗人高启就在其诗中大赞:"明月处处有,此处月偏好。"带着这份心情,高启留下了一首经典的佳作《明月湾》:

> 木叶秋乍脱,霜鸿夜犹飞。
> 扁舟弄明月,远度青山矶。
> 明月处处有,此处月偏好。
> 天阔星汉低,波寒菱荷老。
> 舟去月始出,舟回月将沉。
> 莫照种种发,但照耿耿心。
> 把酒酹水仙,容我宿湖里。
> 醉后失清辉,西岩晓猿起。

月色中的太湖美景被高启写得如诗如画,诗人完全沉醉在"天阔星汉低""山高月小"的境界中,字里行间流淌着诗人徜徉于山水间的快意,这样的情状直可视为吴中文人风雅逸韵的典范。"把酒酹水仙,容我宿湖里","醉后失清辉,西岩晓猿起",这与东坡居士夜泛赤壁后"相与枕藉乎舟中,不知东方之既白"(苏轼《前赤壁赋》)的情形何其相似也!

吴中太湖之滨的另一处名胜消夏湾,也与吴王夫差、美人西施有关。《吴郡志》《姑苏志》等诸多地方志中记载甚为明确,此为吴王携西施避暑之胜地。消夏湾的美景和曾经的传说,吸引着苏州人泛舟来到太湖中最大的岛屿(洞庭西山)避暑、赏胜,诗兴所至,必然形诸笔墨,历代的佳篇名什也就积案盈箱,既有长篇的游记散文,也不乏精致的绝句短章,试举范成大和高启的两首绝句,以作品鉴:

蓼汀枫渚故离宫,一曲清涟九里风。
纵有暑光无着处,青山环水水浮空。
——范成大《销夏湾》

凉生白苎水浮空,湖上曾开避暑宫。
清簟疏帘人去后,渔舟占尽柳阴风。
——高启《消夏湾》

春秋时期的王霸之业,随着岁月的流逝而渐渐褪色,曾经的"离宫"也好,"避暑宫"也罢,都不免"吴宫花草埋幽径"一样的结局,吴王、西施也只成为一个传说而已。文人墨客自然也不可能长久留居在洞庭西山这样的湖中孤岛上,而岛上的乡民却要在此赖以生存。俗话说"靠山吃山,靠水吃水",于是他们在岛上开荒垦殖,行船湖上,撒网捕鱼,这本是最为普通的劳作生活和场景,然而在文人笔下,立刻被赋予了诗情画意。高启诗中所谓"清簟疏帘人去后,渔舟占尽柳阴风",既道出了这一实情,又让所有的读者对这原本极其日常的太湖渔村生活,多了几分神往。当历史沉淀于自然美景中的时候,山水便凝聚了历史的深沉与厚重;而当普通百姓的农事稼穑、风土人情与自然融为一体的时候,这些早已成为山水自然风光中不可或缺的重要组成部分,使自然景观具有了人情的温暖。因而,很多诗人也会像高启一样,将浓墨重彩投注于此。清代吴江文人沈彤在游历了太湖后,写了一篇短小而极有韵致的游记《消夏湾》:

游龙头山毕,遂放舟入消夏湾。湾纳涧吞湖,周二十里。其北临以缥缈峰,梭山、龙头分抱左右,豁处有若门阙。中浮小洲可数亩,上有古庙,其下枯苇被之,渔艇多泊焉,水禽山鸟,饮啄成群。回舟而南望,见门阙外数里有山,障之如屏。波涛贔怒,层翻叠涌,其内渊渟平晏,水纹绮皱而已。缘崖岸行,多良田沃土,青树素英,参差摇扬,四面如一。顷之,则洲下渔艇鼓枻四散,歌咏相答,声响绵邈,令人意移。舟子谓余,此湾旧传吴王避暑处。夏月兼葭荫水,芙蕖翻风,清香弥湾,曦景不到,于时盖尤胜云。

这样的生活,在文人眼中看来,"良田沃土,青树素英",岂不是太湖版的

《桃源仙境图》么？至于"渔艇鼓枻四散"，渔歌互答，活脱脱的《渔隐》的图景。无怪乎清代诗人袁宝璜在体验过太湖渔家生活之后，竟然写下了这样的诗句："太湖三万六千顷，湖船十丈收渔蓑。阿侬生长烟波窟，不羡浮家张志和。"（袁宝璜《拟朱竹垞太湖罛船竹枝词》其一）而清代另一位重量级的诗人朱彝尊，不但自己"酷爱洞庭消夏湾山水之胜，风俗之厚，思携家以老"，居然还希望朋友能够和自己一起"来卜邻"，"仿松陵之唱和"，在吴中太湖山水中品味恬淡从容的农家生活。

虽然太湖版的"桃源仙境"中没有桃花，但是吴中太湖却有一道绝美的风景，绝不逊色于陶渊明笔下的桃源仙境，极具地域风情和特色，那就是王禹偁诗中所说的"万顷湖光里，千家橘熟时"（王禹偁《洞庭山》）。后来，清代诗人朱彝尊在其诗中竟还曾说出这样的话来："不恋湖庄收紫茜，爱他千树洞庭红。"（朱彝尊《题沈上舍洞庭移居图六首》其一）洞庭红橘自唐代以来，一直都是皇家贡品。明代《初刻拍案惊奇》的第一篇中就写到了"转运汉遇巧洞庭红"，仅是一篓洞庭红橘，就被小说描写得令人垂涎："摆得满船红焰焰的，远远望来，就是万点火光，一天星斗。"那要是漫山遍野的"千树洞庭红"挂满枝头，点缀在绿树丛中，将会是什么样的感觉？今天很多影视导演偏爱吴中"橘子红了"的景象，也一而再地通过镜头记录下"千树红"的壮美，但历代诗人的表现和摹状，绝不亚于现代的视觉艺术。自古以来，描写洞庭红橘的经典诗句不断，唐代诗人韦应物和白居易任苏州刺史期间就留下了佳句曰："书后欲题三百颗，洞庭须待满林霜"（韦应物《故人重九日求橘书中戏赠》），"浸月冷波千顷练，苞霜新橘万株金"（白居易《宿湖中》）。韦应物和白居易的这两句诗似乎深得苏轼的推崇和喜爱，东坡居士在自己的诗作中先后化用了韦、白的成句，锻炼出后世广为传唱的另外两句名诗："日啖荔枝三百颗，不妨长作岭南人"（苏轼《惠州一绝》），"一年好景君须记，最是橙黄橘绿时"（苏轼《赠刘景文》）。南宋苏州诗人范成大的一首《秋日田园杂兴》，更是写尽了洞庭红橘遍地的盛大场面：

新霜彻晓报秋深，染尽青林作缬林。
惟有橘园风景异，碧丛丛里万黄金。

从此，"碧丛丛里万黄金"便成为秋日里苏州洞庭红橘的一幅绚丽画卷。清代诗人冯敏昌寓居苏州后，对此深有体会，在其《姑苏竹枝词》中感叹道："太湖西去水濛濛，洞庭秋来烟雨空。无数楼台与橘柚，一时齐在画图中。"

吴中太湖，物产丰饶，品种丰富，洞庭红橘只是其中一种而已。春日里，有名列"中国十大名茶"的明前（清明之前采摘）碧螺春；初夏时节，枇杷杨梅次第新，而"梅子黄时雨"则意味着苏州梅子的成熟上市；秋日里除红橘之外，银杏、板栗等山珍，亦可大饱口福。至于湖中所产，诸如太湖莼菜、鲈鱼、"三白"

（白鱼、白虾、银鱼）、太湖蟹，无不是人间美味，为人所津津乐道。文人学士们尤其喜欢以竹枝词这一诗歌样式，来书写太湖丰富的物产和对美食的享受。关于这一点，本书已在前面篇章中专门论说，不再展开。最后，引述几首精彩的小诗，作为本篇之结：

洞庭金柑三寸黄，笠泽银鱼一尺长。
东南佳味人知少，玉食无由进上方。
——薛兰英、薛蕙英《苏台竹枝词》

橘绿橙黄香满枝，瓮头笃玉鲙鱼丝。
山中历日由来少，知是江南九月时。
——王世贞《两山竹枝歌》

杨梅千颗出光福，芡实满湖来太湖。
多是风流张翰好，秋风江上想莼鲈。
——冯敏昌《姑苏竹枝词》

拓展训练

故人重九日求橘书中戏赠
（唐）韦应物

怜君卧病思新橘，试摘犹酸亦未黄。
书后欲题三百颗，洞庭须待满林霜。

早发赴洞庭舟中作
（唐）白居易

阊门曙色欲苍苍，星月高低宿水光。
棹举影摇灯烛动，舟移声拽管弦长。
渐看海树红生日，遥见包山白带霜。
出郭已行十五里，唯消一曲慢霓裳。

宿湖中
（唐）白居易

水天向晚碧沉沉，树影霞光重叠深。
浸月冷波千顷练，苞霜新橘万株金。
幸无案牍何妨醉，纵有笙歌不废吟。
十只画船何处宿？洞庭山脚太湖心。

明月湾
（唐）皮日休

晓景澹无际，孤舟恣回环。
试问最幽处，号为明月湾。
半岩翡翠巢，望见不可攀。
柳弱下丝网，藤深垂花鬘。
松瘿忽似狄，石文或如戬。
钓坛两三处，苔老腥斒斑。
沙雨几处霁，水禽相向闲。
野人波涛上，白屋幽深间。
晓培橘栽去，暮作鱼梁还。
清泉出石砌，好树临柴关。
对此老且死，不知忧与患。
好境无处住，好处无境删。
赧然不自适，脉脉当湖山。

洞庭山
（宋）王禹偁

吴山无此秀，乘暇一游之。
万顷湖光里，千家橘熟时。
平看月上早，远觉鸟归迟。
近古谁真赏，白云应得知。

太　湖
（明）高　启

长溪如白虹，分走荆雪派。
具区纳群流，襟带三郡界。
太虚混鸿蒙，元气流沉瀣。
初疑溟渤宽，稍觉云梦隘。
茫茫雁飞迟，飒飒帆度快。
雨来鼍报鸣，风起鸥惊迈。
神龙作渊都，岂复数鳞介？
珠光照水府，不受白日晒。
朝看炮车云，云浪动澎湃。
声吹地将浮，势击山欲坏。
黄头虽轻生，捩柁不敢懈。

有时湛明镜,峰吐青几块。
烟中树若莎,波上舟如芥。
渔就沙岸炊,客来水祠拜。
震泽思禹功,夫椒记吴败。
白鱼逢夏出,黄柑待秋卖。
我性好游观,夙负云水债。
欲寻鸱夷舸,不顾涉险戒。
人生亦何为,世故自拘械。
万事风飘花,百年露垂薤。
何当叩林屋,秉炬访仙怪。
试探不死方,为人起痾瘵。

洞庭西山

（明）华　淑

圆湖比满月,青山犹挂影。
晴阴网轻澜,深翠积遥岭。
潆洄柔橹前,如鱼狎藻荇。
恋彼枫柚香,丹黄点妍靓。
终期宅此居,一楼一舴艋。
舴艋石公遥,楼当销夏冷。
竹木待襟裾,烟霞开簿领。

消夏湾

（明）华　淑

平湖添一曲,风色遂全幽。
晴泛亦疑雨,山居犹在舟。
橘橙垂户户,菱芡聚洲洲。
不信偏宜夏,暄凉尽可游。

题沈上舍洞庭移居图六首（选二）

（清）朱彝尊

其一

沈郎归兴及秋风,拟学烟波笠泽翁。
不恋湖庄收紫芡,爱他千树洞庭红。

其二

销夏湾头五月凉,堂成面面纳湖光。
杨梅线紫枇杷白,买断闲园自在尝。

拟朱竹垞太湖罛船竹枝词(六首)
　　(清)袁宝璜

太湖三万六千顷,湖船十丈收渔蓑。
阿侬生长烟波窟,不羡浮家张志和。

次第编排名氏存,侬家祖籍占吴门。
年年纳税官衙去,一水弯环甪里村。

越水长连天际青,吴波不上垂虹亭。
东坍西涨浑无定,小小沧桑几度经。

结群联舸百号宽,撒网回船随急湍。
一年一度鸣榔响,讵学江头日把竿?

八面风来惯竖帆,缆绳棕篾板松杉。
今宵不向湖中宿,桔柚林霜傍碧岩。

瓮虾初上漉作羹,残胔遗事说吴王。
秋日鲈鱼春水鳜,吴乡风味最先尝。

太湖渔船竹枝二首
　　(清)王鸣盛

空濛万顷晓烟轻,石室银房相向明。
侬船荡到湖心去,一派冲波撒网声。

斜风细雨作生涯,渔妇渔师共一家。
娇小可怜十三女,玉鲈青鲫便能叉。

"长虹稳卧碧江心,梦寐频游觉莫寻"
——垂虹桥的文学风雅和文学记忆

在江南运河段的文化遗存中,吴江垂虹桥无疑是最值得人们关注的文化景观之一。虽然今天我们只能够看到垂虹桥坍塌之后残断的遗迹,但是在古代诗文集中,却随处可见文人墨客流连忘返于此,吟咏不辍的文学盛景。这一令世人瞩目的文学景观始于北宋庆历年间垂虹桥建成之时,苏舜钦就曾以"长桥跨空古未有,大亭压浪势亦豪"写尽垂虹桥的雄伟壮观(此诗见于宋代学者朱长文《吴郡图经续记》卷中、祝穆《方舆胜览》卷二)。此后,包括苏轼、苏辙、王安石、秦观、姜夔在内的多位文豪诗家,都留下了许多吟咏垂虹桥的经典诗词作品。宋代著名诗僧参寥在和好友苏轼、苏辙、秦观等人游历了垂虹桥之后,写下了《与子瞻会松江得岸字》一诗,全诗以雄肆的笔调,极尽垂虹桥之大观,亦写出了登临垂虹,远眺"万顷沧涟"的浩渺景象,其诗有曰:

> 蜿蜒跨长虹,吴会称极观。
> 沧涟几万顷,放目失垠岸。
> 倒影射遥山,青螺点空半。
> 从来夸震泽,胜事无昏旦。
> 破浪涌长鬐,排空度飞翰。
> 肺肝入清境,划若春冰泮。
> 安得凌九垓,从公游汗漫?

诸位诗文大家在酬和中,都有这样的凌云壮词。秦观在和作中,就将眼前所见景象譬之八百里洞庭湖之大观,所谓:"松江浩无旁,垂虹跨其上。漫然衔洞庭,领略非一状。恍如阵平野,万马攒穿帐。离离云抹山,窅窅天粘浪。烟中渔唱起,鸟外征帆扬。愈知宇宙宽,斗觉东南壮。"(秦观《与子瞻会松江得浪字》)

王安石在题咏垂虹的诗作中也不吝这样的赞美之词,他在《松江》一诗中写道:"宛宛虹霓堕半空,银河直与此相通。五更缥缈千山月,万里凄凉一笛风。"而他的另一首长篇古诗《垂虹亭》,则认为:"颇夸九州物,壮丽此无敌。"他一边极写垂虹桥的壮丽气势:"三江五湖口,地与天不隔。日月所蔽亏,东西渺然白。漫漫浸北斗,浩浩浮南极……中流杂蜃气,栏楯相承翼。初疑神所为,灭没在顷刻。"一边着力于垂虹桥修建的背景和意义,在诗中,王安石陡生一问:"谁投此虹蜺?"而此后的回答则明确地道出了"欲济两间阨"的重要功用,体现出王安石这位政治家关注民生的济世情怀。

为了能更好地体会王安石诗作中的济世情怀,我们有必要追述一下垂虹桥的历史。

吴江地处京杭大运河、太湖等诸多水系的交汇处,此诚如元代文人袁桷在《吴江州重建长桥记》中所说:"震泽东受群川,汪洋巨浸,至吴江尤广衍,地为南北冲,千帆竞发。"但是,沿岸的百姓和商旅,常常苦于"驶风怒涛,春激喷薄,一失便利,卒莫能制"。早在唐代的时候,刺史王仲舒就有感于此,在运河吴江段的河岸两边"筑石堤,以顺牵挽"。北宋庆历七年(1047)冬,大理寺丞知县事李问、县尉王廷坚,怀揣着造福一方民众的想法,"输缗钱数百万"以兴学,然而时值朝廷"诏禁郡、县不可新立学",二人相与谋划曰:"民既从,财既输矣,倘不能作一利事以便人,吾何以谢百姓?"便决定把捐资兴学的钱款在运河之上修建桥梁,以利商旅、百姓交通往来,桥成之日,遂名之曰"利往桥"。桥"东西千余尺,市木万计",故俗称为"长桥"。"即桥之心,侈而广之,构宇其上,登以四望,万景在目,曰垂虹亭",所以乡人又称之为"垂虹桥"(钱公辅《利往桥记》)。垂虹桥建成之后,百姓深感便利,对李问、王廷坚这两位父母官给予了很高的评价,钱公辅在《利往桥记》中这样说道:"初,县城为江流所判,民半居其东,半居其西,晨暮往来,事无巨细,必舟而后可,故居者为不利。县当驿道,川奔陆走者,肩相摩,橹相接也,卒然有风波之变,则左江右湖,漂泊无所,故行者为不便。及桥之成,行者便,而忘向所谓不便;居者利,而忘向所谓不利。议者皆舌强不敢发。噫!贤人君子,措一意,兴一役,岂直为游观之美、登赏之乐哉?"

垂虹桥建成之后,历代文人墨客登临远眺,沉醉于江南水乡烟水浩渺的意境中,其吟咏书写的着力点多集聚在眼前所见的这些景象:"湖光万顷,与天接白;洞庭荇碧,云烟战清;月秋风夏,嚣灭埃断;牧讴渔吟,喑呜间发;榜声棹歌,呕哑互引;后盼前睨,千里一素。"(钱公辅《利往桥记》)却很少有像王安石那样,在诗歌中表现出如此强烈的济世之情。与大量诗词作品关注"游观之美、登赏之乐"不同,存世的诸多古文作品倒是更多地关注于垂虹桥与生民利病的关系,以及褒奖修桥铺路者的慈善之举。除了钱公辅的《利往桥记》之外,元代文学家袁桷的《吴江州重建长桥记》、元代高僧释大欣的《吴江长桥铭》、明代文学家钱溥的《重修垂虹桥记》诸文,无不如此,其中不仅真实记录元代至元、泰定以及明代成化年间的数次重修过程,更在叙述中彰表了州判张显祖、刘魁、杨端等地方官员惠及百姓的仁义之政,以及吴地百姓热心于社会公益的善举,这便是钱溥在《重修垂虹桥记》一文中所说的"一事而数善并焉"。

明成化年间,垂虹桥因"历岁滋久,崩陨日甚,殆三之一,行者病焉",遂有

山水风物篇

重修之议。钱溥在其《重修垂虹桥记》一文中,就记载了重修时的一段感人故事:

巡按御史高唐刘公魁过而见之,召其治县者修之。工巨费繁,未易规复。其邑有故义官屠晟之妻赵氏闻之,抚其姑遗孤承宗,叹曰:"而父积巨资以贻汝兄弟,今汝兄弟已殁,汝安能保其所有邪?"令孙婿周禋告于县,曰:"幸毋黩于官,毋扰于众,愿自为之,庶扬夫名于不朽,保幼孙于有成。"于是县达于公,公且喜曰:"以一嫠妇若此,非有烈丈夫志者不能,宜令县学官礼于其门奖励之。"苏卫指挥杨端董治之,周禋则禀赵以酬应之,鸠材庀工,筹议克合,乃出白金千余两,经始于其冬,不二月,遄复其旧,焕然维新。乃请于公,愿立石以记述,公曰:"吾闻:《春秋》常事不书。此修桥亦常事也,奚容书?独以彼称丈夫者,多保利蔑义,虽至死不悟;而赵乃能之,宜书以为积而不散者之劝。"赵亦遣禋谢曰:"妇人无闻,惟公巡我东吴,威声义闻,自足感人。而兴起焉,非有所为而为之也。"余乃叹曰:此乃一事而数善并焉,公能使民以义,而加夫劝人之礼;赵能舍财取义,而存夫保幼之仁。况端与禋,内外谋合,上不负公之托,下卒成赵之志,皆得牵连书之,使后之有事于斯桥者,宁不视以为劝乎?

赵氏之孤儿寡母,捐资"白金千余两",行修桥铺路之慈善义举,以利济一方之百姓,且不事张扬,谦逊之至,如此胸怀,实在是值得大力弘扬的正能量。巡按刘公在"召其治县者"修葺垂虹桥的时候,得知赵氏之义举懿行,便立石记述,一则褒奖赵氏,二则"书以为积而不散者之劝",也就是钱溥所说的"使民以义,而加夫劝人之礼"者也。

垂虹桥自建成之日起,就以"江南第一长桥"而闻名遐迩,无论是庆历年间的木结构桥梁,还是元泰定以后的易木为石的构造;无论是至元重建时的85桥孔,还是泰定重建时的62桥孔,抑或是钱溥《重修垂虹桥记》中所说的"桥袤千有余尺,下开七十二洞"。其声名远播,经久不衰,直令南来北往的文人墨客到此都流连不已,留下了许多经典的诗词名作,不妨选读三首宋人的佳作:

月晃长江上下同,画桥横绝冷光中。
云头滟滟开金饼,水面沉沉卧彩虹。
佛氏解为银色界,仙家多住玉华宫。
地雄景胜言不尽,但欲追随乘晓风。
——苏舜钦《中秋松江新桥对月和柳令之作》

区区朝市逐纷华,不信湖心有海槎。
八十丈虹寒卧影,一千顷玉碧无瑕。

> 古今风月归诗客,多少莼鲈属酒家。
> 安得扁舟如范蠡,烟波深处卜生涯?
> ——杨杰《舟泊太湖》

> 三百栏杆锁画桥,行人波上踏灵鳌。
> 插天螮蝀玉腰阔,跨海鲸鲵金背高。
> 路直凿开元气白,影寒压破大江豪。
> 此中自是银河接,不必仙槎八月涛。
> ——郑獬《题垂虹桥寄同年叔楸秘校》

  这三首诗歌,早在宋代就脍炙人口,尤其是这三首诗歌的颔联,被人并称为"垂虹桥三大名联"。南宋学者胡仔在其《苕溪渔隐丛话后集》卷二十四中有这样的记载:"苕溪渔隐曰:吴江长桥诗,世称三联,子美云:'云头滟滟开金饼,水面沉沉卧彩虹。'杨次公云:'八十丈虹晴卧影,一千顷碧玉无瑕。'郑毅夫云:'插天螮蝀玉腰阔,跨海鲸鲵金背高。'永叔谓子美此句雄伟,余谓次公、毅夫两联粗豪,较以子美之句,二公殊少蕴藉也。"

  纵观以上三诗,作者主要聚焦于垂虹桥的气势,至于垂虹桥畔的风雅韵致以及吴地的风土人情之美则鲜有涉及。而反观苏州本籍的文人,他们的文学书写则更能将吴风吴韵中深厚的文化积淀表现得淋漓尽致,其中最应该引起注意的就是长期关注乡邦文献、《吴郡图经续记》的作者朱长文。朱长文曾月下游垂虹,登长桥,夜泊岸边,作十首绝句,咏歌垂虹盛景。其中有清空悠远的写景:"银潢倒泻入沧溟,身近鱼龙夜不惊。鸣橹飞空孤雁过,渔灯照浦一星明。""云动鉴中双桨飞,天围林外片帆归。阑干倚遍日欲暮,坐看丹霞生翠微。""两山映日磨苍玉,万顷涵虚皱碧罗。不会乐天犹近俗,漫将弦管杂烟波。"很明显,朱长文的笔触、风格,与同时代其他诗人雄肆豪放的张扬写法完全不同,其诗似乎更能给人以流连息机、从容淡定的人生哲理和感悟。徜徉在"万顷涵虚"的山水意境中,放眼四望,"漠漠秋烟幕故园,沉沉暮色暝渔船","僧舍萧疏竹苇间,开轩处处面云山",身心俱已完全融入自然的怀抱,无怪乎诗人要在诗作中流露出酣歌烟霞,"坐卧湖光百虑闲"这样的情怀:"长虹稳卧碧江心,梦寐频游觉莫寻。欢友相逢清绝处,酣歌一夕抵千金。""诗家不及禅家乐,坐卧湖光百虑闲。"

  何以朱长文等吴地文人会在诗歌中将笔墨集注于表现幽人逸士的情怀?这就不得提及垂虹桥近旁的"三高祠"。垂虹桥之所以能成为中国文学史上重要的文学景观,不仅有着环境、风土等自然原因,更与吴地人文地理以及文化气质、文化精神的积淀和形成有着最为直接而密切的关联。

  在吴江的历史文化长河中,范蠡、张翰、陆龟蒙三位隐逸高士受到了人们的普遍推重,据龚明之《中吴纪闻》卷三记载,早在宋代,吴江就建有纪念他们

山水风物篇

的"三高祠",龚明之的记载中曰:"越上将军范蠡、江东步兵张翰、赠右补阙陆龟蒙各有画像在吴江鲈乡亭之旁。东坡先生尝有《吴江三贤画像》诗。后易其名曰'三高',且更为塑像,腥庵主人王文孺献其地雪滩,因迁之。今在长桥之北,与垂虹亭相望,石湖居士为之记。"自此以后,无论是范蠡(别称"陶朱公""鸱夷子皮")功成身退,"泛舟五湖";还是秋风起,张翰(字季鹰)生"莼鲈之思";抑或陆龟蒙(字鲁望)往还松陵笠泽,做一个"心散、意散、形散、神散"(陆龟蒙《江湖散人传》)的江湖散人,都成为吴地文人抒发隐逸情怀的常用典故和语汇。比如朱长文的组诗中就有两首这样写道:"江里鲈鱼味不膻,江头酒美滑如泉。长桥为席云为幕,只欠洪崖笑拍肩。""人争轩冕安在哉?我爱烟霞归去来。鲁望有灵还见笑,更回城阙恋尘埃?"

宋代以后,似乎受到吴人之影响,几乎所有登览垂虹桥者,都会藉张季鹰、陆鲁望诸子的故事,以抒发"我实宦游无况者,拟来随尔带笭箵"(苏舜钦《松江长桥未明观渔》)的人生喟叹,这大概就如南宋词人周密《垂虹亭》一诗所谓:"水国生涯一钓纶,荻芽鲈脍四时新。安知白首沧洲客,不是三高行辈人?"

元代散曲作家张可久客居吴江,曾写下一首经典的散曲《人月圆·客垂虹》:"三高祠下天如镜,山色浸空蒙。莼羹张翰,渔舟范蠡,茶灶龟蒙。故人何在?前程那里?心事谁同?黄花庭院,青灯夜雨,白发秋风。"另外一位元代文学家、哲学家柳贯在《垂虹晚眺》一诗中写道:"山光自献一螺青,人立垂虹酒乍醒。两界星河涵倒影,千家楼阁载浮萍。欹樯侧柁冲风劲,密网疏罾刮浪腥。正是鲈鱼忘世味,随方我亦且笭箵。"垂虹桥畔明媚的山光水色,自令人"酒乍醒";松江特产四鳃鲈鱼,其鲜美无比的味道也自然令人顿时忘却了红尘之中纷纷扰扰的"世味",但是更令人神往的还是驾一叶扁舟,潮水升,浪花涌,渔船儿飘飘各西东,品味着"归去来"的自由和洒脱。柳贯诗中着实令人关注的是"笭箵"一词,这是陆龟蒙和皮日休放舟笠泽的渔具之一,皮日休的组诗《奉和鲁望渔具十五咏》中就专有一首《笭箵》:"朝空笭箵去,暮实笭箵归。归来倒却鱼,挂在幽窗扉。"陆龟蒙在其诗序中曰:"所载之舟曰舴艋,所贮之器曰笭箵。"毫无疑问,皮陆唱和所表现的是最为典型的"水清濯缨,水浊濯足"式的渔父隐逸生活,此诚如清代太仓诗人唐孙华《渔父词》所描写的"箵纶竿载满船,年年生计五湖边"。宋代词人毛开的一首《水龙吟·登吴江桥作》,直将这种超然尘外、"相从物外"的隐逸情怀写到了极致,不妨一读:

渺然震泽东来,太湖望极平无际。三吴风月,一江烟浪,古今绝致。羽化蓬莱,胸吞云梦,不妨如此。看垂虹千丈,斜阳万顷,尽倒影、青苍里。 追想扁舟去后,对汀洲、白蘋风起。只今谁会,水光山色,依然西子。安得超然,相从物外,此生终矣。念素心空在,徂年易失,泪如铅水。

垂虹亭上的文人风雅,不仅通过诗歌的文本传载,也存留在许多书画墨迹之中。米芾的题诗《吴江垂虹亭作》二首:"断云一片洞庭帆,玉破鲈鱼金破柑。好作新诗寄桑苎,垂虹秋色满东南。""泛泛五湖霜气清,漫漫不辨水天形。何须织女支机石?且戏嫦娥称客星。"灵动的墨迹一直流传至今,成为宋人一次次文学风雅的见证。此外,藏于北京故宫博物院的南宋《长虹卧波图》以及明代苏州画家沈周的《垂虹暮色图》、唐寅的《垂虹别意》、文嘉的《垂虹亭图》等作品,更是以具象的方式记录了垂虹桥的美景。

晚清光绪年间,著名画家任颐所画的《小红低唱我吹箫图》,则又以故事画的形式记载垂虹桥的另一桩文学风雅之事。南宋绍熙年间,著名词人姜夔到苏州石湖拜访好友、著名诗人范成大,自度《疏影》《暗香》二曲,深得范成大赞赏。临别之际,范成大将侍女小红赠与姜夔。在归路上,姜夔吹箫,小红唱词,相得甚欢,舟过垂虹桥,二人兴致更浓,姜夔写下了著名的《过垂虹》一诗:"自作新词韵最娇,小红低唱我吹箫。曲终过尽松陵路,回首烟波十四桥。"这段文坛佳话,一直伴随着姜夔清空骚雅、婉约飘逸的诗歌,以及垂虹桥畔的汩汩流水,静静地流传着,飘洒在吴中大地上……

而今,垂虹桥已经倾圮,河道淤塞,昔日云帆竞过垂虹的繁忙和烟波画船中笙箫歌吹的浪漫不再,但是历代文人墨客的诗词歌赋和书画翰墨,无不一次次勾逗起"垂虹秋色满东南"的文学记忆和浪漫……

拓展训练

水调歌头·垂虹桥亭词
(宋)崔敦礼

倚棹太湖畔,踏月上垂虹。银涛万顷无际,渺渺欲浮空。为问瀛洲何在,我欲骑鲸归去,挥手谢尘笼。未得世缘了,佳处且从容。　　饮湖光,披晓月,抹春风。平生豪气安用?江海兴无穷。身在冰壶千里,独倚朱栏一啸,惊起睡中龙。此乐岂多得,归去莫匆匆。

过垂虹
(宋)何应龙

垂虹桥下水连天,一带青山落照边。
三十六陂烟浦冷,鹭鸶飞上钓渔船。

垂虹桥

（宋）林景熙

地坼东吴海脉连，画桥两道跨晴川。
影翻河汉蛟龙国，势压江湖蟏蛸天。
几处征帆浮日月，四洲谯角隔风烟。
三高远矣荒祠在，一笛阑干夕照边。

垂虹桥

（明）高　启

行人脚底响波涛，驱石神鞭是孰操？
影落蛟龙朝窟暗，形垂蟏蛸暮天高。
烟中去忆鸱夷远，月下吟夸长史豪。
几度凭栏赏秋色，鲈鱼新买系归舠。

送人之吴江

（明）徐　贲

垂虹桥下路，此地隔江湖。
沙树应多橘，寒鱼半是鲈。
风将菱唱远，舟带夕阳孤。
离别琴三迭，悲欢酒一壶。
不堪忆君处，烟雨满秋芜。

泊舟垂虹桥

（明）刘　珏

贳酒烹鲈敌暮寒，垂虹桥上倚阑干。
行人笑指诗翁懒，不到城中访县官。

垂虹桥投顾有孝居

（清）毛奇龄

晓风吹雨到吴江，百丈垂虹似饮骁。
新水菱花横夜艇，故人椐树倚秋窗。
庞山初日摇珠塔，震泽回波洒玉缸。
田舍乍逢皆衣褐，肯教季布徙他邦？

泊垂虹桥谒三高祠叠前韵寄陈楞山

(清)厉 鹗

吴淞泂可居,烟水古所积。
王郎朦庵诗,佳处肯买宅。
桥緪玉蝴蛛,渔樵见行迹。
篙师颇解事,万景入驱役。
落手钓雪滩,凫阵际波白。
苍茫远帆归,天影与宽窄。
兴豪惊吴儿,阑干有时拍。
荒祠最卑隘,苔鬖碣已圻。
移置谅匪艰,谂此后来客。
酌水酹三高,雨卧夜船笛。

("苔鬖碣已圻"句下注曰:"范石湖《三高祠记》,碑仅存半截,陷于墙下,殊可惜也。")

山水风物篇

"一峰突起青螺堆，万古晏秀临苏台"

——历代文人题咏"吴中第一名胜"虎丘

"山不在高，有仙则名；水不在深，有龙则灵"，刘禹锡《陋室铭》中此语，用以形容苏州虎丘，自是贴切无比。"丘，土之高也"，这是《说文解字》的解释。三十多米的海拔高度，"虎丘"之名确也名副其实，若单从高度或是山形山势的险峻来衡量，虎丘绝对与传统意义上的名山大川无干。然而事实却是，从古至今，虎丘不仅是"吴中第一山""吴中第一名胜"，更是中国历史上名声显赫的名山、名胜。究其原委，其秀丽的自然景观自不可忽略，但最为重要的还是得益于此山丰厚历史文化遗存的积淀。明人顾禄在《留题虎丘方丈壁间》一诗中，就对这一问题做过很好的解说："超然积翠拥晴空，此是吴门第一峰。冢上金精腾白虎，池中剑影动苍龙。生公说法台空在，坡老题诗墨尚浓。来日西山游览去，更寻遗迹馆娃宫。"（陆肇域、任兆麟《虎阜志》卷九《艺文》二）虎丘"积翠拥晴"之山光，只是虎丘成为"吴门第一峰"的部分原因，而诸如"剑池白虎""生公说法"的传说、吴王阖闾的遗迹、颜真卿的书法题字、苏东坡的吟咏题诗等历史人文内涵，才是真正让虎丘蜚声海内外的主要原因。这一说法古已有之，若"虎据千年一故丘，迩来形胜绝南州"（邹浩《济明不预虎丘之游作此寄之》），"最怜虎阜在平地，一丘势敌千崚嶒"（高启《期张校理、王著作、徐记室游虎阜》），"东南胜事说苏州，最好从来是虎丘"（沈明臣《中秋虎丘看月行》）。明代诗人王行的《虎丘春霁图》一诗，主要描写虎丘之秀丽景色，即便如此，他也不忘"古迹遍林谷"这样一个重要的事实，其诗有曰：

群巘抱西郭，一峰出平田。
孤秀凌太虚，旁绝络与联。
古迹遍林谷，干将闷重泉。
划开千尺崖，下见清泠渊。
翠壁绚霞彩，葩词咏前贤。
于时属青春，霁色明高天。
鸣鸟亦已和，众卉纷自妍。
凤驾爱此游，襟怀遂悠然。
岂曰事赏心，观俗古所传。

> 来年蔽丘垅，馌耕满畴阡。
> 乐土有若兹，勤政复勉旃。
> 愿同击壤民，熙熙度余年。

"虎丘山，又名海涌山，在郡西北五里，遥望平田中一小丘。"（范成大《吴郡志》卷十六）虎丘山虽然不是特别高峻，但在苏州广袤的平畴之上，也就显得孤峰独立，登临此山，苏州城内外之景象亦尽收眼底，此诚如明人范昌龄在《登虎丘》一诗中所说："野田中拥此孤峰，诗景登来四面供。"乾隆帝六下江南，到苏州游历了诸多山水，在其所作《吴山十六景》中，对虎丘山情有独钟，专为之题写《海涌一峰》："一峰突起青螺堆，万古晏秀临苏台。讵数层峦及叠嶂，饶看野竹间疏梅。石泉诃涧泻冰雪，梵宫琳宇栖崔巍。晴空照影入沧海，宛似涌出西蓬莱。是宜仙人所托憩，而我登临实快哉。"（《虎阜志》卷首）在这首御制诗作的描写中，虎丘山幽秀的山林风光呼之欲出。在密密匝匝的树林中零星地点缀着些"野竹""疏梅"，显得风姿绰约；清泉流激荡在岩石上所发出的声响，无不是一曲曲美妙的旋律，犹如天籁般在山谷回响；还有"梵宫琳宇"的飞檐耸出翠绿丛林，远远望去，虎丘山就好像是浮出海面的"西蓬莱"，完全一副人间仙境的景象。这首诗对虎丘的总体摹状还是相当精彩的，人处其中，确实因幽深静谧的环境而产生"仙人托憩"的感觉。自古以来，对虎丘山风光描写的精妙佳句亦多集中于此，兹举数例如下："潭影漾霞月，石床封薜萝"（权德舆《酬陆四十楚源春夜宿虎丘山对月寄梁四敬之兼见贻之作》）；"春光澹澹鸣幽鸟，云气蒙蒙湿翠微"（释至谌《虎丘》）；"清深池底犹藏剑，空翠林间欲染衣"（陈凤梧《游虎丘为赋二律》）；"春光满郊野，吾独爱西丘。碧水一池定，白云千顷流"（祝允明《虎丘》）；"云岩四月野棠开，无数清阴覆绿苔"，"满路碧烟风自散，月中徐棹酒船回"（文徵明《虎丘》）。徜徉于这样的环境下，自然会潜滋暗长一种归隐山林的念想，诗人张伯雨与友人闲坐虎丘山中，写下了这样的诗句："坐久得忘言，移尊荫清樾。"（张伯雨《次韵倪远镇游虎丘》）明初苏州诗人张羽《游虎丘》一诗则曰：

> 春入翠微深，春风吹客襟。
> 相携木上座，来礼石观音。
> 老树积古色，薄云生昼阴。
> 林僧修茗供，默坐契禅心。

与虎丘山发生联系的第一位历史人物就是春秋时期的吴王阖闾（一作"阖庐"）。吴王阖闾是春秋时期杰出的政治家，他注意搜罗人才，任贤使能，任用楚国旧臣伍子胥，兴建"阖闾大城"，并采纳他的治国方略；在军事上任用"兵圣"孙武为将军，孙武献出其《兵法》十三篇，并亲自训练吴国的士兵，虎丘山麓至今还留有孙武练兵场的遗迹。此外,阖闾还加强了各种兵器的冶炼制作,"吴钩"成为当时最为锋利和先进的兵器,吴国军队的军事装备在当时诸侯国中最为精锐,汉代史学家赵晔《吴越春秋·夫差内传》中就曾说:"吴师皆文犀长盾,扁诸之剑,方阵而行。"经过数年的励精图治,吴王阖闾最终成就了在南方诸侯中的"霸业"。阖闾死后,就安葬在此山之下,与其陪葬的还有他最心爱的各种宝剑,诸如"扁诸""时耗""鱼肠"等。汉代史学家袁康在《越绝书》卷二记载曰:"阖庐冢,在阊门外,名虎丘。下池广六十步,水深丈五尺,铜椁三重,坟池六尺,玉凫之流、扁诸之剑三千,方圆之口三千,时耗、鱼肠之剑在焉。千万人筑治之,取土临湖口。葬三日,而白虎居上,故号虎丘。"《越绝书》中还透露出另外一个重要的信息,即吴王所葬山陵得名"虎丘"的传说。①

在虎丘诸名胜中,吴王剑池是声名最为卓著者,这是几乎所有的游历者必到之处,因而自古以来吟咏这一历史遗迹的诗词作品就不胜枚举:

> 云崖倚天开,苍渊下澄澈。
> 世传灵剑飞,山石千丈裂。
> 神踪去不返,今作蛟龙穴。
> 是非漭难语,岁久多异说。
> 惟当清夜永,静赏潭上月。
>
> ——方惟深《剑池》

> 干将欲飞出,岩石裂苍矿。
> 中间得深泉,探测费修绠。
> 一穴海通源,双崖树交影。
> 山中多居僧,终岁不饮井。
> 杀气凛犹在,栖禽夜频警。
> 月来照潭空,云起嘘壁冷。
> 苍龙已化去,遗我清绝境。
> 听转辘轳声,时来试新茗。
>
> ——高启《剑池》

> 石破天惊出匣时,中宵气共斗牛期。
> 鱼肠葬后应飞去,神物沉埋未足奇。
>
> ——吴伟业《夜游虎丘八首·试剑石》

---

① 关于虎丘山之得名还有另外一种说法,王随在《虎丘山寺记》一文中援引《世说》中的记载说:"秦皇帝因游海石,自沪渎经此山,乃欲发冢取宝,忽有白虎出而拒之,始皇挺剑刺虎,虎奔而隐,因改为虎丘焉。故上有剑池,或曰秦皇试剑池。亦谓之磨剑池。"

这些诗作都从吴王埋剑的故事入手,赋予虎丘山以神秘瑰丽的色彩,随着时光的推衍,"中宵气共斗牛期"这般神奇的传说,也益愈盛行,此即所谓"岁久多异说"也。盖因"金精剑气"所具有的神奇力量,使得大多数诗人在面对虎丘这座平畴小丘时,都用如椽巨笔极写其山形、山势之奇崛险峻,"世传灵剑飞,山石千丈裂。神踪去不返,今作蛟龙穴","干将欲飞出,岩石裂苍矿。中间得深泉,探测费修绠",正是这一构思的典范。元代诗人杨维桢的《游虎丘与句曲张贞居、遂昌郑明德、毗陵倪元镇各追和东坡,留题石壁诗韵》一诗则更是浑濛遒劲、酣畅淋漓,值得一读,文长不引,见文后《拓展阅读》。腾挪跌宕的诗句中,往往还蕴涵着诗人们苍凉厚重的历史感喟,曾经气吞山河的"吴王霸业",随着岁月的迁逝,如今完全消解在历史的长河中,只有山上的欹石古藤以及剑池中的一潭寒水,在静默中观审、守望着一段逝去的兴亡旧事:"碧玉千年剑影寒,夜深光怪逼危栏。勾吴霸略成尘土,空有青山覆石坛。"(陈埙《虎丘》)"剑去池空一水寒,游人到此凭栏干。年来世事消磨尽,只有青山好静看。"(徐忻《游剑池》)清初著名诗人吴梅村则在诗中将这样的情怀写到极致,他在《夜游虎丘八首·剑池》中无限感伤地感叹道:"百尺灵湫风雨气,星星照出鱼肠字。辘轳夜半语空中,无人解议兴亡意。"

虎丘还是苏州历史上著名的宗教胜地。早在晋代,司徒王珣及其弟司空王珉舍宅为寺,建成了千年古刹云岩禅寺(俗称"虎丘山寺")。据《晋书》卷九十四《戴逵传》载:"吴国内史王珣有别馆在武丘山,逵潜诣之,与珣游处积旬。"王珣对虎丘钟爱有加,曾作有《虎丘记》一文,唐初类书《艺文类聚》卷八中存有部分遗文,其中有曰:"山大势四面周回,岭南则是山径。两面壁立,交林上合,蹊路下通,升降窈窱,亦不卒至。"后来,王氏兄弟"舍以为寺,即剑池而分东、西"。到了宋代,原先的东、西二寺"合为一"。虎丘山寺之胜,"闻天下","四方游客过吴者,未有不访焉"(范成大《吴郡志》卷三十二)。范成大之说绝非虚语,征之宋人诗歌,不乏这样的吟咏赞叹,诗人马云在《题蒋公虎丘后》中有曰:"虎丘之胜天下传,孤峰环秀形屈蟠。山巅岩峣起佛刹,林木拥蔽烟霞宽。"著名诗人王禹偁在诗作中不仅有写景之笔,更对王氏先人舍宅为寺的义举深表赞赏:"薜墙围着碧屠颜,曾是当年海涌山。尽把好峰藏寺里,不教幽景落人间。剑池草色经冬在,石座苔花自古斑。珍重晋朝吾祖宅,一回来此便忘还。"(王禹偁《游虎丘》)

虎丘山寺修建之后,自然吸引了许多高僧大德前来弘法论道,其中最为卓著者当推晋代高僧竺道生。竺道生(355—434)出生于巨鹿(今河北平乡)的一个官宦世家,俗姓魏。年幼随天竺(今印度)高僧竺法汰出家修佛,法号道生,世人尊称他为"生公"。后又皈依高僧鸠摩罗什,成为其得力的译经助手,参与了《大品般若经》与《小品般若经》等佛经的翻译。所著佛学论著颇多,有《二谛论》《佛性当有论》《法身无色论》《佛无净土论》《应有缘论》等。根据自

山水风物篇

己的修习研究,生公首倡"一切众生皆有佛性,一阐提亦能成佛"。所谓"一阐提",就是断了善根的人。他的这一新说,与主流僧团所尊奉的《大般泥洹经》相背离。在受到主流僧团的抨击和排挤后,竺道生始终坚持己见,永嘉五、六年(428、429)前后,竺道生被开除僧籍,万般无奈中来苏州,隐居虎丘山麓。

寂寞中的竺道生受到冷落,鲜有追随者,只能面对着虎丘山麓的千万块石头,"聚石为徒",大讲《涅槃经》顿悟成佛之道,他的坚定和执着竟然感动了虎丘山麓的顽石,纷纷为之点头,"又有白莲池,在台之左,相传说法时,池生千叶莲花,故名"(王鏊《姑苏志》卷八,《虎阜志》卷二引《云峤类要》)。这一传奇故事不胫而走,苏州百姓遂云集虎丘山麓"千人石"上,听生公说法。随后不久,由北凉昙无谶翻译的四十卷全本《大般涅槃经》传入江南,证明了生公"人人皆有佛性""阐提成佛"等命题的正确性,生公声名大振,他所倡导的涅槃佛性学说也在中土广为流行,成为中国古代佛教的主流学说。虎丘山麓的"生公讲台""千人石""点头石""白莲池"诸多名胜,也由此而诞生。

生公虎丘说法的故事,也成为历代文人墨客游苏州必写的一个诗歌题材,这些诗词作品不仅是苏州文学史,更是中国佛教史的宝贵遗产。宋人杨备《千人坐》诗有道:"海上名山即虎丘,生公遗迹至今留。当年说法千人坐,曾见岩边石点头。"元代苏州文人顾阿瑛《生公讲台》诗曰:"生公聚白石,尘拂天花坠。可怜尘中人,不解点头意。"明代僧人释道源在其《白莲池》一诗中,论说了生公在佛学史上不可磨灭的贡献:"圣僧移得佛花栽,月色难分露里开。"其论简明扼要,公允客观,也极富有诗意和禅意,其中实在是蕴涵了他多年沉浸佛典的功力。徜徉在虎丘山麓,时刻都能在"水槛闲凭"中领略佛学的博大精深,正所谓:"水槛闲凭能领略,妙香时向诵经来。"

在自然山水和佛法的双重感染下,但凡游历徜徉虎丘山的文人墨客,无不油然而生一种道德情操的净化,从而有"望峰息心,窥谷忘返"的沉静和安详。元代苏州诗人周南老《生公讲台》一诗中有曰:"步入云岩寺,台空雨花碧。生公讲真诠,坐此曾振锡。山灵忽点头,神通悟顽石。盘陀与沙砾,一一具六识。遂使岩壑姿,于今有德色。为问三生魂,林间经几日?"南宋著名诗人范成大在其《虎丘六绝句》中将苏州人流连沉醉于虎丘山林、禅寺的风雅写得淋漓尽致,其中《千人坐》一首堪称极致,曰:"听经人散藓花深,千古谁能更赏音?只好岸巾披鹤氅,风清月白坐弹琴。"

自六朝以迄明清,千余年的文化积累,历代文人墨客的吟咏题诗以及书法墨迹、摩崖石刻不胜枚举。诸如颜真卿、白居易、刘禹锡、李德裕、皮日休、刘长卿、林逋、苏舜钦、王禹偁、晏殊、范仲淹、朱长文、苏轼、叶梦得、范成大、萨都剌、杨维桢、虞集、倪瓒、高启、文徵明、王世贞、屠隆、袁宏道、钟惺、陈子龙、王士禛、施闰章、吴伟业、陈维崧、朱彝尊、归庄、尤侗等文学史上极为重要的作家都留下了题咏虎丘的诗词佳作。虎丘的书法刻石,也可视为小型的书法史展览，颜真卿书"虎丘剑池"、李阳冰篆书"生公讲台"、米芾书"风壑云泉"等，无不精彩绝伦，这些还只是就现存而言，陆肇域、任兆麟《虎阜志》中专列《石刻》一卷，所记载的更多。

悠久的历史渊源、精深的佛教智慧以及深厚的文化积淀，使得虎丘山不仅成为苏州人的"尤爱"，也成为所有游寓苏州者必到之地，因而也就有了苏东坡那句非常有名的话语："到苏州不游虎丘，乃憾事也。"时至今日，虎丘山及山顶的云岩寺塔，已然成为苏州的城市标志，其中的原委不仅仅因为虎丘是苏州风雅的聚集之地，更因为它见证了苏州的历史文化之发展，承载了苏州文脉的传承。

最后就以清代神韵派诗学大师王士禛的诗歌《虎邱二首》为结，回味苏州虎丘悠久的历史和深厚的文化底蕴：

阖庐霸业夕阳沉，钟梵空山自古今。
剑去虎邱青嶂在，水枯鹤涧碧苔侵。
吴宫歌散声犹苦，越绝书成怨不任。
惟有生公台畔石，年年白月照禅心。

登临一上可中亭，叠嶂回峦面面青。
昔日山堂谁说法，至今片石尚精灵。
四围竹翠晴犹滴，万壑钟音晚更听。
乘兴探梅竟忘返，白公堤外雪冥冥。

拓展训练

同沈恭子游虎丘
（唐）清远道士

我本长殷周，遭雁历秦汉。
四渎与五岳，名山尽幽窜。
及此寰区中，始有近峰玩。
近峰何郁郁，平湖淼弥漫。
吟俯川之阴，步上山之岸。
山川共澄澈，光彩交零乱。
白云蓊欲归，青松忽消半。
客去川岛静，人来山鸟散。
谷深中见日，崖幽晓非旦。
闻子盛游遨，风流足词翰。
嘉兹好松石，一言尝累叹。

勿谓余鬼神,忻君共游赞。

刻清远道士诗因而继作
(唐)颜真卿

不到东西寺,于今五十春。
竭来从旧赏,林壑宛相亲。
吴子多藏日,秦皇厌胜辰。
剑池穿万仞,盘石坐千人。
金气腾为虎,琴台化若神。
登坛仰生一,舍宅叹珣玙。
中岭分双树,回峦绝四邻。
窥临江海接,崇饰四时新。
客有神仙者,于兹雅丽陈。
名高清远峡,文聚斗牛津。
迹异心宁间,声同质岂均。
悠然千载后,知我挹光尘。

虎　丘
(宋)方惟深

晋人事高旷,所得多奇僻。
云岩佛子庐,曾为二王宅。
当时盘乐地,俯仰成今昔。
林泉亦余好,徘徊相遗迹。
那知非昔人,复作登临客。

虎丘寺
(宋)苏　轼

入门无平田,石路细穿岭。
阴风生涧壑,古木翳潭井。
湛卢谁复见,秋水光耿耿。
铁花秀岩壁,杀气噤蛙黾。
幽幽生公堂,左右立顽矿。
当年或未信,异类服精猛。
胡为百岁后,仙鬼互驰骋。
窈然留清诗,读者为悲哽。
东轩有佳致,云水丽千顷。

熙熙览生物,春意破凄冷。
我来属无事,暖日相与永。
喜鹊翻初旦,愁鸢蹲落景。
坐见渔樵还,新月溪上影。
悟彼良自哈,归田行可请。

虎丘六绝句
（宋）范成大
点头石
当年挥麈讲何经,赚得坚顽侧耳听。
我自吟诗无法说,石头莫作定盘星。

千人坐
听经人散藓花深,千古谁能更赏音?
只好岸巾披鹤氅,风清月白坐弹琴。

白莲池
碧泓白石偃樛枝,爱水嫌风老更低。
潭影中间龙影卧,一山好处没人题。

剑　池
石罅泓淳剑气潜,谁将楼阁苦庄严。
只知暖热游人眼,不道苍藤翠木嫌。

致爽阁
碧嶂横陈似断鳌,画阑相对两雄豪。
东轩只有云千顷,不似西山爽气高。

方丈南窗
鼓板钟鱼彻晓喧,谁云方外事萧然。
窗间日暮寒烟重,未到斋时我正眠。

游虎丘与句曲张贞居、遂昌郑明德、毗陵倪元镇各追和东坡,留题石壁诗韵
（元）杨维桢
漾舟海涌西,坡陁缘素岭。
陟彼阇闉丘,俯瞰千尺井。
至今井中龙,上应星耿耿。

居然辟历飞,残腥洗蛙黾。
已知湛卢精,古愤裂幽矿。
肯随鱼肠逆,寒锋助残猛。
后来入郢功,勇志亦驰骋。
丹台纳嫏娟,金锤碎骨鲠。
坐令金精气,龙虎散俄顷。
花凝铁壁坚,木根山骨冷。
何哉幽独魂,白日歌夜永。
我从陶朱来,青山异风景。
岂无西家儿,池头弄风影。
五湖尚浮桴,烟波不须请。

登虎丘
（明）范昌龄
野田中拥此孤峰,诗景登来四面供。
金气已销岩洞虎,春雷先起剑池龙。
一方明月千人石,半榻清风万壑松。
留得坡翁旧题在,倚天楼阁白云重。

阖庐墓
（清）王士禛
剑池春日水清虚,石壁临风吊阖庐。
于越行成谁狡狯,夫椒往事重欷歔。
飘零王气传金虎,寂寞空山葬玉鱼。
太息恩仇竟何在?荒台青草认姑胥。

虎丘中秋歌
（清）俞旸
吴中名胜称虎丘,画船载酒人来游。
管弦纷纷日不断,何况明月当中秋。
中秋佳丽称三五,雨霁风轻桂香吐。
吴中年少好事多,分曹结队斗笙歌。
骈肩侧足人如织,山塘七里街衢塞。
茶棚花市互经讨,珍奇百玩争夸饰。
僧房绮席待黄昏,氍毹占尽苍苔痕。
兴酣携屐遍游历,千人石上罗金樽。

灯光上下如星历，箫鼓悠扬相间发。
烟华敛尽月华明，新歌历历花间莺。
其时月转风露清，飞鸟如树不敢鸣。
行人坠尽思乡泪，壮士愁闻变徵声。
昔闻前辈风流者，诗篇赠答留风雅。
不为酣歌声色扬，流连日夜夸游冶。
近来人事多艰难，荒村穷巷愁饥寒。
城中击柝行人少，何暇歌舞相追欢？
余今独坐空山里，虎丘明月还如此。
夜阑月转悄无人，惟听渔歌数声起。

"行人半出稻花上,宿鹭孤明菱叶中"

——范成大《四时田园杂兴》组诗中的吴风吴韵

在中国当代文坛上,陆文夫先生以其小说独特的苏州韵味而获得了"陆苏州"的美誉。若求之于中国古代文学,800多年前的苏州籍诗人范成大因其在《四时田园杂兴》等系列组诗中,全面系统地描写了吴地生产、生活的风土人情,极具吴风吴韵,称之为"范苏州",亦无愧于这样的雅号。

范成大(1126—1193),字致能,号石湖居士。吴郡(今江苏苏州)人。南宋诗坛的领军人物,与陆游、杨万里、尤袤并称为南宋"中兴四大家"。作为吴地先贤,范成大生后入祀苏州"五百名贤祠",沧浪亭"五百名贤祠"范成大的画像边有一则像赞,全面评价了范成大一生的业绩:"达于政体,使不辱命,晚归石湖,怡神养性。"

作为一名传统的士大夫,范成大也有过"学而优则仕"的人生经历,像赞的前两句"达于政体,使不辱命",便是对他这一人生经历的最高褒奖。自从绍兴二十四年(1154)进士及第之后,范成大就开始了近三十年的仕宦生涯。在徽州司户参军任职六七年之久,他的才华终于被上司洪适发现,在洪适的举荐下,范成大被召入杭州,任京官。在处州(今浙江丽水)知州任上,他兴修水利,解决百姓的灌溉问题;设立"义役法",力避官吏的贪索问题;还乞请朝廷减免滁州百姓的"丁钱"。这一系列的措施,深得百姓之拥戴。这只是范成大宦途的初体验而已,在他仕宦生涯中,最为人称道的还是出使金国,不辱使命。

宋孝宗赵昚继位后,屡想收复河南的"陵寝"(即宋王朝祖陵)之地,坚持要改变向金国跪拜受书的礼仪,以一洗奇耻大辱。但在朝议中,竟然无人敢于应承出使金国的使命,在宰相虞允文的推荐下,范成大慨然请行。乾道六年(1170),范成大以"祈请国信使"的身份出使金国。临行前,宋孝宗为之送行,问范成大:"朕以卿器宇不群,亲加选择。闻外议汹汹,官属皆惮行,有诸?"宋孝宗对范成大出使的结果也完全没有底,便有了"大家都怕,你有吗"这样的问话。此时的范成大已经做好了"不戮则执"的"不还计",他的回答掷地有声:"无故遣泛使,近于求衅,不戮则执,臣已立后,仍区处家事,为不还计,心甚安之。"(周必大《资政殿大学士赠银青光禄大夫范公成大神道碑》)

渡过淮河,来到北宋旧都汴京(今河南开封),范成大见汴梁"弥望悉荒墟"，"大相国寺，倾檐缺吻，无复旧观"，"民亦久习胡俗"，"男子髡顶"，"村落间多不复巾，蓬辫如鬼"，然而父老"遗黎往往垂涕嗟啧，指使人云：'此中华佛国人也。'老妪跪拜者尤多"（范成大《揽辔录》）。范成大感慨万千，写下了很多感人肺腑的感怀歌："倾檐缺吻护奎文，金碧浮图暗古尘。闻说今朝恰开寺，羊裘狼帽趁时新。"（范成大《相国寺》）"州桥南北是天街，父老年年等驾回。忍泪失声询使者，几时真有六军来？"（范成大《州桥》）不仅如此，范成大更以其誓死不屈的实际行动，与金主斡旋，舍身为国争取权益，这是最为世人所称道的。在宋室给金国的国书中，"专求陵寝"，只明确提出了索取河南"陵寝"一事，至于改变跪拜受书礼一事，却只字未提，只是临行前朝廷让范成大"自及受书事"（周必大《资政殿大学士赠银青光禄大夫范公成大神道碑》），也就是让范成大自己设法交涉。对于此事，范成大只有冒着触犯金国法令的危险，递交私书，要求金主接受宋室改变跪拜受书礼的要求。要知道，金国法律是严厉禁止使臣递交私人书奏的，面对金国君臣的恫吓，范成大岿然不动，坚持己见，最终迫使金主答应范成大提出的这一要求，为宋王朝挽回了颜面。在看惯了宋王朝使臣奴颜婢膝、丧权辱国的种种行径之后，金人对范成大纷纷表示钦佩之情。这便是"使不辱命"这一评价背后惊心动魄的历史真实。

回朝之后，范成大因出使金国之功，迁任中书舍人。在中书舍人任职期间，因向宋孝宗缴驳，不同意授张说签书枢密院事，拒绝起草授官的告文，因此得罪了宋孝宗赵昚和以张说为首的一批朝中佞幸。范成大在朝中的立足空间越来越小，自乾道八年（1172）以后，范成大先后外遣到静江（今广西桂林）、成都、明州（今浙江宁波）、建康（今江苏南京），担任地方官员。在地方任上，他亲身感受到了民生之疾苦，遂多施行善政，深得民心。他在明州写过几首小诗，体现了心怀天下的兼济情怀，其《次韵汪仲嘉尚书》（其二）有曰："老身穷苦不须忧，未有毫分慰此州。但得田间无叹息，何须地上见钱流。"在明州遇到台风时，他写下了《大风》诗："飓母来从海若家，青天白地忽飞沙。烦将残暑驱除尽，只莫颠狂损稻花。"这些诗作，就内在的核心精神和情怀，与范成大晚年所作的田园诗歌有着紧密的承续关系，绝不可略而忽之。

在看透了南宋王朝昏聩的政局，饱尝了宦海的艰辛和困苦后，范成大最终选择解职退隐。淳熙九年（1182），范成大得遂夙愿，"归田园，带月荷锄，得遂此生矣"（范成大《吴船录》）。回到苏州，初归石湖，范成大怀着满心的喜悦，在诗中他这样写道："晓雾朝暾绀碧烘，横塘西岸越城东。行人半出稻花上，宿鹭孤明菱叶中。信脚自能知旧路，惊心时复认邻翁。当时手种斜桥柳，无数鸣蜩翠扫空。"（范成大《初归石湖》）晚年的范成大在苏州城外的石湖隐居长达十年，创作了大量的田园诗，其中最为著名的是《四时田园杂兴》。以《四时田园杂兴》为代表的田园组诗，为范成大获得了"田园诗人"的称号，并奠定了他独特而重要的文学史地位。

田园诗是中国古代诗歌的一大重要题材,自陶渊明以来就为文人雅士所重视,先后出现过诸如王维、孟浩然、储光羲等著名的田园诗人,但是他们笔下的田园诗,大多是文人士大夫自抒隐逸情怀的抒情手段,如王、孟等人笔下的田园风光,皆蕴含着诗人静谧雅淡、闲逸萧散之心境,以及追求隐逸世外的人生理想境界。至于田园生活中重要的组成部分——农事活动,则较为忽略。其实在中国文学史的追溯中,早在《诗经》的时代,就已经有了描写农事活动的作品,《诗经·豳风》中的《七月》一诗,按节令顺序,全面地描写了一年中的农事活动,钱钟书先生将其称为"中国最古的'四时田园诗'"(钱钟书《宋诗选注》),只是后世继承步武者极少。到了范成大手里,他在陶渊明和王、孟田园诗的基础上,注意到《豳风·七月》专注农事活动的写法,同时还融入了白居易"新乐府诗"的现实主义精神,以平易浅显的笔调、清新自然的诗风,创作出具有自己独特艺术个性的"四时田园诗"。

　　《四时田园杂兴》是按照节序创作的田园组诗,总计六十首七言绝句,每十二首为一组,按照节序全面展现了宋代苏州地区春日、晚春、夏日、秋日和冬日的田园生产、生活的真实情景,诗作中充盈着浓郁的吴风吴韵。

　　范成大的田园诗,既不同于陶渊明"归去来兮"式的"桃源"主旨,与"酌酒会临泉水,抱琴好倚长松"(王维《田园乐七首》其七)、"开轩面场圃,把酒话桑麻"(孟浩然《过故人庄》)般的旁观,也存在着很大的不同。他是在亲身参与中,体验着农事活动的辛劳以及稼穑过程中的种种悲喜哀乐。难怪明代苏州状元吴宽在读了范成大的这些诗作后要感叹:"其诗六十首,凡村居景物,摹写殆尽,虽老于犁锄间者,或不能及。"(吴宽《跋朱存复录范文穆公田园杂兴诗后》)对此,范成大自己也有过许多自白,他有一组《腊月村田乐府》,在这组诗的序言中,他坦言:"余归石湖,往来田家,得岁暮十事,采其语各赋一诗,以识土风,号《村田乐府》。"自己"筑老圃堂于石湖之滨,种梅万株"(吴宽《跋朱存复录范文穆公田园杂兴诗后》),且时常来往于田家,因而他的诗歌也就能够全面而深刻地反映南宋时期苏州农家的景物、岁时、风俗、劳动,让人们真真切切地感受到生活的内容、生活的气息。

　　南宋时期的苏州、湖州地区是稻米生产的主产区,俗语有"苏湖熟,天下足"(高斯得《宁国府劝农文》)。范成大在《四时田园杂兴》六十首作品中,贯穿着苏州水稻生产的全过程,若没有切身的体验,是很难写得如此完整而准确的,甚至小到那个年代苏州水稻的品种也交代得非常清楚。不妨按照农事的顺序,摘引范成大的部分诗歌,来做一次农事活动观摩:

　　　　吉日初开种稻包,南山雷动雨连宵。
　　　　今年不欠秧田水,新涨看看拍小桥。
　　　　　　　　　　　　　——《春日田园杂兴》

> 渐裙水满绿萍洲,上巳微寒懒出游。
> 薄暮蛙声连晓闹,今年田稻十分秋。
> ——《晚春田园杂兴》

> 下田戽水出江流,高垅翻江逆上沟。
> 地势不齐人力尽,丁男长在踏车头。
> ——《晚春田园杂兴》

> 五月江吴麦秀寒,披絮移秧尚衣单。
> 稻根科斗行如块,田水今年一尺宽。
> ——《夏日田园杂兴》

> 秋来只怕雨垂垂,甲子无云万事宜。
> 获稻毕工随晒谷,直须晴到入仓时。
> ——《秋日田园杂兴》

> 新筑场泥镜面平,家家打稻趁霜晴。
> 笑歌声里轻雷动,一夜连枷响到明。
> ——《秋日田园杂兴》

从选种、育种,到插秧、灌溉,最终收获脱粒的全过程,范成大都通过诗歌的形式再现出来了。选育稻种,这是水稻生产的第一步,所以吴地农民尤为重视,选种、浸种、育种,样样不能有任何的马虎和差池,自宋代直至清代一直如此。晚清苏州民俗学者袁学澜在《吴郡岁华纪丽》中有详细的记载:"布谷鸣时,农功兴作……吴农于是择谷种……每亩以一斗,用蒲包之,绳缚之,陂塘浸之,或盖瓦盎盛之,昼浸夜收,凡数日,自五六日至七八日,名曰浸种。芽茁二三分,候天晴明,撒布田间,盖以稻秸灰。"插秧的场景,在范成大诗中写得既有诗意,又极富生活气息,眼看着一行行秧苗如蝌蚪般地行进在水田中,不一会儿就已经是一片绿油油的色块了。在干旱的时候,翻车、戽等各式各样的灌溉农具齐上阵,水流哗哗,滋润着田垄,农民劳作的辛苦也表现得淋漓尽致。当秋日收获季节到来时,所有的辛苦全被丰收的喜悦所替代。在万里无云的晴空下,农人们抢起连枷,抓住这晴朗的好天气,"家家打稻趁霜晴",在这紧张而繁忙的劳作场面中,洋溢着农人们的欢声笑语。读着这样的诗句,似乎诗人范成大也完全融入这样的喜悦之中了。

俗话说:"农业靠天吃饭。"在农业社会中,古代的先民很早就开始对物候、天气等规律进行细致而周密的观察,并通过农谚的形式进行总结,诸如:"谷雨有雨兆雨多,谷雨无雨水来迟",上引范成大诗中所谓"南山雷动雨连宵","今年不欠秧田水",正是这一自然规律的体现。至于第二首诗中所讲到的天气物候规律,范成大则在诗歌的自注中解释道:"吴下以上巳(按:农历三月初三)蛙鸣,则知无水灾。"在稻种刚刚播下的时候,就通过对自然的观察和经验的积累、分析,判断出当年雨水丰沛又不至于发生水灾,诗人和农民一样,饱含着对五谷丰登的期待。在临近收获的季节,诗人又急切地巴望着连续的晴好天气,以便于"获稻毕工随晒谷,直须晴到入仓时"。秋天的甲子之日,正是一个晴好的天气,诗人不禁激动万分,因为他的依据就是一句农谚:"甲子无云万事宜。"这在唐宋时期是普遍盛行的一种说法,唐人张鷟的《朝野佥载》卷一中就记载了这样的俚谚:"春雨甲子,赤地千里;夏雨甲子,乘船入市;秋雨甲子,禾头生耳;冬雨甲子,飞雪千里。"和范成大同时的大诗人陆游也在诗中写道:"今日甲子晴,秋稼始可言。老农喜相觅,随事具鸡豚。"(陆游《甲子晴》)凡此种种生活经验,在陶渊明或王维"复得返自然"那种诗歌创作心态下,是断然不可能出现的。

除了稻米之外,苏州还有很多重要的物产,诸如蚕丝、茶叶、河豚、石首鱼、松江四鳃鲈鱼等,都在范成大的《四时田园杂兴》中得到了描述,诗中不仅记录了这些吴地的特产,更写到了为获得这些特产而付出的艰辛劳作,兹举数首作品如下:

> 百沸缫汤雪涌波,缫车嘈囋雨鸣蓑。
> 桑姑盆手交相贺,绵茧无多丝茧多。

> 胡蝶双双入菜花,日长无客到田家。
> 鸡飞过篱犬吠窦,知有行商来买茶。

> 海雨江风浪作堆,时新鱼菜逐春回。
> 荻芽抽笋河豚上,楝子开花石首来。

> 细捣枨虀买鲙鱼,西风吹上四腮鲈。
> 雪松酥腻千丝缕,除却松江到处无。

在《四时田园杂兴》中,范成大还全面地反映了苏州的节令风俗,因而这组诗歌完全可以视为南宋时期的苏州风俗画卷。组诗中所写的这些风俗活动,有中秋这样全国性的节日,但苏州人的中秋赏月自有其佳趣,那就是范成大诗中所写的"棹入空明看太湖",泛舟烟波浩渺的太湖,这样的中秋赏月活动,大概是很多地方难得的。还有一些风俗活动是苏州地区独有的,如冬至拜年。在苏州人的传统节俗中,自古以来就有"冬至大过年""冬肥年瘦"等说法,范成大的诗歌中也就有这样的实录:"村巷冬年见俗情,邻翁讲礼拜柴荆。"当然,其中还有许多已然为人们所淡忘的节令风俗,诸如社日斗草,如果不了解这一传统的民俗风情,恐怕就很难理解范成大诗中所描写的"青枝满地花狼藉,知是儿孙斗草来"这一场景了。在描写这些极具地方特色、乡土气息的风土人情时,范成大的笔触非常细腻生动,轻巧灵动,表现出极高的诗歌艺术水准,诸如:"梅子金黄杏子肥,麦花雪白菜花稀。日长篱落无人过,惟有蜻蜓蛱蝶飞。""昼出耘田夜绩麻,村庄儿女各当家。童孙未解供耕织,也傍桑阴学种瓜。"这无疑是范成大成为中国诗歌史上大家地位不可缺少的一个重要原因。

关心国事、勤于政务、同情人民疾苦,这是儒家知识分子的精神命脉,也贯穿于范成大的整个人生。虽然远离官场,退隐石湖,但他对民生的关注却是一如既往的。早年为官的时候,他以儒家的"仁政""民本"思想为基石,认同"民惟邦本,本固邦宁",提出了"省徭役,薄赋敛,蠲其疾苦"(范成大《论邦本疏》)等政治主张。在诗歌理论上,范成大自觉地接受了白居易的主张,将"惟歌生民病"(白居易《寄唐生》)作为诗歌创作最重要的价值追求。范成大曾在天寒地冻中听到屋外有卖菜人的叫卖声,颇觉其苦,有感而发,写下了三首诗,在诗歌的结句,范成大径直呼出这样的诗句:"汝不能诗替汝吟!"(范成大《雪中闻墙外鬻鱼菜者求售之声,甚苦,有感三绝》)早年的《大暑舟行含山道中》《催租行》《缲丝行》《后催租行》《黄黑岭》《劳畲耕》诸作如此,晚年隐居石湖时所写的《冬春行》《秋雷叹》《咏河市歌者》无不一仍其旧。至于《四时田园杂兴》,在看似闲逸的风土人情描写中,也时时流注着诗人的民生情怀,借用其《咏河市歌者》中的话说:"岂是从容唱渭城,个中当有不平鸣。"要知道,这样的主旨和情怀,在范成大的诗歌创过程中,早已是一种自觉的行为了,有范成大自己的诗作为证:"生涯惟病骨,节物尚乡情。掎摭成俳体,咨询逮里甿。谁修吴地志,聊以助讥评。"(范成大《上元纪吴中节物俳谐体三十二韵》)很显然,他一方面把自己的这些风俗诗视作浓浓乡情的抒写方式,更把它们看成是修地志,以助观民风、察民情的重要渠道,所谓"聊以助讥评"也。通过阅读以下几首诗,我们便能清晰地感受到这一点:

> 小妇连宵上绢机,大耆催税急于飞。
> 今年幸甚蚕桑熟,留得黄丝织夏衣。
>
> 采菱辛苦废犁锄,血指流丹鬼质枯。
> 无力买田聊种水,近来湖面亦收租。
>
> 垂成穑事苦艰难,忌雨嫌风更怯寒。
> 笺诉天公休掠剩,半偿私债半输官。
>
> 黄纸蠲租白纸催,皂衣旁午下乡来。
> 长官头脑冬烘甚,乞汝青钱买酒回。

也许有些评论者会认为,范成大在田园诗中写到了官吏逼租等剥削的情景,总与田园诗的恬淡优雅格格不入。笔者以为,厌倦锦衣玉食的富贵繁闹之后,许多士大夫都会带着猎奇的心态去体验所谓的"农家乐",王维式的"即此羡闲逸"(王维《渭川田家》)堪称其中的代表。其实,这种状态并不能体会、理解农家生活的实相,相反却存在着太多的隔膜,乃至不可逾越的鸿沟。正如钱钟书先生在《宋诗选注》中所说的那样,范成大的可贵之处,在于他"使脱离现实的田园诗有了泥土和血汗的气息",因而,"田园诗又获得了生命,扩大了境地"。

拓展训练

七　月

《诗经·豳风》

　　七月流火,九月授衣。一之日觱发,二之日栗烈。无衣无褐,何以卒岁?三之日于耜,四之日举趾。同我妇子,馌彼南亩,田畯至喜。
　　七月流火,九月授衣。春日载阳,有鸣仓庚。女执懿筐,遵彼微行,爰求柔桑。春日迟迟,采蘩祁祁。女心伤悲,殆及公子同归。
　　七月流火,八月萑苇。蚕月条桑,取彼斧斨。以伐远扬,猗彼女桑。七月鸣鵙,八月载绩。载玄载黄,我朱孔阳,为公子裳。
　　四月秀葽,五月鸣蜩。八月其获,十月陨萚。一之日于貉,取彼狐狸,为公子裘。二之日其同,载缵武功。言私其豵,献豣于公。
　　五月斯螽动股,六月莎鸡振羽。七月在野,八月在宇,九月在户,十月蟋蟀入我床下。穹窒熏鼠,塞向墐户。嗟我妇子,曰为改岁,入此室处。
　　六月食郁及薁,七月亨葵及菽。八月剥枣,十月获稻;为此春酒,以介眉寿。七月食瓜,八月断壶。九月叔苴,采荼薪樗,食我农夫。
　　九月筑场圃,十月纳禾稼,黍稷重穋,禾麻菽麦。嗟我农夫!我稼既同,上入执宫功;昼尔于茅,宵尔索绹。亟其乘屋,其始播百谷。
　　二之日凿冰冲冲,三之日纳于凌阴。四之日其蚤,献羔祭韭。九月肃霜,十月涤场。朋酒斯飨,曰杀羔羊,跻彼公堂,称彼兕觥,万寿无疆!

归园田居(六首选四)

(晋)陶渊明

　　少无适俗韵,性本爱丘山。
　　误落尘网中,一去三十年。
　　羁鸟恋旧林,池鱼思故渊。
　　开荒南野际,守拙归园田。

方宅十余亩,草屋八九间。
榆柳荫后园,桃李罗堂前。
暧暧远人村,依依墟里烟。
狗吠深巷中,鸡鸣桑树巅。
户庭无尘杂,虚室有余闲。
久在樊笼里,复得返自然。

野外罕人事,穷巷寡轮鞅。
白日掩荆扉,虚室绝尘想。
时复墟曲中,披草共来往。
相见无杂言,但道桑麻长。
桑麻日已长,我土日已广。
常恐霜霰至,零落同草莽。

种豆南山下,草盛豆苗稀。
晨兴理荒秽,带月荷锄归。
道狭草木长,夕露沾我衣。
衣沾不足惜,但使愿无违。

种苗在东皋,苗生满阡陌。
虽有荷锄倦,浊酒聊自适。
日暮巾柴车,路暗光已夕。
归人望烟火,稚子候檐隙。
问君亦何为,百年会有役。
但愿桑麻成,蚕月得纺绩。
素心正如此,开径望三益。

渭川田家
(唐)王 维
斜光照墟落,穷巷牛羊归。
野老念牧童,倚杖候荆扉。
雉雊麦苗秀,蚕眠桑叶稀。
田夫荷锄立,相见语依依。
即此羡闲逸,怅然歌式微。

李氏园卧疾
(唐)孟浩然
我爱陶家趣,林园无俗情。

春雷百卉坼，寒食四邻清。
伏枕嗟公干，归田羡子平。
年年白社客，空滞洛阳城。

过故人庄
（唐）孟浩然

故人具鸡黍，邀我至田家。
绿树村边合，青山郭外斜。
开轩面场圃，把酒话桑麻。
待到重阳日，还来就菊花。

杂咏五首（选二）
（唐）储光羲

钓鱼湾

垂钓绿湾春，春深杏花乱。
潭清疑水浅，荷动知鱼散。
日暮待情人，维舟绿杨岸。

幽人居

幽人下山径，去去夹青林。
滑处莓苔湿，暗中萝薜深。
春朝烟雨散，犹带浮云阴。

腊月村田乐府（十首选三）
（南宋）范成大

冬舂行

腊中储蓄百事利，第一先舂年计米。
群呼步碓满门庭，运杵成风雷动地。
筛匀簸健无粃糠，百斛只费三日忙。
齐头圆洁箭子长，隔箩耀日雪生光。
土仓瓦瓮分盖藏，不蠹不腐常新香。
去年薄收饭不足，今年顿顿炊白玉。
春耕有种夏有粮，接到明年秋刈熟。
邻叟来观还叹嗟，贫人一饱不可赊。
官租私债纷如麻，有米冬舂能几家？

灯市行

吴台今古繁华地,偏爱元宵灯影戏。
春前腊后天好晴,已向街头作灯市。
叠玉千丝似鬼工,剪罗万眼人力穷。
两品争新最先出,不待三五迎东风。
儿郎种麦荷锄倦,偷闲也向城中看。
酒垆博簺杂歌呼,夜夜长如正月半。
灾伤不及什之三,岁寒民气如春酣。
侬家亦幸荒田少,始觉城中灯市好。

祭灶词

古传腊月二十四,灶君朝天欲言事。
云车风马小留连,家有杯盘丰典祀。
猪头烂热双鱼鲜,豆沙甘松粉饵团。
男儿酌献女儿避,酹酒烧钱灶君喜。
婢子斗争君莫闻,猫犬触秽君莫嗔。
送君醉饱登天门,杓长杓短勿复云,
乞取利市归来分。

缲丝行
(南宋)范成大

小麦青青大麦黄,原头日出天色凉。
姑妇相呼有忙事,舍后煮茧门前香。
缲车嘈嘈似风雨,茧厚丝长无断缕。
今年那暇织绢着,明日西门卖丝去。

催租行
(南宋)范成大

输租得钞官更催,踉蹡里正敲门来。
手持文书杂嗔喜,我亦来营醉归耳。
床头悭囊大如拳,扑破正有三百钱。
不堪与君成一醉,聊复偿君草鞋费。

山水风物篇

"结伴寻春邓尉山,梅花消息此山间"

——长盛不衰的"香雪海"赏梅风习

梅之著于古代典籍尤早,《诗经》中就有"终南何有?有条有梅""山有佳卉,侯栗侯梅"这样的诗句。然而,先秦时期人们对于梅之关注,更多的是把它当作一种调味品,如《左传》中所说的"和如羹焉,水火醯醢盐梅,以烹鱼肉",就是显见的例证。所以,宋代文学家杨万里在《和梅诗序》中说,古人之于梅,实在是"以滋不以象,以实不以华"。六朝诗人萧纲、徐陵、阴铿、何逊等似乎已开始注意到梅之花,然而观其诗,亦多咏叹梅花之易于飘零,所谓"可怜阶下梅,飘荡逐风回"(鲍泉《咏梅花》);"春近寒虽转,梅舒雪尚飘。从风还共落,照日不俱销"(阴铿《咏雪里梅》)。

直到唐宋时期,随着许浑、释齐己、林逋、苏轼、陆游、范成大等诗人"主风月花草之夏盟",梅花逐渐超越桃、李、兰、蕙,成为文人墨客的新宠。此间涌现出许多名句佳篇,诸如:"素艳雪凝树,清风香满枝。"(许浑《看早梅》)"万木冻欲折,孤根暖独回。前村深雪里,昨夜一枝开。"(释齐己《早梅》)"疏影横斜水清浅,暗香浮动月黄昏。霜禽欲下先偷眼,粉蝶如知合断魂。"(林逋《山园小梅》)"池水倒窥疏影动,屋檐斜入一枝低。"(林逋《梅花》)"罗浮山下梅花村,玉雪为骨冰为魂。纷纷初疑月挂树,耿耿独与参横昏。"(苏轼《再用"松风亭下梅花盛开"韵》)自此之后,咏梅诗词创作的热潮高涨,佳作不绝,更激荡起长盛不衰的赏梅风俗。在这一风尚的影响下,宋代就出现了《梅苑》《梅花鼓吹》《梅花百咏》等咏梅诗的专集,更有甚者,杨万里的好友陈晞颜搜集了历代吟咏梅花的诗作八百余首,随后便逐篇赓和之,便有了他的《和梅诗》。苏州文人范成大更在其居处石湖草堂周边遍植梅花,使得"吴下栽梅特盛",且"其品不一","始尽得之",又写成了中国历史上第一部梅花专书——《梅谱》。难怪杨万里要大为感叹:"梅之有遭,未有盛于此时者。"(杨万里《和梅诗序》)

明清以来,天下赏梅胜地渐多,其中声名较著者有"江宁之龙蟠,苏州之邓尉,杭州之西溪"(龚自珍《病梅馆记》),而苏州邓尉赏梅之风尤甚。早在明代,就有"邓尉梅花甲天下"之说,明代文人姚希孟曾在《梅花杂咏序》中曰:"梅花之盛不得不推吴中,而必以光福诸山为最,若言其衍亘五六十里,窈无穷际。"

据徐崧、张大纯《百城烟水》卷二记载,邓尉山在苏州城外的光福古镇,

"去城七十里,汉有邓尉者隐此,故名。又因后晋青州刺史郁泰玄葬此,一名玄墓"。早在两千多年前,东汉大司徒邓禹隐居的时候,光福一带的群山中就有梅树的种植。宋元以后,邓尉周边的乡人多以种梅为业,隙地遍地种梅,蔚然如雪海,其中较为著名的山头有铜坑、吾家山、蟠螭山、弹山、石壁、石崂(又作"石楼")等。赏梅之风蔚然兴起,遂成为东南文士名流的风雅之举。清人沈朝初的一阕《忆江南》词,写尽了苏州文人邓尉赏梅的盛况:"苏州好,鼓棹去探梅。公子清歌山顶度,佳人油壁树间来。玄墓正花开。"

早春二月,光福群山梅海盛开之际,苏州士人和百姓,纷纷由水路取径木渎,"径灵岩山","过善人桥",南历"箭泾之水"(一箭河),直抵光福虎山桥,便已进入梅海,开始尽情欣赏弥望不绝的"粉鲜玉皎"胜景。(此据明张国维《吴中水利全书》卷四)清代苏州文人袁学澜在其《吴郡岁华纪丽》卷二中以敷陈的笔法描绘了吴郡人士迤逦数十里,浩浩荡荡前往光福赏梅的情形:

郡人舣舟虎山桥,褉被遂游。舆者、骑者、屣而步者、提壶担榼者,相属于路。率取道费家湖、马家山、蟠螭山、铜坑、石壁、弹山,而以石楼为投最。其地俯窥旁瞩,濛然餲然,曳若横练,凝如积素,绵谷跨岭,扬菁视烟,七钿九华,宝妆天绘。而邓尉山前,香花桥上,坐石栏徙倚,日暖风来,粉鲜玉皎,秾芳遥袭,熏袂染衣。时有微云弄白,岚气萦青。左澄湖镜,右障岩屏,水天浩漾,苍翠互错,资清欲冶,蒸成香国,真脱然尘埃矣。

苏州人士对邓尉赏梅的痴迷不仅表现为游赏者数量之多,更体现为时间维度上的弥久愈坚。但凡来过邓尉,领略到此间无尽的"梅花消息"者,无不为之钟情一生,甚至成为至老不变的情结。清代诗人吴彦芳只因二十年前的一次邂逅,曾与友人麇集游邓尉,便对邓尉赏梅的兴味至老益浓,写下了这样的诗句:"结伴寻春邓尉山,梅花消息此山间。亦知花与人同瘦,谁信春来客总闲? 松径微风翻粉蝶,湖心斜日点烟鬟。廿年前一登临遍,今老依稀兴未删。"(《春日邓尉山访沈秉之令嗣韶九邀同家园次、徐松之、俞无殊、高淡游、陈白笔诸公看梅》,诗见《百城烟水》卷二)

乾隆时期的常熟诗人孙原湘自幼听闻玄墓梅海的盛名,直到十七岁时,他第一次来到光福,见到绵延数十里的梅海,脱口而出的竟是"积想十年才满愿,关心百事总前缘"(孙原湘《天真阁集》卷二十孙《肩舆至元墓》)。自此以后,只要有闲暇时间,孙原湘便几乎是年年前来苏州赏梅,并写下了许多咏梅诗。他在《雨中自邓尉至潭山下看梅》的第六首中,把自己对邓尉梅海的钟爱之情表现得淋漓尽致:"扶筇折屐自年年,旧侣同来各杳然。只有梅花情不改,一回相见一回妍。"(孙原湘《天真阁集》卷二十三)

苏州人如此痴狂的赏梅风习,自然也被许多风俗诗人摄入笔端,通过一首首《竹枝词》将此盛况再现,并使之声名远播。其中最为著名的当数清代著名诗人王士禛的一首《邓尉竹枝词》，把邓尉山周边络绎不绝的赏梅人群写得跃然纸上，诗曰："二月梅花烂熳开，游人多自虎山来。新安坞畔重重树，画舫青油日几回？"而苏州本地文学家汪琬也不示弱，在其《竹枝词》中这样写道："两两吴娃结束同，竞呼画舫趁东风。白堤玄墓花如雪，春在蜂黄蝶粉中。"（汪琬《读杨廉夫竹枝词拟作四首》其三）

在长盛不衰的赏梅活动中，历代文人自然少不了对梅花姿态及其内在的精神意蕴进行咏唱，宋人林逋的"疏影横斜水清浅，暗香浮动月黄昏"似乎已经写尽了梅花的风姿和神韵，无怪乎辛弃疾要在其词作中发出这样的感慨："未须草草赋梅花，多少骚人词客。总被西湖林处士，不肯分留风月。"（《念奴娇》）即便这样，也不能完全掩抑文人墨客咏梅的热情。特别是置身于浩渺无垠的邓尉梅海之中，"千林一望间。浅深花远近，上下鸟绵蛮"（宋荦《春日过灵岩、元墓看梅》其六）。诗人亲历万株梅花同时绽放的盛景，信步其间，不由得吟咏出这样的诗句："特访梅花信，漫行春谷中。路随云共白，村与树俱空"（明代诗僧法杲《玄墓看梅花》）"暖日东风芳草薰，平湖春霁碧氤氲。铜坑东下花林接，一路穿香入白云。"（梁辰鱼《由铜坑东路看梅过玄墓山房作》）心醉酣然其间，几乎所有的诗人都会产生这般强烈的感受："邓尉山头履初蹙，吟魂恍被香魂慑。平生侈口说幽奇，真境乍逢心转怯。雪积空林白满山，交光雪月寒千叠。烛龙衔照玉龙蟠，万顷湖波浮暖靥。最爱凌虚画阁看，晴香翠湿相围压。姑射仙人昨夜来，人间粉黛谁堪接？"（张鹏翀《复上邓尉盘旋而下，日虽未晡，游兴已酣矣，遂命放舟，出胥口，为东、西两山之游，作歌纪事》，见《南华诗钞》之《纪游二集》）。

正因为有了这样的逸兴遄飞，眼前之景和意中之境浑然相融、相摄，诗人就会以其传神的笔触写尽自己徜徉梅海之中惝恍迷离、如梦如幻的感受，其中最具代表性的当数清代苏州诗人尤侗的一阕《清平乐·咏梅蕊》词，淋漓尽致地展现梅花盛开时节的迷人景象："烟姿玉骨，淡淡东风色。勾引春光一半出，犹带几分羞涩。　　陇头倚雪眠霜，寒肌密抱疏香。待得罗浮梦破，美人打点新妆。"

一路画舫如织，行进在邓尉、玄墓梅林的河道之中，不仅有满目如雪这样梦幻般的视觉冲击，更有沁人心脾的阵阵暗香袭来，径称为"溢雪流香"，亦不为过也。"雪""香"并举，更是邓尉梅海的一大特色，康熙三十五年（1696），时任江苏巡抚的宋荦，冒着蒙蒙细雨，到光福古镇赏梅，在梅花最盛的吾家山欣然写诗题词，其诗曰："探梅冒雨兴还生，石径铿然杖有声。云影花光乍吞吐，松涛岩溜互喧争。韵宜禅榻闲中领，幽爱园扉破处行。望去茫茫香雪海，吾家山畔好题名。"（宋荦《雨中元墓探梅》）末句所谓的"吾家山畔好题名"，在其题注中，宋荦有明确的交代："余于吾家山题香雪海三字。"康熙帝先后三次、乾隆帝先后六次到邓尉探梅，都写有多首咏梅诗。乾隆帝在《邓尉香雪海歌叠

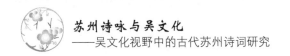

旧作韵》中对宋荦的题名表示赞同:"邓尉西北山名吾,昔游未到兹到初。奇峰诡石更幽邃,商邱(按:指宋荦)三字泐匪诬。虎山桥春水碧涨,光福塔舍利光舒。湖山表里互暎带,都拱香雪为范模。"自此之后,宋荦在崖壁上所镌刻的"香雪海"三字,便成为光福梅海的代称,名闻天下,直至今日。自此以后,几乎所有的诗人在诗作中,都是"雪""香"并举,描绘邓尉梅海的景象。如孙原湘在其《雨中自邓尉至潭山下看梅》第四首中,就把邓尉山令人痴迷留连的"花外见晴雪,花里闻香风"的意境铺陈得惟妙惟肖,其诗曰:"入山无处不花枝,远近高低路不知。贪爱下风香气息,离花三尺立多时。"(孙原湘《天真阁集》卷二十三)

作为赏梅胜地,邓尉"香雪海"更有一个优势是其他地区难以比肩媲美的,那就是漫山的梅花花海和近在咫尺的万顷太湖相映带,乾隆南巡时书写的两副对联"万顷湖光分来功德水,千重花影胜入梅檀林","春入湖山韶且秀,雪凝楼观净无埃"(《南巡盛典》卷八十五),便是对这一特色的最好总括。对于自然造化如此钟秀于苏州,本地文人时常在其文学书写中流溢着一种难以抑制的自豪之情。明代画家文徵明时常和友人流连于太湖之畔、邓尉山麓,他在《玄墓山探梅倡和诗序》中曾这样描写邓尉"香雪海"的美妙:"玉梅万枝,与松竹杂植。冬春之交,花香树色,蔚然秀茂。而断崖残雪,下上辉映,波光渺弥,一目万顷,洞庭诸山,宛在几格,真人间绝境也。"(《文徵明集》卷十七)梅花以山水而增色,山水因梅花而生辉,交相辉映,相得益彰。

如果游赏者登山远眺,就可以欣赏到"香雪海""玉梅万枝""花香树色,蔚然秀茂"的盛况和万顷太湖"平湖春霁碧氤氲"(梁辰鱼《由铜坑东路看梅过》)的浩渺烟波相映成趣的绝妙景致。清代著名诗人沈德潜在其《晚入邓尉山宿还元阁》一诗中描写了这样的揽胜所得:"凭轩送远目,百里纳清旷。晴雪漫陂陀,香风透屏障。花影连湖光,夕阳摇滉漾。"除此之外,还有很多游赏者会选择驾一叶扁舟,荡桨湖面,远眺梅海,充分领略"断崖残雪,下上辉映,波光渺弥,一目万顷"的逍遥洒脱。在明清时期的诗人中,宋荦似乎尤其乐于此道,他在诗中颇为得意地写道:"花事盛江南,看宜蕊半含。春风吹小艇,远岫送晴岚。"(宋荦《春日过灵岩、元墓看梅》其一)"溪桥聊待月,画舫忽闻歌。烟水迷蒙际,幽香几阵过。"(宋荦《春日过灵岩、元墓看梅》其三)"细雨春波远浸天,梅花烂漫满溪湾。""画桨每侵疏影瘦,芳樽浑带冷香还。决胜雪夜寻安道,归路渔灯照醉颜。"(宋荦《泛湖观梅》)

宋荦在苏州为官长达十四年之久,写了很多咏梅诗,更在邓尉镌刻了"香雪海"三字,后世便把他视为邓尉梅海的知音。其实,像宋荦这样流寓苏州而成为梅花知音的文学家还很多,晚明时期的贵州文人杨龙友就是其中之一。他有一篇《看梅记》,历数了自己和邓尉山梅花的渊源。杨龙友在欣赏过杭州西溪梅花之后,就听朋友说:"吴门邓尉山梅花四十里,较此则三山(按:指东海三神山蓬莱、瀛洲、方丈)之与名岳,洛神之与夷光(按:指西施),大有仙凡隔,不可失也。由是,梦寐花神,十有六年,无日不作春想,无春不作游想,而鹿鹿鱼鱼,忧思百折,遘此良愿。"同是江南梅花,苏杭梅花竟有仙凡之别,友人何以如此厚此薄彼？杨龙友的内心始终带着这一悬疑,直崇祯戊寅(1638),他来到苏州,游历了邓尉之后,方得一解其想。他在游记中写道:"再入转幽,溪桥错出,空青撩人,草香路细,舍舟登岸者久之,真不减在山阴道上。""左右直视,香气氤氲,大约有数十里。尝闻径山竹盛,题为'竹海'。玄墓之梅,余亦欲以'梅海'赠之。"徜徉在光福古镇的群山之中,"逶迤峰上",登高远望,杨龙友似乎已经完全融入梅海之中,竟然发出这样的喟叹:"自下仰视,不几向蜃气楼台中行耶！"至于苏州人津津乐道的湖山与梅花相映成趣的钟灵毓秀之美,杨龙友亦在文中细致摹状,所谓"凡梅花盛处,皆此湖之光影所接也"。此外,他更描绘了月夜泛舟湖上观月赏梅的绝妙景象,大有苏子泛舟赤壁的雅趣,其文曰:"月严人静,谑浪中流,洗盏更酌,漏箭约三下,看太湖如掌,流入胸次,而花依山麓,袭袭送清,烟霭中不知狼藉过千树也。将达光福桥,见小艇掠舟西去,从人疑之。余语千仞曰:'安知非放鹤林逋乎？'……万峰深邃,恍坐莲花水上,不知何福消受耳。"

说到邓尉"香雪海",还有一事不得不提,那就是光福的古寺名刹,多掩映在梅林花海之中。所以,在邓尉探梅的行程中,时常还会有这样的意外和欣喜:"野店经行好,精庐(按:指寺庙)取次探。"(宋荦《春日过灵岩、元墓看梅》其一)也会邂逅"钟敲响雪三州长,阁浸空香万壑梅"这样的奇景(释法藏《己丑岁过万峰寄文起、孟长二太史》诗,见徐崧、张大纯《百城烟水》卷二)。在诸多寺庙中,最有名的当数康熙、乾隆赏梅时都曾驻跸的圣恩寺,乾隆帝曾御书寺额"梵天香海"、堂额"众香国里""千林烟月"(《南巡盛典》卷八十五)。最具有传奇色彩的,还当推《红楼梦》第四十一回中曹雪芹虚构的玄墓蟠香寺,妙玉就在此出家,在苏州的时候,她就搜集了"香雪海"梅花花瓣上的雪水,用来沏茶。这是小说家的虚构,但其诗性的笔调却实实在在地写出了苏州"香雪海"的风雅大美,不妨一读,以作卧游"香雪海"胜景之结束:

黛玉因问:"这也是旧年的雨水？"妙玉冷笑道:"你这么个人,竟是大俗人,连水也尝不出来。这是五年前我在玄墓蟠香寺住着,收的梅花上的雪,共得了那一鬼脸青的花瓮一瓮,总舍不得吃,埋在地下,今年夏天才开了。我只吃过一回,这是第二回了。你怎么尝不出来？隔年蠲的雨水那有这样轻浮,如何吃得。"

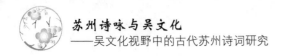

拓展训练

玄墓看梅花
（明）释法杲
特访梅花信，漫行春谷中。
路随云共白，村与树俱空。
色浅如萦雾，香寒不递风。
虬枝吾欲折，长揖问山翁。

玄墓山看梅和友人作
（明）张元凯
芬芳秀色若可餐，正月梅花开未残。
万树俱含兰气郁，千崖欲动珠光寒。
春风披拂白云上，明月常抱青林端。
深入山家疑积雪，闭门犹恐惊袁安。

看梅过玄墓山中
（明）王稚登
桥外花开日，分明雪作图。
不将他树杂，未有一家无。
多处半青嶂，香时过太湖。
浊醪元易得，市远亦须沽。

御制邓尉山
（清）爱新觉罗·玄烨
邓尉知名久，看梅及早春。
岂因耽胜赏，本时重时巡。
野霭朝来散，山容雨后新。
缤纷开万树，相对惬佳辰。

绝 句
（清）宋荦
好游吴下从来说，元墓看梅半月忙。
头白老翁公事了，也教阑入散花场。

春日过灵岩、元墓看梅（其一）

    （清）宋　荦

  花事盛江南，看宜蕊半含。
  春风吹小艇，远岫送晴岚。
  野店经行好，精庐取次探。
  提携双蜡屐，谢客未应惭。

泛湖观梅

    （清）宋　荦

  细雨春波远浸天，梅花烂漫满溪湾。
  烟中人语村前树，雪里鸡声隔岸山。
  画桨每侵疏影瘦，芳樽浑带冷香还。
  决胜雪夜寻安道，归路渔灯照醉颜。

晚入邓尉山宿还元阁

    （清）沈德潜

  晚钟流岩壑，寻声经叠嶂。
  重游二十年，云山故无恙。
  来登四宜堂，聊此息筇杖。
  老桂渐凋残，吾生岂强壮。
  凭轩送远目，百里纳清旷。
  晴雪漫陂陀，香风透屏障。
  花影连湖光，夕阳摇滉漾。
  俄顷寒烟凝，遥岚换形相。
  夜投还元阁，高枕鸟巢上。
  风雨惊梦魂，松涛入纸帐。

复上邓尉盘旋而下,日虽未晡,游兴已酣矣。
遂命放舟,出胥口,为东、西两山之游,作歌纪事

（清）张鹏翀

邓尉山头履初躐,吟魂恍被香魂慑。
平生侈口说幽奇,真境乍逢心转怯。
雪积空林白满山,交光雪月寒千叠。
烛龙衔照玉龙蟠,万顷湖波浮暖靥。
最爱凌虚画阁看,晴香翠湿相围压。
姑射仙人昨夜来,人间粉黛谁堪接?
烟水空明宝镜奁,麦波净绿罗裙褶。
枝间翠羽自啁啾,未许雄蜂挟雌蝶。
徘回竟日欲忘归,湖上残阳乱山堞。
更闻西崦万花深,醉趁晓帆飞一叶。

园林风雅篇

"隔断城西市语哗,幽栖绝似野人家"

——苏州园林的意境营造与古典诗文的艺术亲缘

苏州园林甲天下。苏州园林不同于北方皇家园林的轩昂气宇,以小巧玲珑见长,处处散溢着书香墨气和诗词的意境,历代文人骚客多有感悟,故赞颂题咏的文字不可胜计。吴中园林的书卷气息和隐逸主题常常不为一般游客所觉,而苏州园林的美学价值却正在于此。我们先来读一首诗:

　　　　隔断城西市语哗,幽栖绝似野人家。
　　　　屋头枣结离离实,池面萍浮艳艳花。
　　　　柴几只摊淳化帖,雪瓯频试敬亭茶。
　　　　与君企脚挥谈麈,杨柳阴中日渐斜。

这是清代苏州籍著名作家汪琬所作的《再题姜氏艺圃》。为了更好地理解汪琬的这首诗歌,有必要简单回溯一下苏州名园艺圃的历史。

艺圃的历史始于明嘉靖二十年(1541)袁祖庚兴建"醉颖堂"。袁祖庚(1519—1590),字绳之,苏州吴县人。袁祖庚"以直谏名闻天下",在四十岁左右即被诬归隐。王世贞在为他所作传记《中宪大夫浙江按察司按察副使定山袁公生志》中言之甚明:"公之解温处节而归也,时犹在强仕云,天下惜其壮而才用之不竟,而扼腕于萋菲之遘。公顾颓然以酒自放,绝不及宦时事者二十余年。"所谓"强仕",语出《礼记·曲礼》:"四十曰强,而仕。"是四十岁的代称。所谓"萋菲之遘",就是指谗言,语出《诗经·小雅·巷伯》:"萋兮斐兮,成是贝锦。彼谮人者,亦已大甚!"纵观袁氏仕宦经历,清正廉洁,耿直不阿,王世贞在文中有记载曰:"视公帑若私帑,即一钱不妄用之也,郡人相率呼公'袁青天,袁青天'云已,或称'袁父'。而台使者后先核公治办状皆最,凡以卓异荐者六,褒奖亦如之。"但在吏部推举中,袁祖庚却被"他有力者"以"年未三十"之类的借口而一再改授更低的职位,在极度郁闷中,他对妻子说:"安能郁郁日抱案,视人鼻孔行止?"同舍郎某氏"故调公曰:'审尔当膝折耶?'公曰:'为县官,抚循黔首,胡折也?'同舍郎乃以语用事者'袁君厌承明矣'。亡何,出知湖广荆州府"。在封建官场上,不愿意"视人鼻孔行止"、"膝折"权贵者,自然只有"郁郁"终日,到头来只能扪膝挂冠,陶渊明不就是这样的结局吗?

削职回乡后的袁祖庚置地建园,名之曰"醉颖堂",这其实是大有深意的。

据其好友徐学谟在《赠宪副袁先生七十寿序》《明浙江按察副使袁公墓志铭》等文中所说，袁氏给园子取名为"醉颖"，完全寄寓了自己内心的凄苦之情，正所谓"然则世之梦梦者常以醒为醉，而佼佼者反以醉而为醒，而公之自逃于酒也"。那么，袁氏建园并隐逸其中，"隔断城西市语哗"的动机显而易见。

袁祖庚之后，艺圃的第二位主人是文徵明的曾孙文震孟。文震孟（1574—1636），初名从鼎，字文起，号湘南，别号湛持。天启二年（1622）状元及第，授翰林院修撰。文震孟"挺挺忠正"（汪琬《文文肃公传》），性刚直耿介，纵观其一生仕宦经历，先后弹劾权臣王永光、大太监魏忠贤以及权臣温体仁，因而一次次遭受引退、革职。在阉党乱政、气焰日炽的环境中，文震孟始终站在东林党一边，与魏忠贤及其党羽作不屈不挠的斗争，苏州沧浪亭"五百名贤祠"中文震孟的像赞就有曰："绳愆纠缪，古大臣风"，可谓的评。在文震孟尚未获得功名之前，他购得袁氏"醉颖堂"，只是将其名改为"药圃"，终其一生，"其第宅犹仍诸生时所居，从未尝拓地一弓，建屋一椽也"（汪琬《文文肃公传》），基本保持了袁氏"醉颖堂"的原貌。文震孟之所以将园名改为"药圃"，其实是借用屈原骚体赋中"香草美人"的典故，藉以自述怀抱也。当年屈子行吟泽畔，作《九歌》有曰："桂栋兮兰橑，辛夷楣兮药房。"药者，白芷，与兰桂同质，高洁之喻也。汉代东方朔《七谏》中亦有谓："弃捐药芷与杜衡兮，余奈世之不知芳何。"如此命意，与其弟震文亨之"香草垞"的命名究属同工异曲。需要说明的是，今人将"葯"简化为"药"，遂与"藥物"之"藥"的简化字混为一谈，于是就不得园主人的用意之所在。

之后，艺圃就易主莱阳姜氏，对于这一段历史，笔者曾在《苏园八记·艺圃记》中曰："明清易代，文氏一门，义薄云天，殉国难，家门凌替，亭台荒湮，废为马厩。莱阳姜氏流寓姑苏，得其地，整饬之，更名艺圃。噫！得其所哉，姜氏之幸也；以园而论，亦所谓得其人哉。江浙贤哲志士，慕姜氏仁之尽、义之至，纷至沓来，黄梨洲、魏叔子、施愚山、归玄恭、王石谷皆是也。宜乎汪尧峰《姜氏艺圃记》有谓：'马蹄车辙日夜到门，高贤胜境交相为重。'今游斯园，登高而览云物，俯深而窥浮泳，遥思往事，能无喟叹耶！"

说到艺圃的第三任主人莱阳姜氏，必须要先介绍姜埰、姜垓兄弟。姜埰（1607—1673），字如农，号敬亭山人、宣州老兵，山东莱阳人。个性刚直不阿，曾因直言朝政，触怒崇祯帝，帝怒曰："埰敢诘问诏旨，藐玩特甚。"便"立下诏狱考讯"（《明史》卷二五八《姜埰传》）。其弟姜垓（1614—1653），字如须，号仃石山人。"初，垓为行人，见署中题名碑崔呈秀、阮大铖与魏大中并列"，立刻上疏，请求朝廷去除崔、阮这两个阉党的名字。阮大铖得势后，"滋欲杀垓甚"，姜垓乃"变姓名逃之宁波"（《明史》卷二五八《姜垓传》）。埰正将赴安徽宣城任时，明朝灭亡，遂与弟垓一起流寓苏州，以遗民终老。

顺治十六年（1659），姜氏兄弟在文氏葯圃的废墟上重加修缮，将园子更名为"颐圃""敬亭山房"。姜垛去世之后,其子姜实节改名为"艺圃"。姜实节(1647—1709),字学在,号鹤涧,有孝行,笃友谊,谨遵乃父遗命,一生隐遁不出,以布衣终老,吴人谥之曰孝正。姜实节给园中楼阁轩榭之命名,实在是大有深意和寄托。其中的"香草居""浴鸥池""乳鱼亭",延续了苏州古典园林中栖居隐遁的情怀以及对人生品性修行的自我期许。品芳草之馨香,观白云之舒卷、游鱼之倏忽,还有白鸥之嬉戏,并不能完全将其简单地理解为悠游闲适的文人风雅,此中大有屈原《离骚》中香草美人的喻指:"余既滋兰之九畹兮,又树蕙之百亩。畦留夷与揭车兮,杂杜衡与芳芷",也有黄山谷"此心吾与白鸥盟"(黄庭坚《登快阁》)的无奈,还有就是庄子所羡慕的"濠濮之乐"。至于园中的"延光阁""思嗜轩""旸谷书堂""响月廊""朝爽台",则更有姜实节不忘父辈遗嘱,坚守遗民心性的决心。所谓"延光",有承袭闲人遗泽和荣光的意思。"思嗜轩"之得名,缘于姜实节在轩旁种有山东特产的枣树,以示不忘先人也。至于"旸谷"含"日",与"响月"之"月"合,是为"明"也;"朝爽"之中亦暗含"大明"。此种构字命名方法,大类宋末隐遁苏州的遗民义士郑思肖的"本穴世界"。

了解这些之后,再来读汪琬的《再题姜氏艺圃》,其中的许多深意,理解起来也就容易得多了。"屋头枣花""池面浮萍""棐几淳帖""雪瓯敬亭茶",以及"企脚挥麈",确实是园主人隐遁生活的真实写照,但更为重要的是,他的"幽栖"隐遁是彻底"隔断"了"市语哗"的。诸如这样的例子和诗文作品,在苏州园林中不胜枚举,以上只是尝鼎一脔而已。限于篇幅,不再胪举。

苏州园林是文人的杰作,尤其讲究意境的营造。因为它是园主人性格、心灵的艺术外泄,它是通过园林形象所反映的情意,是一种出于自然的情景交融的艺术精品。清秀淡雅的意境,是苏州园林无限艺术魅力的重要特色。明代苏州著名造园艺术大师计成在《园冶》中说:"探奇合志,常套俱裁。"这就是指园林中探求的奇胜,应当合乎园林主人的志趣。王夫之《姜斋诗话·夕堂永日绪论内编》论情景与"意"之关系时云:"意犹帅也,无帅之兵,谓之乌合","烟云泉石,花鸟苔林,金铺锦帐,寓意则灵"。王夫之在《诗话》中还强调,情景应以"身之所历,目之所见"为"铁门限",即以亲身经历和感受为基础,既要"唯意所适",又要"以神理相取",于"神理凑合时,自然恰得"。这些说的都是诗,但对园林来说,亦无不如此。苏州园林意境的营造是园主心志("意")的表达,更镕铸了诗文典故,是园主人文化素养的流露。

晚明时期苏州著名的造园艺术大师计成心目中最完美的园林意境应该是这样的:"幽人即韵于松寮,逸士弹琴于篁里……看竹溪湾,观鱼濠上。山容蔼蔼,行云故落凭栏;水面鳞鳞,爽气觉来欹枕。南轩寄傲,北牖虚阴;半窗碧隐蕉桐,环堵翠延萝薜。俯流玩月,坐石品泉……寓目一行白鹭,醉颜几阵丹枫。眺远高台,搔首青天那可问;凭虚敞阁,举杯明月自相邀。"这位在古代只能算是"百工"的大师,在长年的造园生涯中,也在不经意中时时涵泳于古典诗词的世界，因而一出手也能够写出《园冶》这样典雅丽则的文字。而在《园冶》篇末的《自识》中，计成更说出了自己一生营造园林的体会，那就是："予年五十有三，历尽风尘，业游已倦，少有林下风趣，逃名丘壑中，久资林园，似与世故觉远，惟闻时事纷纷，隐心皆然，愧无买山力，甘为桃源溪口人也。"

苏州园林的主人大多数是贬谪、退隐的官吏，他们历经了宦海沉浮，心中建功立业的信念逐渐消失，代之而起的是清静淡泊、自然适意的人生哲学和生活情趣。吴中文人的隐逸心态逐渐成一种稳定的理想。他们大多为名流雅士，"三绝诗书画"集于一身，有较高的文化素养，于是，他们就将自己内心构结的精神绿洲倾心外化，建起一方方小园。在这庭园中，他们过着"恬淡寡欲，不以功名为念，每日观花种竹，酌酒吟诗度日，倒是神仙一流人物"（《红楼梦》）的生活；他们追求"林下清风无尘俗"（苏州耦园的楹联联语）的清高，追求清雅的文化生活；他们在隐逸中感到"无俗韵"（耦园匾额），又重新找到了失去的自我；在山水林泉中"濯缨"（苏州古典名园沧浪亭之取名，网师园有"濯缨水阁"，拙政园有"小沧浪"，皆取此意），得趣于"山水间"（耦园厅名）。

苏州园林艺术是自然环境、建筑、诗、画、楹联、雕刻等多种艺术的综合。园林意境正产生于这些园林境域的综合艺术效果，给予游赏者以情意方面的信息，唤起以往经历的联想，产生物外情，景外意。如果对这一切无动于衷的话，自然就不能欣赏到园林的美，更不用说共鸣了。既然吴地园林中的一切境域都是园主人"意"的外化，那么，我们自然可以从景物中管窥文人的心态，正所谓"以小景传大景之神"（王夫之《姜斋诗话》）。无论这些景物是园林的置景构图（景点），还是一副楹联、匾额、砖刻文字，甚至小到园林中的一花一草。

苏州园林的景点、景区设置，多出自诗文，其中以陶渊明诗文居多。中国历代文人一直钦羡、仿效他意真冲淡的志趣，学习他的飘然隐逸，将自己隐身于属于自己的一方天地内。拙政园之东部名为"归田园居"，乃模自《归园田居》一诗的描绘，表明园主王心一隐逸的乐趣和闲适的心情。留园西部景区"小桃坞"则完全是按照《桃花源记》而构景的，一派山野气息，"之"字形小溪从中穿流，名曰"缘溪行"，夹岸树以桃，取文中"缘溪而行……忽逢桃花林，落英缤纷"之句意。溪边有小丘，丘上圆亭取《归去来兮辞》句而名，曰"舒啸亭"。在这样的"别有天"（留园西部景区"小桃坞"入口门洞上的砖雕）中，听"活泼泼地"（"小桃坞"中一堂名）的鸟儿鸣唱，"登皋舒啸，临流赋诗"，此乐何极！从这些景区的设置中，我们可见园主人追求的境界是要摆脱外物的羁绊，返璞归真，在虚幻中满足，在自然的宣泄中平息。将这一方方小园作为人生不得意时的"隐遁之所"，作为精神空虚时的"寄栖之处"，作为平居清雅的生活方式或养生炼形、修身保命的"绝妙处方"。园林这种脱尽"红尘""名利"的"烟霞世界"，对文人来说，是颇有吸引力的。

园林中一厅一堂和一轩一树的题名、匾额、楹联，也无不透出隐逸气息，这样的例子随手可得。陶渊明有"众鸟欣所托,吾亦爱吾庐。既耕亦已种,时还读我书"(陶渊明《读山海经》,诗句,耦园就有一座"吾爱亭",留园有"还我读书处"。"采菊东篱下,悠然见南山"(陶渊明《饮酒》),何等闲静,拙政园取其意建"见山楼",沧浪亭有"看山楼"。网师园"集虚斋"化用《庄子·人间世》中一典:"惟道集虚,虚者,心斋也。"疏瀹其心,澡雪精神去秽累,心中澄澈明朗,与自然冥合:"枕席而卧,则清泠之声与目谋,瀯瀯之声与耳谋,悠然而虚者与神谋,渊然而静者与心谋。"(柳宗元《钴鉧潭西小丘记》)楹联则如:"雨后静观山意思,月前闲看月精神"(留园五峰仙馆中楹联)、"静坐参众妙,清谭造我情"(怡园中的楹联)等。

　　如果说楹联、匾额有后人补作者,并不能尽言当时园主之意趣,则门洞砖刻在建筑之初即有,与当日之境吻合,从中更可看出园主之意,可惜这一直未被游人注意。像怡园中的"隔尘""隔凡""遁屈"(典出《易》艮卦,以示园主远小人之品格)、"三径"(取陶渊明《归去来兮辞》中"三径就荒,松菊犹存"意)、"自锄明月种植归"(用陶渊明《归园田居》中"带月荷锄归"意),都是此类佳品。

　　《红楼梦》中写到大观园建好之后,贾政视察的时候曾说过:"偌大景致,若干亭榭,无字标题,也觉寥落无趣,任有花柳山水,也断不能生色。"苏州园林正因为有了这些题咏的"小景",使其充溢了书卷气和隐逸气,意境清雅脱俗,散发出淡淡的幽香。

　　陈从周先生曾说过,游园要有"诗人的情感""游历者的阅历""宗教者的虔诚""学者的哲理"。我们要真正理解品味苏州园林的幽韵,首先要提高对祖国文化艺术的素养,尤其是对文学艺术的涵养,因为"诗文兴情以造园"(陈从周《说园》)。

拓展训练

姜子学在所居即文文肃公药圃也,感赋二首

(清)汪 琬

曾为安石墅,屐步倍凄然。
苔没围棋石,萍侵洗砚泉。
桥心敧断版,亭面挂危椽。
依旧烟波好,年年艳渚莲。

东山高卧日,亭馆迥参差。
竹影团书几,花香入酒卮。
地邻侠士冢,名在党人碑。

门客今零落,犹传妓从时。

艺圃杂咏十二首为莱阳姜学在赋
(清)王士禛

南 村

岂知城市间,村路忽超远。
暧暧桑柘阴,晨光散鸡犬。
应有素心人,空林共偃蹇。

鹤 柴

长身两君子,宛与孤松映。
三迭素琴张,一声远山静。
嘹唳月明时,风泉杂清听。

红鹅馆

疏馆笼鹅群,素羽临秋水。
濯濯映凫翁,沿流乱芳芷。
乞写茴香花,共入丹青里。

乳鱼亭

幽人知鱼乐,为复知鱼计。
策策与堂堂,宛有江湖意。
时逐落花来,更向空明逝。

香草居

湘君遗远时,汀洲搴杜若。
菲菲来袭予,脉脉情相托。
常恐鹈鴂鸣,芳香坐摇落。

朝爽台

崇台面吴山,山色喜无恙。
朝爽与夕霏,氤氲非一状。
想见挂笏时,心在飞鸟上。

浴鸥池

海鸥戏春岸,时下池塘浴。
何乐从君游,忘机自驯熟。
不用骇爰居,朝朝泛寒绿。

度香桥

陂塘何逶迤,飞虹镜中起。
但闻功德香,都不辨花水。
鼻受心已着,遂契无言旨。

响月廊

修廊非一曲,窈窕随清樾。
扫地坐焚香,心迹两幽绝。
篠箊风萧萧,无人见明月。

垂云峰

具区三万顷,奇峰七十二。
割取一片云,虎牙自孤锐。
飒然山雨来,咫尺流云气。

六松轩

髯翁阅千岁,才如熟羊胛。
不逐桃李妍,何妨雪霜压?
可望不可狎,爱此李鳞甲。

绣佛阁

楼阁众香中,日夕供调御。
仙梵远萧条,随风不知处。
更有迦陵鸟,声来贝多树。

网师小筑吟
(清)彭启丰

竹竿籊籊,以钓于渊。
物谐厥性,人乐其天。
临流结网,得鱼忘筌。
羡彼琴高,乘鲤上仙。
瀼瀼葑溪,环映南园。
面城负郭,带水临田。
濯缨沧浪,蓑笠戴偏。
野老争席,机忘则闲。
踔尔幽赏,烟波浩然。
江湖余乐,同泛吴船。

"图披子美迹，诗诵欧阳篇"

——沧浪亭的文学因缘考辨

沧浪亭历来就是苏州文人刻烛酬唱、击钵竞风流之胜地。"风高月白最宜夜，一片莹净铺琼田。清光不辨水与月，但见空碧涵漪涟"，这是欧阳修笔下的沧浪亭。（见其《沧浪亭》诗）在空明澄澈的人间仙境中雅集，几乎每次都要提及此园的创肇者——宋代著名诗人苏舜钦及其至交欧阳修。这正如清初在苏州任江苏巡抚的宋荦所说："吴之人雅好事，春秋佳日，游屐麕集，遂擅郡中名胜。我辈凭吊古迹，履其地则思其人，思其人则必慨想其生平，求其文章词翰，以髣髴其万一。"（宋荦《苏子美文集序》）民国时苏州文人金震在沧浪亭"亭苑垂红柳，池塘馥碧莲"的境界中，"图披子美迹，诗诵欧阳篇"，发思古之幽情，竟有"孺子今何在，临流一怆然"之慨叹。（《秋夕偕石卿游沧浪亭二首》其一，《东庐诗钞》卷三，1936年苏州铅印本）本文亦期若先贤般"图披子美迹，诗诵欧阳篇"，对苏舜钦、欧阳修与沧浪亭的文学因缘作一番简要的钩稽与考辨，以见吴中园林文脉之承递与演进。

苏舜钦，字子美，参知政事易简之孙，苏耆次子。为人慷慨有大志，京中任职虽卑，然数上疏论朝廷大事，"极陈灾变异常、时政得失，缊缊千余言，无所回避"，敢道人之所难言，故而"群小为之侧目"（《宋史·苏舜钦传》）。范仲淹荐其才，宰相杜衍以女妻之，成为庆历新政之中坚。然而朝中守旧势力的代表王拱辰、刘元瑜、鱼周询等，早就"与杜少师（按：衍）、范南阳（按：仲淹）有语言之隙"，而后更演变为"其势相轧，内自不平，遂煽造诡说，上感天听，全台墙进，取必于君，逆施网罗，预立机械，既起大狱，不关执政，使狡吏穷鞠，榜掠以求滥，事亦既无状，遂用深文"（苏舜钦《上集贤文相书》）。欲加之罪何患无辞，历史上从不缺少"莫须有"的罪名，"事既无状，遂用深文"，此诚后来清代词人顾贞观所感慨"魑魅搏人应见惯，总输他覆雨翻云手"（《金缕曲·寄吴汉槎宁古塔，以词代书，丙辰冬，寓京师千佛寺，冰雪中作》）之世事险陷。而"奋舌""激昂"（苏舜钦《舟中感怀寄馆中诸君》）又不拘小节的苏舜钦自然成为深文周纳之首选人物。

据欧阳修《湖州长史苏君墓志铭》所载，当范仲淹、富弼等力倡新政之时，"小人不便"，"思有以撼动，未得其根"，而后"以君文正公之所荐，而宰相杜公婿也，乃以事中君，坐监进奏院祠神，奏用市故纸钱会客，为自盗除名。君名重天下,所会客皆一时贤俊,悉坐贬逐,然后中君者喜曰:'吾一举网尽之矣!'其后三四大臣相继罢去,天下事卒不复施为"。支公署卖废纸所得的这类"杂收钱"以助筵,在当时尤为普遍,据苏舜钦《与欧阳公书》云:"都下他局亦然",而比之外郡将"官地种物收利之类","下至粪土柴蒿之物"等各种"杂收","往往取之以助筵会",更是小巫见大巫。朝中守旧势力欲藉此兴狱而倾范、富、杜诸公,遂"以监主自盗定罪","与贪吏掊官物入己者一同",此实乃"蓄私憾结党,绳小过以陷人,审刑持深文以逞志"也。(此文《苏学士文集》不载,见《梁溪漫志》卷八)苏舜钦等人的"远引深潜",自快仇者之意(语见苏舜钦《答范资政》),欧阳修墓志所述中伤苏舜钦者"一网打尽"这样的窃喜之语,直可为其传神写照。

沿河南下的苏舜钦,随即来到苏州,见此地"江山之胜,稻蟹之美,兖州有租田数顷,郡中假回车院以居之,亲友分俸,伏腊似可给,岂敢更求赢余,以足所欲。日甚闲旷,得以纵观书策,及往时著述有未备者,皆得缀缉之"(苏舜钦《答范资政》)。远离了案牍之劳形与应接奔走之苦顿,那也就无须"设机关以待人",自是"耳目清旷","心安闲而体舒放",更何况又以四万钱购地筑园,于是乎苏舜钦在苏州就过着这样的生活:"三商而眠,高春而起,静院明窗之下,罗列图史琴尊,以自愉悦。逾月不迹公门,有兴则泛小舟,出盘闾,吟啸览古于江山之间;渚茶野酿,足以消忧;莼鲈稻蟹,足以适口;又多高僧隐君子,佛庙胜绝;家有园林,珍花奇石,曲池高台,鱼鸟留连,不觉日暮。"且此地之风俗"乐善好事,知予守道好学,皆欣然愿来过从,不以罪人相遇"(苏舜钦《答韩持国书》)。

一日苏舜钦偶过郡学,见郡学东"草树郁然,崇阜广水",实为他梦寐以求的可"以舒所怀"的"高爽虚辟之地"(苏舜钦《沧浪亭记》),这虽是一片旧时弃地,然实有契于心,正乃柳宗元所谓之:"清泠之状与目谋,瀯瀯之声与耳谋,悠然而虚者与神谋,渊然而静者与心谋。"(柳宗元《钴鉧潭西小丘记》)苏舜钦"爱而徘徊,遂以钱四万得之,构亭北碕,号沧浪焉"(苏舜钦《沧浪亭记》)。

以"沧浪"为号,自是苏舜钦忠而被谤,无罪被黜的遭际,与三闾大夫屈原在遭贬后所吟咏的《沧浪之歌》产生了强烈的共鸣:"沧浪之水清兮,可以濯我缨;沧浪之水浊兮,可以濯我足。"他也要"潇洒太湖岸,淡伫洞庭山",过着"撇浪载鲈还"的渔父生活(苏舜钦《水调歌头·沧浪亭》)。苏舜钦在《沧浪亭》一诗中曾明白地说道,唯有"一径抱幽山"这样城市山林式的生活,没有了机关和矰弋,方可真正体味到"摇首出红尘"(朱敦儒《好事近·渔父词》),"脱却朝衫上钓船,余生投老白云边"(吴梅村《赠申少司农青门六十》)般的悠闲,正是:"一径抱幽山,居然城市间。高轩面曲水,修竹慰愁颜。迹与豺狼远,心随鱼鸟闲。吾甘老此境,无暇事机关。"

沧浪亭临水而建,园外一湾清流蜿蜒历绕,园中因势随形而造的一条水廊,"蹑山腰,落水面,任高低曲折,自然断续蜿蜒",这正是明代苏州造园大师计成所谓"园林中不可少斯"的"一段境界"(计成《园冶》卷一)。水际长廊有轩榭曰"面水轩"者,悄立其间,吟诵着壁间镌刻的苏舜钦《沧浪亭记》,直有"借濠濮之上,入想观鱼","支沧浪之中,非歌濯足"之逸兴(计成《园冶》卷一)。"觞而浩歌,踞而仰啸,野老不至,鱼鸟共乐,形骸既适则神不烦,观听无邪则道以明,返思向之汩汩荣辱之场,日与锱铢利害相磨戛,隔此真趣,不亦鄙哉!噫!情固动物耳!情横于内而性伏,必外遇于物而后遣,寓久则溺,以为当然,非胜是而易之,则悲而不开。惟仕宦溺人为至深,古之才哲君子,有一失而至于死者多矣,是未知所以自胜之道。"这便是当年苏舜钦所题写的《沧浪亭记》,至于文中所说的"自胜之道"与"真趣"究为何物,也许各人有不同的理解和体悟罢,然必得在"高轩面曲水"的佳境之中,"心随鱼鸟闲",方可参得些许真昧则是无疑的。

沧浪亭"水之阳又竹,无穷极,澄川翠干,光影会合于轩户之间,尤与风月为相宜",这是苏舜钦在《沧浪亭记》中的写实文字。沧浪亭现在虽无"绕亭植梧竹"(苏舜钦《郡侯访予于沧浪亭,因而高会,翌日以一章谢之》)的盛况,然而园中尚有一处至为精绝的景致,依稀可见旧日风韵,那就是"翠玲珑"。"翠玲珑"这一文学性的题咏完全来自苏舜钦的诗句:"秋色入林红黯澹,日光穿竹翠玲珑。"(苏舜钦《沧浪怀贯之》)竹是中国文士风流的尤物和化身,阴晴晦明,风霜雨雪,竹之姿态万千,无不可爱可目可心,"不可一日无此君"几成文人志趣表达的口头禅。而苏舜钦尤爱日色冷清光的境界,竹影落照在地面,亦生绿意,在清风的吹拂下,绿影摇曳多姿,尽情享受着远离尘俗的静寂与清冷。这岂非明末清初画家张风所追求的生活状态:"一竿二竿修竹,五月六月清风。何必徜徉世外,只须啸咏林中。"(张风《题〈竹林高士图轴〉》)只"翠玲珑"一语,就已"状难写之景如在目前,含不尽之意见于言外"(梅尧臣语,见欧阳修《六一诗话》)。清代著名学者、诗人钱大昕以为苏舜钦的诗中此句和"野蔓盘青入破窗"最佳,于是在他游览之后所作的《沧浪亭》诗中将二句融铸成一联:"竹翠穿日光,窗青延野蔓。"总觉得少了苏舜钦的那种感觉。这就是南宋学者胡仔所说的,苏舜钦诗"真能道幽独闲放之趣"(胡仔《苕溪渔隐丛话前集》卷三十二)。

接下来,我们不妨再读读他的几首沧浪亭诗,以充分感受平淡中的"幽独闲放"。在这些作品中,《初晴游沧浪亭》堪为代表:"夜雨连明春水生,娇云浓暖弄阴晴。帘虚日薄花竹静,时有乳鸠相对鸣。"在其诗中,萦绕着江南水乡独有的湿润与温软,碧水悄涨,娇云弄日,虚阁竹影,一切尽显静谧,而不时传来的宛转鸠鸣声,划破山林,真有"蝉噪林愈静,鸟鸣山更幽"的意境。这样的手法在苏舜钦的诗中反复出现,如《沧浪静吟》:"山蝉带响穿疏户,野蔓盘青入破窗。"苏舜钦沧浪亭诗之妙处不仅仅是精微细致地传神写照自然之美,更在乎诗中隐现出的身历其境的"静中情味世无双"(苏舜钦《沧浪静吟》),也就是个人情感映射之主观色彩。

"野蔓盘青入破窗",这不唯是造园艺术所追求的"虽由人作,宛自天工"美学理想的体现,更有刘禹锡陋室"苔痕上阶绿,草色入帘青"(刘禹锡《陋室铭》)的自然野趣,在这样的环境中自然也就可以"谈笑有鸿儒,往来无白丁。可以调素琴,阅金经;无丝竹之乱耳,无案牍之劳形"。前引苏舜钦《答韩持国书》中的自述之语直可为明证矣。苏舜钦在罗列图史,琴尊自愉,阶前扫云,岭上锄月,乘兴泛舟,吟啸览古之余,还时常与故旧诗文酬和不断,将自己在沧浪亭的感受和朋友一起共享,在读了苏舜钦的这些诗作之后,梅尧臣、欧阳修都不由得对苏州无比神往了,其中欧阳修在《沧浪亭寄题子美》中这样写道:"子美寄我沧浪吟,邀我共作沧浪篇。沧浪有景不可到,使我东望心悠然……堪嗟人迹到不远,虽有来路曾无缘。"表现出无比的失望和企羡之情。然而欧公毕竟是文学大师,随后竟以惊人的想象之笔写出了桃花源般的境界:"初寻一径入蒙密,豁目异境无穷边。风高月白最宜夜,一片莹净铺琼田。清光不辨水与月,但见空碧涵漪涟。"在诗歌之终篇,欧阳修有一个愿望,那就是:"虽然不许俗客到,莫惜佳句人间传。"事实正如欧阳修之所愿,这首《寄题子美》和苏舜钦的沧浪亭诸诗一起广为流播。

到了清代,福建学者梁章钜到苏州任江苏巡抚,游沧浪亭,颇得沧浪亭之佳趣与真意,遂集苏舜钦与欧阳修之诗为联云:"清风明月本无价,近水远山皆有情",直为沧浪亭之境界之大成,晚清朴学大师曲园俞樾手书此联而今依旧镌刻在沧浪亭石柱上。上联便出自欧阳修的这首《沧浪亭寄题子美》,而下联则出自苏舜钦的《过苏州》:"绿杨白鹭俱自得,近水远山皆有情。"此联虽系集句,然似乎是天造地设,浑如己出,足见楹联大家梁章钜手笔之非凡,而就另一种意义上来看,这岂非欧、苏二人对山水、风月等自然景致人格化和哲理化的一种默契?这样的境界,为宋代以来文人所爱,因为它更是一种人生的哲学,苏轼在《前赤壁赋》中就曾这样说过:"惟江上之清风,与山间之明月,耳得之而为声,目遇之而成色,取之无禁,用之不竭,是造物者之无尽藏也。而吾与子之所共适。"而在《点绛唇》词中更有这样的痴语:"闲倚胡床,庾公楼外峰千朵,与谁同坐?明月清风我。"

随着苏舜钦的去世,沧浪亭也数易其主。到南宋绍兴年间,名将韩世忠被黜,居苏州,得沧浪亭,建濯缨阁、瑶华境界等,名之曰"韩园"。现今沧浪亭中所留清嘉庆间进士、无锡知县齐彦槐所撰对联:"四万青钱,明月清风今有价;一双白璧,诗人名将古无俦。"正是这一历史的写照。又辗转为章仆射子厚所得,事见苏州人叶梦得所著《石林诗话》卷上。在很长的时间内,沧浪亭变成了寺庙,而后就逐渐湮没。

时至清康熙中,商丘人宋荦巡抚江苏时,沧浪亭已是"野水潆洄,巨石颓仆,小山蘖蘖于荒烟蔓草间,人迹罕至",而后宋氏"亟谋修复。构亭于山之巅,得文衡山(按:文徵明)隶书'沧浪亭'三字揭诸楣,复旧观也。亭虚敞而临高,城外西南诸峰苍翠吐欱,檐际亭旁,老树数株,离立掌攫,似是百年以前物。循北麓稍折而东,构小轩曰'自胜',取子美《记》中语也。迤西十余步,得平地为屋三楹,前亘土冈,后环清溪,颜曰'观鱼处',因子美诗而名也。跨溪横略约以通游屐,溪外菜畦,民居相错如绣。亭之南,石磴陂陀,栏楯曲折,翼以修廊,颜曰'步碕'",一时"遂擅郡中名胜"。(宋荦《重修沧浪亭记》)由此可见,宋公重修沧浪亭,几乎完全按照苏舜钦诗与记中的意境造景,并以其中的语汇、典故命名,颜其匾额与楹联,则今存沧浪亭虽非子美之旧观,而经由宋公修复之貌亦当与子美之境不远矣。今人徜徉其中,品诗赏文,一联一匾中,皆为一段文学因缘之延续。

拓展训练

沧浪亭记
(宋)苏舜钦

予以罪废无所归,扁舟南游,旅于吴中,始僦舍以处。时盛夏蒸燠,土居皆褊狭,不能出气,思得高爽虚辟之地,以舒所怀,不可得也。一日过郡学,东顾草树郁然,崇阜广水,不类乎城中,并水得微径于杂花修竹之间,东趋数百步,有弃地,纵广合五六十寻,三向皆水也。杠之南,其地益阔,旁无民居,左右皆林木相亏蔽,访诸旧老,云钱氏有国,近戚孙承祐之池馆也。坳隆胜势,遗意尚存,予爱而徘徊,遂以钱四万得之,构亭北碕,号沧浪焉。前竹后水,水之阳又竹,无穷极,澄川翠干,光影会合于轩户之间,尤与风月为相宜。予时榜小舟,幅巾以往,至则洒然忘其归,觞而浩歌,踞而仰啸,野老不至,鱼鸟共乐,形骸既适则神不烦,观听无邪则道以日月,返思向之汩汩荣辱之场,日与锱铢利害相磨戛,隔此真趣,不亦鄙哉!噫!情固动物耳!情横于内而性伏,必外遇于物而后遣,寓久则溺,以为当然,非胜是而易之,则悲而不开。惟仕宦溺人为至深,古之才哲君子,有一失而至于死者多矣,是未知所以自胜之道。予既废而获斯境,安于冲旷,不与众驱,因之复明乎内外失得之原,沃然有得,笑傲万古,尚未能忘其所寓目,用是以为胜焉。

沧浪静吟
(宋)苏舜钦

独绕虚亭步石矼,静中情味世无双。
山蝉带响穿疏户,野蔓盘青入破窗。
二子逢时犹死饿,三闾遭逐便沉江。
我今饱食高眠外,惟恨醇醪不满缸。

独步游沧浪亭

(宋)苏舜钦

花枝低欹草色齐,不可骑入步是宜。
时时携酒只独往,醉倒唯有春风知。

沧浪观鱼

(宋)苏舜钦

瑟瑟清波见戏鳞,浮沉追逐巧相亲。
我嗟不及群鱼乐,虚作人间半世人。

水调歌头

(宋)苏舜钦

潇洒太湖岸,淡伫洞庭山。鱼龙隐处,烟雾深锁渺弥间。方念陶朱张翰,忽有扁舟急桨,撇浪载鲈还。落日暴风雨,归路绕汀湾。　丈夫志,当景盛,耻疏闲。壮年何事憔悴?华发改朱颜。拟借寒潭垂钓,又恐相猜鸥鸟,不肯傍青纶。刺棹穿芦荻,无语看波澜。

寄题子美沧浪亭

(宋)欧阳修

子美寄我沧浪吟,邀我共作沧浪篇。
沧浪有景不可到,使我东望心悠然。
荒湾野水气象古,高林翠阜相回环。
新篁抽笋添夏影,老柳乱发争春妍。
水禽闲暇事高格,山鸟日夕相啾喧。
不知此地几兴废,仰视乔木皆苍烟。
堪嗟人迹到不远,虽有来路曾无缘。
穷奇极怪谁似子,搜索幽隐探神仙。
初寻一径入蒙密,豁目异境无穷边。
风高月白最宜夜,一片莹净铺琼田。
清光不辨水与月,但见空碧涵漪涟。
清风明月本无价,可惜只卖四万钱。
又疑此境天乞与,壮士憔悴天应怜。
鸱夷古亦有独往,江湖波涛渺翻天。
崎岖世路欲脱去,反以身试蛟龙渊。
岂如扁舟任飘瓦,红蕖绿浪摇醉眠。
丈夫身在岂长弃,新诗美酒聊穷年。

园林风雅篇

"竹外瑶笙时一听,风前玉麈正多谈"
——玉山草堂的风雅与诗词吟咏

"清夜西园","秉烛夜游","觞酌流行,丝竹并奏,酒酣耳热,仰而赋诗"(曹丕《与吴质书》),这是中国古代文人墨客的风雅传统。考诸载籍,汉有柏梁台联句、三曹七子的邺水风华,晋有金谷园宴饮、山阴兰亭雅集,至李唐更有滕王阁之高朋满座、李太白"会桃李之芳园,序天伦之乐事"(李白《春夜宴桃李园序》),而天下文人之"好事者于昔人别墅,独喜称王氏之辋川、杜氏之樊川,岂非以当时物象见于倡酬者,历历在人耳目乎?"若以此酬唱风雅之盛,元末顾阿瑛之玉山草堂则有过之而无不及,主人纂集诸贤之作成《玉山名胜集》,诗词歌赋,无不兼美,洋洋大观,堪称雅集作品之首。所以,元末明初金华著名学者黄溍在《玉山名胜集序》中有谓:"然辋川宾客独称裴迪,而樊上翁则不过时召昵密往游而已。今仲瑛以世族贵介,雅有器局,不屑仕进,而力之所及,独喜与贤士大夫尽其欢。而其操觚弄翰,觞咏于此,视樊上翁盖不多让。而宾客倡酬之盛,较之辋川,或者过之。嗟乎!后之视今,亦犹今之视昔,使异日玉山之胜与两川别墅并存于文字间,则斯集也,讵可少哉?"即便历经兵燹之洗劫,玉山草堂之风雅荡然无存,清代《四库全书》的纂修官在给《玉山名胜集》写提要时,依然充满着无限仰慕和赏叹之情说:"考宴集唱和之盛,始于金谷、兰亭;园林题咏之多,肇于辋川、云溪;其宾客之佳,文辞之富,则未有过于是集者。虽遭逢衰世,有托而逃,而文采风流,映照一世。数百年后,犹想见之,录存其书,亦千载艺林之佳话也。"

顾阿瑛(1310—1369),名瑛,一名仲瑛,字德辉,号金粟道人。世居吴地,《家谱》传为顾野王之后裔,世代为官,祖父顾传闻官至卫辉怀孟路总管,始迁居于昆山之朱塘里。阿瑛幼喜读书,年十六,干父之蛊,弃学从商,故有"擅陶朱之术"的说法(董潮在《东皋杂录》)。三十以后,弃商复学,广为结交,"日与文人、儒士为诗酒友"。四十岁后,"田业悉付子婿,于旧第之西偏,垒石为小山,筑草堂于其址,左右亭馆若干所。傍植杂花木,以梧竹相映带,总名之为玉山佳处"(顾阿瑛自撰《金粟道人顾君墓志铭》,见朱珪《名迹录》卷四)。其址在阳澄湖畔的界溪,即今昆山正仪绰墩村西南。

据杨维桢《小桃源记》及陈基《桃源小隐记》记载(二文见于中华书局2008年版杨镰点校《玉山名胜集》第664、665页,下文标注页码皆出自该书),

107

顾阿瑛早先因读陶渊明《桃花源记》而慕之久,并叹息道:"若人者与之游乎?"于是便在自己的居所周围,"环其庐皆种桃,而扁曰'桃源小隐'"。由是可见,玉山草堂最初实为阿瑛为自己营建的精神家园和心灵绿洲。风日晴美,桃李敷荣,徜徉其中,可尽享灼灼其华、云蒸霞蔚之绚烂;月白风露,"清绝如在壶天","殆不似人间世也"(杨维桢《小桃源记》);至若"潦水时至",阿瑛则"率农人田于其野,至暮而归,则闻有鼓枻欸乃于烟波莽苍外者",于是就"歌陶渊明诗以和之,然其人卒不可得而见"(陈基《桃源小隐记》)。顾阿瑛完全沉醉于丰草长林的闲逸萧散之中,他曾对友人有过这样的自述:"吾将弃人间事从之游。"无怪乎杨维桢要感慨:"隐君齿虽强,而志则休矣,桃源其休之所寄乎?""若小桃源之在隐君所也,非将托之引诸八荒也?"

顾阿瑛"能诗好礼乐,与四方贤士大夫游","玉山草堂"中的优美精致,直令人产生"流水桃花,岂武陵之路永"这样的错觉(赵麟《玉山草堂赋》)。顾氏庭园,"其凉台燠馆,华轩美榭,卉木秀而云日幽,皆足以发人之才趣,故其大篇小章,曰文曰诗,间见层出。而凡气序之推迁,品汇之回薄,阴晴晦明之变幻叵测,悉牢笼摹状于赓倡迭和之顷。虽复体制不同,风格异致,然皆如文缯贝锦,各出机杼,无不纯丽莹缛,酷令人爱"(黄溍《玉山草堂集序》)。只要随手翻阅一下顾阿瑛所集纂的《玉山名胜集》诸集,就完全可以印证黄溍所说不虚。在二十余年时间里,玉山草堂之中先后举办过五十多次雅集,参与诗词书画酬和、寄赠的有杨维桢、柯九思、郑元祐、张雨、袁华、王冕、倪瓒、黄公望、张渥、王冕、郭翼、熊梦祥等八十余人,这些人无疑都是元代文学史、书画史上的名贤巨匠,一时名彦悉数聚集于此,堪称大观。至于留存下来的诗词作品,则多达五千多首,几近有元一代诗词总量的十分之一。

南来北往的文人雅士徜徉于顾氏"玉山佳处",写下大量的各体文学作品,其中数量最多的当数两类,其一是对顾氏庭园四时美景的精雅摹状,其二是真实记载了雅集盛况的图景,风流文雅,著称江南。

草堂四时美景春秋代序,迭相呈现,直让人有目不暇接之感,郯韶诗中所谓:"溪桃始华日杲杲,风磴积雪春阴阴"(《咏玉山草堂》,第18页)是也。"白泉出洞浮金粟,碧树当檐挂玉绳。坐看中天行古月,炯如万壑浸清冰。"(张天英《咏玉山草堂》,第19页)"高人种竹水西头,中有草堂深且幽。隔溪云气不成雨,满谷风声长是秋。每忆丹山五色凤,应同渭川千户侯。更有梅花三百树,清泉白石似沧洲。"(陈基《玉山草堂》,第19页)虽然玉山亦如昔日之金谷,隐没于荒烟蔓草之间,今人早已无法目睹其芳华。顾阿瑛将生平好友所作的清新淡雅、秀美隽逸、幽澹清迥之作,编入《玉山名胜集》中,正是这些文献的遗存,为后人全景式地展现了玉山佳处"涉门成趣""得景随形"的大美意境。无论是园林造景设境的立意和布局,还是园中极富诗意的文学性匾额、楹联的题写,诗词歌赋的吟咏,都成为中国古代文学史和园林史上永恒的经典,循着文献记载的痕迹,徜徉在草堂中"钓月轩""芝云堂""课诗斋""读书舍""种玉亭""小蓬莱""碧梧翠竹堂""湖光山色楼""浣花馆""柳塘春""渔庄""金粟影""书画舫""听雪斋""绛雪斋""春草池""绿波亭""雪巢""君子亭""澹香亭""秋华亭""春晖楼""白云海""来龟轩""拜石坛""寒翠所"等景致中,完全可以体会到明代造园艺术大师计成在《园冶·园说》中所描绘的化境:"纳千顷之汪洋","收四时之烂漫","潴一派之长源","列千寻之耸翠","移竹当窗,分梨为院;溶溶月色,瑟瑟风声;静扰一榻琴书,动涵半轮秋水。清气觉来几席,凡尘顿远襟怀"。

亲临如此山水绝佳处,更有高朋满座,所有躬逢盛况的人,无不在诗文作品中表达出无限的神往和留恋之情,诗人于立就在其《咏玉山佳处》诗中这样写道:"春风昨夜起,吹荡沧江水。幽人渺何许?乃在玉山里。秀色何崔嵬?沧江之水长萦回。萦回不尽绕山去,但见满谷桃花开。草肥青野鹿呦呦,花下残棋暮不收。邻家野老长携酒,溪上渔郎或舣舟。幽人读书忘世虑,结屋山中最佳处。世上红尘空白头,束书我欲山中去。"(第43页)著名画家王蒙在其诗作中更将草堂中所见的美景,以及满堂嘉宾志士琴瑟并奏、丝肉交加、吟诗作画、挥毫泼墨的景况写得淋漓尽致:"玉山草堂近秋水,当昼烟云生席茵。檐间鸥鹭下白雪,床有琴瑟娱嘉宾。虎头痴绝丹青在,鹅帖临摹纸墨新。料得西风收获竟,焚香菌阁坐清神。"(《咏玉山草堂》,第20页)

至于草堂雅集的盛况,只需列出《玉山名胜集》中收录作者的名单,可以说基本罗致了元末明初诗坛文界、书画戏剧等各个领域的重要人物:杨维桢、柯九思、黄公望、倪瓒、王蒙、王冕、张渥、郑元祐、张雨、袁华、郭翼、熊梦祥、高明(则诚)、张翥、陈基……在一次次雅集中,既有诗歌的唱和,也有书画助兴。郑元祐在《玉山草堂记》中曾有过这样的记载:"仲瑛嗜诗如饥渴,每冥心古初,吟诗草堂之下,既以成篇什,又彩绘以为之图。今复令客为之记,其于草堂拳拳若此,势且与浣花溪、辋川庄同擅名于久远。"(第14页)众多元代画坛巨擘聚集玉山,留下无数的书画佳作,这本是画史上的盛事和奇迹,虽然其中大部分作品早已佚失不存,而古籍文本似乎也很难让我们再次直面卷轴,身临其境地感受元画家的神韵,但确凿的文字记载,却明明白白地让我们感受到它的真实存在。对此,我们可以姑且不论。

单就文学层面而言,毫无疑问,玉山雅集绝对堪称极文坛一时之胜,诚如四库馆臣在为《草堂雅集》作提要时所说:"元季诗家,此数十人,括其大凡。数十人之诗,此十余卷,具其梗概,一代精华,略备于是。"无怪乎明代大学者王世贞对此文采风流要大加感慨:"吾昆山顾阿瑛、无锡倪云林,俱以猗卓之资,更挟才藻,风流豪赏,为东南之冠,而杨廉夫实主斯盟。"(王世贞《艺苑卮言》卷六)王世贞在对顾氏云山盛况的无限神往和感慨之中,更述及一个非常重要的信息,绝不容轻忽,那就是杨维桢(字廉夫)在玉山草堂唱和风雅中的领袖作用。清代苏州文学家顾嗣立也在其《寒厅诗话》中表达了这样的观点:"廉夫当元末,兵戈扰攘,与吾家玉山主人(按:指顾阿瑛)领袖文坛,振兴风雅于东南。"

杨维桢与顾阿瑛之结识,系由杨氏弟子昆山人袁华之绍介,约在元朝至正初年,见诸诗文集的最早一次记录是在至正八年(1348)正月二十二日,杨维桢"偕昆山顾仲瑛、雪川郯九成、大梁徐师颜宴于吴城路义道家",听曲作诗,《璚花、珠月二名姬》诗序言之凿凿也。自此以后,杨维桢遂钟情于阳澄湖畔的玉山草堂,他甚至把玉山草堂与成都的杜甫草堂相提并论,在诗歌中这样深情地表白道:"爱汝玉山草堂好,草堂最好是西枝。浣花杜陵锦官里,载酒山简高阳池。花间燕语春长在,竹里清尊晚更移。无奈道人狂太甚,时携红袖写乌丝。"(《咏玉山草堂》,第21页)"花间燕语春长在,竹里清尊晚更移",与释良琦的一句"竹外瑶笙时一听,风前玉麈正多谈"(《咏玉山佳处得涵字》,第64页),直道出了玉山雅集之盛况。长期主盟风雅,在一次次的诗歌唱和活动中,杨维桢以他的影响力,不断壮大着玉山诗歌唱和的规模。在其身体力行的倡导下,古乐府这一诗歌体制,实现了文学史上的一次大发展,尤其竹枝词的创作,成为玉山唱和中最为重要的一种诗歌样式。诚如天台陈基在《咏玉山草堂》诗中所写的那样:"隐居家住玉山阿,新制茆堂接薜萝。翡翠飞来春雨歇,麝香眠处落花多。竹枝已听巴人调,桂树仍闻楚客歌。明日扁舟入青浦,不堪离思隔苍波。"(第19页)

至正八年,杨维桢就在玉山草堂把自己历年来和各地诸多诗友唱和的竹枝词,集纂成《西湖竹枝词》,深得草堂群从的喜爱,一时仿效者纷纷,顾阿瑛、于立、张简、郭翼、郯韶等人都写作了许多精彩的竹枝词。关于杨维桢《姑苏竹枝词》系列作品的内容和艺术特色,将拟另文专论,在此不再赘述。而其中有一点是必须强调的,那就是顾阿瑛对杨维桢这些诗作的评价是极高的,他在为《铁崖先生古乐府》作序时说,杨维桢的古体诗,"铺张盛德者,可以配《雅》《颂》;举刺遗俗者,可以配《国风》;感激往事者,可以配《骚》《操》之辞","先生之诗,自《琴操》而下,及诸乐府之作,其不可尾于骚人之后乎?"由此可见,杨维桢的诗风对顾阿瑛及草堂唱和群从的影响是至巨的,乃至引领了元末明初的诗坛风气,这些都是文学史上不争的事实。

顾氏玉山草堂中既有"风前玉麈正多谈"这样的文人清谈和诗歌唱和,更有"竹外瑶笙时一听"的戏曲、音乐欣赏。六百多年前,绰墩周边的山水间飘散弥漫的是昆山腔细腻委婉的声腔,随着玉山草堂的雅集而逐渐流布,这无疑是元末明初文化史上的一大盛事。

顾氏园亭所在地名曰绰墩,其得名源自唐代著名伶人黄幡绰。黄幡绰是唐玄宗时期的宫廷乐师,擅长参军戏,表演风格幽默诙谐,安史之乱以后,流落江南,最后终老于昆山阳澄湖畔,宋人龚明之《中吴纪闻》卷五记载云:"昆山西数里,有村名绰墩。故老传云,此乃黄幡绰之墓,至今村人皆善滑稽,能作三反语。"这大概就是昆山地区戏剧发展之滥觞。明代戏剧家魏良辅在《南词引正》中历数昆山腔的渊源时,曾这样说道:"惟昆山为正声,乃唐玄宗时黄幡绰所传。"到元末明初之际,昆山千墩(今千灯)人顾坚"善发南曲之奥,故国初有'昆山腔'之称"。若将这两条史料进行比勘,特别值得我们注意的是龚明之记载中说及的绰墩百姓"能作三反语"。所谓的"三反语",即语言学上常用的术语"反切",用两个汉字相拼给一个字注音,切上字取声母,切下字取韵母和声调。魏良辅在对昆山腔进行改革的时候,就将一个字分成头、腹、尾三个部分来演唱,其基本的方法也就是采用了反切的原理。因为魏良辅的记载,戏曲史上对顾坚的关注较多,而对另一位与之同时且对昆山腔戏曲发展做出重要贡献的顾阿瑛相对较为忽视。顾阿瑛以声伎广交四方宾客,高明(则诚)、顾坚等当时一流的南曲作家和音乐家,都先后聚集在玉山草堂之中,共同推进了昆山腔的发展。

然而经历元末农民大起义的兵燹洗劫,顾氏园囿已化为荒烟蔓草,麇鹿随处游走其间,玉山雅集之盛况不再。在历经六百年的沧桑凋敝之后,这段玉山风雅又因为一方古砚和一株并蒂莲花而再次得以接续。

1934年,著名学者叶恭绰偶得一方刻有《并蒂莲》诗的古砚,铭文注明莲出正仪东亭。叶恭绰遂循此来到正仪绰墩,考察东亭莲池中并蒂莲花的孑遗,经过考证,他认为这一元代遗存物种"即天竺传来之千叶莲"。随后,他便着手整治顾氏园亭,修葺东亭荷花池。次年夏天,他和日本著名摄影师郎静山等一大批友人再度前来正仪,欣赏顾氏玉山遗物——"并蒂莲",并填写《五彩同心结》词(词作见收于叶恭绰《遐庵汇稿》,《民国丛书》影印本第185页),以记其盛事。在词序中,叶恭绰对此事的来龙去脉有详细的记载曰:"昆山真义镇之东亭子,为顾阿瑛玉山佳处故址之一。今岁池荷盛开,重台骈萼,并蒂至五六花。余偕姚虞琴、江小鹣、郎静山临赏。以其叶小藕窊而不结莲房,又花瓣襞积,卷如蕉心,正与吴中华山刘宋造像中所刊千叶莲同,因断为即天竺传来之千叶莲。盖花中如海棠、海石榴、山茶,凡舶来种恒现多层,此殆同例也。元末明初迄今已六百年,沦落荒村中,今始幸邀吾徒之一顾。感赋此阕,以属阿瑛,兼示同人。"其词则曰:"前身金粟,俊赏琼英(自注:小琼英,阿瑛姬人,今犹葬园中。),东亭恨堕风涡(自注:园中分东亭子、西亭子,相距几十里,足征当时之闳侈。)。六百年来事,灵根在、浑似记梦春婆。濠梁王气,同都消歇(自注:明太祖徙顾于濠梁,盖忌之与沈万三同),空回首、金谷笙歌。无人际、红香泣露,可堪愁损青娥。　栖迟野塘荒溆,甚情移洛浦,影换恒河。追忆龙华会,拈花笑、禅意待证芬陀。五云深处眠鸥稳,任天外、尘劫空过。好折供、维摩方丈,伴他一树桫椤。(自注:余自吴门得桫椤一小株,亦天竺种也。)"

透过叶恭绰的词作，我们今天自可以感受到他由眼前并蒂莲花盛开的美景引逗而出的无限历史感慨，特别是"金谷笙歌"空回首的无尽伤感惋惜。其实，在顾阿瑛时代，并蒂莲作为玉山草堂中的尤物，自然也成了文人墨客们竞相吟咏的对象，《玉山名胜集》中就留下过这样的佳句："莲叶秋深才绿净，苏花露冷尚香浮"（广宣《咏玉山佳处得秋字》，第67页）；"芙蓉千树齐临水，橘柚满林都是霜"；"琼莲倚盖，晓水靓孤袅"（钱抱素《琐窗寒·玉山草堂》，第32页）。其中最具有代表性的还数袁华的《咏渔庄》："红白芙蓉照画屏，秋波如镜映娉婷。并头花似双娥脸，一朵浓酣一朵醒。"（第248页）

讲着叶恭绰与玉山遗物之间的故事，读着《玉山名胜集》中的诗句，此时的感受只能借用周瘦鹃先生的一句诗为结，那便是："莲花千叶香如旧，苦忆当年顾阿瑛。"（周瘦鹃《花木丛中·谈谈莲花》，金陵书画社1981年版）

拓展训练

《玉山名胜集》原序
（元）黄溍

中吴多游宴之胜，而顾君仲瑛之玉山佳处，其一也。顾氏自辟疆以来，好治园池，而仲瑛又以能诗好礼乐，与四方贤士夫游。其凉台燠馆，华轩美榭，卉木秀而云日幽，皆足以发人之才趣，故其大篇小章，曰文曰诗，间见层出。而凡气序之推迁，品汇之回薄，阴晴晦明之变幻叵测，悉牢笼摹状于赓唱迭和之顷。虽复体制不同，风格异致，然皆如文缯贝锦，各出机杼，无不纯丽莹缛，酷令人爱。仲瑛既乃萃成卷，名曰《玉山名胜集》，复属予为之序。夫世之有力者，孰不寄情山水间？然好事者于昔人别墅，独喜称王氏之辋川、杜氏之樊川，岂非以当时物象见于倡酬者，历历在人耳目乎？然辋川宾客独称裴迪，而樊上翁则不过时召昵密往游而已。今仲瑛以世族贵介，雅有器局，不屑仕进，而力之所及，独喜与贤士大夫尽其欢。而其操觚弄翰，觞咏于此，视樊上翁盖不多让。而宾客倡酬之盛，较之辋川，或者过之。嗟乎！后之视今，亦犹今之视昔。使异日玉山之胜，与两川别墅并存于文字间，则斯集也。讵可少哉？是曷可以无序？于是乎书。黄溍序。

玉山草堂
（元）顾阿瑛

爽气高秋满玉山，翠烟如海浸螺鬟。
芙蓉城里黄金镜，照见双双驾凤还。

临池醉吸杯中月，隔屋香传蕊上花。
狂煞会稽迁外史，秋风吹堕小乌纱。

会饮芝云堂上
（元）顾阿瑛

至正十年秋七月十有三日，起文高先生自姑苏泛舟携酒斝过玉山，会饮芝云堂上，座客于匡山、琦龙门相与谈诗，亹亹不绝，酒半，龙门分"蓝田日暖玉生烟"为韵，得蓝字。

高堂正在玉山南，竹色梧阴积翠岚。
秀结紫芝云作盖，光生珠树玉如蓝。
每劳飞鸟花间使，时有翔鸾月下骖。
客至酒尊聊剧饮，僧来麈尾听清谈。
行杯长待纤歌发，分韵还将险字探。
佛印因知元九九，文殊何必说三三？
莫忘石上三生约，且尽山中十日酣。
当槛荷开香屡度，隔床花落雨同龛。
鹿门何处真成隐，鸡舌他年自可含。
送到江亭折杨柳，西风应愧雪盈簪。

分韵诗
（元）顾阿瑛

幽人雅爱玉山好，肯作清酣尽日留。
梧竹一庭凉欲雨，池台五月气涵秋。
月中独鹤如人立，花外疏萤入幔流。
莫笑虎头痴绝甚，题诗直欲拟汤休。

玉山草堂
（元）陈　基

高人种竹水西头，中有草堂深且幽。
隔溪云气不成雨，满谷风声长是秋。
每忆丹山五色凤，应同渭川千户侯。
更有梅花三百树，清泉白石似沧洲。

隐居家住玉山阿，新制茆堂接薜萝。
翡翠飞来春雨歇，麝香眠处落花多。
竹枝已听巴人调，桂树仍闻楚客歌。
明日扁舟入青浦，不堪离思隔沧波。

玉山草堂

（元）王　蒙

玉山草堂近秋水，当昼烟云生席茵。
檐间鸥鹭下白雪，床有琴瑟娱嘉宾。
虎头痴绝丹青在，鹅帖临摹纸墨新。
料得西风收获竟，焚香菌阁坐清神。

玉山绝佳处

（元）杨维桢

丈人家住笔峰下，玉气有似蓝田山。
椰酒熟时春滟潋，山香舞处花斓斑。
伶官石作钟磬响，少女潮带鱼龙还。
险穴已平沧海角，仙家不啻白云间。

我常被酒玉山堂，风物于人引兴长。
银丝尊荐野鸭炙，金粟瓜取西杨庄。
山头云气或成虎，溪上仙人多讶羊。
何处行春柘枝鼓，阆州竹枝歌女郎。

玉山绝佳处

（元）柯九思

神人夜斧开清玉，一片西飞界溪曲。
中有桃源小洞天，云锦生香护华屋。
主人意度真神仙，日日醉倒春风前。
手挥白羽扇，口诵青瑶篇。
袖拂荆山云，足躐蓝田烟。
飘飘直向最佳处，潋润含芳揽琪树。
世间回首软红尘，不须更上蓬莱去。

园林风雅篇

"绝怜人境无车马,信有山林在市城"

——文徵明的《拙政园三十一景》诗画册

苏州园林中的文学风雅历久不衰,拙政园作为苏州古典园林的代表,它的命名源自西晋文学家潘岳的《闲居赋》:"筑室种树,逍遥自得。池沼足以渔钓,春税足以代耕。灌园鬻蔬,供朝夕之膳;牧羊酤酪,俟伏腊之费";"此亦拙者之为政也","固曰:'拙于用多'……拙者可以绝意乎宠荣之事矣"。浓郁的隐逸情怀寄寓在优美的文学意境之中。

拙政园,始建于明正德四年(1509)。园主人王献臣,字敬止,号槐雨,世居吴门。弘治六年(1493)进士,为人疏朗峻洁,曾任御史,慨然自任、力图有为,唐寅曾在诗中称赞他为"铁冠仙吏"(唐寅《西畴图为王侍御作》)。在历经宦海沉浮之后,王献臣决意还乡里居,遂在苏州城东北的齐门和娄门之间购得一块"隙地",建起了自己的私家别院——拙政园,以表明自己望峰息心、丘园养素的决心。因为此地"有积水亘其中",所以整个园子在布局设计和营造的时候,因势造形,只是"稍加浚治,环以林木"(文徵明《王氏拙政园记》),在水边错落有致地建起了亭台楼阁,因而王氏拙政园以水为主,茂树曲池,疏朗平淡,在苏州园林史上独树一帜而"胜甲吴下"。

有文献记载称,文徵明曾受邀于王献臣,参与了拙政园的设计。请文人、画家参与园林的设计建造,在苏州是很流行的做法。早在元末明初,著名画家倪瓒(号云林子)就曾参与苏州名园狮子林的建造设计,绘《狮子林图》,并有题诗,所以,直到今天,狮子林还被人称誉为"云林逸韵"。当代著名学者陈从周先生在《说园》中也曾讲到,"在明代建造园林时,会请很多的文人画家朋友参与策划,在一起商量进行建造"。文徵明与王献臣交往密切,是王献臣府上的常客,这在文徵明存世的诗文作品和画作中留下了很多印记,因而文徵明参与王献臣拙政园的营建,不仅很有可能,而且在当时也是再正常不过的事情。

文徵明在自己的文章中曾记叙了自己与王献臣结交的经过:"往岁先君(按:文徵明父亲文林)以书问士于检讨南屏潘公(按:翰林院检讨潘辰),公报曰:'有王君敬止者,奇士也,是故吴人。'他日还吴,某以潘公之故,获缔好焉。"文林、文徵明父子对王献臣之为人颇多肯定,文林曾对文徵明说:"王君有志用世,其不能免乎?"文徵明在与王献臣交往后,也听到了时人的一些评论,诸如"明法守轨","感慨激昂,不能俯仰",而文徵明对王献臣则有自己的

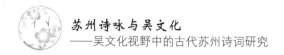

看法,认为王献臣"操切屏捍,惟法之循","其心诚不欲以一身之故,而遗天下之忧",实在是"古之所谓持重博大者"。(文徵明《送侍御王君左迁上杭丞叙》)

故而当二人都闲居苏州之时,往还密切,文徵明的足迹可以说是踏遍了拙政园的各个角落。只要对文徵明的集子和年谱略作梳理,这样的"雪泥鸿爪"随处可见:

正德九年(1514)春,饮于王献臣园池。

正德十四年(1519)正月二日,雪中登王献臣拙政园梦隐楼。

嘉靖十一年(1532)三月六日,文徵明过王献臣拙政园,临苏轼《和文与可洋川园池诗》,又尝在拙政园中手植紫藤一枝。

其中犹可注意者,是近五百年前文徵明亲手栽种的紫藤至今依然勃发着生机,春日灿若云霞,蔚为壮观。如果说,周道振、张月尊所辑《文徵明年谱》中的记载,还有流水式记录不够具体而微之憾的话,文徵明自己的诗歌就显然更为形象生动。文徵明一生之中题咏拙政园的诗歌作品多达五十余首,在此引用其中三首,以为观瞻:

> 篱落青红径路斜,叩门欣得野人家。
> 东来渐觉无车马,春去依然有物华。
> 坐爱名园依绿水,还怜乳燕蹴飞花。
> 淹留未怪归来晚,缺月纤纤映白沙。
>
> ——《饮王敬止园池》

> 流尘六月正荒荒,拙政园中日自长。
> 小草闲临《青李帖》,孤花静对绿阴堂。
> 遥知积雨池塘满,谁共清风阁道凉?
> 一事不经心似水,直输元亮号羲皇。
>
> ——《寄王敬止》

> 高士名园万竹中,还开别径着衰翁。
> 倚楼山色当书案,临水飞花拂钓筒。
> 老去不知官爵好,相遇惟愿岁年丰。
> 秋来白发多幽事,一缕茶烟飐晚风。
>
> ——《席上次韵王敬止》

这三首诗歌直能道出拙政园之神韵和艺术风格。拙政园因水而建,正所谓"名园依绿水"是也,因而所有的景致都围绕着水面而展开布局,整个园子也就显得轩阔疏朗,颇有些山野村舍的自然风味。人居其中,自"有旷士之怀","有幽人之致",这实在是造园艺术追求中的最高理想。白天可静听雨打芭蕉的韵律,在临水的轩榭静观着"积雨池塘满";可以享受观鱼濠梁之上的自由与快乐;也可以一边垂钓水滨,一边独自欣赏着飞花落水时的轻盈姿态,所谓"临水飞花拂钓筒"是也;晚上在月光"纤纤映白沙"之际,则可怡然谛听天籁。园林因水而建,也因水而生色,这是江南园林的典型营造技法,晚明时期造园艺术大师计成在《园冶》中对这样的意境推崇备至,他所谓的"曲曲一湾柳月,濯魄清波;遥遥十里荷风,递相幽室","池塘倒影,拟入鲛宫"(《园冶·立基》)这类景象,在王献臣的拙政园中无一或缺。

另外,从这些诗歌中也可以清晰地感受到,当时拙政园周边人迹罕至、车马稀少、旷若郊野的城北农田区域的朴野风貌。诗人一路上绕过"篱落青红径路斜",尽享着沿途的风光与"物华",不知不觉已然来到,"叩门欣得野人家"。"野人家"三字,看似平淡,实则是诗人精心结撰的文字,这里不仅是远离喧嚣尘世的村舍,来时之诗人已经在"渐觉无车马"中感受到了此地的清静。但更为重要的是,诗人想要借此传达出园主人及其友人们"烦顿开除"(计成《园冶·园说》)、淡泊无为的风雅高致。在园中可莳花疏草;也可流连徜徉其中,欣赏着"乳燕蹴飞花"的欢快灵动;时而阅玩、铨次着王羲之的《青李帖》《来禽帖》,兴之所起,挥毫临之;甚或沉默不语,尽日"静对绿阴堂",品味香茗,更悠闲地凝视着"一缕茶烟飏晚风",放空自己的思绪。这也许在文徵明看来是最高的人生智慧和境界,正是"一事不经心似水,直输元亮号羲皇"。

除了诗歌之外,文徵明还曾经多次以组画的形式对拙政园的景象做真实的再现。据清代的数种书画收藏目录,诸如《清河书画舫》《珊瑚网》《佩文斋书画谱》《式古堂书画汇考》《六艺之一录》等记载,就有十二帧、二十帧、三十一帧等多寡不一的册页。其中有很多下落不明,抑或不在天壤间。美国纽约大都会艺术博物馆今藏有文徵明《拙政园图》八帧,系嘉靖三十年辛亥(1551)文徵明八十二岁时所作,可能是《清河书画舫》中所载录的十二帧组画册页的残本。现今存世最完整的当数苏州博物馆所藏《拙政园三十一景》图册,曾于民国八年(1919)和民国三十八年(1949),分别以《拙政园图咏》《拙政园图》之名影印出版。这是后人了解明代拙政园原始面貌最为真实的图像资料。和三十一景图相配的还有三十一首题诗,且这些题诗都不见于文徵明的《甫田集》中,也成为今人研究拙政园以及文徵明最可宝贵的文献资料。

《拙政园三十一景》图册卷后,文徵明以楷书题写了一篇自己所作的长文《王氏拙政园记》,文后款署曰:"嘉靖十二年,岁在癸巳五月既望,长洲文徵明著",由此可知这一大型园林册页的创作时间是嘉靖十二年(1533)。拙政园经过二十多年的精心营造,王献臣觉得已经臻于完美,甚或已达到造园艺术的顶峰,于是就请对拙政园最为熟稔的文徵明执笔绘画、题诗、作文,以纪其盛。园主人对文徵明的邀请,也体现了足够的诚意,据明代太仓大学士王世贞记载:"《拙政园记》及古近体诗三十一首,为王敬止侍御作,侍御费三十,鸡鸣候门而始得之。然是待诏最合作语,亦最得意笔。考其年癸巳(按:嘉靖十二年,1533),是六十四时笔也。"(王世贞《弇州四部稿》卷一百三十一《三吴楷法十册》其六)多年的友谊再加上主人"三十金"的润笔和"鸡鸣候门"的诚敬之意,文徵明果然不负友人之厚望,将其一生诗书画之诸长,"毕萃于此",整个卷册"画法疏秀,书兼四体","诚稀世之宝也"(胡尔荥《破铁网》卷下)。难怪连王世贞这样的大收藏家都以为,这一作品,"是待诏最合作语,亦最得意笔"。

王献臣得到这一诗画卷册之后,视同拱璧,不仅时时把玩欣赏,每有文人雅士来访时,也会拿出一起赏鉴,并请各路名流骚客题跋卷末。嘉靖三十六年丁酉(1537),闽人林庭□来苏州担任苏州府知府,未游拙政园,先看到了文徵明的画卷,在园主的请求下,在《拙政园三十一景图》后题跋曰:"丁酉秋,槐雨先生出视此册索题,予方以未及游览斯园为歉然,披诵之余,则衡山文子之有声画、无声诗两臻其妙。凡山川、花鸟、亭台、泉石之胜,摹写无遗,虽辋川之图,何以逾是?"

据文徵明所作《王氏拙政园记》说:"凡为堂一、楼一,为亭六,轩槛池台坞涧之属二十有三,总三十有一,名曰拙政园。"那么,《拙政园三十一景》已经穷尽了拙政园中的所有景致,它们是:梦隐楼、若墅堂、繁香坞、倚玉轩、小飞虹、芙蓉隈、小沧浪、志清处、柳隩、意远台、钓矶、水花池、净深亭、待霜亭、听松风处、怡颜处、来禽囿、得真亭、珍李坂、玫瑰柴、蔷薇径、桃花沜、湘筠坞、槐幄、槐雨亭、尔耳轩、芭蕉槛、竹涧、瑶圃、嘉实亭、玉泉。我们不妨将其视为各景的特写,而文徵明在《王氏拙政园记》一文中则详尽地讲清了各景之间的空间关系,如果按照画、文结合的思路,我们完全可以复原出一幅具有朴野疏朗风格的明代拙政园全图。清代著名画家戴熙曾在道光十六年(1836)以简略繁,绘制过这样的一幅拙政园全景图。今人顾凯在其所著《明代江南园林研究》(东南大学出版社2010年版)中也做过这样的尝试,可资参考。

在诗画卷册中,文徵明将自己和王献臣多年来的"栖佚之志"完全融入,他在《王氏拙政园记》中说:"解官家处,所谓筑室种树,灌园鬻蔬,逍遥自得,享闲居之乐者,二十年于此矣。"因而,在他的三十一首题诗中,没用过多的笔墨着力于画面形象和意境的描摹,而是先介绍园景命名取意的出典,而后在诗歌中抒写园居隐逸的情怀。如对"若野堂"的介绍有曰:"在拙政园之中,园为唐陆鲁望故宅。虽在城市,而有山林深寂之趣。昔皮袭美尝称鲁望所居'不出郛郭,旷若郊墅',故以为名。"而其后的诗作中,就着力在"城市山林"的"深寂之趣",诗曰:"会心何必在郊埛?近圃分明见远情。流水断桥春草色,槿篱茅屋午鸡声。绝怜人境无车马,信有山林在市城。不负昔贤高隐地,手携书卷课童耕。"这样的例子还有很多,在文后的《拓展阅读》中,读者自可参看。

文徵明一生钟爱园居,也极爱画园林。他画过的园林画有《辋川图》《独乐园图》《停云馆图》《石湖草堂图》《补天如狮子林图》《金闻名园图》《二宜园图》《名人高园图》《园亭图》《洛原草堂图》等,而其中最为有名的则莫过于为拙政园绘制、题咏的诗画册。清代藏书家吴骞在《文待诏拙政园图并题咏真迹跋》中称赞文徵明说:"园虽尚存,其中花木台榭,不知几经荣悴变易矣。幸留斯图,犹可征当日之经营位置,历历眉睫。又如身入蓬岛阆苑,琪花瑶草,使人应接不遑,几不知有尘境之隔,又非所谓若有神物护持者耶?"

拓展训练

王氏拙政园记
(明)文徵明

　　槐雨先生王君敬止所居,在郡城东北,界娄、齐门之间。居多隙地,有积水亘其中。稍加浚治,环以林木,为重屋其阳,曰梦隐楼。为堂其阴,曰若墅堂。堂之前为繁香坞,其后为倚玉轩,轩北直梦隐,绝水为梁,曰小飞虹。逾小飞虹而北,循水西行,岸多木芙蓉,曰芙蓉隈。又西中流为榭,曰小沧浪亭。亭之南,翳以修竹;经竹而西,出于水滨,有石可坐,可俯而濯,曰志清处。至是水折而北,浤漾渺弥,望若湖泊,夹岸皆佳木,其西多柳,曰柳隩。东岸积土为台,曰意远台。台之下,植石为矶,可坐而渔,曰钓矶。遵钓矶而北,地益迥,林木益深,水益清驶。水尽,别疏小沼,植莲其中,曰水花池。池上美竹千挺,可以追凉,中为亭,曰净深。循净深而东,柑橘数十本,亭曰待霜。又东出梦隐楼之后,长松数植,风至泠然有声,曰听松风处。自此绕出梦隐之前,古木疏篁,可以憩息,曰怡颜处。又前循水而东,果林弥望,曰来禽囿。囿缚尽四桧为幄,曰得真亭。亭之后,为珍李坂,其前为玫瑰柴,又前为蔷薇径。至是水折而南,夹岸植桃,曰桃花沜。沜之南,为湘筠坞。又南,古槐一株,敷荫数弓,曰槐幄。其下跨水为杠。逾杠而东,篁竹阴翳,榆槐蔽亏,有亭翼然,西临水上者,槐雨亭也。亭之后为尔耳轩,左为芭蕉槛。凡诸亭槛台榭,皆因水为面势。自桃花沜而南,水流渐细,至是伏流而南,逾百武,出于别圃丛竹之间,是为竹涧。竹涧之东,江梅百株,花时香雪烂然,望如瑶林玉树,曰瑶圃。圃中有亭,曰嘉实亭,泉曰玉泉。凡为堂一、楼一,为亭六,轩、槛、池、台、坞、涧之属二十有三,总三十有一,名曰拙政园。

　　王君之言曰:"昔潘岳氏仕宦不达,故筑室种树,灌园鬻蔬,曰:'此亦拙者之为政也。'余自筮仕抵今,余四十年。同时之人,或起家至八坐,登三事,而吾仅以一郡倅老退林下。其为政殆有拙于岳者,园所以识也。"虽然,君于岳则有间矣。君以进士高科仕,为名法从,直躬殉道,非久被斥。其后旋起旋废,迄摈不复,其为人岂龌龊自守、视时浮沉者哉?岳虽漫为《闲居》之言,而谄事时人,至于望尘雅拜,干没势权,终罹谷祸。考其平生,盖终其身未尝暂去官守,以即其闲居之乐也。岂惟岳哉?古之名贤胜士,固有有志于是,而际会功名,不能解脱,又或升沉迁徙,不获遂志如岳者,何限哉?而君甫及强仕,即解官家处,所谓筑室种树,灌园鬻蔬,逍遥自得,享闲居之乐者,二十年于此矣。究其所得,虽古之高贤胜士,亦或有所不逮也,而何岳之足云?所为区区以岳自况,亦聊以宣其不达之志焉耳。而其志之所乐,固有在彼而不在此者。是故高官腴仕,人所慕乐,而祸患攸伏,造物者每消息其中。使君得志一时,而或横罹灾变,其视末杀斯世而优游余年,果孰多少哉?君子于此,必有所择矣。

徽明漫仕而归,虽踪迹不同于君,而潦倒末杀,略相曹耦,顾不得一亩之宫,以寄其栖逸之志,而独有美于君。既取其园中景物悉为赋之,而复为之记。嘉靖十二年岁在癸巳五月既望,长洲文徵明著。

《拙政园三十一景》题诗
(明)文徵明

若墅堂

在拙政园之中,园为唐陆鲁望故宅。虽在城市,而有山林深寂之趣。昔皮袭美尝称鲁望所居"不出郛郭,旷若郊墅",故以为名。

会心何必在郊坰?近圃分明见远情。
流水断桥春草色,槿篱茅屋午鸡声。
绝怜人境无车马,信有山林在市城。
不负昔贤高隐地,手携书卷课童耕。

繁香坞

在若墅堂之前,杂植牡丹、芍药、丹桂、海棠、紫薇诸花。孟宗献云"小筑繁香坞"。

杂植名花旁草堂,紫蕤丹艳漫成行。
春光烂漫千机锦,淑气熏蒸百和香。
自爱芳菲满怀袖,不教风露湿衣裳。
高情已在繁华外,静看游蜂上下狂。

倚玉轩

在若墅堂后,傍多美竹,面有昆山石。

倚楹碧玉万竿长,更割昆山片玉苍。
如到王家堂上看,春风触目总琳琅。

怡颜处

取陶词"眄庭柯以怡颜"云。

斜光下乔木,瞩此白日迟。
微人不可即,暮景聊自怡。

青春在玄鬓,莫待秋风吹。

梦隐楼

在沧浪池之上,南直若墅堂。其高可望郭外诸山。君尝乞灵于九鲤湖梦隐隐字,及得此地,为戴颙、陆鲁望故宅,因筑楼以识。

林泉入梦意茫茫,旋起高楼拟退藏。
鲁望五湖原有宅,渊明三径未全荒。
枕中已悟功名幻,壶里谁知日月长?
回首帝京何处是,倚阑惟见暮山苍。

听松风处

在梦隐楼北,地多长松。

疏林漱寒泉,山风满清听。
空谷度凉云,悠然落虚影。
红尘不到眼,白日相与永。
彼美松间人,何似陶弘景?

小沧浪

园有积水,横亘数亩,类苏子美沧浪池,因筑亭其中,曰小沧浪。昔子美自汴都徙吴,君亦还自北都,踪迹相似,故袭其名。

偶傍沧浪构小亭,依然绿水绕虚楹。
岂无风月供垂钓?亦有儿童唱濯缨。
满地江湖聊寄兴,百年鱼鸟已忘情。
舜钦已矣杜陵远,一段幽踪谁与争?

志清处

在沧浪亭之南稍西,背负修竹石磴,下瞰平池,渊深泓渟,俨如湖瀩。《义训》云:"临深使人志清。"

爱此曲池清,时来弄寒玉。
俯窥鉴须眉,脱屦濯双足。
落日下回塘,倒影写修竹。
微风一以摇,青天散渌渌。

小飞虹

在梦隐楼之前,若墅堂北,横绝沧浪池中。

雌蜺连蜷饮洪河,落日倒影翻晴波。
江山沉沉时未霁,何事青龙忽腾骞。
知君小试济川才,横绝寒流引飞渡。

朱栏光炯摇碧落,杰阁参差隐层雾。
我来仿佛踏金鳌,愿挥尘世从琴高。
月明悠悠天万里,手把芙蓉照秋水。

意远台

在沧浪池北,高可寻丈。《义训》云:"登高使人意远。"
闲登万里台,旷然心目清。
木落秋更远,长江天际明。
白云渡水去,日暮山纵横。

钓碧

在意远台下。
白石净无尘,平临野水津。
坐看丝袅袅,静爱玉粼粼。
得意江湖远,忘机鸥鹭驯。
须知缗纶者,不是羡鱼人。

来禽囿

在沧浪池南,北杂植林禽数百本。
清阴十亩夏扶疏,正是长林果熟初。
珍重筠笼分赠处,小窗亲搨右军书。

桃花汧

在小沧浪东,折南夹岸植桃,花时望若虹霞。
种桃临野水,春暖树交花。
时见流残片,常疑有隐家。
微波吹锦浪,晓色涨红霞。
何必玄都观? 山中有岁华。

槐雨亭

在桃花汧之南,西临竹涧,榆槐竹柏所植非一云。槐雨者,著君所自号也。
亭下高槐欲覆墙,气蒸寒雾湿衣裳。
疏花靡靡流芳远,清荫垂垂世泽长。
八月文场怀往事,三公勋业付诸郎。
老来不作南柯梦,独自移床卧晚凉。

尔耳轩

在槐雨亭后。吴俗喜叠石为山,君特于盆盎置土水石,植菖蒲、水冬青以适兴。语云："未能免俗，聊复尔耳。"

有拳者石，弗崇以岩。
上列崔莽，下引寒泉。
有泉涓涓，白石齿齿。
岂曰高深，不远伊迩。
言敞东轩，睨彼丛棘。
君子于何，惟宴以适。
青青者蒲，被于崇丘。
岁云暮矣，式宴以游。
君子于游，匪物伊理。
古亦有言，聊复尔耳。
岂不有营，我心则劳。
载欣载遨，以永逍遥。

芭蕉槛

在槐雨亭之左。

新蕉十尺强，得雨净如沐。
不嫌粉堵高，雅称朱栏曲。
秋声入枕凉，晓色分窗绿。
莫教轻剪取，留待阴连屋。

槐幄

在槐雨亭西，岸古槐一株，蟠屈如翠蛟，阴覆数弓。

旧种宫槐已十围，密阴径亩翠成帷。
梦回玄蚁争穿穴，春尽青虫对吐丝。

湘筠坞

在桃花泞之南，槐雨亭北，修竹连亘，境特幽迥。

种竹绕平冈，冈迥竹成坞。
盛夏已经秋，林深不知午。
中有遗世人，琴樽自容与。
风来酒亦醒，坐听潇湘雨。

玉泉

京师香山有玉泉，君常勺而甘之，因号玉泉山人。及是，得泉于园之巽隅，甘冽宜茗，不减玉泉，遂以为名，示不忘也。

曾勺香山水，泠然玉一泓。

宁知瑶汉隔,别有玉泉清。
修绠和云汲,沙瓶带月烹。
何须陆鸿渐,一啜自分明。

瑶圃
在园之巽隅,中植江梅百本,花时灿若瑶华,因取《楚词》为名。
春风压树森琳璆,海月冷挂珊瑚钩。
寒芒堕地失姑射,幽梦落枕移罗浮。
罗浮不奈东风恶,酒醒参横山月落。
千年秀句落西湖,一笑闲情付东阁。
只今胜事属君家,开田种玉生琪华。
瑶环瑜珥纷触目,琅玕玉相树交加。
我来如升白银阙,绰约仙姬若冰雪。
仿佛蓬莱万玉妃,夜深下踏瑶台月。
瑶台玄圃隔壶天,远在沧瀛缥渺边。
若为移得在尘世,主人身是琼林仙。
当年挥手谢京国,手握寒英香沁骨。
万里归来抱雪霜,岁寒心事存贞白。
呜呼!岁寒心事存贞白,凭仗高楼莫吹笛。

嘉实亭
在瑶圃中,取山谷古风"江梅有嘉实"之句,因次山谷韵。
高人凤尚志,脱冠谢名场。
中心秉明洁,皎然秋月光。
有如江梅花,枝槁心独香。
人生贵适志,何必身岩廊?
不见山木灾,牺尊漫青黄。
所以鼎中实,不爱时世尝。
曾不如苦李,全生衢路傍。
恻恻不忍置,悠悠心自伤。

竹涧
在瑶圃东,夹涧美竹千挺。
夹水竹千头,云深水自流。
回坡漱寒玉,清吹杂鸣球。
短棹三湘雨,孤琴万壑秋。
最怜明月夜,凉影共悠悠。

得真亭

在园之艮隅,植四桧,结亭,取左太冲《招隐诗》"竹柏得其真"之语为名。

手植苍官结小茨,得真聊咏左冲诗。

支离虽枉明堂用,常得青青保四时。

珍李坂

在得真亭后,其地高阜,自燕移好李植其上。

珍李出上都,辛勤远移植。

却笑王安丰,当年苦钻核。

玫瑰柴

在得真亭,植玫瑰花。

名花万里来,植我墙东曲。

晓雨散春林,浓香浸红玉。

蔷薇径

在得真亭前。

窈窕通幽一径长,野人缘径撷群芳。

不嫌朝露衣裳湿,自喜春风展齿香。

水华池

在西北隅,中有红、白莲。

方池涵碧落,菡萏在中洲。

谁唱田田叶,还生渺渺愁。

仙姿净如拭,野色淡于秋。

一片横塘意,何当棹小舟?

净深亭

面水花池,修竹环匝,境极幽邃,取杜诗云。

绿云荷万柄,翠雨竹千头。

清景堪消夏,凉声独占秋。

不闻车马过,时有野人留。

睡起龙团熟,青烟一缕浮。

柳隩

在水花池南。

春深高柳翠烟迷,风约柔条拂水齐。

不向长安管离别,绿阴都付晓莺啼。

芙蓉隈

在坤隅,临水。

> 林塘秋晚思寥寥,雨挹红蕖淡玉标。
> 出水最怜新句好,涉江无奈美人何。

待霜亭

在坤隅,傍植柑橘数十本。韦应物云:"洞庭须待满林霜。"右军《黄柑帖》亦云:"霜未降,未可多得。"

> 倚亭嘉树玉离离,照眼黄金子满枝。
> 千里勤王苞贡后,一年好景雨霜时。
> 向来屈傅曾留颂,老去韦郎更有诗。
> 珍重主人偏赏识,风情原许右军知。

王侍御敬止园林四首
(明)王　宠

其一

> 杜韦天尺五,归卧海东偏。
> 玉尘开莲社,金貂贳酒钱。
> 园居并水竹,林观俯山川。
> 竟日云霞逐,冥心入太玄。

其二

> 共有王猷好,园酣修竹林。
> 山光云几净,水色画堂侵。
> 断续冬花吐,玲珑好鸟吟。
> 辋川如有待,那得恋朝簪?

其三

> 即事罕人力,林居常晏然。
> 天青云自媚,沙白鸟相鲜。
> 徙倚随忘返,风光各可怜。
> 洞中淹日月,人世玩推迁。

其四

> 薄暮临青阁,中流荡画桥。
> 人烟纷漠漠,天阙敞寥寥。
> 日月东西观,亭台上下摇。
> 林深见红烛,侧径去迢遥。

园林风雅篇

❖"闲向词坛纂遗逸,听枫园里烛摇红"❖
——以苏州听枫园、鹤园为中心的晚清词坛风会

晚清著名词人朱孝臧认为,吴中自古即为词家胜地,但在世人眼中,"宋词人之侨吴者,世但称贺方回、吴应之诸贤"(朱孝臧《霜花腴》词序)。在朱孝臧看来,这远非吴中词学胜景之全部,两宋词史上,苏州籍的词家本身就是一个受人瞩目的群体,诸如苏轼、辛弃疾、姜夔等成就卓著的大词人也都有流连姑苏且留下经典佳作的经历,而最让他神往不已的,则是平生极度赏爱的宋代词人吴文英(号梦窗)也在苏州留下了词踪。当好友郑文焯函告他,"谓吴梦窗《鹧鸪天》'杨柳阊门'之句,盖有老屋相近皋桥,其《点绛唇》怀苏州词所云'南桥'殆指此。又两'寓化度寺'词,皆有怀吴之思",不由得激起了朱孝臧在后半生做出了"垂老菟裘,固以此邦为可乐"(朱孝臧《霜花腴》词序)的决定。朱孝臧来到苏州,先后僦居听枫园、鹤园,和郑文焯比邻而居,二人日相过从唱和、校勘切磋,在苏州形成了填词和词学研究的热潮。在朱孝臧和郑文焯这两位词学大将的迪引下,南北词家纷纷影随来苏,无论是他们的创作还是词学研究、理论,都受到了时人的追捧,甚至引领着晚清词坛之风会。本文即以郑文焯、朱孝臧二人为中心,厘清晚清时期鹤园、听枫园中词学活动的来龙去脉,进而深入探究其文学史意义,特别是对中国古代文学传统及苏州文脉传承之意义。

郑文焯(1856—1918),字俊臣,号小坡、叔问、大鹤山人,又号冷红词客。奉天铁岭(今属辽宁)人,正黄旗汉军籍。出生于世代仕宦的家庭,幼年随父宦游南北。光绪元年(1875)中顺天乡试恩科举人,同年易顺鼎、冯煦、张仲炘等,一生与郑文焯为活跃于词坛之至交。郑父去世后,曾应江苏巡抚吴元炳(字子健)之聘入幕,南游客吴苏州,到马医科巷的春在堂拜谒晚清大儒俞樾。之后,屡次会试不中,数度南归,最终绝意仕进。因"喜吴中湖山风月之胜",所以郑文焯决定寓居苏州,"侨居久之,日与二三名俊云唱雪和,陶写性灵"(俞樾《瘦碧词序》),直至终老,主持苏州词坛风雅,前后长达三十余年。

自二十五岁来到苏州之后,郑文焯先后与吴昌硕、沈秉成、费念慈(字屺怀)、易顺鼎等人往还密切,诗酒风流,积极组织各种词学的结社活动,极一时之盛,对晚清词学的蔚然勃兴起到了引领作用。光绪十一年乙酉(1885),他与易顺鼎等人在自己僦居所在地苏州庙堂巷汪氏壶园,发起成立"吴社",以

127

词为课,"歌弦醉墨,陵轹一时"。"诸子既联句,和石帚词八十四阕。吟赏所至,复杂连五十余解,中和片玉词最多。"(郑文焯《瘦碧词》卷二《大酺》词序)最后将唱和之作辑录成《吴波鸥语》。此乃郑文焯执盟吴中词坛初次体验,在整个词社活动中,"至于刊律寻声,晨钞瞑写,则叔问之功为多"(易顺鼎《连句和白石词叙》),所以郑文焯终生难忘,后来他在给张尔田的信中还饱含深情地回忆道:"自乙酉、丙戌之年,余举词社于吴,即专事以连句和姜词为程课,继以宋六十一家,择其菁英,咸为嗣响。"(《郑大鹤先生论词手简》,《词话丛编》第 4329 页)据冒广生《小三吾亭词话》卷三记载,该社集活动的参与者有"由甫兄弟"(按:易顺鼎、易顺豫兄弟),还有"文道希(按:文廷式)、郑叔问、蒋次湘(按:蒋文鸿)、张子苾(按:张祥麟)"等,"结词社于壶园"。(《词话丛编》第 4705 页)在郑文焯的号召和精心组织下,社员同声相求,喁于相应,其乐融融,易顺鼎在《连句和白石词叙》中深有感触地写道:"嗟乎!天下虽大,同志良难,文章之事,尤多异轨,或是丹非素,或论甘忌辛,胜己则相倾,歧己则相伐。上下千古,纵横九州,如吾数人之喁于相应,可多得乎?"

随着时间的推移,郑文焯在苏州组织词学活动的影响与日俱增,许多著名的文人墨客来苏,也会参与其事。光绪十五年己丑(1889)八月二十二日,著名学者、诗人王闿运(字壬秋)应郑文焯之约来苏,"寓湖南宾馆,距先生壶园只隔一桥","欢言晨夕,风雨亦相过",时时行吟山泽,作诗填词不辍,"文酒雅宴,殆无虚日"。(戴正诚《郑叔问先生年谱》)这样的生活持续了两月余,王闿运方离苏返湘。郑文焯曾在《浪淘沙慢》词序中回忆这段往事曰:"江南早春,邓尉山梅垂垂欲发。因忆己丑秋,方舟载酒与湘潭王壬秋二三同志山泽行吟,连句和清真此曲,极岁晚清逸之娱。"(郑文焯《比竹余音》)

光绪十七年辛卯(1891)岁末,著名词人况周颐(字夔笙)由杭至苏,在苏州结识郑文焯。况周颐《香东漫笔》卷一有云:"辛卯、壬辰间,余客吴门,与子苾(按:张祥麟)、叔问素心晨夕……冷吟闲醉,不知有人世升沉也。"况周颐《喜迁莺》词序中就有这种生活的详细记载云:"壬辰正月二十日,子苾、小坡(按:郑文焯)柳宜桥酒楼联句和梦窗韵。"郑文焯的《冷红词》中也有很多与之对应的词作,诸如《寿楼春·和梅溪赠夔笙同年》等,就连况周颐在苏州纳吴姬为妾,郑文焯都依吴梦窗之词韵作《绛都春》词以贺。流连唱和一个多月之后,况周颐离开苏州,还通过书信的方式与郑文焯切磋讨论词集的校勘问题,把自己校补的《蛾术词》惠寄大鹤,郑文焯在《蛾术词选跋二》中记之曰:"今葵生(按:况周颐)同年,从元钞校补付梓,多至百余首,视昔所见,清典可风,尚是元词之遗脉,然较弁阳则远逊矣。葵生别余旬日,此篇寄自沪上,西园风雨,春事飘零,读集中《六州歌头·遣春》诸词,又不任离索之感焉。叔问,壬辰二月十四日。"(《词话丛编》第 4337 页)况周颐在苏州还把自己在苏、杭一带所填的词作汇编成《玉梅词》,后来因为郑文焯对其中大量存在的侧艳之作有所呵斥与批评，导致况周颐的不满，二人由此交恶。这当然是后话，在此姑不展开。

光绪二十一年（1895）七夕，郑文焯与同人雅聚苏州城西的艺圃，结鸥隐词社。常州人刘炳照（1847—1917，字光珊，一字伯荫，号语石，晚号复丁老人），躬逢雅集，他有诗纪其事曰："艺圃犹存谏草楼，晚风香送白莲秋。自从鸥隐联词社，落月晨星感旧游。"在诗下自注中，刘氏语其详曰："苏郡西偏有艺圃，为胜国遗贤姜如农给谏侨寓之所。池荷多异种，纯白无杂色。乙未七夕，偕张子纯（按：钱塘张上龢）、陈同叔（按：宝山陈如升）、夏闰枝（按：江阴夏孙桐）、于仲威（按：金坛于以堉）、褚绎堂（按：余杭褚德舆）、屺怀（按：武进费念慈）、叔问，结鸥隐词社于此。即席限赋秋霁词，分拈宋人此调原韵，予得梦窗。是为吴中词社第一集。"

鸥隐词社的影响要远远大于早些年的吴社，它已然成为当时词坛上足以与京城声名煊赫的"薇省同声社"相颉颃的文学社集。"除上述数人外，先后入社者尚多。如张子馥（按：张祥麟）、易仲实（按：易顺鼎）、叔由（按：易顺豫）、蒋次香（按：蒋文鸿）、况夔笙（按：况周颐）、潘兰史（按：潘飞声）、金洼生（按：金武祥）等"先后入社，"皆有唱和"，就连身在北京的"半塘（按：王鹏运）、古微（按：朱祖谋）诸人亦时时邮笺往还"（张伯驹编《春游社琐谈》卷二夏纬明《记苏州鸥隐词社》），对苏州的鸥隐词社给予了最大的关注和支持。社中事无巨细，皆由郑文焯操持，故而夏孙桐之子夏纬明在《记苏州鸥隐词社》中有曰："始终主其事者郑叔问也。郑居吴门，久执词坛牛耳数十年，为晚清词学大家。"

鸥隐词社成立于艺圃，但它的活动绝不拘限于此，而在山塘等苏城风景胜地和多处私家园林中盛行开来，刘炳照《复丁老人诗记》中有多首诗歌记录了这一事实。诗有曰："闲从瘦碧溯词源，温李冯韦与细论。更有缪张来不速，壶园罢宴又怡园。"自注谓："叔问，北方学者，流寓吴中，善画工词，名所居为壶园。缪筱珊、张子苾倚声夙好，一时并集吴中，词社于斯为盛。"缪筱珊，即江阴籍著名学者缪荃孙，他也参加了鸥隐词社，这则史料可补夏纬明记载之缺。更可注意的是，词社的活动时而会在郑氏壶园雅集，也会选择在顾氏怡园中举行。顾氏自顾文彬修建怡园以来，江南名士云集，名盛一时。顾文彬爱词，在造园的时候，园中的"楹联全集唐宋以来词句为之，别成一格"（刘炳照《复丁老人诗记》"我爱怡园小筑幽"之诗注）。此时顾文彬虽已谢世，但顾氏子孙依然热衷于这样的文化活动，刘炳照的诗无疑又提供了一个极为生动有力的例证。怡园中的"过云楼"更以丰富的历代书画和古籍收藏而著称天下，一直以来就有"江南收藏甲天下，过云楼收藏甲江南"之说。郑文焯还依托怡园的这一文化资源和氛围，在园中发起成立了书画社，刘炳照《复丁老人诗记》"我爱怡园小筑幽"之诗注中就有记载："顾若波（按：苏州顾澐）、陆廉夫（按：苏州陆恢)、郑叔问、费屺怀(按:武进费念慈)诸子曾结书画社于此。"后庙堂巷壶园因火被毁,郑文焯遂先后移居幽兰巷、马医科巷的沤园、孝义坊,从空间距离来看,与怡园也就是隔巷而居,这样的诗词风雅也就更为密切了。

  为了扩大苏州词学活动的影响,郑文焯始终与京城词坛保持着密切的联系,尤其是和当时北方词坛的领袖人物王鹏运、朱祖谋时有书信、诗简往还,互相唱和切磋,甚至还与二位有吴中比邻而居之约。光绪二十四年戊戌(1898),郑文焯最后一次进京应试,始晤半塘、古微。据戴正诚《郑叔问先生年谱》记载,这一年,叔问"晋京应会试,时王佑遐给谏鹏运举咫村词社,邀先生入社。朱古微侍郎、宋芸子检讨育仁皆当时社友也",文焯力邀王鹏运、朱祖谋来苏游寓。

  光绪二十八年(1902),王鹏运"罢官来扬州,主讲仪董学堂,旋又客苏州,与叔问游,并约卜邻"(戴正诚《晚清三大词家之友谊及其治学》,张伯驹编《春游社琐谈》卷四),郑文焯《苕雅余集·鹧鸪天》词序所谓"有西崦卜邻之约"也。虽说这次苏州之行是短暂的,但郑、王二人诗词唱和,相得甚欢,《郑文焯手批梦窗词》中详记其事曰:"壬寅十月初二日……载酒出盘门西行,朝发夕抵光福里。尽三日之长,遍游邓尉诸山。归经木渎,更上灵岩,步陟绝顶,距琴台,高诵君特'秋与云平'句,乘余勇又登天平,品白云泉,夕阳在山,相与徘徊而不能去。迨造舟次,已将夜半。"王鹏运兴奋至极,"谓生平游兴,无今兹豪者,不可无词,得《古香慢》《法曲献仙音》《八声甘州》《湘月》共四解"。与之相应,郑文焯也作《八声甘州》《湘月》诸词,都是这一盛况的纪念:

  薛池粉冷,兰径香留,愁满吴圃,暝入疏林,一角淡烟催幕。筇外雁程低,笑飞趁、轻身过羽。瞰沧波万顷在眼,老怀浣尽幽苦。 是旧馆、名娃深处。钟磬僧房,残霸谁主。步屧沉沉,落叶响廊疑误。古意落苍茫,乱云锁、盘空岭路。剩岩花,自漂坠、半溪暗雨。

——王鹏运《古香慢》

  荡岩霏、弄晚点荒寒,渔灯两三星。叹风流残霸,湖山灵气,空葬倾城。一镜吴波变沼,花雨洗蛮腥。片石兴亡恨,玉轸无声。 惟有西江明月,照故宫残梦,梧叶催醒。奈登临愁眼,还向此山青。更谁吹、乌栖哀调,唤暮鸿、烟际落芦汀。余情寄、白云题句,连步天平。

——郑文焯《八声甘州》

  这些词作的字里行间,确实充盈着"一时豪概",难怪郑文焯要在《八声甘州》序中说,此可"陵轹今古"也。旋即,郑文焯开始劝说王鹏运定居苏州,郑文焯女婿戴正诚在《晚清三大词家之友谊及其治学》中所记当时情形极为细致生动,每为后人所引,其中有曰:"半塘先垄,在桂林东半塘尾之麓,因以半塘自号,盖不忘誓墓意也。叔问遂谓之曰:'去苏州三四里有半塘彩云桥,是一胜迹,宜居之,异日必为高人嘉践。'半塘心肯,辄赋《点绛唇》以见志,惜未几染病逝世。"

两年之后的五月仲夏,王鹏运过江访旧,与故友重会吴皋,准备践履"卜邻之约",郑文焯不胜今昔之感,作《念奴娇》词,感喟不已:"小山丛桂,问淹留、何意空歌招隐?"在《鹧鸪天》词序中,郑文焯更是直言期盼好友来归吴门的企盼:"余与半塘老人有西崦卜邻之约,人事好乖,高言在昔,款然良对,感述前游,时复凄绝。"其词曰:

据梧连吟数往年。夜窗栎马警秋眠。可怜燕市尊前月,又共吴云梦里天。回首处,一潸然。小山招隐有新篇。淮南几树留人桂,纵得攀援不得仙。

秋老山桥虎气沈。霜风呼酒旧登临。梵钟出树岩扉迥,渔火通波雨坞深。连棹路,五湖心。别来三见冷枫吟。白云定识非生客,莫枉芝崦鹤梦寻。

谏草焚余老更狂。西台痛哭恨茫茫。秋江波冷容鸥迹,故国天空到雁行。诗梦短,酒悲长。青山白发又殊乡。江南自古伤心地,未信多才累庾郎。

"江南自古伤心地,未信多才累庾郎",似一语成谶,不久之后,一代词宗王鹏运于光绪三十年(1904)六月,在苏州染病,"殁于拙政园"(夏敬观《忍古楼词话》),年五十六。

时隔两年,沉浸在凄苦悲痛中的郑文焯终于迎来了另一位知己。光绪三十二年(1906),朱祖谋以病乞解职,卜居苏州,与郑文焯比邻,苏州文坛的词学活动达到了前所未有的高潮。

朱祖谋(1857—1931),原名孝臧,字古微,一字藿生,号沤尹,又名彊村。归安(今浙江湖州)人。早岁工诗。光绪二十二年(1896),著名词人王鹏运在京师立词社,邀其入社,始专力于词。朱祖谋《彊村词序》记其事云:"予素不解倚声,岁丙申(光绪二十二年,1896),重至京师,半塘翁时举词社,强邀同作。贻予《四印斋所刻词》十许家,复约校《梦窗四稿》,时时语以源流正变之故。旁皇求索,为之且三寒暑。"因而,他的词学观念受王鹏运影响很大,其词取法吴文英、周邦彦,旁及宋代各大家,打破浙西派、常州派的偏见,自成一家。时人尊为词学"宗匠",王国维《人间词话》誉之为"学人之词"的"极则",叶恭绰则以为:"彊村翁词,集清季词学之大成……且为词学之一大结穴,开来启后。"(叶恭绰《广箧中词》卷二)

郑、王之交其早,"光绪丙戌年(1886)起,半塘刻所著《袖墨集》《虫秋集》,戊子年(1888)起,叔问刻所著《瘦碧词》《冷红词》,声应气求,从此缔交"(戴正诚《晚清三大词家之友谊及其治学》)。郑、朱之交,则得力于王鹏运之荐,王

鹏运在给郑文焯的致书中说:"古微学使,尝拳拳执事。此公微尚,信是我辈,且于公甚倾倒,《冷红》《南音》,盖不时出入怀中,此亦一知己也。盍作一纸,以通殷勤。"(戴正诚藏书札,见其所作《晚清三大词家之友谊及其治学》)直到光绪二十四年(1898),郑文焯在京城首会王、朱,遂有吴下卜邻之约。

王鹏运逝而未践吴门之约,今有孝臧来寓吴门,郑文焯自是喜出望外,积极为之经营。戴正诚记载其事曰:"古微则于半塘逝世后第三年,在苏州购得小市桥东听枫园,叔问为相阴阳,拣时日,且举宋人吴应之故事,词以张之,极意吟赏,有杯下相从之乐。"(戴正诚《晚清三大词家之友谊及其治学》)这样的情形,在朱祖谋所作《蓦山溪》一词的序言中可以得到印证,朱氏在词作中表达了晚年寓居苏州的喜悦之情,其中有谓:

避风屏羽,投老皋桥市。流浪廿年踪,濯春波、故情纵绮。樵风吟伴,长负隔篱杯;珍重意,觅枝巢,分度闲鸥喜。　　尘樊海角,削迹疑无地。独树老夫家,谱红梅、艳题难继。压天霜霰,憔悴旧山心;三亩宅,五湖帆,怕说菟裘计。

历经大半生的漂泊浮沉,暮年能在吴门"削迹"隐居,亦是人生一幸,更可喜者还有同道"樵风吟伴"郑文焯(郑氏删存其词作编为《樵风乐府》,故名)。在这首词作中,词人连用了数个杜诗的语典。"隔篱杯",语出杜甫《客至》:"肯与邻翁相对饮,隔篱呼取尽余杯";"削迹"句,用杜甫《赠高式颜》诗中"故人还寂寞,削迹共艰虞"之意;"独树老夫家",直接使用杜甫《草堂即事》中原句。这样的艺术处理,不仅使作品厚重而格高,更把郑文焯为朋友谋事之忠、之诚毕现于文辞之中,而词人的感激之情也溢于言表。

需要略加补充说明的是,戴正诚说是朱祖谋购得听枫园,有误。听枫园为晚清著名收藏家、金石学家吴云私家园林,园中有两罍轩,鼎彝、碑帖、名画、古印、宋元书籍之属收藏甚富。吴昌硕曾长期僦居于吴氏听枫园,寓目赏鉴无数,获益匪浅。朱祖谋来苏时,吴云早已谢世,遂向吴氏后人赁屋而居,就在《蓦山溪》词序中,朱祖谋言之凿凿:"吴城小市桥东'听枫',退楼老人(吴云晚号退楼主人)諏古觞咏地也,予将僦居其间。"同样的记载也见于郑文卓与之应和的《蓦山溪》序中,所谓"彊村翁近僦其园为行窝"者也。

在朱祖谋的心目中,吴地为词史上的胜地,他在《霜花腴》词的序言中就列举宋代词史上的贺铸、吴应之和吴文英,并在词作中连续化用他们各自的经典词句:"烟草横塘""带鸦黄柳短长条"(贺铸),"玉梅妆榭"(吴应之),"又夜深、明月南桥""伴年年、老屋闻门"(吴文英),尽显其用典密丽之笔调,然而,这些典故都统摄于词作开篇的那一句"谢堂倦客,唤酒醒,西风梦老吴皋"。无怪乎词人会在词序中大为感慨:"岂垂老菟裘,固以此邦为可乐耶!"

系统梳理朱、郑二人的词集,朱祖谋卜居苏州前后,二人互相应和的作品尤多,正可见群居切磋的喜悦与欢快。《惜红衣》是南宋词人姜夔自度曲,郑

园林风雅篇

文焯"尝考订故谱,证以管色",遂与朱祖谋以依此曲往还唱和多阕,正所谓"连情叠韵,数相喁于,有类元白诗简故事"(郑文焯《惜红衣》序)也。在另外几首《惜红衣》的词序中,词人喜得知音之乐溢于言表:"年时与叔问有买邻之约,逡巡来就,今将卜居吴氏听枫园,书报叔问,申以是词。"(朱祖谋序)"彊村翁早退遗荣,旧有吴皋卜邻之约,羯来沪江,皇皇未暇。近将移家小市桥吴氏听枫园。先以书来,商略新营,作苍烟寂寞之友。却寄此以坚其志,再和白石。"(郑文焯序)

有朱、郑二位大家的迪引,"吴门词流接武",苏州一时成为全国词学的中心,其独领风骚的盛况一直延续到清亡、民国肇兴,直至"鼎革后,风流云散矣"(黄濬《花随人圣庵摭忆》)。晚清文坛的重要诗人、词人,莫不先后云集吴门,兹举数例。

宣统二年庚戌(1910),罗瘿公"游吴,于天童访寄禅上人,于苏州访朱古微、郑叔问",回京城之后,就向黄濬介绍苏州词学盛况,黄濬也因此"得樵风、彊村二家词",不由得对苏州词坛神往不已。事详见黄濬《花随人圣庵摭忆》"吴小城"条。

张尔田曾在给龙榆生的《与榆生言彊村遗事书》中回忆乃父张上骙当年与朱、郑以及张仲炘(字慕京,号次珊,又号瞻园)、陈锐(字伯涛,又字伯弢)等人,"以词相唱和"的掌故,非常风雅:"曾记一日,宴于古丈所,诸人欲填词,则拾一名刺便书。古丈曰:'此是废红。'众大哗曰:'废红二字,大可入词,真词人吐嘱也。'适客有谈及宗教者,次珊曰:'我辈亦信教者。'问何教,曰:'清真教。'相有抚掌。"朱、郑等人对周邦彦、姜夔、吴文英等宋代词人极为推崇,故有"清真教"之谑谈。这样的谈吐,实在是"极客中之清致"(陈锐《瑞龙吟》序),无怪乎身临其境的陈锐要在词作中写下这样的词句:"知谁问、黄金赋稿,青门游步。啸侣从君去。"

诗人陈诗在《乙丑春题彊村校词图》中咏叹道:"越贤去作吴门客,七宝楼台字字工。闲向词坛纂遗逸,听枫园里烛摇红。"诗作的前半部分勾勒出朱祖谋等人对吴文英《梦窗词》的重视和研究,后半首则赞颂了朱祖谋在听枫园中辑刊《彊村丛书》的学术贡献,为此还特意在诗句下自注云:"公尝寄居苏州吴氏听枫园数载,辑刊唐宋金元词为《彊村丛书》。"

此刻朱氏浙中旧友吴昌硕也游寓苏州,与听枫园亦比邻,因而过从甚密。吴昌硕对听枫园里诗词唱和的盛景以及彊村诸人校词、研究的情形,了若指掌,后来索性为彊村老人绘了一幅《彊村校词图》。此图甫出,就引来了许多人的题咏,诸宗元在题诗中交代了这段旧事:"持拟此图犹仿佛,听枫园屋旧游偶。"并作注曰:"听枫园为先生吴下所居,缶翁与元所时过者。"

在僦居吴氏听枫园数载后,朱祖谋又移居一巷之隔的鹤园。鹤园始建于光绪三十三年(1907),主人为西蜀华阳洪尔振(字鹭汀),"取俞樾所书'携鹤草堂'四字榜之,曰鹤园"。园未竣,售与吴江人庞庆麟(字小雅,号屈庐),后庞氏"以付于其孙蘅裳(按:庞国钧,字蘅裳)",适值"蘅裳方橐笔游杭,则偕与沤尹(按:朱祖谋)"。(金松岑《鹤园记》)于是,诗词唱和的活动转至鹤园,无怪乎金松岑《鹤园记》中喟叹:"二子同居吴下,海内隐然推词坛祭酒,四方名士踵接其庐。"

此后,邓邦述、汪东、吴梅、叶恭绰、张紫东等词曲大家亦先后来鹤园雅集,或填词,或抵笛唱曲,延续着听枫园、鹤园的风雅传统。直至今天,鹤园中还留有朱祖谋手植紫丁香,这是他当年南下定居时,从京城宣南移植而来的。朱祖谋谢世后,园主庞国钧建花坛护之,请邓邦述篆题"沤尹词人手植紫丁香"于花坛上,后有题跋曰:"彊邨师昔尝假馆鹤园,手植此花。鹤缘爱护之。比之文衡山拙政园之藤。足增美矣! 弟子邓邦述记。"花开花落,默默地见证着晚清以还,苏州文坛的风雨沧桑和兴盛。

拓展训练

霜花腴

(清)朱祖谋

听枫园春集,用梦窗韵。

五湖计熟,罢远游、春来怕检尘冠。临水厨清,凿坏山近,端居避世仍难。酒杯自宽,系旧情、长驻花前。算沧波、对席闲鸥,乱愁不遣晚盟寒。　　萝薜几人招隐,叹风枝未定,怨咽惊蝉。棋局新悲,灯床昔话,繁吟限日飞笺。待租画船,欠翠眉、歌袖便娟。背斜阳、料理闲身,小枫临镜看。

霜花腴

(清)朱祖谋

宋词人之侨吴者,世但称贺方回、吴应之诸贤。叔问谓吴梦窗《鹧鸪天》"杨柳阊门"之句,盖有老屋相近皋桥,其《点绛唇·怀苏州》词所云南桥殆指此。又两寓化度寺词,皆有怀吴之思。岂垂老菟裘,固以此邦为可乐耶!

谢堂倦客,唤酒醒,西风梦老吴皋。烟草横塘,玉梅妆榭,词仙去住无聊。赋情紫箫。又夜深、明月南桥。伴年年、老屋阊门,带鸦黄柳短长条。　　宾主百年逆旅,算菟裘一席,占了渔樵。朱邸尊空,青门春去,霜花醉墨飘萧。倦魂待招。料锦鲸、犹恋回潮。过江人、漫感山丘,燕来还定巢。

蓦山溪
（清）郑文焯

吴城小市桥，宋词人吴应之红梅阁故地也。桥东今为吴氏听枫园，水木明瑟，以老枫受名，红叶池亭，不减旧家春色。且先后并属延陵，于胜地若有前因。彊村翁近僦其园为行窝，翁所著词声满天地，折红梅一曲未得专美于前也。爰托近意，歌以颂之。

故家乔木，门巷桥通市。市隐有林峦，记听秋、冷枫疏绮。定巢新燕，胥宇报先声，轻梦占，旧楼台，解道迁莺喜。　　红梅一曲，词客风流地。霜叶胜花妍，算吴歌、好音能继。渔樵争席，输与海鸥闲，秋色里，许平分，早办为邻计。

瑞龙吟
（清）陈　锐

春光向尽，古微先生邀同张次珊、褚伯约会郑叔问诸君，集于听枫园，拍照联词，极客中之清致。余方有俗役，未终席辄去，越日赋此奉酬，仍用清真韵。

吴园路。仍见镜沼开萍，罨亭攒树。年年抱月飘烟，翠裙斗草，春归甚处。　　共延伫。还念旧家人渺，燕巢当户。天教借宅东偏，煮茶声里，樵青窃语。　　衰鬓不堪重照，晚襟交手，风灯红舞。为道近来音书，人事多故。浮云望极，吟断江关句。知谁问、黄金赋稿，青门游步。啸侣从君去。对花对酒，翻萦黯绪。恁解愁千缕。扶醉眼、催归歌唇衔雨。怨香夜湿，迷空霏絮。

洞仙歌
（近代）汪　东

鹤园今为文艺家集会之所，园中片石，余旧题"掌云"二字，旁款则主人所补也。

嵯峨片石，是云峰仙掌。天半飞来屼相向。记曾挥、醉墨剔藓留题，题未竟，酣卧池边小舫。　　浮云同变幻，第宅更新，石友深盟可无恙。花竹影兰疏，雨态烟姿，都移入、画屏风上。怅料理琴书有时来，怎忘了停骖故人门巷。

文学胜迹篇

"补种甘棠绕屋新,后先循吏总诗人"
——白居易的苏州行踪与诗咏

> 白公堤畔草如烟,绿天桥边花欲然。
> 最是江南春色好,鹧鸪飞过木兰船。

如果不作任何本事、背景的交代,光看诗歌文本,很多人会以为这是一首描写杭州西湖美景的诗篇。因为诗歌中的"草如烟""绿天桥""鹧鸪飞""木兰船"等无不是典型的江南风物,尤其是诗中"白公堤"一词,更让人联想起白居易描写西湖的名句:"最爱湖东行不足,绿杨阴里白沙堤。"(白居易《钱塘湖春行》)因而,这首诗歌的内容和主题就是杭州,那绝对是铁板钉钉的事儿。

然而这首诗的题目却是《虎丘竹枝词》,作者是清代吴江诗人任兆麟。要真正理解这首诗,必须要从"白公堤"说起。话说在杭州西湖有一条"白堤",那是白居易在担任杭州刺史时,在地方上留下的最重要惠政之一。他感于杭州的老百姓深受水患之苦,下定决心疏浚西湖,把湖里打捞出来的淤泥筑在两岸,形成了一道长堤,这就是著名的西湖"白堤",又称"白公堤""白沙堤"。

可是很少有人知道,苏州也有一条长长的白堤,也与唐代大诗人白居易有着密切的关系。既然任兆麟的这首诗的诗题叫《虎丘竹枝词》,那么很清楚,苏州的"白公堤"就在虎丘附近。如果我们对虎丘周围的地名作一些历史的追溯的话,就会发现,"白公堤"其实就是在苏州乃至在全国都大名鼎鼎的山塘街。清代文学家曹雪芹曾在《红楼梦》中用"最是红尘间一二等富贵风流之地"之语,来形容山塘街的繁华富庶。讲到山塘街和苏州的发展及其繁荣富庶,是必须要提及白居易的。如果没有白居易在苏州刺史任内修筑白公堤,也就很难想象明清以后山塘街商铺云集的盛况。

白居易任职苏州的时间并不是很长。唐敬宗宝历元年(825)三月,白居易任职苏州刺史,从三月初三他离开京城,经过了两个月的行程,在端午节那天来到苏州,到第二年十月离开苏州,在苏州前后一年多的时间里,白居易给苏州人民留下许多惠政,深受百姓的拥戴。疏浚山塘河,是白居易在苏州任上最为重要,也是影响最大的一桩善政。对此,白居易的诗文作品中有过多次记载,他的《武丘寺路》一诗就言之甚明:

自开山寺路,水陆往来频。
银勒牵骄马,花船载丽人。
芰荷生欲遍,桃李种仍新。
好住湖堤上,长留一道春。

  武丘寺就是现在的虎丘寺,唐时为避唐太宗李世民祖父李虎的名讳而改称。在这首诗的诗题之下,白居易有一段自注,说明了疏浚山塘河的具体情况:"去年重开寺路,种桃李菱荷二千余株。"原来从阊门到虎丘山的河道非常狭窄,每到雨季的时候,经常要形成内涝。白居易来到苏州以后,疏浚河道,并把两边的道路重新拓宽,使得阊门到虎丘的水、陆交通都变得极为便利。

  对于山塘河的疏浚、山塘街的修建,苏州方志上多有赞誉之词。宋代苏州学者朱长文在《吴郡图经续记》中说:"唐白居易守郡,尝作武丘路,免于病涉,亦可障流潦。"这段话讲得非常清楚,白居易疏浚山塘河,修筑虎丘山到阊门的这条山塘街,其主要的意义有两个,一是"免于病涉",即原本不畅通的水路开阔了,船行来往更为便利;二是"可障流潦",即避免了虞集的城市内涝。对于这桩惠政,白居易只在自己的诗作中轻描淡写地讲我做了这件事情,并没有自吹自擂,反而是后人在记载这个历史事件的时候给予了很高的评价。他对苏州老百姓的恩泽,被人民永远记住了。所以,苏州的"白公堤"(也就是山塘街)和杭州的"白堤",都是白居易留给江南人民永远的纪念。

  都说白居易的人生在贬谪九江之后是一个重要的转折点,此前他积极入世,主张削藩,批判现实,大力提倡"新乐府"和讽谕诗,但在贬谪之后,皈依佛门,行事渐渐转向"独善其身"。这只是就其大致的趋势而言,其实贬谪九江司马之后的白居易并没有彻底消极避世,他在各地任职期间都还是积极有所作为的。

  白居易就任苏州刺史,就在贬谪九江司马之后。刚到苏州,白居易立即向朝廷上表,表明自己励精图治的决心和信心。他在著名的《苏州刺史谢上表》中说:

况当今国用,多出于江南。江南诸州,苏最为大。兵数不少,税额至多。土虽沃而尚劳,人徒庶而未富……既奉成命,敢不誓心?必拟夕惕夙兴,焦心苦节。唯诏条是守,唯人瘼是求。

  苏州和杭州一样,都是江南的重镇,朝廷的"国用"(即国家的赋税和财政收入)大多出于此地,所以白居易很清楚自己担任苏州刺史的责任重大。在这篇上表中,白居易向唐敬宗表明自己的心意,既然奉了朝廷之命,就不敢不"誓心"任职,认真行事。"苏杭自昔称名郡,牧守当今当好官"(白居易《咏怀》),这样的诗句,正是其报效国家、朝廷拳拳之心的真诚表白。带着儒家知识分子的济世情怀和报效朝廷的感恩之心,白居易决心"夕惕夙兴,焦心苦节","唯诏条是守,唯人瘼是求"。这何尝不是早年积极入世,推行新乐府运动的白居易在政坛的回归呢?

白居易到苏州郡斋仅过十天,就又写了一首诗歌抒发自己政治抱负和关注民生的情怀,这首诗的题目叫《自到郡斋仅经旬日》。诗中"警寐钟传夜,催衙鼓报晨。唯知对胥吏,未暇接亲朋"数语,更是对上表中"夕惕夙兴,焦心苦节"最好的解释。在苏州,白居易始终保持着这种高强度的工作状态,他在寄给老朋友元稹的诗中就这样描述自己"夕惕夙兴"的工作场景:"清旦方堆案,黄昏始退公。可怜朝暮景,消在两衙中。"(白居易《秋寄微之十二韵》)

在《自到郡斋仅经旬日》一诗中,白居易更写出了这样掷地有声的豪言壮语:"候病须通脉,防流要塞津。救烦无若静,补拙莫如勤。削使科条简,摊令赋役均。以兹为报效,安敢不躬亲?"白居易始终觉得朝廷让他任职苏州,是对自己的信任和恩宠、优渥,所以必须要做好苏州刺史。对于如何做好一个地方父母官,白居易也有着自己独到的理解,那就是所谓的"候病须通脉,防流要塞津"。治理河道,需要防止河的要道堵塞,所以疏浚使之畅通是关键;而治理州县则需要如看病问诊一样,先要诊断症结之所在,然后再疏通经脉。"救烦无若静,补拙莫若勤",这是白居易自我警励的座右铭,更是历代清廉正直官员学习楷范的官箴,清朝乾隆皇帝御修《唐宋诗醇》时,在这十个字旁做了一段批注,说:"凡为令守者,当录置座右。"其实,这十个字即便在今天,也有着重要的教育意义和警诫作用。

白居易在苏州短短的一年多时间内,何以会如此勤勉地为政?这似乎跟他早年对苏州的一个情结有着一定的关系。早在少年时代,白居易曾经游览过苏州,当时在苏州和杭州任刺史的分别是韦应物和房孺复,这是少年白居易最为崇拜的两个人,他们"才渊高而郡守尊"。所以白居易幼小的心灵中就滋生了这样的念头:"异日,苏、杭苟获一郡,足矣!"(白居易《吴郡诗石记》)非常巧合的是,就在白居易贬谪江州以后,先是在杭州,后来又到了苏州担任刺史,不是得其一郡,而是得其二郡,这实在是人生再大莫过的美事矣!

在苏州,白居易不仅追随步武韦应物,勤勉于吏事,关心民瘼,留下了很多惠政,而且他对苏州优美的自然风光和别样的风土人情更是情有独钟,也留下了许多精彩的诗歌作品,诚如沧浪亭"五百名贤祠"画像上的像赞所谓"百首新诗,袖中吴郡"。白居易留下的诸多苏州诗咏,为苏州文学史增色不少。

白居易曾饱含深情地写过两首《吴中好风景》,不知这是否就是今日苏州弹词开篇《苏州好风光》的滥觞,但诗人确确实实地在诗作中表达了自己的满心喜悦:"吴中好风景,八月如三月。水荇叶仍香,木莲花未歇。海天微雨散,江郭纤埃灭。暑退衣服干,潮生船舫活。两衙渐多暇,亭午初无热。骑吏语使君,正是游时节。""吴中好风景,风景无朝暮。晓色万家烟,秋声八月树。舟移管弦动,桥拥旌旗驻。改号齐云楼,重开武丘路。况当丰岁熟,好是欢游处。州民劝使君,且莫抛官去。"

在公务之余的闲暇时光,白居易时常穿行在苏州的大街小巷,充分感受着"复叠江山壮,平铺井邑宽;人稠过扬府,坊闹半长安"(白居易《齐云楼晚望偶题十韵兼呈冯侍御周殷二协律》),以及"处处楼前飘管吹,家家门外泊舟航"(白居易《登阊门闲望》)这样的繁华热闹;也沉醉于苏州河道纵横,"舟船转云岛,楼阁出烟萝"(白居易《夜游西武丘寺八韵》)这样的迷人景色;至于白居易笔下的太湖湖光山色,则更令人无限神往:"浸月冷波千顷练,苞霜新橘万株金"(《宿湖中》);"掩映橘林千点火,泓澄潭水一盆油"(《夜泛阳坞入明月湾即事寄崔湖州》);"黄夹缬林寒有叶,碧琉璃水净无风"(《泛太湖书事寄微之》)。

"齐云楼""武丘路""黄鹂坊""乌鹊桥"这些苏州地名,无不让白居易有着莫名的亲切感,杏花春雨中的吴中山水更不断地激发着诗人的创作激情。就在年假正月初三,苏州城尚未从冬日的严寒中苏醒过来,白居易信步于苏州城内,行经黄鹂坊,诗人似乎就从这一充满诗意的地名中感受到暖意的渐渐升腾,一切美好的幻想都在似春非春间款款走来,于是就写下了《正月三日闲行》这样一首小诗:

> 黄鹂巷口莺欲语,乌鹊河头冰欲销。
> 绿浪东西南北水,红栏三百九十桥。
> 鸳鸯荡漾双双翅,杨柳交加万万条。
> 借问春风来早晚,只从前日到今朝。

黄莺是春的使者,春天轻盈的脚步总是与它那婉转动人的歌声结伴相挽而来;寒冰是冬的讯息,隆冬时节的寒冷和萧条都通过它的容颜而得以展现。在白居易的诗意想象中,黄鹂坊桥畔的黄莺仿佛正欲引吭高歌,迎接春天的到来,而此时乌鹊桥头的寒冰也似乎正欲消融。这样的想象之境和连续两个"欲"字相呼应,点出了春暖未至,而诗人内心的欣悦之情却早已跃然"萌动"的状态。之后两联的写景,其实并不是诗人对眼前真景实相的摹状,一切皆出自两个"欲"字之中包孕的和谐美好、万木复苏的心理暗示,以及诗人对苏州的理解和高度艺术概括。水是江南的灵魂,江南无处不是水的世界,或清流潺潺,或碧波荡漾,"绿浪东西南北水"正是对苏州这一典型水乡地理特征的真实写照。水乡的水多,桥也就多,"红栏三百九十桥",纵横生姿,各具情态。白居易在诗歌的自注中指出,所谓"三百九十桥",只是指"苏之官桥大数"也。这一基本数据与范成大《吴郡志》卷十七中的记载可以互为印证,《吴郡志》中有谓:"唐白居易诗曰:'红栏三百九十桥',本朝杨备诗亦云:'画桥四百',则吴门桥梁之盛,自昔固然。"至于之后的"鸳鸯荡漾""杨柳交加"则又是在颔联基础上的衍续和发展,过不了多久,春风骀荡中的苏州城,必将是满目的灵动、明快和无限的美好、喜悦。纵观全诗,言简意丰,清浅可爱,以眼前事作心中语,全然不见雕琢之态,却极具江南风情,是白居易姑苏诗咏中的经典之作。

  每次登山临水之后,白居易都会作诗以纪其事,苏州的很多山林丘壑正是因为有了白公的题咏而享誉天下,位于苏州城西南面的天平山即为一例。在白居易之前,虽有茶圣陆羽将天平山上白云泉之水品题为"吴中第一水",但真正让天平山、白云泉名闻遐迩的还是白居易的一首小诗《白云泉》:"天平山下白云泉,云自无心水自闲。何必奔冲山下去,更添波浪向人间。"这首诗歌以浅近朴实的文字,将眼前之景和自己参佛之后的人生体会相融相摄,诗人的情感完全贯注于云、水之间,以云、水的悠闲惬意,表达出诗人对"云自无心水自闲"这一人生境界的向往与追求,发人所未发,引发了世人在情感上的强烈共鸣。清代乾隆皇帝南巡至苏州,游览天平山之后,曾先后六次叠韵唱和白居易此诗,在其第二叠、第三叠的和作中,乾隆皇帝居然如此称颂白居易的诗作:"昔年少傅此题泉,忘世高情只爱闲","高人风度缅其间","白云泉是白家泉,林色岚光太古闲"。居然把"白云泉"径称为"白家泉"!

  "乐天赏云泉,诗章何历历",这是范仲淹之侄范师道在《天平山》一诗中对白居易《白云泉》的评价。自从有了白居易的题咏,清泉遂成为天平山的一绝,历代吟咏白云泉的佳作迭出,其中尤以北宋初年的苏舜钦和范仲淹为最,以至于范师道把他们和白居易并列,在诗作中称颂道:"三贤固有名,山亦资辉赫。"(范师道《天平山》)纵观苏舜钦、范仲淹的立意,亦不出白居易融情于自然怀抱的逍遥风神,其造语设境亦一如白居易之清雅淡远,与吴地文化之内蕴、要旨似不谋而合。苏舜钦之《天平山》诗有曰:"在窦落玉泉,泠泠四时雨。源生白云间,颜色若粉乳……予才弃尘中,岩壑素自许。盘桓择胜处,至此快心膂。"范仲淹的长诗《天平山白云泉》,在景物描写中"复发沧浪吟",油然而生独善其身的"吏隐"之念,其诗有谓:"隐照涵秋碧,泓然一勺深。游润腾云飞,散作三日霖。天造岂无意,神化安可寻?挹之如醍醐,尽得清凉心。闻之异丝竹,不含哀乐音。月好群籁息,涓涓度前林。子晋罢云笙,伯牙收玉琴。徘徊不拟去,复发沧浪吟。"

  在离开苏州以后,白居易对苏州美好的记忆以及深厚的情感也时常在其诗词作品中得以展现。在洛阳的时候,白居易曾饱含深情地写了三首《忆江南》词,这三首词在构思上是各有分工的,第一首词总写苏、杭,第二首词写杭州的三秋桂子,第三首词则专写苏州。

  精彩的苏州诗咏和惠政,是白居易留给苏州最为丰厚的精神遗产,苏州百姓士绅自然对之深为感念。就在白居易离任苏州刺史的时候,竟然出现了与离开杭州时候几乎同样的盛况,全城百姓洒扫街道,遮道跪拜,再三挽留白居易这样的好官。白居易在诗歌中记载了这个感人的场面:"浩浩姑苏民,郁郁

文学胜迹篇

长洲城。来惭荷宠命,去愧无能名。青紫行将吏,班白列黎甿。一时临水拜,十里随舟行。饯筵犹未收,征棹不可停。稍隔烟树色,尚闻丝竹声。怅望武丘路,沉吟浒水亭。还乡信有兴,去郡能无情?"(白居易《别苏州》)白居易的行船沿着山塘河驶入大运河,回望渐行渐远的苏州城,就在苏杭百姓遮车、扫径的热情中,白居易深感地方官员的责任重大,写下了这样的感怀之诗:"杭老遮车辙,吴童扫路尘。虚迎复空送,惭见两州民。"(白居易《去岁罢杭州,今春领吴郡,惭无善政,聊写怀》)

白居易离开之后,苏州老百姓自发在虎丘山麓修建了"白公祠",以此来纪念白居易对苏州百姓所施的善政。苏州的"白公祠"历代都有修建,而且文人墨客都会前往拜谒这位前贤,并饱含深情地写下了许多纪念白公的诗篇。在历代题咏"白公祠"的诗歌中,大家都会不约而同地用到"甘棠遗爱"这一典故。所谓"甘棠遗爱",出典于《诗经》。据《诗经》《史记》等典籍记载,传说召公巡行乡邑的时候,曾在甘棠树下问政,所有的事情都处理得非常允当,无一失者。召公去世后,百姓深深地怀念召公,就把他当年处理政事时所倚的甘棠树保留下来,不敢砍伐,并作《甘棠》诗,传颂他的美名。在诸多赞誉之作中,姑以清代诗人蔡士芳的一首《题白公祠》为结,作为对白居易一生文学成就、他的苏州情缘以及对苏州民生所做杰出贡献的总结:

> 补种甘棠绕屋新,后先循吏总诗人。
> 文章声价鸡林贵,香火因缘鹤市春。
> 旧是使君吟咏处,依然兜率去来身。
> 故衫休恋杭州迹,醇酒吴侬味倍醇。

拓展训练

吴中好风景二首
(唐)白居易

吴中好风景,八月如三月。
水荇叶仍香,木莲花未歇。
海天微雨散,江郭纤埃灭。
暑退衣服干,潮生船舫活。
两衙渐多暇,亭午初无热。
骑吏语使君,正是游时节。

吴中好风景,风景无朝暮。
晓色万家烟,秋声八月树。
舟移管弦动,桥拥旌旗驻。

143

改号齐云楼,重开武丘路。
况当丰岁熟,好是欢游处。
州民劝使君,且莫抛官去。

答刘禹锡白太守行
（唐）白居易

吏满六百石,昔贤辄去之。
秩登二千石,今我方罢归。
我秩讶已多,我归惭已迟。
犹胜尘土下,终老无休期。
卧乞百日告,起吟五篇诗。
朝与府吏别,暮与州民辞。
去年到郡时,麦穗黄离离。
今年去郡日,稻花白霏霏。
为郡已周岁,半岁雁旱饥。
襦袴无一片,甘棠无一枝。
何乃老与幼,泣别尽沾衣。
下惭苏人泪,上愧刘君辞。

别苏州
（唐）白居易

浩浩姑苏民,郁郁长洲城。
来惭荷宠命,去愧无能名。
青紫行将吏,班白列黎甿。
一时临水拜,十里随身行。
饯筵犹未收,征棹不可停。
稍隔烟树色,尚闻丝竹声。
怅望武丘路,沉吟浒水亭。
还乡信有兴,去郡能无情?

白太守行
（唐）刘禹锡

闻有白太守,抛官归旧溪。
苏州十万户,尽作婴儿啼。
太守驻行舟,阊门草萋萋。
挥袂谢啼者,依然两眉低。

朱户非不崇,我心如重狴。
华池非不清,意在寥廓栖。
夸者窃所怪,贤者默思齐。
我为太守行,题在隐起珪。

登阊门闲望
（唐）白居易

阊门四望郁苍苍,始觉州雄土俗强。
十万夫家供课税,五千子弟守封疆。
阖闾城碧铺秋草,乌鹊桥红带夕阳。
处处楼前飘管吹,家家门外泊舟航。
云埋虎寺山藏色,月耀娃宫水放光。
曾赏钱塘兼茂苑,今来未敢苦夸张。

宿湖中
（唐）白居易

水天向晚碧沉沉,树影霞光重迭深。
浸月冷波千顷练,苞霜新橘万株金。
幸无案牍何妨醉,纵有笙歌不废吟。
十只画船何处宿,洞庭山脚太湖心。

泛太湖书事寄微之
（唐）白居易

烟渚云帆处处通,飘然舟似入虚空。
玉杯浅酌巡初匝,金管徐吹曲未终。
黄夹缬林寒有叶,碧琉璃水净无风。
避旗飞鹭翩翻白,惊鼓跳鱼拨刺红。
涧雪压多松偃蹇,岩泉滴久石玲珑。
书为故事留湖上,吟作新诗寄浙东。
军府威容从道盛,江山气色定知同。
报君一事君应羡,五宿澄波皓月中。

咏 怀
（唐）白居易

苏杭自昔称名郡,牧守当今当好官。
两地江山蹋得遍,五年风月咏将残。

几时酒盏曾抛却,何处花枝不把看。
白发满头归得也,诗情酒兴渐阑珊。

武丘寺路

(唐)白居易

去年重开寺路,桃李莲荷,约种二千株。

自开山寺路,水陆往来频。

银勒牵骄马,花船载丽人。

芰荷生欲遍,桃李种仍新。

好住湖堤上,长留一道春。

❖ "见说松陵富酬唱,直从皮陆到如今" ❖

——晚唐诗人陆龟蒙的躬耕甫里及"皮陆"唱和

> 茂苑名都,横塘艳曲。山留剑古,气成才子云霞;水泛脂香,流作酒人烟月。风清鹤市,主持藉韦白刘王;星暎鲈乡,唱和聚吴罗皮陆。

这是清初骈文名家吴绮《吴门诗会启》的起首文字,在短短的文字中,连续说及唐宋时期在苏州文坛留下深刻印记的几位诗人,也反映了当时苏州诗坛的风雅盛况。说及吴门诗歌唱和之风雅,其盛自当首推中晚唐时期。先是韦应物、白居易、刘禹锡三位诗人先后来苏,出任苏州刺史,主持吴中文坛风雅,世有"苏州三刺史"之美誉。吴绮文中所说的"王"是指北宋初年在苏州任职长洲知县的诗人王禹偁,和他同年进士及第的罗处约恰巧也在苏州任吴县令,二人"日相与赋咏,人多传诵"(《宋史》卷二九三《王禹偁传》),成为一时之佳话。在本文中,我们所要关注的是晚唐时期,陆龟蒙与时任苏州刺史的皮日休在苏的州甪直、吴江等地的诗歌唱和,这不仅是苏州文学史上的一桩盛事,在中国古代诗歌史上也久负盛名。

陆龟蒙,晚唐著名诗人,字鲁望,长洲(今江苏苏州)人。举进士不第,曾为湖州、苏州从事。后长期隐居在吴淞江之畔的甫里(今苏州甪直古镇),人称"甫里先生"。在甪直隐居的岁月中,陆龟蒙时常手操农具,参加田间劳作。若有闲暇,他就和朋友带着笔墨书卷、茶壶渔具,徜徉于江湖之上,故而赢得了诸如"江湖散人""天随子"的雅号。《新唐书》卷一百九十六《隐逸传·陆龟蒙传》有这样的记载:"不喜与流俗交,虽造门不肯见。不乘马,升舟设蓬席,赍束书、茶灶、笔床、钓具往来。时谓江湖散人,或号天随子、甫里先生,自比涪翁、渔夫、江上丈人。"

在晚唐的衰乱之中,陆龟蒙感受到的不只是自己的仕途无望,更感受到社会的腐朽堕落,在心灰意冷中,他选择了归隐乡间田园,悠游于山水田园以终岁。乡居时期的陆龟蒙对陶渊明充满了无比的崇敬和企慕,他也和陶渊明一样,躬耕田园,怡然陶醉在自然之中。陆龟蒙曾作《桃花坞》诗,从立意主旨到诗歌的章法句法,都化自陶渊明的诗文作品,其诗有曰:

> 行行问绝境,贵与名相亲。
> 空经桃花坞,不见秦时人。

> 愿此为东风,吹起枝上春。
> 愿此作流水,潜浮蕊中尘。
> 愿此为好鸟,得栖花际邻。
> 愿此作幽蝶,得随花下宾。
> 朝为照花日,暮作涵花津。
> 试为探花士,作此偷桃臣。
> 桃源不我弃,庶可全天真。

　　需要略加说明的是,陆龟蒙的这首诗见于皮陆唱和的《松陵集》中,是陆龟蒙奉和皮日休《太湖二十首》之一,诗中所写的并不是后来唐寅居住的桃花坞,而是太湖中洞庭西山岛上与世隔绝的一片桃花林。诗歌的前四句,诗人由眼前的桃花坞联想到了陶渊明的《桃花源记》,由此可见诗人对"桃花源"式的安居乐业表达了无比的羡慕向往之情。然而,残酷的现实却是"空经桃花坞,不见秦时人"。所谓"秦时人",就是《桃花源记》中写到的"桃花源里人",他们"自云先世避秦时乱,率妻子邑人,来此绝境,不复出焉;遂与外人间隔。问今是何世,乃不知有汉,无论魏晋"(陶渊明《桃花源记》)。诗人的理想是纯美的,但是,现实却与之格格不入。官府的污浊堕落与民生之多艰,在理想的虚幻美景反衬下,更加深了诗人的不满和愤恨。在紧随其后的八句诗中,陆龟蒙一口气连用四个"愿此为"的句式,在明知不可为的情况下,依然将自己内心的幻想和期盼,化为虚无的精神寄托。这样的句式和构思,也完全来自陶渊明的《闲情赋》:"愿在衣而为领,承华首之余芳;悲罗襟之宵离,怨秋夜之未央! 愿在裳而为带,束窈窕之纤身;嗟温凉之异气,或脱故而服新! 愿在发而为泽,刷玄鬓于颓肩;悲佳人之屡沐,从白水而枯煎! ……"面对现实与理想的重重冲突,以及由此带来的心灵创痛,诗人陆龟蒙也意识到,这绝不可能从根本上逃避,但在相对宁静的田园村居生活中,确实找到了一份属于自己的"本真"和快乐,正所谓"桃源不我弃,庶可全天真"也。

　　"朝为照花日,暮作涵花津。试为探花士,作此偷桃臣。"也许这就是陆龟蒙乡居生活的真实状态。陆龟蒙在诗歌创作中,就喜欢用日常的生活场景或琐细的物象来抚平内心对世事的忧惶。他曾经创作了一组《自遣诗》,共有三十首,明代著名学者焦竑大赞其"新而有丰骨,劲而有余味"(周敬、周珽《唐诗选脉会通评林》)。在此引述其中的第十三首和第二十五首:

> 数尺游丝堕碧空,年年长是惹东风。
> 争知天上无人住,亦有春愁鹤发翁。
>
> 一派溪随筹下流,春来无处不汀洲。
> 漪澜未碧蒲犹短,不见鸳鸯正自由。

在这组组诗之前的小序中,陆龟蒙坦言:"《自遣诗》者,震泽别业之所作也。故疾未平,厌厌卧田舍中。农夫日以耒耜事相聒,每至夜分不睡,则百端兴怀搅人思,益纷乱无绪。且诗者,持也,谓持其情性,使不暴去。因作四句诗,累至三十绝。绝各有意。既曰《自遣》,亦何必题为?"在这里,陆龟蒙很清楚地介绍了自己的创作动机,也可以帮助我们很好地去理解陆龟蒙这组诗的艺术特点,即在日常生活的琐碎之中,寄托诗人疏纵旷放的高逸情趣,以及清贫乐道的人生感悟和处世哲学。诗人笔下的"游丝""东风""箨下流""汀洲""漪澜""碧蒲""鸳鸯",无不令人心旷神怡,身处在这般清拔脱俗的境界中,自然可以暂时忘记尘世间的纷扰和喧嚣。

但陆龟蒙并不是一个彻彻底底的隐士,准确地说,他应该是属于那种"身在江湖,心存魏阙"的士大夫。这一点,在陆龟蒙的《闲书》《江湖散人歌》作品中感受得尤为明显,兹举《闲书》一诗为例:

> 病学高僧置一床,披衣才暇即焚香。
> 闲阶雨过苔花润,小簟风来薤叶凉。
> 南国羽书催部曲,东山毛褐傲羲皇。
> 升平闻道无时节,试问中林亦不妨。

"病学高僧置一床,披衣才暇即焚香。闲阶雨过苔花润,小簟风来薤叶凉。"表面上看来,陆龟蒙的田居生活还是极为闲适的、安逸的,但事实上,诗人始终没有忘记天下。"南国羽书催部曲"句下,陆龟蒙有自注曰:"时黄巢围广州告急。"这分明是在向世人表白,这是诗人忧国忧民的真实写照。虽然陆龟蒙没能像他的好友皮日休一样,亲自参与到战事中去,但他对但战乱中民生疾苦的关怀竟是如此之切,在"升平闻道无时节"的现实中,一介贫弱书生唯一能做的就是默默期盼着"羲皇"再世。此诚如金圣叹在点评此诗时所说:"如下棋,偏是袖手侍坐人,心中眼中,有上上胜着;天下大事,偏是水边树下人,心中眼中,有坐致太平之全理。然则胡不试问?而竟成交臂,徒自'羽书'旁午,却已失之'毛褐',可叹也!"(金圣叹《金圣叹评点唐诗六百首》)对于陆龟蒙诗歌中的这一层意思,元代诗人陈孚似乎也读懂了,他在所作《三高祠》一诗中这样写道:"又不见甫里先生心更苦,河朔生灵半黄土。夕阳蓑笠二顷田,口诵羲皇思太古。"(陈孚《三高祠》)把诗人看似悠游岁月的人生理解得非常透彻。诗人面对穷途末路的社会国家,心有余而力不足,只能借表面似安闲的生活来排遣郁郁之气,自我解嘲、自我安慰一下,但那种痛楚是无论如何也挥之不去的了。

皮日休,字袭美,一字逸少。居鹿门山,自号鹿门子,又号间气布衣、醉吟先生。襄阳(今属湖北)人。自幼立志功名、佐王治,在所作《七爱诗·房杜二相国》中曾明确表示要追踪初唐名相房玄龄、杜如晦的事业。唐懿宗咸通八年

（867）进士及第。唐僖宗乾符年间（874—879），随大将军高骈出征至毗陵（今江苏常州）、润州（今江苏镇江）一带。五年（878），黄巢军攻克江浙，皮日休为黄巢所俘。黄巢入长安称帝，任皮日休为翰林学士。孙光宪《北梦琐言》、钱易《南部新书》、辛文房《唐才子传》等记载，皮日休最终被黄巢所杀，在其他的一些典籍中，还有不同说法。

　　咸通十年（869），皮日休为苏州刺史从事，与陆龟蒙相识，开始了与陆龟蒙的诗歌唱和，这一文学风雅活动直至咸通十三年（872），皮日休离开苏州入朝为官而结束，前后历时三年多。当时参与唱和的还有张贲、颜萱、魏朴等人，陆龟蒙将所唱和的六百八十五首诗编为《松陵集》，皮日休作序。皮陆唱和是中国诗歌史上的一大韵事，影响也很大，但负面效应也不少。他们在唱和中不仅次韵，更往往夸多斗险，连篇累牍的赋物而少韵致，所以宋代诗论家严羽在《沧浪诗话》中就严厉批评道："和韵最害人，诗古人酬唱不次韵，此风始盛于元白皮陆，而本朝诸贤乃以此而斗工，遂至往复有八九和者。"明代胡震亨《唐音癸签》讥此风气说："多学为累，苦欲以赋料入诗。"清代翁方纲在《石洲诗话》更是说："晚唐之渐开松浮者，莫如皮陆之可厌。此所谓不揣其本而齐其末也。"但也有一些文人对"皮陆"极为敬重，明代苏州著名学者王鏊在自己的著述写下了这样的文字："皮陆才情两不凡"（王鏊《自横山归洞庭》）；"韦白耽于吟玩，皮陆侈于酬答"（王鏊《吴子城赋》）。

　　皮陆的诗歌唱和，随地取材，所以对苏州的风物和苏州的农事活动多有描写，在频繁的诗文唱和中，他们的作品全面、真实地描写了躬耕南亩、垂钓江湖的生活，像《太湖诗二十首》《放牛歌》《刈麦歌》《获稻歌》《蚕赋》《渔具》《茶具》等。作为唱和活动的主角，他们乐在其中，甘之如饴，这在皮陆二人的诗歌中就有直接的表现。皮日休《吴中言情寄鲁望》一诗中，这样的情感溢于言表："古来伧父爱吴乡，一上胥台不可忘。爱酒有情如手足，除诗无计似膏肓。宴时不辍琅书味，斋日难判玉鲙香。为说松江堪老处，满船烟月湿莎裳。"与陆龟蒙"情如手足"，相互之间除了诗歌别"无计"，竟然还要将吴淞江畔作为人生的"堪老处"，这是何等的沉醉！陆龟蒙在《奉和次韵》中也写下了这样的诗句："菰烟芦雪是侬乡，钓线随身好坐忘。徒爱右军遗点画，闲披左氏得膏肓。无因月殿闻移屦，只有风汀去采香。莫问江边渔艇子，玉皇看赐羽衣裳。"难怪清初吴江著名文学家朱鹤龄要说"甫里茶园，皮陆结散人之契，是皆情有所寄"（朱鹤龄《烂溪会咏序》）这样的话了。

　　皮陆唱和，作品动辄十余首、数十首，虽然有些诗歌的艺术成就并不算很高，但却以其丰富的史料价值而受到后世学者的关注。接下来我们就列举几首写得较好的唱和之作，以品味他们在诗歌艺术上的特色：

　　　　四弦才罢醉蛮奴，郘醁余香在翠炉。

夜半醒来红蜡短,一枝寒泪作珊瑚。

——皮日休《春夕酒醒》

几年无事傍江湖,醉倒黄公旧酒垆。
觉后不知明月上,满身花影倩人扶。

——陆龟蒙《和袭美春夕酒醒》

"觉后不知明月上,满身花影倩人扶","夜半醒来红蜡短,一枝寒泪作珊瑚",这是皮陆二人隐逸生活中的一个经典片段,充满着人情诗意。在酣饮大醉之后,醉倒在酒垆之旁,依然可以隐隐地闻到"酃醁余香"。夜半醒来,一个看着烧尽的蜡炬,只觉得红红的烛泪已凝结成一枝红色的珊瑚;另一个则是"满身花影倩人扶"。烛光与烛影,月光与花影,斑驳参差,美景人情相谐,人世间的赏心乐事,何堪过此?这样的意境和情韵,深得后人赏识,明代周珽竟然用"有出群寡和之音"来评价对陆龟蒙的这首诗(见周敬、周珽《唐诗选脉会通评林》)。北宋词人晏几道在其《虞美人》词中,直接借用此情此境:"疏梅月下歌金缕,忆共文君语。更谁情浅似春风,一夜满枝新绿替残红。 蘋香已有莲开信,两桨佳期近。采莲时节定来无?醉后满身花影倩人扶。"

皮陆唱和确实开创了诗坛的一种新风,尤其在苏州地区,似乎成为一种传统,在一代代的文人骚客中得以传承。明代文人陆深在与吴江人钱廷辅、廷佐兄弟交往中,深有其感,在给钱氏兄弟的赠诗中写下了这样的诗句:"见说松陵富酬唱,直从皮陆到如今"(陆深《俨山续集》卷四),可谓苏州诗坛文界的真实写照。

对于陆龟蒙来说,他的身份还不仅仅是一位诗人。在长期的乡居隐逸中,他似乎远不满足于此,在诗歌创作之外,还系统地研究了当时的农业生产,把自己的研究心得体会形诸文字。他撰写的《耒耜经》是中国历史上第一本专门研究、论述农具的著作。此外,他的著作还涉及很多苏州地产重要农产品的种植和生产,诸如茶叶、蟹、蚕等。凭借这些著述和文字,陆龟蒙在中国文化史上又多了一重身份——著名的农学家。

在中国古代,读书人深受儒家文化的影响,农桑稼穑之事常常为士大夫所不齿,甚至被认为是"贱业",就连历史上大名鼎鼎的农学家贾思勰在完成了不朽的农学名著《齐民要术》之后,也不免在自序中深表忧虑地说道:"鄙意晓示家童,未敢闻之有识。"相反,陆龟蒙却公开地宣称,农业生产不仅是立国之根本,也是士大夫"修身、齐家、治国、平天下"的根本,如果不重视农业的话,此人则无异于禽兽。这样的言说,在古代确属达识,他在《耒耜经》的自序中说道:

耒耜者,古圣人之作也。自乃粒以来至于今,生民赖之。有天下国家者,去此无有也。饱食安坐,曾不求命称之义,非杨子所谓如禽者耶?余在田野间,一日,呼耕甿,就而数其目,恍若登农皇之庭,受播种之法,淳风泠泠,耸竖毛发,然后知圣人之旨趣朴乎其深哉。孔子谓"吾不如老农",信也。因书为《耒耜经》,以备遗忘,且无愧于食。

在陆龟蒙的这段序言中,透露出一个非常重要的信息,那就是他的研究和著作,都是得益于普通百姓的,作为一个读书人,他可以不耻下问,虚心向农民学习请教,所谓"呼耕畎","受播种之法",就是这一情况的真实写照。为了增加号召力和权威性,他甚至搬出了孔子所说过的"吾不如老农"这句话。作为封建时代的一位知识分子,陆龟蒙如此公开地提倡士大夫要向农民学习,不仅要向农民学习农业生产知识,更要学习淳朴的民风,尤为可贵。

据陆龟蒙《冶家子言》中说:"吾祖始铸田器,岁东作必大售。"陆龟蒙的祖辈是做农具的,每年春耕开始的时候,他们家制作的农具销量很大。这大概也是陆龟蒙能写出《耒耜经》这样专门性文献的重要原因之一吧。

早在汉代的时候,农民在犁地的时候,大多采用的是长直辕犁,但是这种犁在耕地的时候,往往会出现回头转弯不够灵活,起土费力,效率不高的缺点。到了唐代,中国的经济重心逐渐南移到江南地区,这里的农业逐渐走上精耕细作的发展道路。江南的老百姓就逐渐在原先的构造上增加了可以调节控制耕地深浅的装置"犁评""犁建"和"犁箭",通过这三个装置的相互配合,就可以有效地根据耕种的需要来调整耕地的深浅。增加的"犁壁",可以实现碎土的功能,而且可以把已经翻耕的土推到犁的两侧,减少犁前行的阻力,大大地提高了耕作的效率。犁梢可以左右摆动,在耕作时用来调节作业的左右方向的宽窄。这些革新,使得耕地的犁具具有使用轻便、回转灵活等特点,特别适合江南地区的水田耕作。因为这种犁最早出现在江南地区,所以也称为"江东犁"。陆龟蒙根据自己的观察,把这一新式农具的结构完整地在《耒耜经》中记录下来,并对所有的部件及其作用都作了逐一的分解和剖析。据陆龟蒙的记载,当时在江南流行的曲辕犁主要由犁铧、犁壁、犁床、压镵、策额、犁箭、犁辕、犁评、犁建、犁梢、犁盘等部件组成。

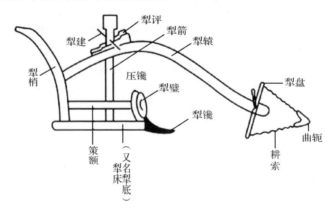

文学胜迹篇

在这篇六百多字的文献中,陆龟蒙还根据自己的劳作经验和"象耕鸟耘"传说的理解,提出了"深耕疾耘"这样精耕细作的原则。这种观念代表着中国古代最为先进的农业思想,正是在这一理念的引领下,唐宋时期的江南农业生产水平得到了极大的提高,经济也得到了前所未有的发展。

陆龟蒙在农业科技上的重要贡献,受到了历代学者的关注,元代学者陆深曾将《耒耜经》与《氾胜之书》《牛宫辞》并提,称誉为"农家三宝"。后来,包括大名鼎鼎的《授时通考》《农政全书》在内的后出农书,都将陆龟蒙的《耒耜经》全文转载。乾隆时期所修《四库全书》也著录了《耒耜经》,并在《提要》中高度评价道:"叙述古雅,其词有足观者。"英国科技史学者白馥兰更把陆龟蒙置于世界农业发展史的视野中,对他的著作给予了高度的评价:"《耒耜经》是一本成为中国农学著作中的'里程碑'的著作,欧洲一直到这本书出现六个世纪后才有类似著作。"

身处江南鱼米之乡,陆龟蒙不仅关注江南的农耕,对渔猎生活也有关心。在他和好友皮日休的诗歌唱和中,渔事诗所占的份额是相当大的,其中的《渔具诗》和《添渔具诗》两组,多达40首。其中前一组诗中,就介绍了19种渔具,其中有网、罛(gū)、罾(zēng)、罺(cháo)、罩(lǎn)等网罟(gǔ)之类的工具,也有钓筒和钓车之类的工具,还有梁、笱(gǒu)、箄(bēi)、猎(zé)、叉、射(cóng)、粮(láng)、神、沪、舴(zé)艋(měng)、笭(líng)箵(xīng)等各类渔具。而在后一组作品中,则又描述了蓑衣、箬笠、背篷等打鱼垂钓时的穿戴用品等。无怪乎皮日休要在《添渔具诗》的序言中不无感慨地说道:"凡有渔已来,术之与器,莫不尽于是也。"

在渔猎活动中,陆龟蒙极力主张有节制地捕钓,在诗歌作品中疾呼,要注重渔业资源的保护,极力反对竭泽而渔,尤其是对当时人用药物药鱼的做法提出了激烈的批评。他在《药鱼》一诗中就曾这样说过:"吾无竭泽心,何用药鱼药?见说放溪上,点点波光恶。食时竞夷犹,死者争纷泊。何必重伤鱼,毒泾犹可作。"在陆龟蒙看来,药鱼不仅容易造成渔业资源的枯竭,而且还会造成药物的毒性残留在水中,严重污染水体。这样的话语时时出现在他的诗歌之中,并以此不断地警醒告诫天下人,他在《南泾渔父》一诗中开宗明义说道:"孜孜戒吾属,天物不可暴。大小参去留,候其挚养报。终朝获渔利,鱼亦未常耗。"在这一朴素的生态观念指引下,陆龟蒙还积极引导世人采收鱼子,进行人工繁育"种鱼",为此他还专写有《种鱼》诗:"移土湖岸边,一半和鱼子。池中得春雨,点点活如蚁。一月便翠鳞,终年必赪尾。借问两绶人,谁知种鱼利?"

作为一名古代农学家,陆龟蒙的博学也足以令人敬重。除此之外,他还对种茶、制茶、果树栽培等都有研究心得。他崇拜"茶圣"陆羽,在陆羽当年种茶的顾渚山开设茶园,自己种茶、制茶、品茶,也研究茶,最终写出了一部足以和陆羽《茶经》媲美的茶叶专著《茶书》,只可惜这部作品并没有流传下来。只在

153

他的《和茶具十咏》中,还依稀感受得到他对茶叶研究的精深。他的《蠹化》一文,则对橘类植物生长过程中的病虫害情况进行了较为细致的描述。

长期的乡村隐居生活,使得陆龟蒙不仅收获了大量的文学经典,也收获了中国古代农业科技的最新成果。这一切都源于他对农村的喜爱和深厚的情感,今天甪直古镇上残存的陆龟蒙的遗迹①,似乎都在默默地向世人诉说着陆龟蒙的这一份情感。

拓展训练

松陵集序
(唐)皮日休

诗有六义,其一曰比。比者,定物之情状也。则必谓之才,才之备者,于圣为六艺,在贤为声诗。噫!春秋之后,《颂》声亡寝,降及汉氏,诗道浡作。然二《雅》之风,委而不兴矣。在诗有三言、四言、五言、六言、七言、九言之作。三言者,曰"振振鹭,鹭于飞"是也;五言者,曰"谁谓雀无角,何以穿我屋"是也;六言者,曰"我姑酌彼金罍"是也;七言者,曰"交交黄鸟止于桑"是也;九言者,曰"泂酌彼行潦挹彼注兹"是也。盖古诗率以四言为本,而汉氏方以五言、七言为之也。其句亦出于周诗。五言者,李陵曰"携手上河梁"是也;七言者,汉武曰"日月星辰和四时"是也。尔后盛于建安。建安以降,江左君臣得其浮艳,然诗之六义微矣。逮及吾唐开元之世,易其体为律焉,始切于俪偶,拘于声势。《诗》云:"觏闵既多,受侮不少。"其对也工矣。《尧典》曰:"声依永,律和声。"其为律也甚矣。由汉及唐,诗之道尽矣。吾又不知千祀之后,诗之道止于斯而已,即后有变而作者,余不得以知之。

夫才之备者,犹天地之气乎?气者,止乎一也,分而为四时。其为春则煦枯发栋,如育如护,百物融冶,酣人肌骨;其为夏,则赫曦朝升,天地如窑,草焦木暍,若燎毛发;其为秋,则凉飕高瞥,若露天骨,景爽夕清,神不蔽形;其为冬,则霜阵一凄,万物皆瘁,云沮日惨,若悼天责。夫如是,岂拘于一哉?亦变之而已。人之有才者,不变则已,苟变之,岂异于是乎?故才之用也,广之为沧溟,细之为沟窦;高之为山岳,碎之为瓦砾;美之为西子,恶之为敦洽;壮之为武贲,弱之为处女。大则八荒之外不可穷,小则一毫之末不可见。苟其才如是,复能善用之,则庖丁之牛,扁之轮,郢之斤,不足谓神解也。

噫!古之士穷达必形于歌咏,苟欲见乎志,非文不能宣也,于是为其词。词之作,固不能独善,必须人以成之。昔周公为诗,以遗成王;吉甫作诵,以赠

---

① 清代彭方周纂修《吴郡甫里志》卷十六:"清风亭,在白莲寺西,即唐陆鲁望别业也。中有八景:清风亭、光明阁、杞菊畦、双竹堤、桂子轩、斗鸭池、垂虹桥、斗鸭栏。"

申伯。诗之酬赠，其来尚矣。后每为诗，必多以斯为事。咸通七年，今兵部令狐员外在淮南，今中书舍人弘农公守毗陵，日休皆以词获幸，悉蒙以所制命之和，各盈编轴，亦有名其首者。十年，大司谏清河公出牧于吴，日休为郡从事，居一月，有进士陆龟蒙字鲁望者，以其业见造，凡数编。其才之变，真天地之气也。近代称温飞卿、李义山为之最，俾陆生参之，未知其孰为之后先也。《太玄》曰："稽其门，辟其户，眼其健，然后乃应，况其不者乎？"余遂以词诱之，果复之不移刻。由是，风雨晦冥，蓬蒿翳荟，未尝不以其应而为事。苟其词之来，食则辍之而自饫，寝则闻之而必惊。凡一年，为往体各九十三首，今体各一百九十三首，杂体各三十八首，联句问答十有八篇在其外，合之凡六百五十八首。南阳广文润卿、陇西侍御德师，或旅泊之际，善其所为，皆以词致，师词之不多，去之速也。大司谏清河公有作，或命之和，亦著焉。其余则吴中名士，又得三十首。除诗外，有序十九首，总录之得十通，载诗六百八十五首。《汉书》曰："古者，诸侯、卿大夫交以邻国，以微言相感，当揖让之时，必称《诗》以喻其志，盖以别贤不肖也。"余之与生，道义志气，穷达是非，莫不见于是。士君子或为之览，贤不肖可不别乎哉？

噫！古之将有交绥而退者，今生之于余岂是耶？生既编其词，请于余曰："尔有文，当为我序，诗道兼十通以名之。"日休曰："诺。"由是为之序。松江，吴之望也，别名曰松陵，请目之曰《松陵集》。

初夏即事寄鲁望
（唐）皮日休

夏景恬且旷，远人疾初平。
黄鸟语方熟，紫桐阴正清。
廓宇有幽处，私游无定程。
归来闭双关，亦忘枯与荣。
土室作深谷，薜垣为干城。
欹杉突栊架，迸笋支檐楹。
片石共坐稳，病鹤同喜晴。
瘿木四五器，筇杖一两茎。
泉为葛天味，松作羲皇声。
或看名画彻，或吟闲诗成。
忽枕素琴睡，时把仙书行。
自然寡俦侣，莫说更纷争。
具区包地髓，震泽含天英。
粤从三让来，俊造纷然生。
顾予客兹地，薄我皆为伧。

唯有陆夫子,尽力提客卿。
各负出俗才,俱怀超世情。
驻我一栈车,啜君数藜羹。
敲门若我访,倒屣欣逢迎。
胡饼蒸甚熟,貊盘举尤轻。
茗脆不禁炙,酒肥或难倾。
扫除就藤下,移榻寻虚明。
惟共陆夫子,醉与天壤并。

奉酬袭美先辈初夏见寄次韵
（唐）陆龟蒙

积雨晦皋圃,门前烟水平。
蘋蘅增遥吹,枕席分余清。
村旆诧酒美,赊来满铿程。
未必减宣子,何羡谢公荣。
借宅去人远,败墙连古城。
愁鸱占枯栎,野鼠趋前楹。
昨日云破损,晚林先觉晴。
幽篁倚微照,碧粉含疏茎。
蠹简有遗字,牧琴无泛声。
蚕寒茧尚薄,燕喜雏新成。
览物正摇思,得君初夏行。
诚明复散诞,化匠安能争。
海浪刷三岛,天风吹六英。
洪崖领玉节,坐使虚音生。
吾祖傲洛客,因言几为伧。
末裔实渔者,敢怀干墨卿。
唯思钓璜老,遂得持竿情。
何须乞鹅炙,岂在斟羊羹。
畦蔬与瓮醙,便可相携迎。
蟠木几甚曲,笋皮冠且轻。
闲心放羁靮,醉脚从欹倾。
一径有余远,一窗有余明。
秦皇苦不达,天下何足并?

馆娃宫怀古
（唐）皮日休

艳骨已成兰麝土，宫墙依旧压层崖。
弩台雨坏逢金镞，香径泥销露玉钗。
砚沼只留溪鸟浴，屟廊空信野花埋。
姑苏麋鹿真闲事，须为当时一怆怀。

馆娃宫怀古奉和次韵
（唐）陆龟蒙

镂楣消落濯春雨，苍翠无言空断崖。
草碧未能忘帝女，燕轻犹自识宫钗。
江山只有愁容在，剑佩应和愧色埋。
赖有伍员骚思少，吴王才免似荆怀。

白　莲
（唐）陆龟蒙

素花多蒙别艳欺，此花端合在瑶池。
还应有恨无人觉，月晓风清欲堕时。

怀宛陵旧游
（唐）陆龟蒙

陵阳佳地昔年游，谢朓青山李白楼。
唯有日斜溪上思，酒旗风影落春流。

橡媪叹
（唐）皮日休

秋深橡子熟，散落榛芜冈。
伛偻黄发媪，拾之践晨霜。
移时始盈掬，尽日方满筐。
几曝复几蒸，用作三冬粮。
山前有熟稻，紫穗袭人香。
细获又精舂，粒粒如玉珰。
持之纳于官，私室无仓箱。
如何一石余，只作五斗量。
狡吏不畏刑，贪官不避赃。
典时作私债，农毕归官仓。

自冬及于春,橡实诳饥肠。
吾闻田成子,诈仁犹自王。
吁嗟逢橡媪,不觉泪沾裳。

西塞山泊渔家
(唐)皮日休

白纶巾下发如丝,静倚枫根坐钓矶。
中妇桑村挑叶去,小儿沙市买蓑归。
雨来菇菜流船滑,春后鲈鱼坠钓肥。
西塞山前终日客,隔波相羡尽依依。

汴河怀古二首(其二)
(唐)皮日休

尽道隋亡为此河,至今千里赖通波。
若无水殿龙舟事,共禹论功不较多。

"解道江南断肠句,只今惟有贺方回"

——贺铸魂牵梦绕的"横塘旧梦"

凌波不过横塘路,但目送、芳尘去。锦瑟华年谁与度?月桥花院,琐窗朱户,只有春知处。　飞云冉冉蘅皋暮,彩笔新题断肠句。若问闲情都几许?一川烟草,满城风絮,梅子黄时雨。

这是宋代词人贺铸的经典名作《青玉案》,在江南的烟雨迷蒙中,寄寓了词人浓浓的情思,出语新奇,意味悠长。接天连地的碧草,在梅雨季节的轻烟淡雾的笼罩下,若隐若现,词人的愁思亦如这绵渺无垠的草地那样广袤悠深;风舞轻絮,满城飘洒,词人内心的那份愁思岂不正是若眼前之景这般纷扰烦乱,毫无着落?"梅雨"时节的淫雨霏霏,持续不断的阴晦,直将词人绝无尽期的愁苦,写得淋漓尽致。词作的最后一句,"一川烟草,满城风絮,梅子黄时雨",在一唱三叹中,将中国古典诗词"兴中有比"的写作技法和抒情意蕴都发挥到了极致,难怪晚明词论家沈际飞在其所编《草堂诗余正集》赞叹道:"叠写三句闲愁,真绝唱!"其实,这首经典佳作在当时就被世人推为绝唱,成为《东山词》的压卷之作,更为贺铸在词坛上赢得了"贺梅子"的雅称。宋人周紫芝在其《竹坡诗话》中就记载了这样的史实:"贺方回尝作《青玉案》,有'梅子黄时雨'之句,人皆服其工,士大夫谓之'贺梅子'。"大诗人黄庭坚在读过贺铸的这阕词作之后,于《寄贺方回》诗中,给予了高度评价:"解作江南断肠句,只今惟有贺方回。"

这首经典之作的影响,毫无疑问是巨大的,就目前所见到的文献资料,宋、金时期的词人竟有 25 人多达 28 首的仿效唱和之作,至于文学史上对它的精辟品赏和赞誉之辞,更是不胜枚举,可以略而不谈。在此,我们关注的是词作起首一句"凌波不过横塘路"。就其造语设境而言,词人袭用了曹植《洛神赋》中"凌波微步,罗袜生尘"的语典,词作在开篇便通过典雅的文辞和惝恍迷离的意境,先声夺人,营造出凄美哀婉的情韵。

如果对贺铸的生平仕历略作疏解,尤其是他在苏州那一段刻骨铭心的诗词情缘有所了解的话,词作中"锦瑟华年谁与度"的怆痛和悲慨就有了较为明确的着落,这就是他晚年一直难以释怀,魂牵梦绕而相伴终生的"横塘旧梦"。

贺铸(1052—1125),字方回,号庆湖遗老。祖籍山阴(今浙江绍兴),自称唐贺知章之后。贺铸生有异相，他的好友程俱在《宋故朝奉郎贺公墓志铭》中说他"哆口疏眉，目面铁色"，和人说话，非常严肃，从来"不少降色词"。他的性格耿直刚烈，"豪爽精悍"，"喜面刺人短"，"遇贵执不肯为从谀"。贺铸早年任过武职，后改入文阶，才兼文武，吏绩超群，却长期不得施展才华与抱负，沉居下僚。纵观他一生的仕宦经历，"为吏极谨细"，无论官职之高低、大小，始终"不苟"而"不能欺"。在管库的过程中，常常亲自审核"会计"，坚决杜绝"窒罅漏""逆奸欺"之类的贪腐，真正做到了"无遗察"。当时官场上的普遍风气是"临仕进之会，常如临不测渊，觑觑视不敢前"，但是贺铸的行事方式却是勇往直前，"骪髒任气，若无所顾忌"，"疾走不顾其虑患"，和那些"蹈污险，徼幸不为明日计者"相去天壤，因而官场中人见之每有惧色，私下里称之为"贺鬼头"。

　　一位志存高远的肝胆英雄，却长年疲敝于槽枥之中，劳形在案牍之间，时时面对的是一批又一批圆熟奸猾的官场俗人，始终看不到理想抱负得以实现的机会，贺铸内心的愤懑只有在"登山临水，手寄七弦桐"，"目送归鸿"（贺铸《六州歌头》）中得以抒泄。与官场的格格不入，使贺铸非常失意和痛苦，晚年曾一度退居苏州。对此，宋代苏州籍著名学者龚明之和范成大分别在其《中吴纪闻》和《吴郡志》中有明确的记载。范成大《吴郡志》卷五十曰："贺铸，字方回，本越人，后徙居吴之醋坊桥，作《吴趋曲》，甚能道吴中古今景物。方回有小筑在盘门外十里横塘，尝扁舟往来，作《青玉案》词。黄太史所谓：'解道江南断肠句，如今只有贺方回。'即此词也。"只是龚、范二位在记载中略有偏差，横塘附近的别业小筑之外，贺铸在苏州日常的居所并非在醋坊桥，而在昇平桥附近，贺铸名之曰"企鸿轩""昇平地"。对此，现代著名学者王謇在《宋平江城坊考》卷二中有过详尽的考证曰：

　　昇平桥。《姑苏志》："吴县学西。皇祐五年建。"《祥符图经》《吴地记》均著录，作"升平"。卢《志》："企鸿轩，在升平桥，越人贺铸所居。"前《志》误云在醋坊桥。又有水轩，其亲题书籍云"升平地"。铸，字方回，尝作《吴趋曲》，能道吴中景物。又别墅在盘门外横塘，常扁舟往来，其《青玉案》词云："凌波不过横塘路。"黄鲁直诗云："解道江南断肠句，只今惟有贺方回。"即此章也。

　　虽然仕途多舛，但贺铸"挂衣冠，客吴下"之后的退居生活还算是幸福美满的。古有梁鸿、孟光夫妇举案齐眉的佳话，今有贺铸与妻子的相敬如宾，贺铸给自己的居处取名为"企鸿轩"，其实早就透露出对梁鸿夫妇温馨家庭生活的无限企羡之情。更为巧合的是，昇平桥与梁鸿夫妇旧居所在地皋桥之间，一水相连，南北相距仅一里有余。

　　贺铸的妻子是宋王朝宗室赵克彰之女，但就是这样一位贵小姐出身的妻子，却与贺铸相依相伴，同甘共苦。贺铸年轻时候在滏阳（今河北磁县）任职时,就在一首寄内之作《问内》中,叙写了妻子的贤惠体贴。全诗采用对话体,生动地表现了妻子未雨绸缪,在盛夏时节为自己准备冬衣的景况:

庚伏厌蒸暑,细君弄针缕。乌绨百结裘,茹茧加弥补。劳问"汝何为,经营特先期?""妇工乃我职,一日安敢豫?尝闻古俚语,君子毋见嗤。瘦女将有行,始求燃艾医。须衣待僵冻,何异斯人痴?蕉葛此时好,冰霜非所宜。"

"百结裘"或许是文学性的夸饰,但像贺铸这样长期沉沦下僚的耿介之士的生活状态,与锦衣玉食自是绝缘的。诗中最可关注的,莫过于赵氏伏暑备冬衣的生活细节,在她朴实无华的自我陈述中,不仅可足见她安贫乐道、操持家务,更可感受到贺氏夫妇之间的温馨幸福和融融泄泄的家庭氛围。

就现存的文献和诗词作品来看,我们很难阅读到贺铸直接而真切地描写他们在苏州的感情生活的作品,但是在妻子去世之后,从贺铸在一首首悼亡词中的回忆,多少可以让我们感受到这份人间的真情至性,其中最为人传诵的是《鹧鸪天》一首:

重过阊门万事非,同来何事不同归?梧桐半死清霜后,头白鸳鸯失伴飞。原上草,露初晞,旧栖新垅两依依。空床卧听南窗雨,谁复挑灯夜补衣!

这是贺铸后来再次到苏州,重过阊门时的感怀。"重过阊门万事非,同来何事不同归?"完全口语化的抒情,所用的技法也是中国古典诗词中惯常的"物是人非"的构句方式,但是情动于中,脱口而出,泣血之语,自然感人无数。紧随其后,一句呼天抢地式的呼告:"同来何事不同归?"顿时在开篇处就将情感带入到了高潮。"梧桐半死清霜后,头白鸳鸯失伴飞"一语,是托物寄兴的传统手法。鸳鸯失伴孤飞的苦况,读者自能体味。这里最为经典的是借用了西汉文学家枚乘在《七发》中"半死桐"的典故:"龙门之桐","其根半死半生","斫斩以为琴","飞鸟闻之翕翼而不能去,野兽闻之垂耳而不能行……此亦天下之至悲也"。典故的融入,极大地加深了自己丧偶之后的无限凄苦。因为这首词,更准确地说,就是因为这个典故的成功化用,《鹧鸪天》这一词牌也就有了《半死桐》这个别称,后世很多选本在选录这首悼亡词的时候,便索性题作《半死桐》。

在上阕强烈的情感抒发之后,下阕采用朴实感人的文辞,进行生活化的场景描写。贺铸再次经过苏州的旧居时,由昔日的"旧栖"想到妻子亡故之后的"新垅"。"露初晞",语出乐府古辞《薤露》:"薤上露,何易晞!露晞明朝更复落,人死一去何时归!"在词作中喻指妻子之亡故。此典之后,贺铸又连续化用了晋代诗人陶渊明《归园田居》中的诗句:"徘徊丘垅间,依依昔人居。"在抚今追昔中,将抒情的视角从无限的感伤,转向对往事的回忆:"空床卧听南窗雨,谁复挑灯夜补衣。"挑灯补衣的场景在妻子生前是最常见不过的,而且已然不止一次地出现在贺铸的眼前和笔下,前引《问内》一诗中就有过"细君弄针缕""乌绨百结裘,茹茧加弥补"这样的描写。词人将平常琐屑之事与物加以集中剪裁、提炼整理,在其中蕴涵了不同寻常的深情,就是这些平如家常的话语,生活化的往事追忆,字字真挚,声与泪俱,"悲婉于直截处见之"(陈廷焯《词则·别调集》卷一),因而极具情感张力,自然也就激起了历代读者的广泛共鸣。读着这样的词作,似乎每一位读者真有近代著名学者俞陛云先生所说的感觉,眼前浮现出词人"抚寒衣而陨涕"(俞陛云《唐五代两宋词选释》)的情状。

苏州的这段"横塘旧梦",时时闪现在贺铸的脑海中,情感的波段也通过一首首词作得以展现。在另一首悼亡词作《减字浣溪沙》中,贺铸几乎通篇回忆了当年和妻子"记得西楼凝醉眼"的幸福情景:"秋水斜阳演漾金,远山隐隐隔平林,几家村落几声砧?"到了词作的最后,贺铸以"只无人与共登临"七字,生生地刹住作结,将妻子去世后的无限寂寞酸楚写到了极致,深深震撼着所有的读者。

最后需要特别加以说明的是词作中的"横塘路"。在苏州古城西南,京杭大运河与胥江的交接处,有一座古老的建筑——横塘驿亭。这是国内仅存的一座古代水陆驿站(浙江嘉兴的西水驿亭只有古碑,驿亭为1999年重建),是我国古代驿传制度的实物见证。古人进出苏州城,在此地迎来送往实乃常事,南宋苏州诗人范成大《横塘》一诗中有曰:"南浦春来绿一川,石桥朱塔两依然。年年送客横塘路,细雨垂杨系画船。"

王謇《宋平江城坊考》根据前人方志的记载说,贺铸"又别墅在盘门外横塘,常扁舟往来",这里的青山绿水间留下了贺氏夫妇的足迹。当年夫妻双双寄情山水的往事,已然成为贺铸心中最美好的回忆。每次往还经过苏州,贺铸必经"横塘旧路",无不勾起对往事的思念。"芳尘"已去,"横塘旧梦"却始终难断,词人贺铸一次次地"彩笔新题断肠句",心中惟有默默一问,那就是"锦瑟华年谁与度?"这是贺铸留在苏州无限的感念和永恒的眷恋,跨越千年而依然感人无数。

拓展训练

六州歌头
(宋)贺 铸

少年侠气,交结五都雄。肝胆洞,毛发耸。立谈中,死生同。一诺千金重。推翘勇,矜豪纵。轻盖拥,联飞鞚,斗城东。轰饮酒垆,春色浮寒瓮,吸海垂虹。闲呼鹰嗾犬,白羽摘雕弓,狡穴俄空。乐匆匆。　似黄粱梦。辞丹凤,明月共,漾孤篷。官冗从,怀倥偬,落尘笼。簿书丛,鹖弁如云众,供粗用,忽奇功。

笳鼓动,渔阳弄,思悲翁。不请长缨,系取天骄种,剑吼西风。恨登山临水,手寄七弦桐,目送归鸿。

减字浣溪沙
(宋)贺　铸

秋水斜阳演漾金,远山隐隐隔平林,几家村落几声砧?　　记得西楼凝醉眼,昔年风物似如今,只无人与共登临!

人南渡
(宋)贺　铸

兰芷满芳洲,游丝横路。罗袜尘生步。迎顾。整鬟翠黛,脉脉两情难语。细风吹柳絮,人南渡。　　回首旧游,山无重数。花底深朱户。何处?半黄梅子,向晚一帘疏雨。断魂分付与、春将去。

皋　桥
(唐)皮日休

皋桥依旧绿杨中,间里犹生隐士风。
唯我到来居上馆,不知何道胜梁鸿。

遣悲怀三首
(唐)元　稹

谢公最小偏怜女,自嫁黔娄百事乖。
顾我无衣搜荩箧,泥他沽酒拔金钗。
野蔬充膳甘长藿,落叶添薪仰古槐。
今日俸钱过十万,与君营奠复营斋。

昔日戏言身后意,今朝都到眼前来。
衣裳已施行看尽,针线犹存未忍开。
尚想旧情怜婢仆,也曾因梦送钱财。
诚知此恨人人有,贫贱夫妻百事哀。

闲坐悲君亦自悲,百年都是几多时。
邓攸无子寻知命,潘岳悼亡犹费词。
同穴窅冥何所望?他生缘会更难期!
惟将终夜长开眼,报答平生未展眉。

晓出横塘路二首

（明）朱 琬

晓出横塘路，塘横物色赊。
莺声归柳嫩，燕影掠帆斜。
水积连旬雨，溪深夹岸花。
孤舟望乡路，去去兴无涯。

晓出横塘路，塘幽事事清。
碍流深树影，喧静一鸡声。
芦叶晴江远，桃花春水生。
渺然归兴发，背日独含情。

文学胜迹篇

"姑苏城外一茅屋,万树桃花月满天"

——"江南第一风流才子"唐寅的人生诗咏

　　唐寅在生前曾自刻一方印章"江南第一风流才子",再加上他的行为时时表现出狂放不羁、傲倨不恭的狷介特质,因而,在明代中后叶,他和绍兴徐渭一样,都被世俗视为"异怪""狂生"。唐寅因为这样的个性,很快成为江南地区民间通俗戏曲、曲艺和小说的"箭垛式"人物。经过民间说书艺人的大肆渲染和附会,诸如《唐伯虎三笑点秋香》等故事,在民间盛行不衰。于是乎,唐寅在世人的印象中就成了一个整日里优游山水、闲情风月的浪荡文人。真实的唐寅绝非如此,他不仅是一位才情卓绝的文人,写下了许多性情独运的诗文作品,而且也是中国艺术史上具有里程碑意义的画家,他和沈周、仇英、文徵明开创了"吴门画派"。在本文中,我们将走进唐寅的诗歌作品,探访苏州城里的名胜遗迹"桃花坞里桃花庵",深入体会"桃花庵下桃花仙"的精神世界。

　　明成化六年(1470),唐寅出生于苏州的一个商人家庭。这一年是农历庚寅年,故而父亲唐德广给儿子取名为寅,字伯虎。唐寅自幼聪颖,很早就显露出非凡的才华,在好友祝允明(号枝山)的眼中,他"性绝颖利,度越千士",所作文章跌宕融畅,字里行间充满着"铮然"的"杰特之志",因而为为时辈所倾服,遂有"才子"之名。(祝允明《唐子畏寅墓志铭》)

　　然而,"才气奔放"的唐寅不愿意被科举所束缚,每天与好友张灵"纵酒放怀",不事诸生业,面对诸生的讥笑,唐寅慨然说道:"闭户经年,取解首如放掌耳。"(尤侗《明史拟稿·唐寅传》)父亲去世之后,原本殷实的家庭日困,在好友祝允明的规劝下,唐寅决心花一年时间准备来年的乡试,他这样对祝枝山说:"明年当大比,吾试捐一年力为之,若勿售,一掷之耳。"一年的潜心举业,果然换来了弘治十一年(1498)应天府乡试第一的佳绩。乡试第一,也就是俗称的"解元",唐寅的喜悦之情溢于言表,此后,在他的藏书章和书画印中就多了一方"南京解元唐寅"。

　　次年,唐寅带着江南乡试"解元"的光环,前往北京参加会试。江阴富商之子徐经慕唐寅之名,结伴前行,"载与俱北"。在京城中,唐寅遍访京中名流、要员,可谓风光无限,明人蒋一葵在《尧山堂外纪》卷九十一中就曾说道:"至京,六如文誉籍甚,公卿造请者闻咽街巷","口驰骋于都巾中","都人属目者已众"。后来,唐寅在给好友文徵明的书信中也详细回忆了那段时间的生活状态:"方斯时也,荐绅交游,举手相庆,将谓仆滥文笔之纵横,执谈论之户橛。鼓舌而赞,并口而称。"才子的高调和放旷,无疑引起了许多人的不悦,这是不久之后一切祸害之缘起。直到事发之后,唐寅才意识到"墙高基下,遂为祸的",周围的人早已虎视眈眈,"侧目在旁,而仆不知,从容晏笑,已在虎口。庭无繁桑,贝锦百匹;谗舌万丈,飞章交加"。(唐寅《与文徵明书》)

唐寅拜访的名人,既有王鏊等同乡,也有李东阳、程敏政等朝中重臣。其实,在唐寅拜访之前,这些朝中重臣对唐寅的才华和名声早有所闻。文震孟《姑苏名贤小记》卷下《唐解元伯虎先生》中就曾记载:"先是,梁文康公(按:梁储,唐寅中解元时的乡试主考官)竣试还京,与程詹事敏政从容语次,数称'唐某才士,宁第甲江南?'"在亲自拜访了程敏政之后,程敏政让唐寅"三事使具草",也就是代他起草文书,唐寅的表现是"三事皆敏捷",由此获得了程敏政的赏识,所以"程公因亦数称'唐某当世奇才,一第不足毕其长'"。进京遍访前辈名流,这本是古代科举考试时的常例,自隋唐以来就有行卷、温卷之习。但是,巧合的是,这年会试的主考官恰好就是程敏政,李东阳担任副主考,唐寅又是这一年会试得大魁的热门人选,许多流言也就因此而起。

程敏政是学问渊博的饱学之士,会试的策论题目比较冷僻,据明人雷礼《列卿记》卷四十一记载,是"以刘静修(按:元代理学家刘因)《退斋记》为题,人罕知者"。但是,唐寅、徐经在与程敏政的交往中曾听他讲起过刘因的《退斋记》(一说是程敏政的家童泄露试题),所以,二人在会试的策论中独得先机,就在大家无从下笔的时候,他们二人却是"举答无遗","矜夸雀跃"。副主考李东阳对程敏政说,这次会试的策论,鲜有切题者,唯有一卷,切题准确且文笔优雅,程敏政随口说道:"盖唐寅之卷。"唐寅的"矜夸雀跃",自是其放浪形骸、不拘小节个性的体现,但得意忘形之后,难免祸从口出。再加上程敏政不经意的这么随口一说,一些举子(一说)在嫉妒心的驱使下,开始捕风捉影。明人孙继芳《矶园稗史》卷三、钱谦益《列朝诗集小传》丙集《都少卿穆》、秦酉岩《游石湖纪事》等文献认为是唐寅昔日莫逆好友、苏州人都穆"发其事"。于是"谗舌万丈,飞章交加"(唐寅《与文徵明书》),"舆论沸腾,谓敏政卖题受贿,给事中华昶劾之"(雷礼《列卿记》卷四十一)。

唐寅和徐经被捕入狱,受到了各种刑讯逼供。唐寅出狱后给文徵明的书信中这样描写自己的狱中生活:"至于天子震赫,召捕诏狱,自贯三木,吏卒如虎,举头抢地,涕泪横集"(唐寅《与文徵明书》)。"身贯三木",是古代对重刑犯所施的刑罚,就是用"梏""拲""桎"等三种刑具锁住犯人颈、手、足三处。《孝宗实录》详细记载了自弘治十二年(1499)二月至六月近半年旷日持久的弹劾、审问,在这一过程中,徐经"惧拷治,故自诬服",前后的供词亦多有"自异"。最后,朝廷做出的判决也是一笔糊涂账,各打五十大板结案:"因拟敏政、经、寅各赎徒,昶等赎杖。且劾敏政临财苟得,不避嫌疑,有玷文衡,遍招物议,及昶言事不察,经、寅等贪缘求进之罪……于是,命敏政致仕,昶调南京太仆寺主簿,经、寅赎罪,毕送礼部奏处,皆黜充吏役。"所谓"赎徒",就是纳钱物以减免徒刑;所谓"赎杖",也就是交纳钱财以免除杖刑。程敏政免职,致仕归家;华昶调任南京闲职,而唐寅和徐经终生不得参加科举考试,他们的功名之路就此彻底断绝。因为唐寅不是舞弊案的主角,朝廷对他的处置是"黜掾于浙藩",即发配到浙江任小吏,有朋友劝他前往就职,或许"异时亦不失一命",但他大笑,决意辞归。

回到苏州之后,唐寅绝意仕进,在吴趋坊的居所中以丹青诗书自娱,卖文鬻画为生。好友文徵明在赠诗中这样描写他的生活:"君家在皋桥,喧阗市井区。何以掩市声?充楼古今书。左陈四五册,右倾三两壶。"这样的生活无疑是艰辛的。"书籍不如钱一囊,少年何苦擅文章。十年掩骭青衫敝,八口啼饥白稻荒。"这是他在《赠徐昌国》一诗中对自己贫困交加生活的真实写照。然而,唐寅依然保持着疏狂玩世、狷介不为的风骨和处世态度,他的腕底、笔下有着无限笔墨乾坤,正如他在《贫士吟》第一首中所说的那样:"贫士囊无使鬼钱,笔锋落处绕云烟。""不炼金丹不坐禅,不为商贾不耕田。闲来写幅丹青卖,不使人间造孽钱。"

唐寅的诗歌倾注着他无尽的心力和情意,常常寄寓了人生的感喟以及对世态炎凉的咏叹,正如他自己所说的那样:"贫士瓶无一斗醪,愁来拟和屈平《骚》。"(唐寅《贫士吟》)在《席上答王履吉》一诗中,他以通篇对比的手法,痛斥社会上那些口是心非、虚与委蛇的所谓"今日才彦",批判得鞭辟入里,诗曰:"我观古昔之英雄,慷慨然诺杯酒中。义重生轻死知己,所以与人成大功。我观今日之才彦,交不以心惟以面。面前斟酒酒未寒,面未变时心已变。"对于这样的世风、人情,诗人感到无比的心酸,连连发出"暗笑无情牙齿冷,熟看人事眼睛酸"(《和雪中书怀》)这样的喟叹。唐寅也时常在其画作中,将复杂重重的情感内蕴表现出来,他在《秋风纨扇图》的题诗中就写道:"秋来纨扇合收藏,何事佳人重感伤?请把世情详细看,大都谁不逐炎凉?"在其《题画诗》组诗中更有这样的慨叹曰:"芦苇萧萧野渚秋,满蓑风雨独归舟。莫嫌此地风波恶,处处风波处处愁。""草屋柴门无点尘,门前溪水绿粼粼。中间有甚堪画图?满坞桃花一醉人。"

唐寅的这些诗作不事雕饰,自由挥洒,且大量采用口语、俚语入诗,其内容多为书写自我内心的情怀,故而写来情真意挚,自然流畅,时时能感受到字里行间充盈着才子的烂漫才情,以及对社会、人生的不满和傲岸不平之气。这样的风格在唐寅定居桃花坞之后得到了延续和发展,就字面上来看,诗作似乎显得更为潇洒豁达,然而其中的感慨却更为深沉厚重了。

在三十六岁的那一年,唐寅在苏州城北的桃花坞买地建宅,以度其清狂一生。桃花坞原是农桑之地,北宋熙宁年间,梅宣义在此筑台建"五亩园"(又名

"梅园"),不久之后枢密直学士章粢又在其南筑"桃花坞别墅"(又称"章园"),清人顾震涛《吴门表隐》称其"园林第宅,卓冠一时"。元末农民起义后,毁于兵火。唐寅所购得,为章粢"桃花坞别墅"旧址,遂取名为"桃花庵",在园四周广种桃花,还给自己起了个号"桃花庵主"。茅屋几间,唐寅题以典雅的堂号,若"学圃堂""梦墨亭""蛱蝶斋"。

从此以后,唐寅就把桃花庵视为自己的精神乐土,他与好友沈周、祝允明、文徵明、张灵等日日在园中饮酒赋诗,挥毫作画,尽欢而散。唐寅去世后,祝允明在《唐子畏墓志铭》中饱含深情地回忆桃花庵中曾经的盛况,说唐寅"日般饮其中,客来便共饮,去不问,醉便颓寝"。唐寅后半生中,无时无刻不在咏唱着桃花庵,其中最负盛名的当数他的那首《桃花庵歌》:

> 桃花坞里桃花庵,桃花庵下桃花仙。
> 桃花仙人种桃树,又摘桃花换酒钱。
> 酒醒只在花前坐,酒醉还来花下眠。
> 半醒半醉日复日,花落花开年复年。
> 但愿老死花酒间,不愿鞠躬车马前。
> 车尘马足富者趣,酒盏花枝贫者缘。
> 若将富贵比贫贱,一在平地一在天。
> 若将贫贱比车马,他得驱驰我得闲。
> 别人笑我太疯癫,我笑他人看不穿。
> 不见五陵豪杰墓,无花无酒锄作田。

唐寅以"桃花仙人"自比,开篇四句不避重复,连续用了六个"桃花",循环往复,浓墨重彩,一下子营造出一个"桃之夭夭,灼灼其华"的绚烂景象,让人充分感受到诗人沉醉其间的无限快乐与惬意。随后四句,写自己"年复年""日复日"地"半醒半醉"于桃花世界之中,这里没有世俗的功名利禄,因而完全没有任何的拘束和束缚,一切任情随意,安然自得。与"桃花仙人"逍遥快活形成鲜明比照的是那些享受着大富大贵的官员和富豪们,"鞠躬车马前""趋驰""车尘马足"是他们生活的常态。若从物质的层面来看,他们似乎是富足的,但他们缺少了些许的闲情,更没有贫者"桃花仙人"那样的潇洒和超脱。此中之义,并非人人都能悟得,尤其是那些正热酣于功名富贵者。诗歌最后四句,生发议论:"别人笑我太疯癫,我笑他人看不穿。不见五陵豪杰墓,无花无酒锄作田。"以"君不见"领起,直接点明主旨。西汉时期那些叱咤风云、富可敌国的王侯将相,而今安在?他们的坟墓"五陵"如今安在?若泉下有灵,他们也就只有无奈地看着农夫在自己的葬之地"锄田"耕作了!

这首诗在洒脱不羁和高傲轻狂中,也隐隐透露出唐寅内心有着一种"世人皆醉我独醒"式的孤独。此外,他对自由无拘的无限渴望,对独立不阿人格的

文学胜迹篇

推崇之意也跃然纸上,这层意思在他的另一首诗《把酒对月歌》中表现得更为集中:

> 李白前时原有月,惟有李白诗能说。
> 李白如今已仙去,月在青天几圆缺?
> 今人犹歌李白诗,明月还如李白时。
> 我学李白对明月,白与明月安能知!
> 李白能诗复能酒,我今百杯复千首。
> 我愧虽无李白才,料应月不嫌我丑。
> 我也不登天子船,我也不上长安眠。
> 姑苏城外一茅屋,万树桃花月满天。

"我也不登天子船,我也不上长安眠",这正是李白人格精神的写照,也是唐寅的自我追求,与前诗所描写的世俗之子"鞠躬车马前""趋驰""车尘马足"的生活状态大相径庭。这句诗,便将其狂放不羁的傲气和盘托出。

唐寅还曾效法司马迁漫游四方,一度"放浪形迹,翩翩远游",他的足迹遍及南岳祝融峰、庐山、天台山、武夷山,"观海于东南,浮洞庭、彭蠡"。(祝允明《唐子畏寅墓志铭》)正德九年(1514),江西南昌的宁王朱宸濠慕其才,曾重金相聘他入幕。在南昌半年之后,唐寅察觉宁王有异志,便佯狂离开,终免宁王叛乱之祸。

漫游归来之后的唐寅,转而信佛,自号"六如居士"。"六如"二字,取意于《金刚经》:"一切有为法,如梦幻泡影,如露亦如电,应作如是观。"唐寅还给自己刻了一方"逃禅仙吏"印章。民间传说中风流倜傥、无比潇洒的"江南第一才子",晚年一直隐居桃花庵中,贫病交加。嘉靖二年(1523)十月,往访东山王鏊,在其家中见苏轼书《满庭芳》词之真迹,中有二句:"百年强半,来日苦无多。"唐寅惊而诵其词,默然而归,心境沉郁,竟于十二月二日(公历1524年1月7日)溘然离世。

后人眼中的一代风流才子唐伯虎,他的一生是凄苦的,他内心的愤懑没有几人能真正理解。好友沈周丧子之后所作《落花诗》十首,顿时触动了唐寅的心弦,看着地下落英缤纷,他不禁悲从中来,联系一生的坎坷飘零,怅然不已,一口气和作三十首,满腔的愤慨得到了淋漓尽致的抒发。他在梦境中始终难以忘怀那场令他蒙冤的科举舞弊案:"二十年余别帝乡,夜来忽梦下科场。鸡虫得失心尤悸,笔砚飘零业已荒。自分已无三品料,若为空惹一番忙。钟声敲破邯郸景,仍旧残灯照半床。"(《梦》)直至去世前,他留下的绝笔之作,竟是如此凄苦和惨淡:"生在阳间有散场,死归地府又何妨。阳间地府俱相似,只当飘流在异乡。"

这就是一个真实的唐伯虎,无怪乎好友祝允明要在为其所作的墓志铭中

写下这么几句:"睇桃夭兮故土,回风冲兮兰玉摧。不兜率兮犹裴回,星辰下上兮云雨溰。"

拓展训练

落花诗(选四)

(明)唐 寅

刹那断送十分春,富贵园林一洗贫。
借问牧童应设酒,试尝梅子又生仁。
若为软舞欺花旦,难保余香笑树神。
料得青鞋携手伴,日高都做晏眠人。

春风百五尽须臾,花事飘零剩有无。
新酒快倾杯上绿,衰颜已改镜中朱。
绝缨不见偷香掾,堕溷翻成逐臭夫。
身渐衰颓类如此,树和泪眼合同枯。

恻恻凄凄忧自恹,花枝零落鬓丝添。
周遮燕语春三月,荡漾波纹日半帘。
病酒不堪朝转剧,听风且喜晚来恬。
绿杨影里苍苔上,为惜残红手自拈。

花朵凭风着意吹,春光弃我竟如遗。
五更飞梦环巫峡,九畹招魂费楚词。
衰老形骸无昔日,凋零草木有荣时。
和诗三十愁千万,肠断春风谁得知?

自题画寒蝉

(明)唐 寅

高冠转羽粪中虫,六月乘炎嘈露风。
一夜寒回千木落,噪声寂寂抱残丛。

题画(选二首)

(明)唐 寅

万仞芝山接太虚,一泓萍水绕吾庐。
日长全赖棋消遣,计取输赢赌买鱼。

芦苇萧萧野渚秋,满蓑风雨独归舟。

莫嫌此地风波恶,处处风波处处愁。

四十自寿
(明)唐 寅

鱼羹稻衲水云身,弹指流年了四旬。
善亦懒为何况恶,富非所望岂忧贫。
山房一局金腾着,野店千杯石冻春。
如此福缘消不尽,半生无事太平人。

叹 世
(明)唐 寅

坐对黄花举一觞,醒时还忆醉时狂。
丹砂岂是千年药,白日难消两鬓霜。
身后碑铭徒自好,眼前傀儡任他忙。
追思浮生真成梦,到底终须有散场。

言 怀
(明)唐 寅

笑舞狂歌五十年,花中行乐月中眠。
漫劳海内传名字,谁论腰间缺酒钱。
诗赋自惭称作者,众人多道我神仙。
些须做得工夫处,莫损心头一寸天。

漫兴(选一)
(明)唐 寅

十载铅华梦一场,都将心事付沧浪。
内园歌舞黄金尽,南国飘零白发长。
髀里肉生悲老大,斗间星暗误文章。
不才剩得腰堪把,病对绯桃检药方。

"独力难将汉鼎扶,孤忠欲向湘累吊"
——苏州承天寺的"井中奇书"《心史》

"宁可枝头抱香死,何曾吹落北风中。御寒不藉水为命,去国自同金铸心。"宋末诗人郑思肖的这首《寒菊》诗,在准确摹状物态的基础上又传神地发覆菊花傲霜凌寒的风骨,堪称古代众多咏菊诗的经典,自然也就广为传唱。如果我们了解郑思肖其人的话,则可知这首诗歌中寓含了更多的情感内蕴和寄托。

郑思肖(1241—1318),字忆翁,号所南,自称三外野人。祖籍连江(今属福建),生于临安(今浙江杭州)。他身处宋元易代之际,始终心系南方,宋亡后始更名思肖(寓意思念眷怀宋朝国姓"赵"),而本名自此之后隐而不彰。晚年寓居于苏州的承天寺,为了表达对大宋王朝的眷怀之情,他把寺中的住处命名为"本穴世界",称"本"字之"十"置"穴"中,即"大宋"。平常的坐卧必南向,闻北语必掩耳。郑思肖工书画,尤擅墨兰,但其画作皆不画土根,其意谓"蒙元夺我疆土,无所凭依"。凡此种种,无不体现出强烈的"故国之思"和高尚的爱国气节,而他终生以不能舍身殉国为恨。他在一首励志诗中这样写道:"操得南音类楚囚,早期戮力复神州。须知铁铸忠臣骨,纵作微尘亦不休。"(《六砺三首》其三)

郑思肖生前非常看重这些凝聚着一生辛酸血泪的慷慨悲歌,他曾经亲手将这些诗歌编订成《咸淳集》一卷、《大义集》一卷、《中兴集》两卷,并和《久久书》一卷、《杂文》一卷、《大义略叙》一卷合钞在一起,总题之曰《心史》。集之所以用《心史》为名,郑思肖在《心史》的《后叙》中解释道:"所谓诗,所谓文,实国事、世事、家事、身事、心事系焉。"那么,自己身历战乱以及国家覆亡之际所作的诗、文,也就具有了"天下乱,史寄匹夫"的价值和意义。因而,郑思肖始终坚信,自己的拳拳爱国之心自能千古不灭于天地间,这也就是他所谓的"纸上语可废坏,心中誓不可磨灭! 若刚、若斩、若碓、若锯等事,数尝熟思冥想,至苦至痛,庸试此心,卒不能以毫发紊我一定不易之天!"

在亲手把自己的作品订成《心史》一集之后,郑思肖在卷尾题写了一首七律,首句曰:"一诚盟檄死弥坚,终了婆娑未了缘。"这是一种何等复杂的情感!夹杂着亡国悲痛和精神永恒的自我期许,在元至元二十年(1283),郑思肖把这部精心钞录的《心史》书稿层层密封,锢于铁函之中,以蜡封存,沉于承天寺的井底。

《心史》一书在沉睡井底三百五十多年之后,直到明崇祯十一年(1638),承天寺僧在浚井时,无意间发现铁函,才得以重见于世。这一"井中奇书"的发现,在当时的江南士子中引起了极大的轰动,他们纷纷来到苏州,一睹为快。《心史》现世的时候,正值晚明王朝内外交困,处于覆亡的边缘。以江南士绅为代表的"清流",对国事怀有高度的热情,同道间频繁的交游、结社,已然成为这一时期的独特风景。他们对新发现的"井中奇书"尤为感兴趣,《心史》很快就成为江南士绅相互砥砺气节的"精神资源"。

就在群贤积极筹划刊刻,以便广为流传的时候,却因刻书资金短缺而一筹莫展,江苏巡抚张国维知道此事,读过《心史》之后,挥笔为此书作序,说:"今海内文章节义,莫首吴门。此史一出,竟若历斗扪星者之表章恐后。"为了表彰郑思肖这位爱国者,崇祯十三年(1640)春,张国维捐出自己的俸禄,用于刊刻《心史》,并在承天寺的井边立碑纪念。同年秋,福建人林古度又在南京再版刊印。

不久之后,明清易代的大变革、大动荡对《心史》这一"奇书"的传播起到了推波助澜的作用,此时的《心史》似乎已成为许多江南遗民志士的精神支柱,在很大程度上激发了他们的爱国热情,并使他们积极参与到抗清斗争当中。南明隆武元年(顺治二年,1645)福建人方润、洪士恭把《心史》与宋末另一位遗民志士谢翱的《晞发集》合刊,题曰《合刻铁函心史晞发集》。作为《心史》的最早刊刻者,张国维最终也在这场历史巨变中,以死为明王朝殉国。

一部文艺作品集引起的社会轰动与共鸣,必然是情感双向作用的结果,其中既有作品文本自身内涵的积淀,又不乏特定社会历史背景下文本解读中产生的历史记忆和情感暗示。作为宋遗民的郑思肖,他在诗歌中反复吟咏的无非是内心最为强烈的家国之恋:"此地暂胡马,终身只宋民"(《德祐二年岁旦二首》其二);"湘兰终恋楚,吴橘不逾淮"(《即事八首》之一)。这一历史故事自然极易引发明清易代之际汉族士子内心同样的情绪感动,于是《心史》中的每一首诗、每一篇文章都足以掀动那个喋血鹃啼时代人们的心灵波动:

有宋遗臣郑思肖,痛哭元人移九庙。独力难将汉鼎扶,孤忠欲向湘累吊。著书一卷称《心史》,万古此心心此理。千寻幽井置铁函,百拜丹心今未死。厄运应知无百年,得逢圣祖再开天。黄河已清人不待,沉沉水府留光彩。忽见奇书出世间,又惊牧骑满江山。天知世道将反复,故出此示臣鹄。三十余年再见之,同心同调复同时。陆公已向崖门死,信国捐躯赴燕市。昔日吟诗吊古人,幽篁落木愁山鬼。呜呼,蒲黄之辈何其多,所南见此当如何!

顾炎武的这首《井中心史歌》堪称诸多题咏中的代表,在"牧骑满江山"的时世之中,顾炎武认为《心史》一书不仅体现了孤忠的人格魅力和光辉,更有

"世道将反复"的号召力。"同心同调复同时",一部《心史》消融了三百多年历史时空的阻隔,使郑思肖与顾炎武在易代之际的家国感情上实现了古今沟贯和交流。

宋、明二朝,"宗国"皆覆亡于"夷狄",因而在明遗民的心中,常有这样的想法:"明之季年,犹宋之季年也;明之遗民,非犹宋之遗民乎?曰:节固一致,时有不同。"(邵廷采《明遗民所知录》)那么,借宋抒怀也就成为清初遗民诗歌创作的共同情感取向,像顾炎武诗歌中那样,诸如陆公(秀夫)、信国(文天祥)等节义人物一个一个出现在诗歌中,甚至在清初还出现了大量专门记录宋代遗民行迹的著述。顾炎武在为《广宋遗民录》作序时曾这样饱含深情地说道:"古之人学焉而有所得,未尝不求同志之人。而况当沧海横流,风雨如晦之日乎?……于是士之求其友也益难。而或一方不可得,则求之数千里之外;今之不可得,则慨想于千载以上之人。""慨想千载以上之人",这是中国古人历史阅读中情感、价值取向的共同维度,其内涵更多的是一种精神上的认同与砥砺,因而"苌弘化碧""伯夷叔齐"几乎是特定历史时期带有普世性社会话语的关键词。

正缘于此,郑思肖《心史》铁函的发现,也就成为清初江南文人精神生态构成中的一件大事,作为东南遗民耆宿的福建人林古度(1580—1660)在《心史跋》中对郑思肖诗歌中的忠义之气给予了极高的评价:"未有沉之九渊而不浸渍者,盖天地间万物可毁,唯有忠义之气托于文字亘古不化,虽五金之坚亦易磨荡糜烂,先生之心精凝结,虽不函铁沉井,亦不能毁,苌弘之血,庶几似之。"

无论是郑思肖"托诗为史笔传闻"(《哀刘将军》),还是汪元量"笔走成诗聊纪实"(《凤州》)的纪实诗法,都成为清初大学者黄宗羲推论"诗史"这一重要理论命题的基础。在黄宗羲看来,郑思肖的《心史》以及汪元量(水云)的诗、谢翱的《晞发集》等遗民志士的著作,无不凝结着他们忍辱含垢、独立不迁的精神力量,而诗歌作为"亡国者"心灵史的展现,也俨然成为国家覆亡的历史见证,因而黄宗羲在《万履安先生诗序》中说:"非水云之诗,何由知亡国之惨,非《白石》《晞发》,何由知竺国之双经?陈宜中之契阔,《心史》亮其苦心,可不谓之诗史乎?"

"井中奇书"《心史》现身后,其影响深远,就目前所掌握的文献材料,为之作序跋、题咏的遗民文人即逾百家,其中不乏顾炎武、归庄、钱肃乐、方文、孙枝蔚、黄淳耀、邢昉、苍雪读彻、陈璧、朱鹤龄、黄宗羲、方以智、黄周星、钱澄之、张煌言、祁彪佳、谈迁、屈大均、陈恭尹、魏禧、曾灿等这些知名度极高的遗民志士,更在广大的士绅阶层中产生极大的震动。《心史》的影响也已经不再局限在苏州一地,它几乎已成为清初遗民志士气节的符号和标志。

南明旧都南京,流寓的遗民志士尤多,再加上遗民中年齿、辈分最高的林

文学胜迹篇

古度又是《心史》在金陵的刊刻者和传播者,以他的影响力,许多人在其号召和迪引下,无不对郑思肖及其《心史》给予足够的关注和题咏。就在明亡之前,林古度的老乡,福建晋江人黄居中(1562—1644,著名文献学家黄虞稷的父亲)就曾写下了一首长诗《阅宋遗民郑所南井中心史》(诗见收于《天启崇祯两朝遗诗》卷十)。黄居中被《心史》中的诗歌作品所感动,"读罢悲且吟,反《骚》同哀屈。万载首阳薇,高风等荜萃。"因而,在这首长诗中,他不仅赞颂了郑思肖的忠孝节义:"纲常自我肩,忠孝理惟一。草莽亦王臣,讵能忘国恤。"更在仔细读过之后,认为《心史》是一部辨夷夏、明正朔,阐明礼乐之大防的经典,即其在诗中所谓"既正夷夏防,更严诛叛律。大统非汤武,正闰明褒黜"也。所以,就这个意义上而言,黄居中把《心史》的发现和历史上的"汲冢发周书,孔壁传缃帙"等量齐观。

在父亲黄居中的影响下,黄虞稷不仅在《千顷堂书目》中著录了郑思肖的《心史》,而且还经常在父亲开创的千顷堂中组织题咏《心史》的社集唱和,在南京遗民诗界产生了强烈的共鸣。清初南京遗民诗人顾梦游就是黄氏千顷堂《心史》社集的主要参加者,《顾与治诗集》卷一(《丛书集成续编》本)中就有一首《咏井中心史》诗,其题注明确地指出:"社集黄海鹤先生千顷堂分赋"。海鹤,是黄居中的号。顾梦游写作此诗时,黄居中当已为明殉国,主持千顷堂唱和的应该是其次子黄虞稷。顾梦游在《咏井中心史》诗中借对郑思肖《心史》一书来抒写自己对明王朝日月可鉴的忠心,以及不仕新朝的决绝心意。更值得关注的是,他早已不满足于一介儒生停留在以文字表达复明的雄心,更希望自己能够以"雪涕淬霜锋","镕剑裹心血","铸剑挥攙枪"等实际行动来实现自己的拳拳报国之心。全诗贯注着喋血山海的悲壮和豪情,其诗曰:"烈士忘其躯,岂顾千载名。所悲道日丧,呼世长疾声。共秉君父性,独含深苦情。郁郁复郁郁,穿苍鉴精诚。德祐坠西日,人天一时倾。矫矫郑夫子,方与阳九争。举手挽天河,愿洗尘秽清。其事如可就,夷齐安足并。雪涕淬霜锋,大义期共明。四海无一士,持此将何成?镕剑裹心血,沉渊入澄泓。蛟龙铁旁卧,饮泣不敢惊。夜夜辘轳上,光气如丰城。神物不自闷,出为盛世祯。沉吟想当日,孑影申幽盟。一往开万里,四顾仍愤盈。至今心炯炯,敢以文字评。拾铁复欧冶,铸剑挥攙枪。"

比及近代,《心史》一直都是爱国志士亟亟欲读,用以自砺的一部书籍。梁启超在"养养然梦寐以之者十余年"之后,终于在1905年从朋友处读到《心史》之后,"每尽一篇,腔血辄跃一度",以至于睡梦中还在呓诵《心史》中的诗句:"誓以匹夫纡国难,艰于乱世取人才。屡曾算至难谋处,裂破肺胆天地哀",接着便是"咿嘤作小儿啜泣声",直令同居一室者目为"病"。在《重印郑所南心史序》一文中,梁启超深有感慨道:"呜呼!启超读古人诗文辞多矣,未尝有振荡余心若此书之甚者!……呜呼!此书一日在天壤,则先生之精神与

175

中国永无尽也！……先生之人格求诸我国数千年先民中,罕与相类！……呜呼《心史》！呜呼《心史》！书万卷,读万遍,超度全国人心,以入于光明俊伟之域,乃所以援拯数千年国脉,以出于层云霾雾之中！"在梁启超看来,《心史》中所蕴含的民族精神,足以使我中华民族"起弊振衰",在强烈的社会责任感和使命感的促动下,他随即校印《心史》,使之广为流传。

在近代文学史上,还有一件事情也与《心史》有着或多或少的关联。那就是1909年11月13日,柳亚子和陈去病、庞树柏、黄宾虹等十七人在苏州虎丘山麓的张国维祠举行第一次雅集,宣告了近代革命文学社团——南社的正式成立。南社之所以名之曰南社,其中的内涵,高旭在《南社启》中言之甚明:"然则社以南名,何也？乐操南音,不忘其旧……窃尝考诸明季复社,颇极一时之盛。其后国社既屋矣,而东南义旗大举,事虽不成,未始非提倡复社诸公之功也。"其反满的色彩尤为明显,其步武追随晚明复社之意也明。至于南社第一次雅集为什么会选择张国维祠,难道只是一种巧合吗？通过文献的稽考,我们完全可以得出否定的回答。作为南社发起人的高旭因故未及参加,他便作有一诗,诗中说道:"铁匣沉埋古井枯,不成遁世岁云徂。"(《十月朔日,南社诸子会于吴门,以事羁不得往,姑期明春再图良晤,吟成长句,写寄同人》)原来,这与《心史》有着莫大的关系。张国维是《心史》的最早刊刻者,其祠岂非可视作《心史》之源乎？其中的深意,自然值得我们深深地回味。作为南社创始人的庞树柏,他在诗中就发出了这样的喟叹:"君不见溪山清寂三百年,张、杨(按:指张国维、杨廷枢)风采今渺然。词人独吊真娘墓,谁向林中拜杜鹃？"(庞树柏《己酉十月朔,南社第一次雅集于虎溪张公祠,到者凡一十七人》)

按梁启超"起弊振衰"之说,则《心史》的发现地自然也不应该成为被人遗忘的角落,但是许久以来,承天古寺一直若隐若现地存在于世人的视野之外,甚至还有人错误地将它和苏州的报国寺混为一谈。《(同治)苏州府志》卷三十九《寺观一》中,对于承天寺的记载非常准确、清晰:"承天能仁禅寺在皋桥东,崇祯戊寅十一月,浚井得郑所南《铁函心史》。"循着方志的记载,笔者按图索骥,到苏州皋桥周边做实地勘踏,一条名曰"承天寺前"的逼仄小巷令笔者欣喜万分,经验让笔者知道承天古寺、古井应该就在附近。在周边老苏州的指引下,一座用作工厂仓库的旧式庙宇和一口依然被居民使用的古井终于映入眼帘,这就是明清易代之际备受江南文士关注的承天寺和发现奇书的古井？历史的沧桑,城市的记忆,在岁月的洗礼中,在市井生活的恬淡中渐行渐远,正所谓"旧时王谢堂前燕,飞入寻常百姓家"！

拓展训练

补梦中所作
（宋）郑思肖

梦作一绝，觉而遗首两句，"君王"二字梦中作"中原"二字，嫌其忘于本朝，改而足之。

鸿雁流离梦亦惊，满怀凄怨足秋声。
此身不死胡儿手，留与君王取太平。

闻陷虏宫女所问
（宋）郑思肖

尘污宫妆粉不香，死生魂梦只昭阳。
一逢人自南来者，垂泪殷勤问二王。

秋　成
（宋）郑思肖

秋成田里自人烟，刁斗声中又一年。
王莽货泉成底事？东都仍用五铢钱！

绝句十首（选六）
（宋）郑思肖

羊裘独钓浙江湄，百姓哀哀苦乱离。
但得汉家鸿业在，莫愁光武奋身迟。

目断秋江欲暮时，天边落叶弄愁飞。
翠华幸北平安信，只愿新鸿带得归。

玉辇愁经草地腥，酸风频卷马头尘。
我朝三百年忠厚，不信山河属别人。

阊门城外水涵空，雁影凄凉落照中。
一望秋风数千里，不知何处是行宫？

草木恩深雨露余，公卿环列汉庭居。
一朝投阁千年笑，却是扬雄不读书。

一叶飞秋万树寒，行吟憔悴倚栏干。
渊明只忆晋朝事，满眼黄花泪不干。

陷虏歌

（宋）郑思肖

德祐初年腊月二，逆臣叛我苏城地。
城外荡荡为丘墟，积骸飘血弥田里。
城中生灵气如蛰，与贼为徒廿六日。
蚩蚩横目无所知，低面卖笑如相识。
彼儒衣冠谁家子，靡然相从亦如此？
不知平日读何书，失节抱虎反矜喜！
有粟可食不下咽，有头可断容我言。
不忍我家，与国同休三百十六年。
阅历凡几世，忠孝已相传。
足大宋地，首大宋天，
身大宋衣，口大宋田。
今弃我三十五岁父母玉成之身，一旦为氓受虏鏖。
我忆我父教我者，日夜滴血哭成颠。
我有老母病老病，相依为命生余生。
欲死不得为孝子，欲生不得为忠臣。
痛哉擗胸叫大宋，青青在上宁无闻！
自古帝王行仁政，唯有我朝天子圣。
老天高眼不昏花，盍拯下土苍生命！
忍令此贼恣杀气，颠倒上下乱纲纪？
厥今帝怒行天刑，一怒天下净如洗？
要荒仍归禹疆土，四海草木沾新雨。
应容隐者入深密，岁收芋渠供母食。

井中铁

（清）方孔炤

崇祯末，吴门浚井，得郑所南书。

连江铁函书似漆，吴门浚井一旦出。
沉埋一十三万日，群鬼嘶叫风雨溢。
男儿之血本不死，蛟龙蟠护千年纸。
膏肓场中羽变徵，咸淳泪激三江底。
泪无端，江且干，防江不难防心难。
九泥难塞圆通关，天使井水浇人间。
至今首阳山，不生周草木，此语歌之古今哭！

读心史偶题其后三首

（清）蒋　臣

万古共彝伦，肩承仗一身。
填膺惟恨事，开眼尽仇人。
岁月因循老，河山涕泪新。
敷天甘左袒，之子独含辛。

已信天难问，何辞拙与愚。
同群怜匪咒，识字愧为儒。
尧舜空焉圣，巢由亦岂徒。
所求唯一是，精卫谅非迂。

吞声无可说，泪迸自淫淫。
易朽千年骨，难灰一寸心。
黄泉埋积愤，白日照孤吟。
止毕生平事，宁论称到今。

读郑所南《心史》

（清）张　岱

此书无他奇，止是骂狯鸒。
藏匿不使知，此骂有谁暴？
直至今日开，骂毒亦不毒。
余与三外老，抱痛同在腹。
余今著《明书》，手到不为缩。
书法凛冰霜，皦皦如初旭。
论余及所南，疏密真不遬。
余遇胜祥兴，昆阳自当伏。
愿为《前汉书》，《后汉》尚有续。

毅孺弟作《石匮书歌》答之

（清）张　岱

古来作史无完人，穷愁淹蹇与非刑。
《石匮书》成穷彻骨，谁肯致米周吾贫？
皇明史宬遭劫火，《思宗实录》不能补。
老人闻见只寻常，如何续得《廿一史》？
曾见《心史》意周密，藏之瓷井锢以锡。
南狐宁宇挟风霜，明予世人供指摘。

敢于龙门争胜场,文非《国策》即《公羊》。
地名官职皆非古,枉却聱牙付子长。
白水真人天一隅,中兴有日定还车。
班彪只许完《前汉》,范晔还成《后汉书》。

读郑思肖《心史》
（清）黄淳耀
一夕崖山卷阵云,百年吴会泣斯文。
人间再见陶徵士,地上元无沧海君。
心入漏泉终化铁,气填沟壑亦成坟。
千秋万古灵均意,只有西川杜宇闻。

咏 史
（清）朱鹤龄
《海录》遗编手自披,百年丁运欲何之。
铁函怨史文难灭,钓濑狂歌鬼亦悲。
匹马居庸符白雀,双丸淮右整朱旗。
不知王戴诸山叟,底事终身痛黍离?

山居赠郑桐庵二首（其一）
（清）释读彻
上世家声载史林,孙谋始厌步芳尘。
芝兰不易秋来性,铁石难移井底心。
南渡偏安休望昔,崖山遗恨到于今。
西南半壁回天力,会见风烟挽日沉。

苏式生活篇

苏州诗咏与吴文化
——吴文化视野中的古代苏州诗词研究

"如此清闲受清福，何须复梦殿东廊"
——晚明吴中文人家居遵生的"长物"情怀

周作人在《北京的茶食》一文中曾说过："我们对于日常必需的东西以外，必须还有一点无用的游戏与享受，生活才觉得有意思。我们看夕阳，看秋河，看花，听雨，闻香，喝不求甚解的酒，吃不求饱的点心，都是生活上必要的——虽然是无用的装点，而且是愈精炼愈好。"如果要追溯周作人这类闲适小品在思想与艺术上的渊源，则必推晚明时期的小品文，因为周作人自己早在《中国新文学的源流》一书中对晚明时期公安、竟陵影响下的小品文推崇备至，并以为"现代散文直继公安之遗绪"。对此，其友林语堂在《小品文之遗绪》中还更进一步说道："周作人谈此是个中人语，不容不知此中关系者瞎辩。"

晚明时期公安派的领袖袁宏道力倡"独抒性灵，不拘格套"，在文学史上产生了巨大的影响。在性灵文学观念的引领下，他也写过很多闲适小品，其中影响最大的当数《瓶史》，这本奇书后来被日本人奉为花道的经典。袁宏道曾经担任过苏州地区的吴县令，时为风尘小吏的袁宏道，饱尝官场的"百暖百寒，乍阴乍阳"以及各种"人间恶趣"，在对苏州地区的文士风雅有所接触之后，更是充满了无限神往。他在给亲朋好友的尺牍中反复说道："金阊自繁华"，豪客有"画船箫鼓，歌童舞女"之事，幽人有"奇花异草，危石孤岑"之观，游客有"酒坛诗社，朱门紫陌，振衣莫厘之峰，濯足虎丘之石"之乐（袁宏道《与兰泽、云泽叔》）；苏州"有酒可醉，茶可饮，太湖一勺水可游，洞庭一块石可登，不大落莫也"（袁宏道《与丘长孺》）。

袁宏道所言确属实情，晚明时期的苏州是中国经济最为发达的地区，文化空前繁荣，苏州文人士绅中盛行着"生活艺术化""艺术生活化"的潮流，其中尤以苏州文氏家族为最。苏州文氏一族，"自涞水府君（按：文洪）以文学起家，风流奕代……至丹青翰墨，世擅其长，海内竟称者，无容复赘"（文含《长洲文氏族谱续集·历世载籍志序》）。数百年绵延不断的文化风流，在家族中自然形成这样一种风雅清闲的生活状态："兰蕊笔钩《筇竹帖》，水磨香若薄山炉。一枰棋了茶初熟，顷刻花开酒已酷。正欲北窗支枕卧，又看池上浴鸥凫。"（文肇祉《园亭》）

文肇祉（1519—1587），字基圣，号鹰峰，文徵明孙，文彭长子。祖父文徵明是中国艺术史上大名鼎鼎的才子，诗书画三绝集于一身，是明代"吴门书派"

苏式生活篇

和"吴门画派"的中坚和杰出代表。父亲文彭(号三桥)在诗书画之外,尤精篆刻,在中国篆刻史上有着举足轻重的地位。虽然文肇祉在历史上没有祖父、父亲那样名声显赫,但他在文氏家族文化的传承上,还是得其旨要,尤其是他的一些诗作,淋漓尽致地写出了文氏乃至晚明时期苏州文人家居遣生的"长物"情怀。不妨再举数诗为例:

园庐重茸近山村,寂寂无人昼掩门。
手植棕榈看渐长,径栽松竹喜犹存。
盘无兼味尊常满,几有余香火尚温。
正是一番新雨过,任教庭砌长苔痕。

——文祉《茸园》

玉兰堂坐静无哗,小盆闽兰着数花。
载得宝华山上水,试烹罗岕雨前茶。
手挥玉麈棋声歇,风动湘帘竹影斜。
投老身闲心亦静,喜无尘土是京华。

——文祉《玉兰堂即事》

一窗晴旭映池塘,绿树成阴覆草堂。
新竹万竿鸣珮玉,疏松满耳奏笙簧。
光流几簟新铺地,火焙薰笼近制香。
如此清闲受清福,何须复梦殿东廊?

——文祉《雨晴书怀》

文肇祉的这三首诗歌,文辞雅致清丽,字里行间流露出闲逸萧散的情怀,真实再现了苏州文氏家族优雅闲适的园居生活,是这一时期苏州文人士大夫"生活艺术化""艺术生活化"的典范。尤可注意的是文肇祉诗中所提及的"玉兰堂",这是他祖父文徵明当年的书斋,据《文氏族谱续集》:"待诏公停云馆,三楹。前一壁山,大梧一枝,后竹百余竿。悟言室在馆之中。中有玉兰堂、玉磬山房、歌斯楼。"无论是玉兰堂还是玉磬山房,莫不是"绿树成阴","新竹万竿",身居其中,即刻便远离了红尘的喧嚣与嘈杂。有清泉、岕茶、幽兰、薰香相伴,手挥玉麈,以对弈为手谈、为坐隐,眼前时而幻出"风动湘帘竹影斜"的景象,耳边只听得松风谡谡。主人在"如此清闲"中尽情"受清福",既可以沉潜于诗书画的艺术世界之中,尽情泼墨写意,也可以静观禅定,领悟自然之机趣和人生之境界,这岂非是园主人着力营造的精神家园和心灵绿洲?此乐何极!

细数文氏数代子孙,参与兴建的园墅并不在少数。从明初起,苏州文氏的始迁祖文洪曾作组诗《归得园二十八咏》，在诗歌中就明确写到自家园林的意境皆按陶渊明《归去来兮辞》的典故来布局、组织，其题咏诗作的就有《归来堂》《今是亭》《晨光楼》《三荒径》《自酌轩》《寄傲窗》《容膝窝》《日涉园》《常关门》《流憩坳》《出云岫》《知还巢》《盘桓处》《息交斋》《情话馆》《琴书室》《西畴舍》《巾车冈》《棹舟溪》《窈窕壑》《欣欣林》《涓涓泉》《植杖坪》《舒啸阁》《清流阁》《乐天居》等。

此外，除了文氏祖居停云馆以及文徵明的玉兰堂、玉磬山房外，见诸历史文献的还有：文徵明侄文伯仁的五峰园；文肇祉在虎丘山麓修建的海涌山庄（据顾苓《虎丘塔影园记》记载说，因凿池及泉，池成而塔影见，因此更名为"塔影园"）；文肇祉弟弟文元发建有衡山草堂、兰雪斋、云驭阁、桐花院等。随着文化底蕴和家资积累的日渐丰厚，文元发的两个儿子（文震孟、文震亨）将文氏一族修园筑室，灌园种树，逍遥自得的传统发挥到了极致。

文震孟在万历末购得袁祖庚醉颖堂废基，重加修葺，改名为"药圃"（即今存世之"艺圃"），这是一座典型的写意山水园林，极具文人的审美意趣，今已被联合国教科文组织列入世界文化遗产名录。文震亨则先后建造了两处宅园，其一是位于西郊的碧浪园，其二是选择在高师巷高祖文林、曾祖文徵明停云馆对面建造的香草垞。晚年"致仕归"后，还曾在"东郊水边林下，经营竹篱茅舍，未就而卒"（文震亨《长物志》）。可惜文震亨所建的园子，无一留存于今世，所幸的是，在其所著《长物志》中，倒是较为详细地记载了香草垞的基本情况。

文震亨在造园之外，还将自己在造园方面的心得和体会，用文字记录下来，写成了园艺名著《长物志》。"长物"，读作 zhàngwù，佛学常见词汇，语出《世说新语·德行》，其意是指多余无用的东西。唐代诗人白居易《销暑》诗中有曰："眼前无长物，窗下有清风。"宋代诗人王禹偁《送渤海吴倩序》中亦有"视金玉如长物，以文学为己任"之说。文震亨的这部书，分室庐、花木、水石、禽鱼、书画、几榻、器具、位置、衣饰、舟车、蔬果、香茗十二类，全方位地论说了园宅居家的设计营造以及布置陈设等诸多问题。"所论皆闲适游戏之事，纤悉毕具"，"震亨家世以书画擅名，耳濡目染"，故而"言收藏、赏鉴诸法，亦颇有条理"，读来"较他家稍为雅驯"。（《四库全书总目提要·长物志》）

文震亨书中所论的这些，无非就是"标榜林壑，品题酒茗，收藏位置图史、杯铛之属"，是典型的"于世为闲事，于身为长物"。（沈春泽《长物志序》）在一般人看来，这些实在是"无用的装点"，但包括文震亨在内的许多晚明苏州士大夫，却一致认为，这些"闲事""长物"可以作为"品人者"之资，因为"于此观韵焉，才与情焉"。即如那些暴发户以及"近来富贵家儿与一二庸奴、钝汉"，自我陶醉于"专事绚丽"，"侈靡斗丽"之中，"沾沾以好事自命，每经赏鉴，出口便俗，入手便粗，纵极其摩娑护持之情状，其污辱弥甚"，那是与风雅绝无

半点关系的,因为他们"非有真韵、真才与真情以胜之"者也。(沈春泽《长物志序》)

文震亨《长物志》中所展现的审美意趣,是文氏家族数代人艺术精华之集粹,深得那个时代文人的推允,沈春泽在《长物志序》中就不无敬佩地说道:"穷吴人巧心妙手,总不出君家谱牒",并大赞《长物志》一书"诚宇内一快书,而吾党一快事矣!"

总的来看,文震亨家居遵生的"长物"情怀可以概括为一句话,即在"游戏点缀中一往删繁去奢"。在他的论述中,"室庐有制,贵其爽而倩、古而洁也;花木、水石、禽鱼有经,贵其秀而远、宜而趣也;书画有目,贵其奇而逸、隽而永也;几榻有度,器具有式,位置有定,贵其精而便、简而裁、巧而自然也;衣饰有王谢之风,舟车有武陵蜀道之想,蔬果有仙家瓜枣之味,香茗有荀令、玉川之癖,贵其幽而闃、淡而可思也"(沈春泽《长物志序》)。如果读过《长物志》中的文字,几乎所有人都会和沈春泽的《长物志序》产生强烈的共鸣。

文震亨讲园林的营造,主张精心构思,"安插得宜",以少胜多,在意境上追求"雅洁""清靓"的诗情画意:

居山水间者为上,村居次之,郊居又次之。吾侪纵不能栖岩止谷,追绮园之踪,而混迹廛市,要须门庭雅洁,室庐清靓,亭台具旷士之怀,斋阁有幽人之致。又当种佳木怪箨,陈金石图书,令居之者忘老,寓之者忘归,游之者忘倦。蕴隆则飒然而寒,凛冽则煦然而燠。若徒侈土木,尚丹垩,真同桎梏樊槛而已。

——《长物志》卷一《志室庐》

乃若庭除槛畔,必以虬枝古干,异种奇名,枝叶扶疏,位置疏密。或水边石际,横偃斜披,或一望成林,或孤枝独秀。草花不可繁杂,随处植之,取其四时不断,皆入图画。

——《长物志》卷二《志花木》

石令人古,水令人远。园林水石,最不可无。要须回环峭拔,安插得宜。一峰则太华千寻,一勺则江湖万里。又须修竹老木,怪藤丑树交覆角立,苍崖碧涧,奔泉汛流,如入深岩绝壑之中,乃为名区胜地,约略其名,匪一端矣。

——《长物志》卷三《志水石》

大到园林的整体布局、规划设计,以及叠山理水,小到园宅家居的器具、几榻的安放,书画彝鼎的陈列,花木庭草的栽种搭配,甚至是虫鱼的饲养和观赏,所论细致入微。他对世俗中"目不识古","专事绚丽","徒取雕绘文饰,以悦俗眼",却又"侈言陈设"者给予了尖锐的批评,在这种庸俗的审美趣味下,他们的"轩窗几案,毫无韵物","古制荡然,令人慨叹实深"。在文震亨看来,家中的器具、几榻,在"古雅可爱"的同时,还必须要做到"制作极备","以精良为乐","坐卧依凭,无不便适"。(《长物志》卷六《志几榻》、卷七《志器具》)

栖隐园庐,"养素常处",徜徉山水泉石之间,身无俗物,"啸傲常乐","隐逸常适"。这是古代文人,尤其是山水画家所企羡的生活状态,自宋代画家郭熙《林泉高致》以来的画家无不如此,文震亨在《长物志》中也将这一人生理想发挥到了极致。山林园囿中尽享飞鸟、游鱼的自由和快乐,禽鱼的"声音颜色","饮啄态度","戏广浮深",无不可观可赏,这正是文震亨在《长物志》中所写的:"语鸟拂阁以低飞,游鱼排荇而径度,幽人会心,辄令竟日忘倦。"(卷四《志禽鱼》)当然,平日则无不是书画品鉴、诗文互答、挥毫泼墨的清闲和风雅,一旁缭绕着熏香的阵阵烟云和茗茶的清香,这便是文震亨"长物"情怀中最为日常的"标配"生活:

香、茗之用,其利最溥。物外高隐,坐语道德,可以清心悦神;初阳薄暝,兴味萧骚,可以畅怀舒啸;晴窗拓帖,挥麈闲吟,篝灯夜读,可以远辟睡魔;青衣红袖,密语谈私,可以助情热意;坐雨闲窗,饭余散步,可以遣寂除烦;醉筵醒客,夜语蓬窗,长啸空楼,冰弦戛指,可以佐欢解渴。品之最优者,以沉香、岕茶为首。第焚煮有法,必贞夫韵士,乃能究心耳。

——《长物志》卷十二《志香茗》

久处这样的境地,人生复何求?借用文肇祉的诗句,真是"如此清闲受清福,何须复梦殿东廊?"(文肇祉《雨晴书怀》)

如果这就是苏州文氏家族文化的全部,那么其内蕴也就只不过是风花雪月的闲适而已。文氏家族展现给人的表象是悠然从容、不紧不慢的闲适,但是他们在琴棋书画、诗文艺术这样的"玩物"中并没有丧志,这诚如严迪昌先生《吴文化雅而清,俗而通》一文所说:"吴地人文传统中有一种玩物而不丧志的品性,持大节之关键时刻,视死如归,决不辱志,绝不偷生。"(《人民论坛》2000年第4期)有时这样的玩物,也只是一种现实苦闷与无奈的排遣而已。其实,包括文徵明在内的文氏家族中人,不少都是在仕宦之路和追求人生理想的过程中铩羽而还,终将园林、书画、诗文这些"长物"作为自己心灵的皈依。对此,文徵明的弟子,苏州人陆师道颇有体会,他曾说文徵明在弃官里居之后,选择的生活正是寄情"长物",与朋友辈"日相从,评骘文事,考较金石、三仓、鸿都之学与丹青理。茗碗炉香,悠然竟日,兴到弄笔,缣素尺幅,一点染若重宝"(《无声诗史·陆师道传》)。

在这些"长物"中消磨时日,也不乏久经孕蓄且不可轻忽的内在力量。诚如袁宏道在《瓶史引》中所说,"此隐者之事",实在是"决烈丈夫之所为",热衷于功名富贵的槛中人绝无此等气度和雅量。就在世人关注文震孟与震亨兄弟的"长物"情怀和风雅逸韵之外,我们还不得不对兄弟二人的风骨与气节表达由衷的敬意。

清人杨绳武在《文氏族谱续集序》中将文徵明与文震孟兄弟进行比较时有云:"明成化间,代有闻者,至待诏徵明先生,而文氏之学遂名天下。又传至文肃公,以名德气节为时贤相赞,于是文氏之盛又不不独以诗文笔翰显。"也许在明代中期生活安定的环境中,文氏家族中那独有的"名德气节"并没有得到彰显,其实这一精神遗产与传统一直都是文氏家族中教育子孙的重要内容。因为,吴中文氏与南宋爱国士人文天祥系出同宗,文徵明所谓"实与丞相天祥同所出"也。正因为如此,文徵明的叔父文森"平生忠义自许,雅慕文山(按:文天祥)为人",又"以先世尝与通谱,且尝建节吴门,有功德于民",于是向朝廷建议,在苏州建祠得列祀典,"吴之有文山祠,实自公发之也"。(《文徵明集》卷二十六《先叔父中宪大夫都察院右佥都御史文公行状》)《文徵明集》卷七中亦有《咏文信国事四首》诗,赞美文天祥的气节与爱国精神,对文天祥"此身宗社许驱驰","直以安危系天下"的抱负表达出由衷的敬重,并涵咏出"千年忠义属书生"这样的豪言壮语。文徵明在《肇孙北行》一诗中更是明言这正是文氏家族中历数世而不泯的精神财富,所谓:"三百年来忠孝在,慎言无陨旧家声。"(《文徵明集》卷十二)直到清代雍正十二年(1734),彭启丰为《文氏族谱续集》作序时,尚有这样的话语来评述有明以还文氏"节操文章"并举的传统:"有明二百年间,人物踵美,节操文章,卓然炳著,如文肃公以贞亮秉钧轴,以直道泯险夷,尤为乡邦所尸祝。由是以思贤者之风声,精采播于天壤,无所往而不在。"此处所说到的文肃公,就是指文震孟。

在晚明阉党专权的政治背景中,文震孟在苏州的士绅群体中起着中流砥柱般的领军作用。明熹宗天启七年(1627),苏州市民反抗魏阉的斗争中,颜佩韦等五义士罹难后,以文震孟为首的地方贤大夫,便"请于当道,即除逆阉废祠之址以葬之,且立石于其墓之门以旌其所为"(张溥《五人墓碑记》)。仅此一例,便足以说明文氏家族的风力、气骨,以及在苏州士绅文化圈中的号召力与影响力。

明清易代之际,文氏家族受到了严重的摧残和打击,而其后人在这一时世的大背景中,坚守文徵明以来家族中"三百年来忠孝在,慎言无陨旧家声"这样的训诫。文震亨、文乘叔侄先后殉难于阳澄湖与太湖上。震亨之子文果在苏州灵岩山出家为僧,师从于爱国僧人弘储继起,法号轮庵超揆。而世称"南云先生"的文点,频繁活动于大江南北,在当时的遗民群体中,几乎成为一个特殊的文化符号。据朱彝尊《处士文君墓志铭》记载,文点在十二岁时,正值李自成陷京师,年幼的文点便泣曰:"国破矣,奚以家为?"明朝弘光元年乙酉(1645),仲父文乘殉难,家尽破,文点即随父文秉依墓田而居,足迹罕入郡城,激情山水自然,"肆力诗古文辞,兼纵笔为山水人物。善鉴者以为不失高曾规矩也"。文点在晚年修《文氏族谱》时,也曾明言自己一生的所为,实乃一准温州公(文林)之训:"人立身自有本末,出处自有据依。"无怪乎朱彝尊以这样铭文概其一生:"点也式祖训,不以富易贫。潇洒弄翰墨,澹泊栖松筠。虽曾客京洛,素衣屏缁尘。伊人洵难得,可宗亦可因。谁搜遗民传,庶其考吾文。"(《曝书亭集》卷七十四)直将文点视为东南遗民士子之典范。文点在中年以后频繁出游,与周茂兰、冷士嵋等为性命之交。他在《呈芸斋先生》一诗中有"偶谈先世频挥泪,为破家园只负薪"这样的诗句,既是周家身世的写照,也是自己族中惨史的记述。芸斋即周顺昌子周茂兰(1605—1686)的号,茂兰字子佩,亦能诗,与文秉、徐枋以及浙东之黄宗羲曾于康熙三年(1664)聚于灵岩山天山堂作七昼夜长谈,为遗老史事一大掌故。文点去世后,冷士嵋不仅为作《南云文先生墓表》,并一再哭之以诗:"人没琴亡竹坞东,到来不与旧时同。白云秋石荒凉尽,空对寒山落木中。"(冷士嵋《哭文与也》)"不道寻君薤露边,一培宫陇卧荒烟。山深路僻人来少,野草茫茫没墓田。"(冷士嵋《过文与也墓下》)此时为康熙四十三年(1704),距明亡甲申正好一甲子。

在文氏逐渐中落的过程中,切莫以为其文化的渊源彻底中绝了。文震孟的私家园林"药圃",后成为著名遗民诗人及山东莱阳姜埰、姜垓兄弟流寓之所,姜氏将其改名为"艺圃",并在园中新建了"敬亭山房",其中既有诗词歌赋、琴棋书画这些"长物"生活,但这里更是东南遗民及其子弟聚集之所,酝酿着许多抗清复明运动的计划和希望。家国、民族情感以及人格精神在文氏"药圃"这一园林易主的过程中,实现了吴地文化精神与新的外来文化家族之间的一种结合,使得吴文化在更为广阔的时空意义上得到了延续……

拓展训练

斋前小山秽翳久矣,家兄召工治之,剪薙一新,殊觉秀爽,晚晴独坐,诵王临川"扫石出古色,洗松纳空光"之句,因以为韵赋小诗十首(选四)

(明)文徵明

其二

道人淡无营,坐抚松下石。
埋盆作小池,便有江湖适。
微风一以摇,波光乱寒碧。

其六

寒日满空庭,端房户初启。
怪石吁可拜,修梧净于洗。
幽赏孰知音,拟唤南宫米。

其八

幽人如有得,独坐倚朱合。
岩岫窅以闲,松风互相答。
此乐须自知,叩门应不纳。

其九

阶前一弓地,疏翠阴蓁蓁。
有时微风发,一洗尘虑空。
会心非在远,悠然水竹中。

煮 茶

(明)文徵明

绢封阳羡月,瓦缶惠山泉。
至味心难忘,闲情手自煎。
地炉残雪后,禅榻晚风前。
为问贫陶谷,何如病玉川?

冬夜读书

(明)文徵明

故书不厌百回读,病后惟应此味长。
千古精神如对越,一灯风雨正相忘。
卷中求道深知谬,意外图名抑又荒。
束发心事谁会得,中宵抚几自茫茫。

停云馆与昌国闲坐

(明)文徵明

山斋雨歇昼沉沉,得与幽人一散襟。
矮榻薰炉消茗碗,小窗棋局转桐阴。
笑谈未觉风流减,违阔翻怜契分深。
莫自匆匆骑马去,绕檐斜日乱蝉鸣。

中秋夜西斋看月

(明)文徵明

好风吹上玉婵娟,清影撩人夜不眠。
便拟开尊酬令节,难将无雨卜明年。
小山桂子团团露,虚井梧桐漠漠烟。

唤起邻翁吹玉笛,十分秋色草堂前。

寓目自遣
（明）文肇祉

梅子肥时雨乍收,园林夏午景偏幽。
池边翠鸟兼黄鸟,屋上晴鸠唤雨鸠。
字学永和修禊帖,茶倾宣德小磁瓯。
一生辛苦成何事,待得安闲已白头。

自 适
（明）文肇祉

虚堂高敞四垂帘,散发濡毫学素颠。
菰首作羹供午饷,藤床支枕且安眠。
近于世味看来澹,久悟玄机觉有缘。
一事不关心似水,炉薰茗碗自年年。

"净淘红粒罢香饭,薄切紫鳞烹水葵"
——苏州饮食文化与美食诗咏

> 洛下园林好自知,江南景物暗相随。
> 净淘红粒罢香饭,薄切紫鳞烹水葵。
> 雨滴篷声青雀舫,浪摇花影白莲池。
> 停杯一问苏州客,何似吴松江上时?

这是唐代大诗人白居易晚年定居洛阳时所作的一首律诗《池上小宴问程秀才》。曾在苏州担任刺史的经历,让白居易始终难以忘怀苏州的山水风物,还有美食宴饮,这正是他在诗中所说的"江南景物暗相随"也。就在某天,来自苏州的友人程秀才在洛阳拜访白居易,诗人设宴款待,特意烹制了苏式佳肴。主食是"红粒香饭",而不是北方的面食,菜肴的取材既有鱼虾之类的动物性食材"紫鳞",也有植物性的"水葵"(即莼菜)等水生蔬菜。至于宴饮的环境和氛围,也尽可能接近姑苏风情,坐在小船上,看着细雨迷蒙之景,听着雨打船篷的声音,赏着水中的白莲,花影交映,藉以侑欢,此乐何极?就在宾主觥筹把盏之际,诗人忽而"停杯"生问:"何似吴松江上时?"苏州的美食何以对白居易有如此巨大的吸引力,其实在他的诗作中已然说得非常清楚了,首先是因地制宜,充分利用江南水乡的特产烹制美食,体现出极其浓郁的地域特色。此外,精细的烹饪工艺,再加上浓厚的人文气息,使得吴中的美食增添了无穷的意趣和文化内涵。

在历史上,苏州精美的饮食,引得无数文人墨客垂涎三尺、流连忘返,也留下了无数诗篇吟咏赞叹不已。在读诗赏词中,我们可以清晰地体味到苏州美食的几大特点,也可以感受着浓浓的吴地文化神韵。

一、浓郁的水乡地域特色

早在《史记·货殖列传》中就有曰:"楚、越之地,地广人希,饭稻羹鱼,或火耕而水耨,果蓏蠃蛤,不待贾而足,地势饶食,无饥馑之患……是故江、淮之南,无冻馁之人。"这里所说的"楚、越之地""江、淮之南",自然包括今天的苏州地区。因为地理位置的优越性和物产的丰富,苏州历来就有"鱼米之乡"的美誉,稻米和水产自然就成为吴地先民饮食的主要构成,这样的传统一直延续到今天。时至今日,依然有商家沿用这一典故,将餐馆命名为"饭稻食鱼"。在古人的诗歌中,对苏州饮食"饭稻羹鱼"特点的题咏比比皆是,试举两例。清代文人黄兆麟《苏台竹枝词》:"蒲鞋艇子薄帆张,柔橹一枝声自长。舵楼小妹调羹惯,烹得霜鳞奉客尝。"清人蔡云《吴歈百绝》:"腊中步碓太喧嘈,小户米囤大户廒。施罢僧家七宝粥,又闻年节要题糕。"前一首诗是在向世人昭示这样一个事实——"吴人善治鱼",后一首诗则尽显吴地在年节时分名目繁多的米食糕团的制作。

古代苏州人在利用水产进行烹调方面达到了很高的水平,《史记》和《吴越春秋》都记载吴王僚喜食炙鱼,公子光派专诸到太湖边学习炙鱼技艺;吴王阖闾之女喜食蒸鱼,其制作手法多样。苏州地处长江中下游太湖流域,水网密布,水产资源丰富,可资取作食材者多,动物性食材中最为著名的当数"太湖三白"(白鱼、白虾、银鱼)、吴淞江鲈鱼和阳澄湖大闸蟹,植物性食材中尤以"水八仙"为代表。这些极具地域特色的动、植物水产品深受人们的喜爱,很多文人墨客就是因为这些美食而选择定居苏州的。

南宋著名诗人杨万里在享用过白鱼羹之后,写下了这样的诗句:"秋水寒鱼白锦鳞,姜花枨实献芳辛。东坡玉糁真穷相,得似先生此味珍?"(杨万里《白鱼羹戏题》)清初苏州才子尤侗对苏州的银鱼更是情有独钟,他在《莺脰湖竹枝词》中交口夸赞太湖银鱼味道远胜吴淞江的四鳃鲈鱼,其中有曰:"万家潭口出银鱼,争道鲈腮味弗如。总被渔翁收拾尽,斜风细雨且归与。"当然,最为绝妙的还要数现代著名女诗人汤国梨了,其夫君章太炎晚年选择定居苏州的时候,说动妻子的理由竟然是苏州的美味——阳澄湖大闸蟹。汤夫人旋即作《苏州杂诗》一首曰:"故乡虽好不归去,客里西风两鬓秋。不是洋澄湖蟹好,人生何必住苏州?"

"水八仙"是江南水乡地区的传统水产蔬菜,也称为"水八鲜",包括茭白(又称"菰米菜""雕胡米")、莲藕、水芹、芡实(南芡,苏州人俗称"鸡头米")、茨菰(又作"慈姑")、荸荠、莼菜、水红菱等八种水生植物的可食部分。苏州人利用这些水生食材做出了一道道清新淡雅的美味佳肴,之所以用"清新淡雅"形容,是因为苏州人对这些食材的烹制,多以凉拌、生食、清炒、汆汤等烹饪方法处置,追求食材新鲜自然的本味,口味清淡香甜。苏州人对"水八仙"的喜欢,几乎到了痴迷狂热的程度,历史上对这些食物的吟咏从未断绝。明初著名诗人高启就是苏州人,尤喜"水八仙",在他所作的《余氏园中诸菜十五首》组诗中就曾这样写到茭白、莼菜和水芹菜:"旧说雕胡美,园厨试早尝。还思听萧瑟,风叶满秋塘。""紫丝浮半滑,波上老秋风。忆共香菰荐,吴江叶艇中。""饭煮忆青泥,羹炊思碧涧。无路献君门,对案增三叹。"

苏州城东葑门外,自古以来盛产"水八仙",这样的情景在明代苏州籍状元吴宽和清代苏州才子沈朝初的诗词作品中得到印证。吴宽在其《荸荠》一诗中写道:"累累满筐盛,上带荇门土。咀嚼味还佳,地芙何足数?"沈朝初的苏州风俗组词《忆江南》对苏州的"水八仙"多有详尽而细腻的描写,如写苏州随处可见的水红菱有曰:"苏州好,湖面半菱窠。绿蒂戈窑长荡美,中秋沙角虎丘多。滋味赛蘋婆。"

在《忆江南·芡实》一词中,沈朝初则把苏州人的"最爱"——芡实,写得既富有诗意,又极有市井风情:"苏州好,荇水种鸡头。莹润每疑珠十斛,柔香偏爱乳盈瓯。细剥小庭幽。"芡实,在水中结出的果实,其形如鸡头,所食用的是外壳最里面的芡实米粒,故而在苏州的市井中俗称"鸡头米"。剥出的鸡头米洁白"莹润"如珍珠,但要剥出莹润的鸡头米实在是一件费工、费力的活儿,因而每到芡实上市的季节,苏州人家几乎是户户都在"细剥小庭幽"。沈朝初词中所写是古代农业社会的情景,时至今日,秋日芡实收获季节,苏州满大街摆开阵势剥鸡头米的场景依然是蔚为壮观的独特风景。剥鸡头米虽然辛苦,但苏州人自古以来就乐此不疲,清初苏州才子尤侗有《咏芡》一诗,不仅摹状了芡实的外壳形状、鸡头米的圆润晶莹,也写出了苏州人酷爱此物的原因,其诗有曰:"鸡头形酷似,毛壳竦花冠。碎玉仍怀璞,圆珠欲走盘。饱餐堪辟谷,戏弄即弹丸。新剥偏温软,摩挲一笑看。"

二、突出的时令季节特色

苏州物产丰富,一年四季可供烹饪的食材很多,因而逐渐形成了苏州人饮食上对时令季节的讲究,吴地百姓中就流行着"不时不食"的说法。清人赵筠在其《吴门竹枝词》中以诗歌的形式道出了其中的原委:"山中鲜果海中鳞,落索瓜茄次第陈。佳品尽为吴地有,一年四季卖时新。"

赵筠诗所说,完全是苏州饮食生活的真实写照。若细数起苏州的"山中鲜果",初夏时节的洞庭东西山则是"卢橘(按:枇杷)杨梅次第新",秋日里洞庭红橘漫山遍野挂满枝头。"海中鳞"是对苏州地区鱼虾的泛指,既有太湖的湖鲜和长江的江鲜,太仓浏河港还有海鲜的集市,这些产自江河湖海的水产品的食用随着季节的变化"次第陈",市集上也是"一年四季卖时新"。与之相应,吴地人的餐桌上也就体现出强烈的时令季节性,吴人慧心巧手,烹制水产也就有了"因时更迭"的传统和讲究,民间一直有这样的说法:正月塘鳢鱼、二月鳜鱼、三月甲鱼、四月鲥鱼、五月白鱼、六月鳊鱼、七月鳗鱼、八月鲃鱼、九月鲫鱼、十月草鱼、十一月鲢鱼、十二月青鱼(按:月份按农历算)。这些还只是寻常百姓家最为普通的美食,若论名贵稀罕之物,则有清明之前的长江刀鱼(又称"刀鲚")、河豚,初夏时节的鲥鱼、石首鱼(吴人又称"黄花鱼"),秋日的吴松江鲈鱼、大闸蟹,冬日的鲟鳇。

清代康熙年间的大学士张英在一首《吴门竹枝词》中就说到,吴地食鱼尤重时令,暮春初夏时节当季的鲥鱼价格"玉不如":"杨花落后春潮长,入网霜鳞玉不如。骄语吴侬侥幸杀,千钱昨日吃鲥鱼。"一旦过了节令,价格则迅速"跳水",明代苏州籍大学士王鏊在《姑苏志》中就有曰:"三四月卖时新,率五日二更一品,如王瓜、茄、诸色豆、诸海鲜、枇杷、杨梅迭出。后时者,价下二三倍。"清代苏州学者顾禄《清嘉录》卷四专列《卖时新》条目,并不厌其烦地抄录了沈朝初《忆江南》组词咏苏州四时食物的多首作品,单就一年四季的鱼虾鳞介就按序载录数首,兹录于下:

苏州好,鱼味爱三春。刀鲚去鳞光错落,河豚焙乳腹膨脖。新韭带姜烹。(江鲚、河豚)

苏州好,夏月食冰鲜。石首带黄荷叶裹,鲥鱼似雪柳条穿。到处接鲜船。(黄鱼、鲥鱼)

苏州好,莼鲈忆秋风。巨口细鳞和酒嫩,双螯紫蟹带糟红。菘菜点羹浓。(银鲈、紫蟹)

苏州好,冬日五侯鲭。蜜腊拖油鲟骨鮺,水晶云片鲫鱼羹。精熟戛毛鹰。(鲟鳇、鲫鱼)

江河湖海鲜是如此,即使是最为家常的蔬果瓜茄亦不例外。立夏尝新是苏州一项由来已久的习俗,蔬果中的"三鲜"虽有不同的说法,但品时令、尝时鲜的意思是完全一致的,备选食物无不是新鲜上市的,诸如蚕豆、苋菜、樱桃、青梅之类。晚清苏州诗人、民俗大家袁学澜在《饯春》一诗中将江南四月时节"尝新"的菜品写得色彩艳丽诱人,且富有诗情画意:"竹梧交荫陈瑶席,樱桃殷红蚕豆碧。"(袁学澜《吴郡岁华纪丽》卷四)

至于吴地百姓最擅长的苏式糕团,更是随着季节和节日风俗的迁延而体现出节令性的特点。无论是顾禄的《清嘉录》《桐桥倚棹录》,还是袁学澜的《吴郡岁华纪丽》,都记载了苏州名目、花色繁多的节令性的糕团点心,诸如:正月各色年糕以及元宵,二月二撑腰糕,三月清明青团子,四月十四神仙糕,五月初五端午粽,六月二十四谢灶团,七月中元节豇豆糕,八月二十四食糍团,九月九重阳糕,十月萝卜团,十一月冬至团,十二月祭灶团、桂花糖年糕。此外,还有名目繁多的各色米制糕团,如酒酿饼、玫瑰大方糕、松子黄千糕、椒盐麻糕、薄荷糕、枣松猪油夹糕、五色松糕、马蹄糕、炒肉馅团、双馅团、松花团子,也极具季节和时令性。

三、自然的本味养生特色

丰富多彩的苏式糕点和糖果,使得世人一直以来误以为苏式美食嗜甜,其实这是一个极大的误会。前文所提及的苏州特色食材,在烹饪过程中基本上以清蒸、清炒、生食、凉拌、氽汤、做羹为主,诸如清蒸白鱼、清蒸大闸蟹、莼菜银鱼羹、盐水煮白虾、清蒸刀鱼、清蒸鲥鱼、荷塘小炒(食材主要有莲藕、水红菱、鸡头米、荸荠等)、糖水鸡头米,这样的烹饪方法可在最大程度上保证并突显出食材本身的新鲜美味,因而所用的调味品也极少。

自明代以来,江浙地区的饮食就已经形成了追求清淡以遵生、养生的风尚,晚明时期江南文人的小品文中,多有这样的精彩论述。明代学者、著名戏曲作家高濂在其《遵生八笺》中专设《饮馔服食笺》一部,其中就极力主张"日常养生务尚淡薄"这一观念。洪应明也在《菜根谭》中说:"醲肥辛甘非真味,真味只是淡。神奇卓异非至人,至人只是常。"晚明时期的祝世禄在《祝子小言》中也讲:"世味酰醇,至味无味。味无味者,能淡一切味。淡足养德,淡足养生,淡组养交,淡足养民。"而此时的太仓人穆云谷在其《食物纂要》中也极力反对"醲肥辛甘"这般片面追求口腹之欲的做法,力主饮食要"知节",其中有谓:"知节则自然可以身心俱泰。"(陈继儒《晚香堂小品》卷十)是则,苏州人自古以来饮食上对自然清淡本的追求背后,还包含着对健康养生,甚或是修身养性的文化内涵。试举几例,以作例证。

农历四月初八"浴佛节",苏州等江南地区有食"乌米饭"的习俗。乌米饭又称为"青精饭",南朝著名道士陶弘景在其《登真隐诀》中介绍了"青精饭"的烹制方法。将南天烛的树叶和茎皮捣烂,取其汁,用以浸泡大米,上锅蒸制即可,饭成青色,故名"青精饭"。明代大医学家李时珍在《本草纲目》中根据历代医家的记载和自己的临床实践,认为南天烛具有"止泄除睡,强筋益气力"之功效,"久服,轻身长年,令人不饥,变白却老"。难怪唐代大诗人杜甫在《赠李白》一诗中会说:"岂无青精饭,使我颜色好。"唐代,这种具有养生延年功效的青精饭在苏州已然很普遍了,苏州诗人陆龟蒙在《道室书事》一诗中说:"乌饭新炊笔饭香,道家斋日以为常。"

药食同源,这正是吴门医家一直以来极力推崇的,而且在文人乃至市井百姓的生活理念中,"药补不如食补"的观念早已深入人心。明代苏州状元吴宽为了补养脾胃,在自己的园林中种植山药,还写了一首《服山药汤》诗,大赞山药的养生功效:"惟此能补中,医家言不误。岂缘重服食,衰质合调护。轻身与延年,神仙非所慕。"苏州人春节时期的家常菜熏鱼,也是一道养生的菜肴,它具有温中补虚、利湿暖胃、平肝祛风等功效,明代松江人宋诩《宋氏养生部》中详细记载其制作方法:"微腌,焚砻谷糠,熏熟燥。治鱼微腌,油煎之,日暴之,始烟熏之。"清人金孟远还在他的一首《吴门竹枝词》中大赞熏鱼之美味、养生兼具:"胥江水碧银鳞活,五味调来文火燂。惹得酒徒涎欲滴,熏鱼精制稻香村。"

四、精细的制作工艺特色

徐珂《清稗类钞·苏州人之饮食》:"苏人以讲求饮食闻于时,凡中流社会以上之人家,正餐、小食,无不力求精美,尤喜食多脂肪品,乡人亦然。"一语道尽苏式美食制作工艺上的特点。其中苏式甜点堪称典范,这已然是尽人皆知的事实,在此另举一例。在苏州菜肴的烹制中,"八宝"是一种较为常见的烹饪工艺,诸如"八宝鸭""八宝豆腐""八宝饭",无论哪一样菜品,在食材主、配料的选择以及刀工、烹制手法、装盘设计各方面,无不力求精益求精。就连最为家常的豆腐,在苏州厨师手中竟也烹制出"高大上"的美味——"八宝豆腐"。

据苏州地方文献记载,"八宝豆腐"源于清宫,钱思元《吴门补乘》说是康熙帝为嘉奖江苏巡抚宋荦而将烹制方法赐予,康熙帝曾说:"朕有自用豆腐一品,与寻常不同,因巡抚(按:宋荦)是有年纪的人,可令御厨太监传授与巡抚的厨子,为他后半世受用。"而袁枚在《随园食单》中认为是康熙帝赐给昆山徐乾学的,徐乾学尚书"取方时,御膳房费一千两",后来逐渐在苏州一带风行起来。后来袁枚也辗转得到这一份菜谱,于是就记录在了《随园食单》中:"用嫩片切粉碎,加香蕈屑、蘑菇屑、松子仁屑、瓜子仁屑、鸡屑、火腿屑,同入浓鸡汁中,炒滚起锅。"只可惜袁枚言之过简,相形之下,常熟人毛荣在《毛荣食谱》中的记载就更为详细:"用好豆腐,切不大不小之块,滚水捞之,去泔水沥干,另以鲜鸡肉与肝切片,同虾肉入油锅烹,白酒加下,并加竹笋、松菌、鲜莲子、木耳、熟南腿片之类,酎加酱油、糖花,已熟,乃以豆腐倾入同滚,盛以中碗,然须各物共计一半,而豆腐不及一半为佳。"

因为苏宴菜肴制作技艺的精致考究,色香味形俱为精美绝伦,因而深受清代王室、宫廷的推崇,在康熙、乾隆时期,苏宴成为清宫的必备宴席。特别是乾隆时期,清宫中的苏宴制作达到了巅峰,乾隆帝先后聘用了多名苏州名厨,如宋元、张成、沈二官、朱二官,其中最为有名的还数有"一代食神"美誉的苏州厨师张东官。在清宫御膳档案《乾隆膳底档》册的记载中,乾隆帝对张东官所进菜品无不赞赏有加。乾隆三十六年(1771)二月,乾隆帝出巡山东,长芦盐政西宁出重金自苏州礼聘张东官,进献菜四品,其中的冬笋炒鸡极合圣意,"赏西宁家里苏州厨役张东官一两重银锞二个"。乾隆四十六年(1781),索性把张东官请入宫中做御厨,正式入官,官七品。这样的记载在《乾隆膳底档》中俯拾皆是,不赘列。乾隆时期朝中要员,都以能在年节时候得到皇帝赏赐的苏宴菜肴为荣,《乾隆膳底档》中也有很多这样的记载,兹引一例:"(乾隆四十八年正月)总管萧云鹏奏过传旨:苏宴一桌,酒宴一桌,赏罗布藏多尔济、拉他那西第、查拉丰阿、阿桂、福隆安、和珅、梁国治、董诰、福长安。"

五、浓厚的人文气息特色

"物华天宝""人杰地灵",用以形容苏州,绝不为过。苏州人才辈出,文人墨客和苏州美食文化也有着密切的联系,文人的参与,赋予了苏州美食浓浓的人文气息。

苏式生活篇

说到苏州美食和文人的故事,不得不提西晋文学家张翰"莼鲈之思"的故事。《世说新语·识鉴》是这个故事的源头,其中有曰:"张季鹰(按:张翰,字季鹰)辟齐王东曹掾,在洛见秋风起,因思吴中菰菜、莼羹、鲈鱼脍,曰:'人生贵得适意尔,何能羁宦数千里以要名爵?'遂命驾便归。俄而齐王败,时人皆谓为见机。"为了家乡苏州的三种美食:菰菜(茭白)、莼菜、鲈鱼,连仕途官宦都可以完全弃之不顾,还留下了这样洒脱不羁的言语:"人生贵得适意尔,何能羁宦数千里以要名爵?"在回乡的路途上,张翰吟唱了一曲经典的《吴江歌》:

> 秋风起兮木叶飞,吴江水兮鲈正肥。
> 三千里兮家未归,恨难禁兮仰天悲。

张翰的故事及其诗歌,在极具苏州乡情的美食中,融入了苏州人含蓄内敛的性格,但又不乏洒脱旷达的人生境界。自此之后,中国人的语汇中多了表达思乡情怀的成语"莼鲈之思"。苏州人的洒脱不羁和个性风采,似乎在清初文人金圣叹的临终遗言中,得到了彻底的张扬。顺治年间,苏州才子金圣叹因"哭庙案"而罹祸,在临刑前,他唯一难以释怀的竟然是担心自己掌握的美食"秘籍"失传,于是给儿子留下的遗言是:"花生米与豆干同嚼,大有火腿之滋味。得此一技传矣,死而无憾也。"

苏州本籍的文人创造了不少关于苏州美食的故事,而许多流寓苏州或是来苏游览的名流骚客,也为苏州贡献了许多美食的佳话。早在清代,苏州百姓就利用太湖特产鲃鱼及其肝烹制了一道美味"鲃肺汤"。鲃鱼肉质细嫩,鲜美如刀鱼。"鲃肺汤"这样的顶级美味,自然逃不过袁枚的口舌,他在《随园食单》中就有记载:"斑鱼最嫩。剥皮去秽,分肝肉二种,以鸡汤煨之,下酒三份、水二份、秋油一份。起锅时加姜汁一大碗、葱数茎以去腥气。"鲃鱼,又名"斑鱼""绷鱼",明代张自烈《正字通》中记载:"绷鱼,形似河豚而小,背青有斑,无鳞,尾不歧,腹有白刺。俗改作鲃。"但是真正让苏州"鲃肺汤"名扬天下的还是国民党元老、著名书法家于右任。上世纪20年代,应李根源之邀,于右任来苏州光福古镇观赏唐代桂花绽放的盛景。归途经过木渎,在石家饭店用餐,品尝了饭店的特色菜肴"鲃肺汤",于右任喜爱有加,遂挥毫留下了诗作:"老桂花开天下香,看花走遍太湖旁。归舟木渎犹堪记,多谢石家鲃肺汤。"李根源讲武学堂的学生张自明(与朱德同学)和于氏原韵一首曰:"菊花美酒合生香,乘兴停桡木渎旁。闻道于髯曾饮此,疗馋且试石家汤。"

六、朴实的民风民情特色

食俗之于美食,也是一个重要的文化内容,即便是寻常百姓家最为普通的饮食,也有很多风俗文化的内涵,这一点在苏州饮食文化中显得非常突出。就以苏州常见的糕团为例。早春时候的青团子,与寒食禁火这一节日风俗密切相关,其背后蕴含着对先贤介子推的纪念之意;四月初八"浴佛节"吃乌米饭,源自目连救母的民间故事,其中自然包含了传统的"孝"文化。最为独特的则莫过于农历四月十四,苏州民间传说这天是吕洞宾的生日,"仙人每化褴褛丐者",来到人间,怜人之诚"而济度"之,所以苏州百姓"士女骈集进香,游人杂闹,谓之轧(音 gá)神仙",为了沾一沾神仙的夫福气,乞求好的运道,苏州人在这一天"比户食五色粉糕,名曰神仙糕"(袁学澜《吴郡岁华纪丽》卷四),这一风俗传统至今犹存。

在苏州过年菜肴中,必须要有两道"口彩"极佳的菜——"如意菜""安乐菜",其实原料是最为廉价、乡土的黄豆芽和青菜,分别取其形和色,利用吴语的谐音,寓"吉祥如意""安乐康健"之意。袁学澜有《安乐菜》一诗咏之:"冷淡家风不费钱,菜羹滋味乐终年。霜塍剚出连根煮,甜到千家钱岁筵。"在诗后的注释中,袁学澜介绍了"安乐菜"的做法:"分岁宴中,有菜名雪里青,以风干茄蒂,缕切红萝卜丝,杂果蔬为羹,下箸必先此品,名安乐菜。"但这还不是"安乐菜"的全部,袁学澜更借苏东坡的诗歌,发覆其中所蕴苏州人"安贫乐道"的处世哲学和人生情怀,正所谓:"盖菜羹滋味淡而称长,能食之者,自无不安乐也。"(袁学澜《吴郡岁华丽纪》卷十二)

拓展训练

江南四季歌

(明)唐 寅

江南人住神仙地,雪月风花分四季。
满城旗队看迎春,又见鳌山烧火树。
千门挂彩六街红,凤笙鼉鼓喧春风。
歌童游女路南北,王孙公子河西东。
看灯未了人未绝,等闲又话清明节。
呼船载酒竞游春,蛤蜊上巳争尝新。
吴山穿绕横塘过,虎邱灵岩复元墓。
提壶挈盒归去来,南湖又报荷花开。
锦云乡中漾舟去,美人鬓压琵琶钗。
银筝皓齿声继续,翠纱污衫红映肉。
金刀剖破水晶瓜,冰山影里人如玉。
一天火云犹未已,梧桐忽报秋风起。
鹊桥牛女渡银河,乞巧人排明月里。
南楼雁过又中秋,悚然毛骨寒飕飕。
登高须向天池岭,桂花千树天香浮。

左持蟹螯右持酒,不觉今朝又重九。
一年好景最斯时,橘绿橙黄洞庭有。
满园还剩菊花枝,雪片高飞大如手。
安排暖阁开红炉,敲冰洗盏烘牛酥。
销金帐掩梅梢月,流酥润滑钩珊瑚。
汤作蝉鸣生蟹眼,罐中茶熟春泉铺。
寸韭饼,千金果,鳖群鹅掌山羊脯。
侍儿烘酒暖银壶,小婢歌阑欲罢舞。
黑貂裘,红毪毪,不知蓑笠渔翁苦。

松江鲈鱼

(宋)杨万里

鲈出鲈乡芦叶前,垂虹亭上不论钱。
买来玉尺如何短,铸出银梭直是圆。
白质黑章三四点,细鳞巨口一双鲜。
秋风想见真风味,只是春风已迥然。

秋日田园杂兴

(宋)范成大

细捣枨虀买脍鱼,西风吹上四腮鲈。
雪松酥腻千丝缕,除却松江到处无。

松江莼菜

(宋)杨万里

鲛人直下白龙潭,割得龙公滑碧髯。
晓起相传蕊珠阙,夜来失却水精帘。
一杯淡煮宜醒酒,千里何须更下盐。
可是士衡杀风景,却将膻腻比清纤。

食蟹歌

(清)徐枋

五湖秋晚风漠漠,荒落家家催早获。
客来剥啄开蓬门,日暮秋声杂欢谑。
明朝携手入枫林,霜叶青红照幽薄。
秋原仰了多悲凉,南邻沽酒消寂寞。

湖滨渔父捕蟹来,顿使满堂增笑噱。
风味能令一坐倾,鲈鱼削色莼羹薄。
隐居亦喜无监州,且得衔杯恣大嚼。
童时早读尔雅熟,莫愁委顿身作恶。
野人口腹宁多求,何独于斯忍煎膊。
君不见,郦生历下且趣烹,吕布白门遭急缚。
吁嗟物理将无同,古今尤物谁兼容?

吴　歈

(清)蔡　云

二月二日春正饶,撑腰相劝啖花糕。
支持家计凭身健,莫惜终年磬折劳。
片切年糕作短条,碧油煎出嫩黄娇。
年年撑得风难摆,怪道吴娘少细腰。

寒　食

(清)徐达源

相传百五禁厨烟,红藕青团各荐先。
熟食安能通臭气,家家烧笋又烹鲜。

吴门新竹枝

(清)金孟远

春来一别几回肠,遣尔琼瑶湘竹筐。
今日张盘无别物,枣泥麻饼脆松糖。

"院本爱看新乐谱,舞衣不数旧霓裳"
——氍毹上的吴门风雅昆曲

苏州好,戏曲协宫商。院本爱看新乐谱,舞衣不数旧霓裳。昆调出吴阊。

这是清代苏州词人沈朝初的一首《忆江南》词,这首作品形象而概括地写出了明清时期昆曲的兴盛,以及苏州人对于昆曲的狂热,真实地再现了明清时期苏州的文化风尚,故而被苏州的民俗学者顾禄收到了《清嘉录》卷七中。

昆曲是发源于苏州地区的一种古老的戏曲,是人类口述与非物质文化遗产的经典代表。昆曲历经六百多年的发展,直到今天依然焕发出迷人的艺术魅力,在中国戏剧史上一直就有"幽兰"的雅号,也有着"中国戏曲活化石"的美誉。

吴地歌唱传统历史悠久,"吴人耕作或行舟之劳苦,多作讴歌以自遣,皆名'山歌'"(叶盛《水东日记》卷五)。吴地山歌、民歌在中国民间文艺的发展历程中,有一个专有名词,叫"吴歌",吴歌以其优美婉转的音乐旋律而受到世人的喜爱。六百多年前,当柔美婉转的吴地声歌与来自温州的"南戏"碰撞之后,便在中国戏曲史上产生了一种重要的声腔——昆山腔。虽然明代嘉靖年间的"曲圣"魏良辅称昆山腔"乃唐玄宗时黄幡绰所传"(魏良辅《南词引正》),但这一说法过于牵强,不为学界所采纳。目前一般将昆山腔之创始定为元末昆山千墩(今江苏昆山千灯镇)人顾坚,其文献依据就是《南词引正》(见路工《访书见闻录》)中的一段记载:

元朝有顾坚者,虽离昆山三十里,居千墩,精于南辞,善作古赋。扩廓帖木儿闻其善歌,屡招不屈。与杨铁笛、顾阿瑛、倪元镇为友,自号风月散人。其著有《陶真野集》十卷、《风月散人乐府》八卷,行于世。善发南曲之奥,故国初有"昆山腔"之称。

早期的昆山腔主要还只是流传在苏州地区,与浙江的余姚腔、海盐腔,以及江西的弋阳腔并称为"南戏四大声腔",影响并不是很大。昆山腔虽然有"流丽悠远"之长,"出乎三腔之上,听之最足荡人",但是,和其他三种声腔流传范围较广相比,"昆山腔止行于吴中"(徐渭《南词叙录》),限制昆山腔广泛流传和发展的主要原因在于吴语的语音。吴语语音强烈的个性,使得昆山腔一旦离开它孕育、生长的土壤,极易与听众产生隔膜,多少会有知音难觅的遗憾。声腔的改革势在必行,否则昆山腔的前途堪忧,这一重任最终落在了明代嘉靖年间的魏良辅身上。

魏良辅的出现,自有其历史的必然。在元人南迁的过程中,吴语和北方的中州音产生了强烈的碰撞,在这一大背景中,吴语地区逐渐形成了带有方言色彩的"官话","苏州官话"(苏州—中州音)也就在这样的背景中形成。从音韵学的角度来看,苏州官话是将南北方的声、韵结合,这种结合,既保持了苏州吴侬软语原来舒徐委婉、典雅柔美的基本韵味,又使得吴语具有了超越语音局限而远播他方的能力。语音的发展变革为昆山腔的革新奠定了重要的基础,魏良辅的出现也就不能说是横空出世了。

明代戏曲家沈宠绥在《度曲须知》中说,魏良辅因"愤南曲之讹陋",而下定决心改革昆山腔。其中的细节,清初文学家余怀在《寄畅园闻歌记》中说得更为清楚:"良辅初习北音,绌于北人王友山,退而镂心南曲,足迹不下楼十年。当是时,南曲率平直无意致,良辅转喉押调,度为新声。疾徐高下清浊之数,一依本宫;取字齿唇间,跌换巧掇,恒以深邈助其凄泪。吴中老曲师如袁髯、尤驼者,皆瞠乎自以为不及也。"魏良辅针对南曲中"率平直无意致"的缺陷,对原始的昆山腔进行了一系列的改革。

魏良辅在改革中,一方面加强了演唱的规范,另一方面则通过革新,使得昆山腔"轻柔而婉折"的韵致得到了加强。魏良辅在其《曲律》中明确提出"三绝"说,所谓"曲有三绝:字清为一绝,腔纯为二绝,板正为三绝"。这一理论,直到今天依然是戏曲界恪守的原则,即"依字行腔""字正腔圆"。魏良辅的声腔革新,是在充分比较研究的基础上进行的,他对南、北曲的差异,有着极为深刻的认识,他在《曲律》中说:"北曲以遒劲为主,南曲以宛转为主,各有不同","北曲于南曲,大相悬绝,于有磨调、弦索调之分,北曲字多而调促,促处见筋,故词情多而声情少。南曲字少而调缓,缓处见眼,故词情少而声情多。北力在弦索,故气易粗,南力在磨调,宜独奏,故气易若"。"声情多"是南曲的优长所在,故而魏良辅在这方面尤其重视,他在长年的"虚心玩味"中,对南曲的各种腔式都有独到的认识,他在《曲律》中就认为:"长腔要圆活流动,不可太长;短腔要简径找绝,不可太短。至如过腔接字,乃关锁之地,有迟速不同,要稳重严肃,如见大宾之状。"魏良辅在吸收海盐腔"体局静好"(汤显祖《宜黄县戏神清源师庙记》)的特点以及弋阳腔、北曲演唱成果的基础上,更把昆山腔流丽优雅的优势发挥到了极致。魏良辅改革以后的昆山腔称为"水磨调""冷板曲",讲究"转喉押调,字正腔圆",字分平、上、去、入,行腔中对每个字都讲究韵头、韵腹、韵尾的艺术处理,这样使得昆山腔在演唱时更富有声情的变化。

后来,戏曲家沈宠绥在《度曲须知》中对魏良辅革新后昆山腔的艺术特点和历史地位做出了公允恰当的评价,其中有谓:"尽洗乖声,别开堂奥。调用水磨,拍捱冷板,声则平上平入之婉协,字则头腹尾音之毕匀。功深镕琢,气无烟火,启口轻圆,收音纯细。"与元末顾坚时代原始的昆山腔相比,显现出全新的艺术风貌,因而也有学者认为经过魏良辅革新之后的昆山腔方可真正称为"昆曲"。

魏良辅改革之后的新声"昆曲"很快风靡全国,因而也就有戏剧家开始按照昆曲的音律进行剧本的创作。清人雷琳《渔矶漫志·昆曲》有曰:"昆有魏良辅者,始曲律。世所谓昆腔者,自良辅始。而梁伯龙独得其传,著《浣纱记》传奇,梨园子弟歌之。"苏州人梁辰鱼(字伯龙)曾师从于魏良辅,他的《浣纱记》是戏剧史上第一部完全按照昆曲音律创作的剧作。至于原先并没有严格按照昆曲曲律创作的剧作,诸如《宝剑记》《玉玦记》《鸣凤记》等,也先后改用昆曲音律进行演出,和《浣纱记》一起成为昆剧舞台上的经典剧目。在这儿顺便区分一下"昆曲"和"昆剧"这两个概念。"昆剧"是依照昆曲音律创作,并付诸舞台表演的戏剧,除了演唱之外还有宾白、身段科范的表演。"昆曲"既指一种声腔,也指一种演唱活动,在古代文人雅士中间,似乎更喜欢没有锣鼓架势的"清唱",讲究唱口的纯正典雅,魏良辅《曲律》中就有谓:"清唱,俗语谓之'冷板凳',不比戏场藉锣鼓之势。全要闲雅整肃,清俊温润。"所以在这些人看来,"昆曲"的主流应该属于清唱。

昆曲的影响与日俱增,逐渐扩大到全国范围,此后便开启了昆曲雄霸中国戏剧舞台近300年的历史。真正让昆曲达到"天下人为之耸动"痴迷的,当首推汤显祖《牡丹亭》为首的"临川四梦"。明代戏剧家沈德符在《顾曲杂言》中说道:《牡丹亭梦》一出,家传户诵,几令《西厢》减价。"《牡丹亭》这部昆剧名作,讲述了一个超越生死的爱情故事。南安太守杜宝之女杜丽娘长期深居闺阁,因读《诗经·关雎》而伤怀寻春,游园之后因生思春情怀,在梦境中与书生柳梦梅两情相悦,后因情而死。杜丽娘死后,其父委托陈最良葬女并修建"梅花庵观"。三年后,柳梦梅进京应试,借宿在梅花庵观,在观中的太湖石下拾得杜丽娘生前留下的自画像,发现杜丽娘就是他梦中见到的佳人。杜丽娘魂游后园,和柳梦梅再度幽会。柳梦梅掘墓开棺,杜丽娘起死回生,两人结为夫妻。全剧通过"现实—梦幻—幽冥—现实"的结构,给杜丽娘、柳梦梅的爱情以超越生死的巨大力量,以幻想的形式表现理想与现实、个人与时代的重重矛盾冲突。全剧极具思想和情感的震撼力,文辞优美,激扬凄婉,极富有艺术才情,因而成为昆剧艺术的经典代表之作,上演四百多年来一直长盛不衰,以至于《牡丹亭》几乎成为昆剧的代名词。

就在汤显祖《牡丹亭》红遍大江南北之时,以吴江曲家沈璟为代表的一批苏州戏曲家对汤显祖剧作中不合音律的毛病进行了批评,因而引发了中国戏曲史上的一场大讨论——"沈汤之争"。汤显祖坚持自己的"意趣神色"的艺术理念,而沈璟则强调"合律依腔"的重要。沈璟的《词隐先生论曲》中有一首曲子《二郎神》,其中就说道:"名为乐府,须教合律。宁使时人不鉴赏,无使挠喉捩嗓,说不得才长,越有才越当着意斟量。"在论争中,双方互不相让,不免意气用事,一些话说得有失偏颇。汤显祖《牡丹亭》的热度,并没有因为这场论争而有丝毫减损。沈璟的曲学理论在吴江也有很多的追随者,因而形成了戏曲史上的"吴江派",明人汤三俊的《吴江竹枝词》就写到了沈璟曲学理论在吴地的流播和传承:"词隐先生谱九宫,撒盐飞絮逞家风。近来乐府推荀鸭,犹爱吴江有鞠通。"诗中的"荀鸭""鞠通"分别是范景文(号吴侬荀鸭)和沈自晋(号鞠通)。尤其是沈自晋,能传吴江沈氏家风,故汤三俊诗中有"撒盐飞絮逞家风"之谓。

　　沈汤之争在中国戏曲理论史上影响很大,此后中国古代戏剧理论和创作取得的丰收,无不与此有着一定的联系。沈璟的弟子吕天成在其所著《曲品》中提出:"倘能守词隐先生(按:沈璟)之矩蒦,而运以清远道人(按:汤显祖)之才情,岂非合之双美者乎?"沈自晋在修订增补《南九宫十三调曲谱》的过程中,在谨守家法的同时,也努力将格律声腔与才情美藻之胜合二为一。此后,昆剧剧本的创作,大多都遵循着"依临川之笔,协吴江之律"(吴梅《中国戏曲概论》)的"双美"原则进行,先后涌现出诸如《玉簪记》《长生殿》《桃花扇》等经典佳作。

　　随着昆剧的盛行,苏州民间的听曲、唱曲之风也尤为盛行,其中最值得大书一笔的就是明代以来已经形成的中秋虎丘曲会。这是苏州民间自发的昆曲活动,中秋时分,苏州城内的士女老少,几乎是倾城出动,鳞集于虎丘山麓的千人石上,通宵达旦地演唱有"雅音"之称的昆曲。明代浙江人沈明臣在《虎丘看月行》诗中将中秋虎丘曲会到的盛况写到了极致:"千人坐满千人坐,千顷云浮千顷烟。月华未冷罗衣湿,白露如珠白莲泣。《白苎》歌终《子夜》兴,《乌栖》曲缓《乌啼》急。"这样的情景在稍后无锡文人邹迪光诗中也得到了印证:"琳宫十二夜生光,车马阗骈选佛场。水月竞邀罗绮色,栴檀都作麝兰香。林间度曲乌栖急,石上传杯兔影凉。金虎高坟胜游地,玉鱼银海正茫茫。"(邹迪光《中秋虎丘纪胜》)虎丘曲会声名远播,以致晚明文学家张岱认为,这是苏州最令人着迷的场景,他的小品名著《陶庵梦忆》卷五就有一篇《虎丘中秋夜》,对这一盛况进行了全方位的再现,不妨一读:

　　　　虎丘八月半,土著流寓、士夫眷属、女乐声伎、曲中名妓戏婆、民间少妇好女、崽子娈童及游冶恶少、清客帮闲、傒僮走空之辈无不鳞集。自生公台、千人石、鹅涧、剑池、申文定祠下,至试剑石、一二山门,皆铺毡席地坐,登高望之,如雁落平沙,霞铺江上。天暝月上,鼓吹百十处,大吹大擂,十番铙钹,渔阳掺挝,动地翻天,雷轰鼎沸,呼叫不闻。更定,鼓铙渐歇,丝管繁兴杂以歌唱,皆"锦帆开,澄湖万顷"同场大曲,蹲踏和锣丝竹肉声不辨拍煞。更深,人渐散去,士夫眷属皆下船水嬉,席席征歌,人人献技,南北杂之,管弦迭奏,听者方辨句字,藻鉴随之。二鼓人静,悉屏管弦,洞箫一缕,哀涩清绵,与肉相引,尚存三四,迭更为之。三鼓,月孤气肃,人皆寂阒不杂蚊虻。一夫登场高坐石上,不箫不拍,声出如丝,裂石穿云,串度抑扬,一字一刻。听者寻入针芥,心血为枯,不敢击节,惟有点头。然此时雁比而坐者,犹存百十人焉。使非苏州,焉讨识者!

如果说张岱的文章是近乎实景的描写,而明清时期很多文人墨客的诗歌,则采用疏朗的写意笔调,完全着力于中秋虎丘曲会中昆曲演唱的艺术感染力,诸如:"千人石上紫云箫,一曲清歌魂欲销"(彭孙遹《姑苏竹枝词》);"明月青山短簿家,笙歌几处醉流霞。瑶光浸石翻疑水,玉露溥空尽作花。"(张元凯《千人石明月》)这些诗句将昆曲清唱空灵悠扬、婉转迷幻的声情特点表现得淋漓尽致。

中秋虎丘曲会的传统一直延续到清末,袁学澜在《吴郡岁华纪丽》卷八中专列《千人石听歌》一条,其中有谓:"中秋之夕,共游虎丘,千人石听歌,樽罍云集,士女杂逻。郡志称虎阜笙歌彻夜,作胜会。各据胜地,延名优清客,打十番锣鼓争胜负。十二三日始,十五日止。邵长蘅《冶游诗》有'中秋千人石,听歌细入发'之句,盖其俗由来已久矣。"紧随其后,袁学澜还引用了两首诗歌为证,一首是他自己所作的《虎邱玩月歌》,还有一首是俞玚的《虎邱中秋》。近年来,在苏州市有关方面的努力下,一度销声匿迹的中秋虎丘曲会又重新兴起,成为新时期苏州文化的一张靓丽名片。

苏州地区昆剧演出的繁荣局面一直延续到乾隆嘉庆年间,这在苏州的地方文献中随处可见。顾禄在《清嘉录》卷七中就讲到,"金阊戏园,不下十余处,居人有宴会,皆入戏园,为待客之便,击牲烹鲜,宾客满座"。至于演出时的盛况,也有具体而微的描写:"彩画台阁人物故事,驾山倒海而出,锣鼓敲动,鱼龙曼衍,辉煌灯烛,一片琉璃。"苏州大学图书馆藏有一部无名氏的《韵鹤轩集》(又名《韵鹤轩杂著》《皆大欢喜》),"是书虽游戏笔墨所言,皆闾巷间耳濡目染之事",却不肯"涉于无稽",倒是真实再现了清中叶苏州社会的实相,在卷一中就有一篇《戏馆赋》,以骈体的形式详尽地摹状了当时苏州戏馆的奢华和喧闹,因文献资料稀见,引述如下,以供参考:

平台暖日,大厦连云,笙歌聒耳,竿木随身;班班必老,曲曲皆新。庆全识武,秀集知文。贺老曾夸供奉,秦宫别送殷勤。檀板则时闻梁马,铜弦则更唱苏辛。纵或昆而或弋,必宜喜以宜嗔。则有车骑雍容,衣冠济盛,占座既高,称名实正。诨官执笏以前,狎客濡毫以听,谓有生而既庄,日是旦而实郑,苍鹘多科,参军善佞,悉所擅场,先宜点定。庖厨进迭口之羞,犒赏得缠头之赠。复有参差楼阁,左右房廊,分陪侧席,静候开场。聊申杯酌,先递茶汤。逢悲色丧,遇喜眉扬。老识龟年之李,妙聆幡绰之黄。虽列东西之屋,聊分上下之床。若乃地别花楼,人来翠馆,娇倚娘行,闲椓女伴。妙解琴心,私偷笛眼。闻赵鬼而神怡,睹天魔而色赧。香更豆蔻之衣,烟吐玻璃之管。恍画壁以传情,乃隔帘而送欵。至于乘间杂进,结队旁观,虽麾不去,遇空先钻,渴想新声之听,饥唯秀色之餐,幸先容于门户,终伫立于阑干。纵有心于竹肉,知无分于杯盘。

随着皮黄、花部的兴起,这些更贴近市民审美的戏剧逐渐取代了昆曲曾有过的霸主地位,昆曲也因为它格律严格、文辞古奥典雅,逐渐脱离了世俗社会,开始了其衰落的历程。清朝乾隆中叶,著名诗人赵翼就在一首诗里写到昆曲的困境:"解唱阳关劝别筵,吴趋乐府最堪怜。一班子弟俱头白,流落天涯卖戏钱。"(赵翼《瓯北集》卷二十《将发贵阳,开府图公暨约轩、笠民诸公张乐祖饯,即席留别》)

即便在昆曲衰落的困境中,苏州作为昆曲的发源地,仍然始终有一批人在沉寂中守望。1921年秋,贝晋眉、徐镜清、张紫东在苏州的桃花坞五亩园创立了昆剧传习所,穆藕初出巨资赞助,著名学者吴梅等人为之拟订办所方案,聘请清末在苏、沪地区享有盛名的"全福班"后期艺人任教,培养了一大批昆曲人才,这就是著名的昆曲"传字辈"。吴梅先生更把昆曲引入北京大学、中央大学等一流高校的教学中,为昆曲的传承推广做出了巨大的贡献。

正是有了一代代表演艺术家和学者长期的默默坚守,2001年5月18日,联合国教科文组织在巴黎宣布第一批"人类口述和非物质遗产代表作",昆曲以全票获得通过,自此迎来了昆曲发展的良好势头和新生的春天。

拓展训练

牡丹亭题词
（明）汤显祖

天下女子有情,宁有如杜丽娘者乎!梦其人即病,病即弥连,至手画形容,传于世而后死。死三年矣,复能溟莫中求得其所梦者而生。如丽娘者,乃可谓之有情人耳。情不知所起,一往而深。生者可以死,死可以生。生而不可与死,死而不可复生者,皆非情之至也。梦中之情,何必非真?天下岂少梦中之人耶!必因荐枕而成亲,待挂冠而为密者,皆形骸之论也。传杜太守事者,仿佛晋武都守李仲文、广州守冯孝将儿女事。予稍为更而演之。至于杜守收拷柳生,亦如汉睢阳王收拷谈生也。嗟夫!人世之事,非人世所可尽。自非通人,恒以理相格耳!第云理之所必无,安知情之所必有邪!万历戊戌秋清远道人题。

牡丹亭·惊梦
（明）汤显祖

【绕池游】（旦上）梦回莺啭，乱煞年光遍。人立小庭深院。（贴）炷尽沉烟，抛残绣线，恁今春关情似去年？（乌夜啼）"（旦）晓来望断梅关，宿妆残。（贴）你侧着宜春髻子恰凭阑。（旦）翦不断，理还乱，闷无端。（贴）已分付催花莺燕借春看。"（旦）春香，可曾叫人扫除花径？（贴）分付了。（旦）取镜台衣服来。（贴取镜台衣服上）"云髻罢梳还对镜，罗衣欲换更添香。"镜台衣服在此。

【步步娇】（旦）袅晴丝吹来闲庭院，摇漾春如线。停半晌、整花钿。没揣菱花，偷人半面，迤逗的彩云偏。（行介）步香闺怎便把全身现！（贴）今日穿插的好。

【醉扶归】（旦）你道翠生生出落的裙衫儿茜，艳晶晶花簪八宝填，可知我常一生儿爱好是天然。恰三春好处无人见。不提防沉鱼落雁鸟惊喧，则怕的羞花闭月花愁颤。（贴）早茶时了，请行。（行介）你看："画廊金粉半零星，池馆苍苔一片青。踏草怕泥新绣袜，惜花疼煞小金铃。"（旦）不到园林，怎知春色如许！

【皂罗袍】原来姹紫嫣红开遍，似这般都付与断井颓垣。良辰美景奈何天，赏心乐事谁家院！恁般景致，我老爷和奶奶再不提起。（合）朝飞暮卷，云霞翠轩；雨丝风片，烟波画船——锦屏人忒看的这韶光贱！（贴）是花都放了，那牡丹还早。

【好姐姐】（旦）遍青山啼红了杜鹃，荼蘼外烟丝醉软。春香啊，牡丹虽好，他春归怎占的先！（贴）成对儿莺燕啊。（合）闲凝眄，生生燕语明如翦，呖呖莺歌溜的圆。（旦）去罢。（贴）这园子委是观之不足也。（旦）提他怎的！（行介）

【隔尾】观之不足由他缱，便赏遍了十二亭台是枉然。到不如兴尽回家闲过遣。（作到介）（贴）"开我西阁门，展我东阁床。瓶插映山紫，炉添沉水香。"小姐，你歇息片时，俺瞧老夫人去也。（下）（旦叹介）"默地游春转，小试宜春面。"春啊，得和你两留连，春去如何遣？咳，恁般天气，好困人也。春香那里？（作左右瞧介）（又低首沉吟介）天呵，春色恼人，信有之乎！常观诗词乐府，古之女子，因春感情，遇秋成恨，诚不谬矣。吾今年已二八，未逢折桂之夫；忽慕春情，怎得蟾宫之客？昔日韩夫人得遇于郎，张生偶逢崔氏，曾有《题红记》《崔徽传》二书。此佳人才子，前以密约偷期，后皆得成秦晋。（长叹介）吾生于宦族，长在名门。年已及笄，不得早成佳配，诚为虚度青春，光阴如过隙耳。（泪介）可惜妾身颜色如花，岂料命如一叶乎！

虎丘看月行
（明）沈明臣

中秋看月何处好，除却十洲与三岛。
东南胜事说苏州，最好从来是虎丘。
虎丘十里遥连郭，错落青山尽楼阁。
千年霸气剑池寒，一片清光水晶薄。
通国如狂歌舞来，木兰载酒笙镛作。
男女杂坐生夜光，香风舄履吹交错。
歌吹香风真可怜，三三五五各成筵。
千人坐满千人坐，千顷云浮千顷烟。
月华未冷罗衣湿，白露如珠白莲泣。
《白苎》歌终《子夜》兴，《乌栖》曲缓《乌啼》急。
姣童似玉紫英悲，艳女如花韩重思。
千秋死魄还生气，一夜香魂枯骨知。
香魂死魄知何处，明月在天人在地。
天上人间一种情，桂花合结相思树。
嫦娥亦是独眠人，牛女年年一问津。
谁家少妇今宵里，捣尽寒砧秋复春？

姑苏竹枝词
（清）彭孙遹

千人石上紫云箫，一曲清歌魂欲销。
胜会中秋才罢却，便须串月小长桥。

吴门竹枝词
（清）张　英

虎丘待月中秋节，玉管冰弦薄暮过。
山畔若教明月上，便愁无地驻笙歌。

新乐府
（清）无名氏

金阊市里戏馆开，门前车马杂遝来。
烹羊击鲤互主客，更命梨园演新剧。
四围都设木阑干，阑外容人子细看。
看杀人间无限戏，知否归场在何地？
繁华只作如是观，收拾闲身闹中寄。

虎邱玩月歌

（清）袁学澜

一拳峭壁摩云起，龙剑光沉石池水。
海上天风吹月来，遥见璘豳宝刹开。
塔影层层级可数，万家灯火山塘暮。
银河摇动半江潮，冰轮照破重岩雾。
士女倾城出夜游，千人石畔赌清讴。
杯盘席地鱼鳞次，合沓清歌竞唱酬。
分曹互奏争新艳，雅调高扬俗音敛。
十番笙管杂筝琶，胜会名山夸独占。
白雪阳春和渐稀，莺歌呖呖贯珠玑。
飞鸟徘徊不忍去，壮士低头泣路歧。
红泉碧磴径参差，隐约天香落桂枝。
绮罗人散长洲苑，箫鼓船归短簿祠。
荇藻空明步秋寺，爱惜清辉忘就睡。
夜静荒陵虎气腾，仙鬼吟诗写石翠。

虎邱中秋

（清）俞 玚

吴中名胜称虎邱，画船载酒人来游。
管弦纷纭日不断，何况明月当中秋。
中秋佳丽称三五，雨霁风轻桂香吐。
吴中年少好事多，分曹结队斗笙歌。
骈肩侧足人如织，山塘七里街衢塞。
茶棚花市互经过，珍奇百玩争夸饰。
僧房绮席待黄昏，甗瓯占尽苍苔痕。
兴酣携妓遍游历，千人石上罗金樽。
灯光上下如星列，箫鼓悠扬相间发。
烟华敛尽月华明，新歌呖呖花间莺。
其时月转露气清，飞鸟绕树不敢鸣。
行人堕尽思乡泪，壮士悲同变徵声。
昔闻前辈风流者，诗篇赠答留风雅。
不为酣歌声色场，流连日夜夸游冶。
今余独坐空山里，虎邱明月还如此。
夜阑月转悄无人，惟听渔歌数声起。

"浮白奏来天上曲,杀青搜尽世间书"
——甫里梅花墅之文学、戏剧与出版活动

<blockquote>
古木萧森旧苑荒,海藏梅墅两移墙。
唐诗刊刻功尤重,今世谁知许自昌。
</blockquote>

这是业师吴企明教授《故乡杂咏》中对家乡甪直古镇一段历史往事的追溯。说起甪直古镇,首先想到的是唐代大诗人陆龟蒙之故里,因为皮陆文学唱和早已成为文学史上的经典和佳话。殊不知在晚明时期,甪直古镇亦因有许自昌而名盛一时,然而,如许氏这样在文学史以及出版史都功绩尤著的人物,早已淡出了学术史叙述的视阈,只落得"今世谁知许世昌"之慨叹。无怪乎黄裳先生在《来燕榭书跋·甫里高阳家乘》中亦有云:"高阳望族,世居吴会,而遗著逸闻湮沉如此,深可慨也。"

许自昌,字玄祐,号霖寰,吴郡甫里人氏,因追慕前贤陆龟蒙,他里居甪直,不但刊刻了皮陆唱和的诗集,也喜欢和来往的文人唱和,与皮陆的文学风雅别无二致。更为巧合的是,两位跨越数百年的异代同乡,几乎是在同一片宅基上生活,董其昌《中书舍人许玄祐墓志铭》就曾这样说道:"所居与陆天随故居故址近,为剔莽构祠祀之,刻其《唱和诗》。"晚明时期的名士陈继儒在《许秘书园记》中也有相同的记载云:"吾友秘书许玄祐所居,为唐人陆龟蒙甪里……乃始筑梅花墅……秘书未老,园日涉,鱼鸟日聚,篇章词翰日异不同。相与唱和,如皮陆故事。"从董其昌、陈继儒等人的文字中可以感受到,许自昌梅花墅中诗文唱和的盛况较皮陆更过之甚矣,陈继儒《许玄祐樗斋诗序》则以为甫里许氏梅花墅乃天下文士神往的胜地,文中有云:"客至甫里,不访玄祐不名游,而不与玄祐倡和不名子墨卿;玄祐亦以榻不下,辖不投,不十日平原饮,不名主人。能具主礼,举觞政,而不登骚坛,则主客皆伧父,不名天下士。"董其昌在《中书舍人许玄祐墓志铭》中亦有类似的说法,所谓:"过甫里,不入许玄祐园林,犹入辋川不见王、裴也。"

许自昌"浮沉金马,日以扬扢风雅为事"(董其昌《中书舍人许玄祐墓志铭》),若历数梅花墅中的往还者,确实聚集了晚明文坛诗坛的半壁江山,其中重要人物有陈继儒、董其昌、王稚登、曹学佺、臧懋循、林古度、张溥、张采、李流芳、钟惺、陈子龙、祁承㸁、文震孟、冯时可、钱希言、张大复、黄汝亨、王志坚、顾有

孝、张献翼、姚希孟、黎遂球、邓云霄等。

晚明时期这些重要文人的诗文唱酬和风雅生活，为我们清晰地展示了此际活跃而丰富的戏剧创作与演出活动，以及对唐人诗文别集文献的整理出版活动，这些都关乎晚明文学的大聚散与大迁变，在中国文学史的进程中有着绝不可轻忽的认识意义。

甫里许氏之先"出江右，宋淳熙中有尉吴江者，避乱松陵，因家焉"，后有一支迁往甫里（今甪直古镇），以"积箸起家"。许自昌的祖父许经，不善治生，家境日窘。许自昌的母亲沈氏"捐嫁时奁"辅佐丈夫许朝相"易读而贾"（焦竑《郡幕怡泉许公暨沈孺人合葬墓表》）。许自昌的父亲确实有经商之才能，他"握算不假筹籍，能腹贮之，即日月锱铢无爽"，甫里许氏终于在许朝相手中"用计然策，家渐振"。（陈继儒《明故四川龙安府照磨怡泉许公墓志铭》）但是，许朝相的内心深处始终有一种无法消泯的书香情结，这既是那个时代封建地主阶级不可超越的思想，更有他自己"易读而贾"，放弃读书，不能实现功名夙愿的补偿心理。所以，他就非常希望子孙能在读书功名上有所进阶，以此来光耀门楣，这一"是当亢我宗"（陈继儒《明故四川龙安府照磨怡泉许公墓志铭》）的殷殷希望就落在了儿子许自昌的身上。

及自昌稍长，父亲就"传延名经师训督，而修贽有道之门。一时名通孝秀，屡满户内，公为布席除舍，孺人走爨下，洁馈烹鲜，不以夏釜闲也"。所以，许自昌就有了异于常人的收获，"得友异人，购异书，研校悬国门，令海内士获窥二酉、四库之藏，无不愿交内史者"。（焦竑《郡幕怡泉许公暨沈孺人合葬墓表》）这一切都得之于其父母的鼎力支持。然而，许自昌的科举之路和仕途并不顺畅，多次科场失利，其父不惜巨资为儿子进京纳捐，最终也只得到了文华殿中书舍人这样的荣誉头衔。无心于仕路的许自昌最终选择了退居甫里，他的这一退，也就有了晚明文学史上"浮白奏来天上曲，杀青搜尽世间书"（嘉定侯峒曾《题玄祐先生梅花墅》）这般盛况。

镂玉雕琼，裁花剪叶，文抽丽锦，拍按香檀自是文人雅集的传统。许氏梅花别墅中的清流宴集雅会，经常呈现的是钱允治《梅花墅歌赠许元有》一诗中所描写的盛景：

> 清歌一曲酒百觞，妙舞千回醉万场。
> 斗杓北指月西堕，犹自留人不下堂。
> 主人好客更殊妙，六子森森尽文豹。
> 引商刻羽掷金声，日与词人艺相较。
> 分题寄胜日无何，烂漫盈篇卷帙多。
> 延之剩有五君咏，太白聊为六逸歌。

许自昌事后便把每次唱和的诗歌作品收集起来，编成一部《梅花墅》诗册,此书后为当代藏书家黄裳先生所藏,不过其中大部分诗亦见于《吴郡甫里志》中。若就诗艺而言,这其中的很多诗歌作品并不能算是一流,然而这些存诗,却为我们今天再现当时的盛况提供了极大的可能。

许自昌在《诸友集小园分韵》一诗中有曰:"静对寒流意自闲,开门绿野闭门山。主人逸兴惭非庾,宾客才高尽拟班。夕磬棹声清远外,晚霞枫色浅深间。长歌不竭杯中酒,可是天心纵老顽。"需要引起注意的是,这首诗中所谓的"长歌",不仅仅指诗歌唱和,更指许氏家班的清音雅乐之奏,即昆曲的演出盛况,也就是董其昌在《中书舍人许玄祐墓志铭》中所谓的"花时柑候,命驾相期,雀舫布帆,闲集梅花墅下,开帘张乐,丝肉迭陈"。据陈继儒的《得闲堂记》记载,许自昌张乐演出昆曲,便在梅花墅中的得闲堂中,此堂"闳爽弘敞,槛外石台,广可一亩余,虚白不受纤尘,清凉不受暑气。每有四方名胜客来集此堂,歌舞递进,觞咏间作,酒香墨彩,淋漓跌宕,红绡于锦瑟之傍,鼓五挝、鸡三号,主不听客出,客亦不忍拂袖归也"。浮白天籁,虚室生白,更有觞咏不绝,这样的盛况往往是通宵达旦,以致晚明苏州志士徐汧在诗中称叹道:"檀板惊放声宿鸟。"(徐汧《题玄翁老伯梅花墅追次陈眉公先生原韵》)

许自昌是晚明时期的一位剧作家,所以许氏家班所演的剧目,多为许自昌自作,嘉定李流芳在《许母陆孺人行状》中说自昌闲时"又制为歌曲传奇,令小队习之,竹肉之音,时与山水映发"。许自昌的传奇作品,除传世的《水浒记》《橘浦记》和《灵犀佩》外,见于各家著录的尚有《报主记》《弄珠楼》和《种玉记》等。著名戏曲史学者叶德均综合《曲海总目提要》《传奇汇考》等载录,得出这样的结论:"然则许氏传奇六种,殆全为改订他人之作而由梅花墅刊行者。"(叶德均《戏曲小说丛考》卷上)这样的情况在明清戏剧创作中是习见的现象,只是许氏之改定,往往能够超越前人已有之本,在各种戏剧书目的载录中屡见这样的赞誉,如《曲海总目提要》卷四十二将《水浒记》与《青楼记》比较云:"叙宋江逃窜战斗之事甚多。词意粗鄙,不逮梅花墅所编远矣。"祁彪佳《远山堂曲品》著录二本《种玉记》,其一乃汪廷讷撰,"经梅花墅改订者,更胜原本";其二乃王无功撰,"此梅花主人改订者,简练过原本"。

许氏大量改编旧剧作,首先足以说明许氏梅花墅的藏书中有大量的戏曲剧作,就藏书文化一端而论,许自昌能突破历来藏书家轻视词曲的传统观念,这就是一种文学观念的进步。至于许自昌编定的剧本之所以能够超越前贤,与他注重戏剧演出的效果有着密切的关系。祁彪佳《远山堂曲品》在对比许自昌和王元功的两种《水浒记》剧本时,就反复强调许自昌的剧本"得剪裁之法","取调极稳","便于歌者","宾白甚当行","其场上之善曲乎"。直到今天,昆曲舞台上表演的《水浒记》依照的基本都是许氏的剧本,其中《活捉》一出,就足以奠定许自昌《水浒记》在昆曲舞台上的经典地位。

甫里梅花墅的文学活动盛举,在前文所引侯峒曾(字豫瞻)的《题玄祐先生梅花墅》一诗句下自注中明确地揭示,除了"先生有家乐,善度新声"之外,更有"先生雅好刻书,行世甚多"的重要出版活动。

古代的很多以刻书而出名的出版家,首先都是皮藏丰富的藏书家,许自昌亦不例外。许自昌在自编的《捧腹编》序中曾这样说:"予匿迹甫里,性有书癖,家不能贮二酉之藏,闻有异书名籍,不惜释仲产易之,自谓乐而忘老。"而且他绝不愿意做深藏隐匿,秘藏不布的藏书家,他认为:"其他藏书之家,籖轴相望,多埋之蠹窟,毁之鼠乡,落东家之醯瓿,作爨妇之袜材。传于时者,不数数见。"他不屑这样的保守做派,他的做法是"每端居晏坐,从六经九家子史中涂乙命甲,有关正局,辄用校行"。(许自昌《捧腹编序》)许自昌的这一活动得到了家人的支持和鼎力襄助,自昌之父许朝相对于儿子刻书"广募剞劂",并不为恼,常常是"捐数千金藏书万卷,何如肩金穴中,散之六博、格五,而更付于展转不可知之子孙乎?"(陈继儒《明故四川龙安府照磨怡泉许公墓志铭》)他的妻子昆山诸氏"益心善之,乐襄其志"(张溥《许年伯母诸太孺人寿序》)。

许自昌的出版活动首先由整理和刊刻地方文献开始的。出于对乡贤的仰慕之情,自有追随其流风遗韵之意,又因"所居与陆天随故居故址近,为剔莽构祠祀之,刻其《唱和诗》。他如盛唐名家集行世者,多出其校雠"(董其昌《中书舍人许玄祐墓志铭》)。而在这一过程中,晚明山人陈继儒也起了相当重要的作用,陈继儒经常通过书信给许自昌一些出版的建议,如:"吾兄既居甫里,何不刻《陆鲁望集》? 集不下数卷,并其传刻之,又得觅《皮日休集》附于后。曾读皮陆唱和诗,二公真劲斗,晚唐之奇思险字,不逊玉川子也。此集若行,发幽阐秘,犹胜为李杜拈一瓣香耳。吾兄谓何?"纵观许氏的出版活动,由皮陆之《唱和诗》、陆龟蒙之《甫里集》、皮日休之《皮子文薮》,进而扩展至唐代的其他诗人,而这些都是其本人钟情者。其先后所刻有《分类补注李太白诗》二十五卷、《集千家注杜工部诗集》二十二卷。许自昌甚至还有按时代次序,系统编刻唐人诗集之计划,惜只完成《前唐十二家诗》二十四卷(刻于万历三十一年),然此编就几乎将唐代前期重要诗人的集子刊刻完成,其中包括初唐四杰、沈、宋、陈子昂、杜审言以及王、孟、高、岑。这些基础性的文献整理和出版工作,对于唐诗研究的功劳至钜,实在不应被轻忽。

许氏的刻书也体现了他的个人志趣爱好乃至学术观念和出版思想。前文已述及他对戏曲之重视,并大量刊印,而古代大量的小说,也是其所爱,他不只是将小说看作是助谐荐谑之资。在《捧腹编序》中,许自昌对唐以来的小说发展状况作了简单的研究之后,认为说部虽语涉诡异,亦不若经史之必须,然亦有关乎风教,从捧腹谐谑中的"喜根"而涉悟"名理""证性",斯其足以为"涤尘襟,醒睡目"之具也。所以他将王安石的那句"不读小说不知天下大体"奉为丰臬。他所编辑的《捧腹编》和《樗斋漫录》,都属于这一类的书,其中所收的故事大多数足以为疗人之病,起到警世的作用。试举《樗斋漫录》中的一则

故事作为品鉴,可讽世风之弊:

> 太仓有陆远者,乃解元陆大成疏族叔也。每对人名呼解元曰:"大成舍侄。"盖恐人不知其为解元叔耳。王元美先生谑之曰:"汝无名,呼汝侄,万一汝侄亦名呼汝为远家叔,当何如?"闻者无不绝倒。噫!今世浅衷陋品遍地,皆是陆远,安得元美先生一一提而醒之也耶?

许自昌去世之后,其子许元溥尚能继其余绪,梅花墅博雅风流依旧。康熙《苏州府志》载元溥生平曰:"许元溥字孟宏。父自昌,中书舍人。以笃行称。构梅花墅,聚书连屋。元溥生而沉静,日出其书遍观之。于经义罔不淹通,尤邃于《易》。立高阳社,课子弟。喜购书,自号千卷生。崇祯庚午举于乡,不仕卒。友人谥曰孝文。"元溥与许自昌一样,也有结交天下文士豪贤之好。崇祯二年(1629)入太仓张氏昆仲组建的复社,接往多为直士名贤,十一年名列于《留都防乱公揭》以抗阮大铖。在家闲居,也喜欢藏书、读书,以著述、刻书为乐。乡人王志长在《许孟宏稿序》中说他"锐意千古,罗致异书,招四方誉髦,纂辑为不朽计。孟宏因得悉出邺架之藏读之,昼夜揣摩忘倦,其为文益渊乎瓘乎"。陈子龙来到甪直,对许氏藏书的印象极为深刻:"虽海内藏书之家载籍极博,其钩深标隽,罕能及焉。"(陈子龙《许孟宏集古文佚序》)许元溥还曾与大儒黄宗羲等人组织了"钞书社",以搜集编辑文献典籍为务,黄宗羲多次在诗文中回忆这段往事,如其《感旧》诗就有云:"抄书结社自刘城,余与金阊许孟宏。好事于今仍旧否?烟云过眼亦伤情。"

然而,许氏家族的这一名山事业,却因为甲申、乙酉之变而遭中绝。在国变之后,许氏后人为了避祸,"避地游滇黔楚粤间,遇变逃隐"(徐达源《国朝吴郡甫里诗编》卷一)。许元溥不忍心父亲和自己一生心血付之东流,"爰仿虎丘短簿例,施园为寺,肖先人象祀之,延有行僧为主持"(卢绋撰许元溥墓志铭),这就是甪直后来著名的寺庙海藏庵。

对于世事的沧桑,许氏子孙亦多能守素,且心有感慨。许虬《坐海藏庵小阁系旧室梅花墅》一诗,就颇有天宝遗恨:"烟磬声寒绝管弦,垂杨如醉晓风前。空王不下新亭泪,啼鸟还思天宝年。"在"怅望昆明劫火余"的同时,许复之友同里蒋楷甚至还在设想:"此生若不飘零去,常向兰亭共祓除。"(蒋楷《次韵题梅花墅谓许箕屋》)但这只能是一种难以复现的美好愿望,虽说许自昌时的鼎盛早已不再,但由于许氏子孙的坚守,其高风雅节以及斯文传承并未沦湮。纵观有清一代,甫里许氏科名虽并不煊赫,然而虽处江湖之远,亦多在野状态的布衣、寒士,但是依然诗人辈出,尚可举名的就有许复、许来光、许虬、许心宸、许心宸、许心澧、许廷鑠等。

光阴荏苒,盛景难再,若要复原,也就只能通过钟惺《梅花墅记》、祁承《书许中秘梅花墅记后》、陈继儒《许秘书园记》等诗文给我们留下深隐的记忆了。

最后还是以薛谐孟(寀)的《梅花墅》一诗让我们记住这本不该忘记的历史吧:

晨卷犹疑捧杖余,锦霞队里驻柴车。
家风剩有名园记,水榭惟藏国士书。
地僻昔曾罗竹肉,时艰今暂注虫鱼。
钓船茶具寻常供,斗鸭疏放尚未除。

拓展训练

题玄祐先生梅花墅
(明)侯峒曾

闭门山水卧游余,博古才同第四车。
浮白奏来天上曲,杀青搜尽世间书。
回廊浸月疑行树,别渚藏春却放鱼。
闻说黄杨垂荫远,爱花有种习难除。

甫里八景诗(选二)
(清)彭方周

海藏钟声

冷尽梅花别墅香,池光绿上晒经堂。
野田荒草斜阳岸,时有钟声流出墙。

浮图夕照

玲珑七级小安排,不入梅花旧讲台。
趁得夕阳西下影,也曾斜过隔邻来。

"园灵证盟"苏州的浪漫
——沧浪亭与沈复的情感"小世界"

在苏州有这样的一则传说:沧浪亭边曾有一对深深相爱的青年男女,他们以种花为生,工闲时常常坐在此屋互诉衷肠。而年轻貌美的女子竟被好色的花霸看中,欲强娶为妾,遂筑一堵墙而将相爱的两人分开。那对青年男女就各自在树叶上画上心形的图案,并将树叶上的心隔墙对叠,以示两心相扣,永不变心。久之,这对相爱的青年男女双双化成彩鸟飞出牢笼,享受着爱情的自由与幸福。这也许就是苏州沧浪亭版的梁祝故事了罢。因而,传说中青年男女互诉衷肠之所就被称为"印心石屋",其旧构在今天的沧浪亭中依旧可睹其踪影。林则徐到苏州任巡抚时,听到这一故事,竟亦为之感动,在石屋假山的洞门上书额曰:"园灵证盟"。此处的"园灵"二字,意即青天,典出谢庄的《月赋》:"柔祇雪凝,园灵水镜。"此犹世俗所谓青天昭昭,鉴为盟誓也。这只是一段口耳相传却实在是子虚乌有之事,而沧浪亭中倒确实有一段真实而凄婉的爱情,在沈复的《浮生六记》中,沧浪亭正是他与爱妻陈芸精心营造的相濡以沫、心心相印的"爱情花园"和"情感小世界"。所以,苏州又有人将石屋的故事传为沈复《浮生六记》中所记载,实亦讹误也,莫非此乃由沈复与芸娘间情事而来的翻版耶?

沈复,字三白,号梅逸。乾隆二十八年(1763)正月生于苏州的一户衣冠之家,居苏州沧浪亭畔。沧浪亭在康熙年间经由宋荦之修复,早已"擅郡中名胜"(宋荦《重修沧浪亭记》)。所以,与沧浪亭比邻而居,沈三白便有"天之厚我可谓至矣"之得意。(《浮生六记》,下引文字不出注者,均出自《浮生六记》)三白所居,在"沧浪亭爱莲居西间壁,板桥内一轩临水,名曰'我取',取'清斯濯缨,浊斯濯足'意也。檐前老树一株,浓阴覆窗,人面俱绿,隔岸游人往来不绝"。在夏日里,三白便"携芸消夏于此。因暑罢绣,终日伴余课书论古,品月评花",他便"自以为人间之乐,无过于此矣"。夏日乘阴犹足尽兴,那就自然不会缺少清池涵月之赏会了。夫妇携手游沧浪亭,亭中设毯,"席地环坐",静赏月色之幽雅与清旷,"渐觉风生袖底,月到波心,俗虑尘怀,爽然顿释",而芸竟有"驾一叶扁舟,往来亭下"之倡,极赏心乐事之致。这正是历来中国人企盼的理想状态:夫妻相敬如宾、琴瑟和鸣。然而,中国古代的文学中却似乎极少这样的传达与表白,或许是因为抗承着"立德、立功、立言"这样的大道,故而在文章中更多是"行必法乎先王,言必称乎尧舜",只有载道之文、言志之诗方是名山不朽之业,至于沈三白"闺房记乐"这样的儿女情长,自不会让文人雅士们心动的。因而许久以来的文学史叙述中难觅沈三白及其《浮生六记》的踪影。

沈复与陈芸的生活真是晚明以来文人生活艺术化、艺术生活化追求的一个范例。而这个艺术化的生活可以说是包罗万象,在家可以纳凉玩月,品论云霞;焚香品茗,随意联吟;亦可以接花叠石,莳草插瓶;更可以外出访名山,搜胜迹,尽邀游之快。仅以插花例言之,沈复实在是插花高手,他的瓶插"能备风晴雨露,可谓精妙入神",《浮生六记》中所述的各种技法远较袁宏道《瓶史》详尽赅备。而其妻芸娘竟更在插花时仿画意而发明"草虫法",将虫死者"用细丝扣虫项系花草间,整其足,或抱梗,或踏叶,宛然如生",则平添微雨清露、虫吟草间的雅趣,众人见之,无不叫绝。《浮生六记》中尚有这么几段文字,亦颇尽其伉俪的闲情心性:

若夫园亭楼阁,套室回廊,叠石成山,栽花取势,又在大中见小,小中见大,虚中有实,实中有虚,或藏或露,或浅或深。不仅在"周回曲折"四字,又不在地广石多,徒烦工费。或掘地堆土成山,间以块石,杂以花草,篱用梅编,墙以藤引,则无山而成山矣。大中见小者,散漫处植易长之竹,编易茂之梅以屏之。小中见大者,窄院之墙宜凹凸其形,饰以绿色,引以藤蔓;嵌大石,凿字作碑记形;推窗如临石壁,便觉峻峭无穷。虚中有实者,或山穷水尽处,一折而豁然开朗;或轩阁设厨处,一开而通别院。实中有虚者,开门于不通之院,映以竹石,如有实无也;设矮栏于墙头,如上有月台而实虚也。贫士屋少人多,当仿吾乡太平船后梢之位置,再加转移。其间台级为床,前后借凑,可作三榻,间以板而裱以纸,则前后上下皆越绝,譬之如行长路,即不觉其窄矣。余夫妇乔寓扬州时,曾仿此法,屋仅两椽,上下卧室、厨灶、客座皆越绝而绰然有余。芸曾笑曰:"位置虽精,终非富贵家气象也。"

余扫墓山中,检有峦纹可观之石,归与芸商曰:"用油灰叠宣州石于白石盆,取色匀也。本山黄石虽古朴,亦用油灰,则黄白相阅,凿痕毕露,将奈何?"芸曰:"择石之顽劣者,捣末于灰痕处,乘湿掺之,干或色同也。"乃如其言,用宜兴窑长方盆叠起一峰:偏于左而凸于右,背作横方纹,如云林石法,廑岩凹凸,若临江石矶状;虚一角,用河泥种千瓣白萍;石上植茑萝,俗呼云松。经营数日乃成。至深秋,茑萝蔓延满山,如藤萝之悬石壁,花开正红色,白萍亦透水大放,红白相间。神游其中,如登蓬岛。置之檐下与芸品题:此处宜设水阁,此处宜立茅亭,此处宜凿六字曰"落花流水之间",此可以居,此可以钓,此可以眺。胸中丘壑,若将移居者然。一夕,猫奴争食,自檐而堕,连盆与架顷刻碎之。余叹曰:"即此小经营,尚干造物忌耶!"两人不禁泪落。

沈复自称是"屋少人多的贫士",然而在平淡的居家生活中,在他的小园中却寓有无限的真情与真趣。沈复笔下尤多琐屑平常之事与物,然而他往往能在琐屑和平淡无奇之处,找到常人难以体会的乐趣和兴味。而这样的苦中作乐,其实深蓄着一种人生的渴求与希冀。

经过沈复巧妙的虚实经营,"前后借凑",在一番叠山理水的"小经营"之后,终于建成他们夫妇二人的"小世界"。可惜这番景致,未能留存至今,否则沧浪亭景致亦将别增一种情味了。而身居自己亲手"小经营"的"小世界",沈复与芸娘每有"神游其中,如登蓬岛"的感觉,其实这正是沈复与芸娘艺术化生活中所极力追求的境界。美国著名汉学家宇文所安(史蒂芬·欧文)在《追忆——中国古典文学中的往事再现》一书中这样说道:"沈复的一生都想方设法要脱离这个世界而钻进某个纯真美妙的小空间中。他从家墓所在的山里取了石头。他想用它们构建另一座山,一座他和芸娘能够在想象里生活于其中的山。"(郑学勤译,生活·读书·新知三联书店2004年版,第118页)确实,这是一个理想的精神绿洲,这儿的一山一水,一草一木,都是沈复与妻子的"自我藏身之处,是欲望的卧居之地;它们是另一种世界,在其中它们的创造者在比喻的意义上消失了,全神贯注于建造或观照中,而且,他宁愿名副其实地消失在其中。它们是'神游'的空间"(同上,第120页)。

然而,这一切只能是一个"壶中世界",沈复与芸娘所建立的"小世界",自然不能与家庭关系、家道衰落等现实问题完全割裂,人在生存的现实面前,理想与"神游"也就微不足道了,其不可挽回的破碎的厄运,从开始的那一天就早已经注定了。虽然,沈复极尽为人子之孝道,芸娘自从做新妇的那一日起,就时时注意"事上以敬,处下以和,井井然未尝稍失",然而他们俩生就的浪漫性情,自与封建大家庭赖以维系的礼法枘凿,用沈复自己的话说,造成后来坎坷多愁,"转因之为累"的正是自己的"多情重诺,爽直不羁"。他们夫妻是琴瑟和鸣,鸿案相庄,伉俪之情日见笃厚,而与家庭间之冲突愈益水火也。不妨看上这么一段自述:

鸿案相庄廿有三年,年愈久而情愈密。家庭之内,或暗室相逢,窄途邂逅,必握手问曰:"何处去?"私心怵怵,如恐旁人见之者。实则同行并坐,初犹避人,久则不以为意。芸或与人坐谈,见余至,必起立偏挪其身,余就而并焉。彼此皆不觉其所以然者,始以为惭,继成不期然而然。独怪老年夫妇相视如仇者,不知何意?或曰:"非如是,焉得白头偕老哉?"

如若在今天的时代,夫妻在公众场合如此亲昵,总不至于为"老年夫妇相视如仇",然沈复的时代,夫妇在大庭广众之下,"不期然而然"地"同行并坐",居然"不以为意",甚至还不时会有"挽之入怀,抚慰之"的举止,这岂非完全视礼于不顾?周围齐刷刷投过诘问的眼光,自不在话下。更不用说在沈复的怂恿下,芸娘女扮男装,密至醋库巷水仙庙夜游,托言归宁而泛舟畅游太湖,以及为公公纳妾作媒这样荒唐绝伦的事了。如此种种,沈复与芸娘被逐出沧浪亭,只得在仓米巷赁屋而居。

沈复在《浮生六记》中对历来秘而不宣的闺房乐事和情趣的表现实在是大胆的,在旖旎多姿中又绝不涉淫秽,因为这其中更多的蕴涵和根植了极其深挚的爱情,只不过是沈复真性情"不期然而然"的流露,所谓"记其实情实事而已"也,这绝非后来效颦文字能做到的。如在新婚之夜,新人共赏《西厢记》的才子笔调,竟是如此的幸福与难忘:

廿四子正,余作新舅送嫁,丑末归来,业已灯残人静,悄然入室,伴妪盹于床下,芸卸妆尚未卧,高烧银烛,低垂粉颈,不知观何书而出神若此,因抚其肩曰:"姊连日辛苦,何犹孜孜不倦耶?"芸忙回首起立曰:"顷正欲卧,开橱得此书,不觉阅之忘倦。《西厢》之名闻之熟矣,今始得见,莫不愧才子之名,但未免形容尖薄耳。"余笑曰:"唯其才子,笔墨方能尖薄。"伴妪在旁促卧,令其闭门先去。遂与比肩调笑,恍同密友重逢。戏探其怀,亦怦怦作跳,因俯其耳曰:"姊何心春乃尔耶?"芸回眸微笑。便觉一缕情丝摇人魂魄,拥之入帐,不知东方之既白。

清代文学家李渔曾在《闲情偶寄》第十五卷中说,要把家庭造就成"世间第一行乐之地"。就人性的角度而言,家庭中本不应该受到外来诸如政治的、礼教的种种束缚,有一句俗话说得很形象,也很真切:"什么是家?家就是放屁不要憋着的地方。"在沈复的笔端,纯真美妙的回忆都聚集在家庭和爱情生活的一定疆界的乐土之中,唯有在自己的"精神乐土"中才能真正做到自我的张扬,或者就是袁枚所说的"情果真时,往来于心而不能释"(袁枚《随园诗话补遗》卷十)。纵观《浮生六记》,沈复完全沉浸在自我的情感小世界中,笔蘸深情,以自我为叙述中心,贯穿始终,在平实的追忆和叙述中,自由抒发着自我的性情和对人生最为透彻的感悟,流连于俗世间最为真朴的温馨,在这个最为天真可爱的性灵世界中,长期被压抑的我第一次获得了主体性的地位,我的个性和生命都在张扬与生长。

沈复在和芸娘的爱情生活中似乎真实地体验到了人生的这种幸福和快乐。但是,夫妇俩苦心经营的"壶中之乐",一旦与周围的压迫、诘难,以及谋生的窘迫发生冲突的时候,像沈复这样一个久恃家庭的文弱书生,怎能不一步步历经坎坷多愁呢?带着重病在身的芸娘,仅能仰仗飘蓬入幕或教馆的营生维持生计,而不幸的却是连年无馆无幕,只能过着"质钗典服"、鬻书卖画的日子,往往又是"三日所进,不敷一日所出"。就在"焦劳困苦,竭蹶时形"之际,芸娘听说福郡王要"倩人绣《心经》一部,芸念绣经可以消灾降福,且利其绣价之丰,竟绣焉",十余日的连续劳顿"致增腰酸头晕之疾",在"绣经之后,芸病转增,唤水索汤,上下厌之",最终,芸娘因为积劳成疾而香消玉殒。为人作绣品索利,完全不顾自己的病痛,却尚念"绣经可以消灾降福",这不仅是在为自己,而是为她深爱着的夫君和子女而祈福,真是感人至深。临终之际,芸娘对今生的粗粝疏衣并不介怀,而认为与君"一室雍雍"实乃"几世修到"之福,并作"来世"之盟约。沈复在《浮生六记》中记录妻子的临终诀别,不妨一读:"忆妾唱随二十三年,蒙君错爱,百凡体恤,不以顽劣见弃,知己如君,得婿如此,妾已此生无憾!若布衣暖,菜饭饱,一室雍雍,优游泉石,如沧浪亭、萧爽楼之处境,真成烟火神仙矣。神仙几世才能修到,我辈何人,敢望神仙耶?强而求之,致干造物之忌,即有情魔之扰。总因君太多情,妾生薄命耳!"之盟而后将有"芸乃执余手而更欲有言,仅断续叠言'来世'二字。忽发喘口噤,两目瞪视,千呼万唤已不能言。痛泪两行,涔涔流溢。既而喘沥微,泪渐干,一灵缥缈,竟尔长逝!"

芸娘是带着一丝凄婉而哀淡的惬意和安慰离开人世的,为的是她能在短暂的一生中,享受到了沧浪亭、萧爽楼这般"烟火神仙"的处境,以及夫君的多情与"百凡体恤",人生得此"壶中世界",复欲何求?至于物质生活之竭蹶困苦,又何足挂齿?哪怕生活的一粥一饭,沈复和芸都能在其中感受到一种别样的情韵。夫妇二人在离家出行之前,与子女分别时的共餐白粥,其至情之流露,直使人意夺神骇,心惊骨折,极尽别怨之销魂凄恻:"将交五鼓,暖粥共啜之。芸强颜笑曰:'昔一粥而聚,今一粥而散,若作传奇,可名《吃粥记》矣。'"芸娘的一句自嘲之戏语,竟让苏州籍的戏曲大师吴梅久久不能释怀,欲以《吃粥记》传奇续此佳话,只可惜未遂其愿,盖惟有俟后来君子,为这一段缠绵爱情证盟可也。

现代作家林语堂在向西方世界译介中国文学经典的时候,竟选择了苏州人沈复的《浮生六记》,并在英译本自序中将芸娘盛誉为"中国文学中一个最可爱的女人",说:"她只是我们有时在朋友家中遇见的有风韵的丽人,因与其夫伉俪情笃,令人尽绝倾慕之余,我们只觉得世上有这样的女人是一件可喜的事,只顾认她是朋友之妻,可以出入其家,可以不邀自来和她夫妇吃午饭,或者当她与她丈夫促膝畅谈书画、文学、乳腐、酱瓜之时,你们打瞌睡,她可以来放一条毛毯把你的脚腿盖上。也许古今各代都有这种女人,不过在芸身上,我们似乎看到这样贤达的美德特别齐全,一生中不可多得。"

诚如林语堂先生所说,在苏州人再平凡不过的生活故事中,有着太多的浪漫和感动,已然成为中国文学的经典和永恒,令人回味无尽……

拓展训练

浮生六记(节选一)

余性爽直,落拓不羁;芸若腐儒,迂拘多礼。偶为之整袖,必连声道"得罪";或递巾授扇,必起身来接。余始厌之,曰:"卿欲以礼缚我耶?《语》曰:'礼多必诈。'"芸两颊发赤,曰:"恭而有礼,何反言诈?"余曰:"恭敬在心,不在虚文。"芸曰:"至亲莫如父母,可内敬在心而外肆狂放耶?"余曰:"前言戏之耳。"芸曰:"世间反目多由戏起,后勿冤妾,令人郁死!"余乃挽之入怀,抚慰之,始解颜为笑。自此"岂敢""得罪"竟成语助词矣。鸿案相庄廿有三年,年愈久而情愈密。家庭之内,或暗室相逢,窄途邂逅,必握手问曰:"何处去?"私心忐忑,如恐旁人见之者。实则同行并坐,初犹避人,久则不以为意。芸或与人坐谈,见余至,必起立偏挪其身,余就而焉。彼此皆不觉其所以然者,始以为惭,继成不期然而然。独怪老年夫妇相视如仇者,不知何意?或曰:"非如是,焉得白头偕老哉?"斯言诚然欤?是年七夕,芸设香烛瓜果,同拜天孙于我取轩中。余镌"愿生生世世为夫妇"图章二方,余执朱文,芸执白文,以为往来书信之用。是夜月色颇佳,俯视河中,波光如练,轻罗小扇,并坐水窗,仰见飞云过天,变态万状。芸曰:"宇宙之大,同此一月,不知今日世间,亦有如我两人之情兴否?"余曰:"纳凉玩月,到处有之。若品论云霞,或求之幽闺绣阁,慧心默证者固亦不少。若夫妇同观,所品论著恐不在此云霞耳。"未几,烛烬月沉,撤果归卧。

浮生六记(节选二)

惟每年篱东菊绽,积兴成癖。喜摘插瓶,不爱盆玩。非盆玩不足观,以家无园圃,不能自植,货于市者,俱丛杂无致,故不取耳。其插花朵,数宜单,不宜双,每瓶取一种不取二色,瓶口取阔大不取窄小,阔大者舒展不拘。自五七花至三四十花,必于瓶口中一丛怒起,以不散漫、不挤轧、不靠瓶口为妙,所谓"起把宜紧"也。或亭亭玉立,或飞舞横斜。花取参差,间以花蕊,以免飞钹耍盘之病。叶取不乱;梗取不强;用针宜藏,针长宁断之,毋令针针露梗,所谓"瓶口宜清"也。视桌之大小,一桌三瓶至七瓶而止,多则眉目不分,即同市井之菊屏矣。几之高低,自三四寸至二尺五六寸而止,必须参差高下互相照应,以气势联络为上,若中高两低,后高前低,成排对列,又犯俗所谓"锦灰堆"矣。或密或疏,或进或出,全在会心者得画意乃可。

浮生六记(节选三)

余闲居,案头瓶花不绝。芸曰:"子之插花能备风、晴、雨、露,可谓精妙入神。而画中有草虫一法,盍仿而效之。"余曰:"虫踯躅不受制,焉能仿效?"芸曰:"有一法,恐作俑罪过耳。"余曰:"试言之。"芸曰:"虫死色不变,觅螳螂、蝉、蝶之属,以针刺死,用细丝扣虫项系花草间,整其足,或抱梗,或踏叶,宛然如生,不亦善乎?"余喜,如其法行之,见者无不称绝。求之闺中,今恐未必有此会心者矣。

浮生六记(节选四)

安顿已定,华舟适至,时庚申之腊二十五日也。芸曰:"子然出门,不惟招邻里笑,且西人之项无着,恐亦不放,必于明日五鼓悄然而去。"余曰:"卿病中能冒晓寒耶?"芸曰:"死生有命,无多虑也。"密禀吾父,亦以为然。是夜先将半肩行李挑下船,令逢森先卧。青君泣于母侧,芸嘱曰:"汝母命苦,兼亦情痴,故遭此颠沛,幸汝父待我厚,此去可无他虑。两三年内,必当布置重圆。汝至汝家须尽妇道,勿似汝母。汝之翁姑以得汝为幸,必善视汝。所留箱笼什物,尽付汝带去。汝弟年幼,故未令知,临行时托言就医,数日即归,俟我去远告知其故,禀闻祖父可也。"旁有旧妪,即前卷中曾赁其家消暑者,愿送至乡,故是时陪傍在侧,拭泪不已。将交五鼓,暖粥共啜之。芸强颜笑曰:"昔一粥而聚,今一粥而散,若作传奇,可名《吃粥记》矣。"逢森闻声亦起,呻曰:"母何为?"芸曰:"将出门就医耳。"逢森曰:"起何早?"曰:"路远耳。汝与姊相安在家,毋讨祖母嫌。我与汝父同往,数日即归。"鸡声三唱,芸含泪扶妪,启后门将出,逢森忽大哭曰:"噫,我母不归矣!"青君恐惊人,急掩其口而慰之。当是时,余两人寸肠已断,不能复作一语,但止以"勿哭"而已。青君闭门后,芸出巷十数步,已疲不能行,使妪提灯,余背负之而行。将至舟次,几为逻者所执,幸老妪认芸为病女,余为婿,且得舟子皆华氏工人,闻声接应,相扶下船。解维后,芸始放声痛哭。是行也,其母子已成永诀矣!

文化传承篇

"只今惟有西江月,曾照吴王宫里人"
——吴越春秋风云激荡的历史记忆与文学书写

你看馆娃宫荆榛蔽,响屧廊莓苔瞖。可惜剩水残山,断崖高寺,百花深处一僧归。空遗旧迹,走狗斗鸡,想当年僭祭。望郊台凄凉云树,香水鸳鸯,酒城倾坠。茫茫练渎,无边秋水。

采莲泾红芳尽死,越来溪吴歌惨凄。宫中鹿走草萋萋,黍离故墟,过客伤悲。离宫废,谁避暑?琼姬墓冷苍烟蔽,空园滴,空园滴,梧桐夜雨;台城上,台城上,夜乌啼!

这两段非常经典的昆曲唱段,见于明代苏州籍剧作家梁辰鱼创作的《浣纱记》。《浣纱记》是中国戏剧史上第一部按照昆山腔演唱的传奇作品,一直被视为昆剧的奠基之作。剧作通过春秋时期范蠡和西施生离死别的爱情故事,史诗般地再现了春秋时期吴越争霸的历史画卷,全剧创造性地采用了"借男女离合之情,抒家国兴亡之感"的叙事模式。在帮助越王勾践雪耻之后,范蠡带着自己的爱人西施泛舟湖上,《浣纱记》的最后一出《归湖》中,面对浩渺的湖水,剧中人西施深情地演唱了这两曲《南锦衣香》《南浆水令》,其中多有历史之兴亡感慨。

采莲泾上、越来溪畔、响屧廊中,吴宫茂苑曾经上演的一幕幕"歌舞烟霄""乐景沉晖",在兵燹的洗劫之后,顿时化为乌有,巍峨华美的殿宇楼阁倾圮成废墟,吴宫美人的坟茔早已一片青草紫蔓,吴宫旧址荒草萋萋,只有麋鹿游走其间。见此"黍离故墟",作为曾经的个中人,西施自然也是"行迈靡靡,中心摇摇",只是西施与《诗经·黍离》中抒情主人公的故国之思不同,她的喟叹似乎更多的是面对历史兴衰沧桑的感怀。这与其说是西施的感怀,倒不如说是剧作家梁辰鱼的历史怀思,这是在对中国历史总体观照之后所生发的深厚情思。因为吴宫游鹿千年之后的历史惨剧,无论是"侯景之乱"中梁武帝饿死台城,还是隋平陈而台城毁的结局,西施是决然不知的,那么《浣纱记》唱词中"台城上,台城上,夜乌啼"这样的吟唱,实在只能是剧中人为剧作家代言而已。在中国文学史上,将前后历史连贯比并在一起,发思古之幽情,实属常情、常态,若"吴宫花草埋幽径,晋代衣冠成古丘"(李白《登金陵凤凰台》),"六朝如梦鸟空啼"(韦庄《台城》)这样的名句佳篇不胜枚举。

文化传承篇

吴越春秋争霸的故事，《左传》《国语》《史记》《越绝书》《吴越春秋》《吴地记》等古代典籍中都有记载。纵观《史记》等史书的记载，更多的从政治、军事、外交等角度进行宏观的叙述，其中多权力计谋的描写和刻画。

吴王阖闾在伍子胥、孙武等人的辅佐下，强兵兴国，曾在南方建立霸业。周敬王二十四年（前496），阖闾率兵攻越，吴越两军战于檇李（今浙江嘉兴），一代雄霸阖闾负伤身亡。临死之前，阖闾叮嘱其子夫差："必毋忘越。"夫差继位为王后，"日夜勒兵，且以报越"。越王勾践听说后，"欲先吴未发往伐之"，范蠡坚谏制止，越王不从，说："吾已决之矣。"于是便兴兵伐吴。夫差闻讯，"悉发精兵击越，败之夫椒（今苏州西南太湖中椒山）"，这也就是历史上著名的夫椒之战。吴王乘势直捣越都会稽（今浙江绍兴），"追而围之"，困越王于会稽山上。在此困境中，越王勾践听从了范蠡的建议："卑辞厚礼以遗之，不许，而身与之市。"于是，越王就派重臣文种"行成于吴，膝行顿首"，向吴王夫差请降："君王亡臣勾践使陪臣种敢告执事：勾践请为臣，妻为妾。"其意是我文种受越王勾践的使派，向吴王表示：勾践愿为人质，臣事于吴王。伍子胥对吴王夫差说："天以越赐吴，勿许也。"吴国的太宰伯嚭贪，越国遂"诱以利"，向他进献宝器、美女，伯嚭便向吴王进言道："越以服为臣，若将赦之，此国之利也。"此时的吴王因一心急于北上中原争霸，未采纳伍子胥建议，以越王质吴为条件，接受越国的投降，"罢兵而归"。（以上所引皆见于《史记·越王勾践世家》）

接下来的就是妇孺皆知的勾践"卧薪尝胆"，《史记·越王勾践世家》是这样记载的："吴既赦越，越王勾践反国，乃苦身焦思，置胆于坐，坐卧即仰胆，饮食亦尝胆也。曰：'女忘会稽之耻邪？'身自耕作，夫人自织，食不加肉，衣不重采，折节下贤人，厚遇宾客，振贫吊死，与百姓同其劳。"多年的"卧薪尝胆"和励精图治，最终的结果便是众所周知的"越复伐吴，吴师败"。

尤可注意的是，在司马迁的《史记》中，从头至尾没有提及西施之名，更绝无将西施进献吴王施行美人计一事，《史记》只讲到越王命文种向吴太宰伯嚭进献美女，这件事在先秦典籍《国语》中也是有记载的："越人饰美女八人，纳之太宰嚭。"（《国语·越语上》）其实，在先秦的典籍中，西施只是作为美女的代称而时时出现，至于是否确有其人，学术界还存在着极大的争议。唯有宋代学者孙奭在《孟子注疏》中，在《离娄下》"西子蒙不洁"句下的疏解中说："案《史记》云：西施，越之美女。越王勾践以献之吴王夫差，大幸之。每入市，人愿见者先输金钱一文视西施也。"然而，这一段文字却不见于现在通行的《史记》，清代四库馆臣在《四库全书总目提要》中就对此做出过结论曰："孙奭《孟子疏》所引《史记》西子金钱事，今本无之，盖宋人诈托古书，非今本之脱漏。"

西施成为吴越争霸中美人计的主角，要到东汉时期的野史、杂史中才逐渐兴起，《吴越春秋》《越绝书》中皆有较为详细的记载，而《吴越春秋》卷九《勾

践阴谋外传》中的记载最为集中,也是后世戏剧、诗词典故的出处所在,兹引原文如下:

十二年,越王谓大夫种曰:"孤闻吴王淫而好色,惑乱沉湎,不领政事。因此而谋,可乎?"种曰:"可破。夫吴王淫而好色,宰嚭佞以曳心,往献美女,其必受之。惟王选择美女二人而进之。"越王曰:"善。"乃使相者国中,得苎萝山鬻薪之女,曰西施、郑旦。饰以罗縠,教以容步,习于土城,临于都巷。三年学服而献于吴。乃使相国范蠡进曰:"越王勾践窃有二遗女,越国泞下困迫,不敢稽留,谨使臣蠡献之,大王不以鄙陋寝容,愿纳以供箕帚之用。"吴王大悦,曰:"越贡二女,乃勾践之尽忠于吴之证也。"

得到了美人西施之后的吴王,整日沉湎于酒色之中,"从此君王不早朝",面对伍子胥的一次次忠告和进谏,吴王大怒,下令赐死伍子胥,最终直接导致了吴国的覆亡。荒淫误国,在中国古代历史上绝非鲜见之事,前有商纣王、周幽王,后有陈后主、唐明皇,历史学家以厚重的如椽之笔,一次次地总结历史的经验教训,但历史的覆辙又一次次地重蹈,正所谓"后人哀之而不鉴之,亦使后人而复哀后人也"(杜牧《阿房宫赋》)。

与史学家厚重的反思史鉴笔法完全不同,历代的文学书写中,无论是诗人、词人还是剧作家,都喜欢通过西施的故事及其个人遭际、命运,来表现历史的风云激荡和沧桑变迁,在吴王宫今昔繁华、荒寂的对比中,生发出种种历史的感慨和议论,这正是南宋词人吴文英在词作中所说的"但寄情、西子却题诗"(吴文英《八声甘州·姑苏台和施芸隐韵》)。

吴文英的词作向以构思遣词密丽而著称,他在姑苏怀古词中,也会连续使用吴王宫里的故事,借以抒情写意。吴文英毕竟是填词高手,他在词作并没有如一般的作家那样铺陈典故,而是由眼前的历史遗迹激起脑海中的记忆,用化实为虚的手法,写想象中吴王宫曾经的富丽繁华,因而词作中时常出现的一个词语便是"幻"。如他的名作《八声甘州·陪庾幕诸公游灵岩》是这样写的:

渺空烟四远,是何年、青天坠长星。幻苍崖云树,名娃金屋,残霸宫城。箭径酸风射眼,腻水染花腥。时靸双鸳响,廊叶秋声。　宫里吴王沉醉,倩五湖倦客,独钓醒醒。问苍波无语,华发奈山青。水涵空、阑干高处,送乱鸦、斜日落渔汀。连呼酒,上琴台去,秋与云平。

词作的开篇意境高远,情思深沉,有如神来之笔,在时空的交错中,使得词作自始至终萦绕着一种古今宇宙的意想。在词人看来,灵岩山上的馆娃宫、响屧廊以及远处的一箭河、采香泾,无不是历史的星空坠落在人间的一颗颗长星。面对浩渺的空烟碧水和历史的长空,词人以一个"幻"字为引领,为后世

文化传承篇

的读者揭开了一副绮丽壮美历史的画卷:"苍崖云树""名娃金屋""残霸宫城"。然而,就在这迷离惝恍的幻象中,词人似乎从一箭河的流水和河畔的清风中感受到了一丝丝的异样:"箭径酸风射眼,腻水染花腥。""酸风射眼,腻水花腥"一句,大有深意在,词人连用三个前人的语典:"酸风",出自唐代诗人李贺的《金铜仙人辞汉歌》"东关酸风射眸子";"腻水",用了杜牧《阿房宫赋》中的名句"绿云扰扰,梳晓鬟也;渭流涨腻,弃脂水也";"花腥",则化用了陆游《题十八学士图》中"隋日昏瞶东南倾,雷塘风吹草木腥"的意蕴。前人诗文作品中对汉、秦、隋诸朝历史兴亡感慨的语汇被一一借来,叠复在一起,词人对历史沧桑的感喟已达极致。带着这样的沉重,还有刚才的迷离惝恍,词作的笔锋陡生变化。忽然,一阵"双鸳响"传入耳际,那么真切,在作者想来,那应该是西施靸木屐的步履之声在响屧廊上的回响,其实这完全是词人的臆想而已,细看来,只不过是秋风飘零落叶在响屧廊上的声音而已。又是一段"幻笔",真是笔如波谲云诡,令人莫测神思。词作的下阕,吴文英在"问苍波无语,华发奈山青"的无奈和哀婉中,结以"阑干高处",登临远眺,在高远旷明的意境中,极写其内心低回宛转的感慨,也正是上阕虚实相生情境的必然延续和发展。这样的写法,这样的情韵,在吴文英的《八声甘州·姑苏台和施芸隐韵》一词中也表现得淋漓尽致,难怪近代著名学者俞陛云对此要大加赞赏曰:"笔意超拔","在能手出之,有一种高朗之气",词中对"霸业消沉"之感慨,令人"尤为抚叹"。(俞陛云《唐五代两宋词选释》评《八声甘州·姑苏台和施芸隐韵》)

在吴文英的《八声甘州·陪庾幕诸公游灵岩》一词中,还有一句也很值得注意,那就是"宫里吴王沉醉,倩五湖倦客,独钓醒醒"。与吴王的荒淫昏聩相比,范蠡可以说是那个年代的"独醒"者,他的"独醒"不仅体现在为越王所做的政治谋划上,还包括他"功成身退"的选择和人生智慧。范蠡泛舟五湖,最早见于《国语·越语下》,其中有谓:"遂乘轻舟以浮于五湖,莫知其所终极。"自此之后,范蠡"功成身退"遂成为后世士大夫政治人格的楷模,而他"散发弄扁舟"的潇洒隐退,更令无数骚人墨客仰慕不已,故而吴文英词中也出现了"五湖倦客,独钓醒醒"的赞誉之词。到了《史记》中,司马迁更把范蠡的这一人生选择上升到政治斗争哲学的层面加以总结和叙述,不妨一读:

范蠡遂去,自齐遗大夫种书曰:"飞鸟尽,良弓藏;狡兔死,走狗烹。越王为人长颈鸟喙,可与共患难,不可与共乐。子何不去?"种见书,称病不朝。人或谗种且作乱,越王乃赐种剑,曰:"子教寡人伐吴七术,寡人用其三而败吴,其四在子,子为我从先王试之。"种遂自杀。

——《史记》卷四十一《越王勾践世家》

与范蠡的隐遁潇洒相比,越国另一重要谋臣文种的结局就显得凄惨了许多,这也印证了范蠡"飞鸟尽,良弓藏;狡兔死,走狗烹"的预言。司马迁在历史叙述中,对这一历史的血酬定律颇多体会,在《淮阴侯列传》中再次借韩信之口说出了这段名言。

在这一历史故事中,西施的结局一直不甚了了,直到晚唐时期的苏州人陆广微在其所著《吴地记》中才有这样的说法:"《越绝书》曰:'西施亡吴国后,复归范蠡,同泛五湖而去。'"虽然今本《越绝书》不见此语,但这一说法在中国百姓和后来的文士中广为流传。但是,关于西施的人生结局,还有另外一种不同的说法,晚清著名学者孙诒让在其《墨子间诂》中注释"西施之沉,其美也"一语时,引用了一则《吴越春秋》的逸文,说:"苏云:案《吴越春秋》逸篇云:'吴亡后,越浮西施于江,令随鸱夷以终。'其言与此合,是吴亡西施亦死也。墨子书记当时事必有据,后世乃有五湖随范蠡之说,诬矣。"这则逸文似乎明代学者杨慎也曾见到,杨慎在其《丹铅总录》卷十三中加以引用曰:"后检《修文御览》,见引《吴越春秋》逸篇云:'吴亡后,越浮西施于江,令随鸱夷以终。'乃嗟曰:'此事正与《墨子》合。'"但是,善良的人们和许许多多后代的文学家在说起这段历史风云往事的时候,在题咏诗篇的时候,更喜欢范蠡与西施泛舟湖上的闲逸恬淡,前引剧作《浣纱记》便是其代表和典范。

吴越春秋的争霸历史也好,西施范蠡的凄美故事也好,都成为中国文学史上一个重要的主题而存在。历史的陈迹和曾经的风云激荡,时时激发起诗人、词人敏感而深沉的情思,他们或是抒写物换星移、物是人非的兴亡感慨,或是寄托某种哀思,或是生发别样的史论,不管哪一种创作主旨,都是诗人、词人内心与历史碰撞之后而产生的强烈情感共鸣。这样的佳作实在不胜枚举,李白的《乌栖曲》自是这一题材诗歌中的代表:

姑苏台上乌栖时,吴王宫里醉西施。吴歌楚舞欢未毕,青山欲衔半边日。银箭金壶漏水多,起看秋月坠江波,东方渐高奈乐何。

明末清初诗人邢昉在其唐诗选本《唐风定》中说,此诗"情思亦诸家所有",但李白的高明之处在于"吐辞缥缈,语带云霞,则俱不及"。邢昉之评,颇得李白诗歌之妙谛,只是其言出以设譬,不易理解。细细读来,确乎如此,全诗纯用冷静客观的笔墨写来,"哀乐含情,妙在都不说破"(钟惺、谭元春《唐诗归》卷十六),然而文字之间却难以掩饰力透纸背的兴亡之思与讥刺之意。这是李白独有的宏大气魄和深婉兴寄,全诗写得"意思委婉,反复讽诵,为之泪下"(桂天祥《批点唐诗正声》)。据说,当年李白初入长安城时,贺知章读到这首诗时,惊呼道:"此诗可以泣鬼神矣!"(孟棨《本事诗·高逸》)

此外,诸如李白的《苏台览古》《越中览古》,白居易的《题灵岩寺》等诗歌作品,无不是以厚重的笔调、凄婉的语言,抒写"吊古情深"(黄叔灿《唐诗笺注》评李白《苏台览古》),这些作品的主旨,借用李白《苏台览古》中的话来说,就是"只今惟有西江月,曾照吴王宫里人"的无尽伤惋和叹息。从此以后,茂苑荒草、泛舟五湖,无不成为诗家、词人笔下藉以感怀历史的习用典故,诸如秦观《望海潮》:"泛五湖烟月,西子同游。茂草台荒,苎萝村冷起闲愁。"辛弃疾《汉宫春·会稽蓬莱阁怀古》:"谁向若耶溪上,倩美人西去,麋鹿姑苏?至今故国人望,一舸归欤。"邓剡《念奴娇·驿中言别》:"蜀鸟吴花残照里,忍见荒城颓壁。"

在唐人的诗歌中,还有一个非常有趣的现象,那就是对西施出现了多元化的评价,或褒赞她的爱国精神,或批判她是"红颜祸水"。围绕着这场论争,唐代诗坛上出现了一些有趣的诗歌,诗人从不同的立足点,生发对历史事件和历史人物的评价,各抒己见,见解独特,开宋诗创作议论的先河,不妨列举其中的几首:

> 惆怅兴亡系绮罗,世人犹自选青娥。
> 越王解破夫差国,一个西施已是多。
> ——卢汪《西施》

> 家国兴亡自有时,吴人何苦怨西施。
> 西施若解倾吴国,越国亡来又是谁?
> ——罗隐《西施》

> 宰嚭亡吴国,西施陷恶名。
> 浣纱春水急,似有不平声。
> ——崔道融《西施滩》

> 绮阁飘香下太湖,乱兵侵晓上姑苏。
> 越王大有堪羞处,只把西施赚得吴。
> ——皮日休《馆娃宫怀古》

吴越春秋的争霸历史中,伍子胥绝对是一个不可轻忽的历史人物,古代历史典籍以及后世学者研究论著中的密集关注,就足以说明问题。在文学创作中,伍子胥的形象和范蠡、西施一样,都是在历史史料的基础上踵事增华,并逐渐融入民间传说、民间故事,在这一过程中,人物形象也逐步定型、经典化,最终成为一个集文武双全、忠孝节烈于一身的历史典型。文学作品中的伍子胥形象多少有一些神化的痕迹,但是他的精神不仅在苏州广为传颂,也已然成为中华民族精神不可或缺的重要组成。苏州的端午节起源于纪念伍子胥,后来楚地对屈原的纪念也采用了相同的方式,这其中的精神动因是别无二致的,就连屈原本人也在诗歌中对伍子胥给予了很高的评价:"吴信谗而弗味兮,子胥死而后忧。"(屈原《九章·惜往日》)明代诗人薛蕙在《行路难》一诗中就将伍子胥与屈原并举曰:"君不见,伯嚭加诬子胥刎,越师西来吴国尽。又不见,上

官纳谮屈原死,楚王翻为秦地鬼。"(薛蕙《考功集》卷一)

在中国文学史上,对屈原的歌咏世代不绝,其实,对伍子胥的赞颂之词亦复不少,而且形式多样,不仅有诗词,还有戏剧、小说,就连民间说唱文学中,伍子胥故事也是一大热门题材,唐代的变文中就有《伍子胥变文》,直至今天,苏州弹词中还有很多这一题材的书目。兹举唐代诗人许浑和明代政治家、诗人刘基的两首诗词如下,以为观瞻:

> 宫馆余基辇辂过,黍苗无限独悲歌。
> 荒台麋鹿争新草,空苑岛凫占浅莎。
> 吴岫雨来虚槛冷,楚江风急远帆多。
> 可怜国破忠臣死,日月东流生白波。
> ——许浑《姑苏怀古》

> 晨登吴山上,四望长叹嗟。
> 借问胡叹嗟,狭路险且邪。
> 子胥竭忠谏,抉目为夫差。
> 宰嚭善逢迎,越刃复相加。
> 守正累则多,从人祸亦奢。
> 遭逢贵明良,不尔俱泥沙。
> ——刘基《感怀三十一首》(其二十九)

历史的风流"总被雨打风吹去",一代代文人墨客用诗词吟咏的方式,将历史的记忆代代相承,成为苏州古城及其历史,也是中国历史文化的重要载体。当然,吴越春秋的历史记忆在苏州还留下了很多遗迹,其中最为集中的当数苏州城外的灵岩山。那是当年吴王所建姑苏台的旧址,吴王宫长洲茂苑的繁华已经不再,但是还可以看到馆娃宫、采香泾、响屧廊、吴王井、西施井、玩月池等遗迹,这些都在默默地诉说着一段历史的兴衰往事。至于遍布苏州城内的街巷,如伍子胥弄、锦帆路、剪金桥巷、采莲巷等,据说也与这段历史往事有关。倘佯在这些小巷中,耳时不时传来弦索叮当伴奏下的弹词《伍子胥》,或是宛转悠扬的水磨调吟唱:

> 吴宫花草荒芜后,歌扇香风透盈盈。侍故候席上回风,灯前垂手,犹记旧歌楼,杜鹃声里空回首。
> ——梁辰鱼《浣纱记》第四十五出《归湖》之《南步步娇》

拓展训练

苏台览古
（唐）李　白

旧苑荒台杨柳新，菱歌清唱不胜春。
只今惟有西江月，曾照吴王宫里人。

越中览古
（唐）李　白

越王勾践破吴归，义士还乡尽锦衣。
宫女如花满春殿，只今惟有鹧鸪飞。

题灵岩寺
（唐）白居易

娃宫靡廊寻已倾，砚池香径又欲平。
二三月时但草绿，几百年来空月明。
使君虽老颜多思，携觞领妓处处行。
今愁古恨入丝竹，一曲凉州无限情。
直自当时到今日，中闲歌吹更无声。

望海潮
（北宋）秦　观

秦峰苍翠，耶溪潇洒，千岩万壑争流。鸳瓦雉城，谯门画戟，蓬莱燕阁三休。天际识归舟。泛五湖烟月，西子同游。茂草台荒，苎萝村冷起闲愁。　何人览古凝眸。怅朱颜易失，翠被难留。梅市旧书，兰亭古墨，依稀风韵生秋。狂客鉴湖头。有百年台沼，终日夷犹。最好金龟换酒，相与醉沧洲。

汉宫春·会稽蓬莱阁怀古
（南宋）辛弃疾

秦望山头，看乱云急雨，倒立江湖。不知云者为雨，雨者云乎。长空万里，被西风、变灭须臾。回首听、月明天籁，人间万窍号呼。　谁向若耶溪上，倩美人西去，麋鹿姑苏？至今故国人望，一舸归欤。岁云暮矣，问何不、鼓瑟吹竽？君不见、王亭谢馆，冷烟寒树啼乌。

八声甘州·姑苏台和施芸隐韵
（南宋）吴文英

步晴霞倒影,洗闲愁、深杯滟风漪。望越来清浅,吴歈香霭,江雁初飞。辇路凌空九险,粉冷濯妆池。歌舞烟霄顶,乐景沉晖。　　别是青红阑槛,对女墙山色,碧澹宫眉。问当时游鹿,应笑古台非。有谁招、扁舟渔隐？但寄情、西子却题诗。闲风月,暗销磨尽,浪打鸥矶。

念奴娇·驿中言别
（南宋）邓剡

水天空阔,恨东风不惜、世间英物。蜀鸟吴花残照里,忍见荒城颓壁。铜雀春情,金人秋泪,此恨凭谁雪。堂堂剑气,斗牛空认奇杰。　　那信江海余生,南行万里,不放扁舟发。正为鸥盟留醉眼,细看涛生云灭。睨柱吞嬴,回旗走懿,千古冲冠发。伴人无寐,秦淮应是孤月。

题伍子胥庙壁
（明）唐　寅

白马曾骑踏海潮,由来吴地说前朝。
眼前多少不平事,愿与将军借宝刀。

行路难
（明）薛　蕙

君不见,山中行人葬虎腹,复有贪狼饱人肉。天生二物毒爪牙,比似谗人未为毒。谗人之毒在利口,能覆邦家如覆手。一夫中伤那足悲,万事纷纭真可丑。君不见,伯嚭加诬子胥刻,越师西来吴国尽。又不见,上官纳谮屈原死,楚王翻为秦地鬼。谗人反复不可凭,变易是非移爱憎。重华聪明疾谗说,诗人怨愤刺青蝇。青蝇营营点垂棘,谗口嚣嚣排正直。已于平地置机井,更向通衢布矰弋。可怜豪杰死道边,总为奸邪在君侧。行路难,行路难,只在谗人唇吻端。宁当脱屣蹈东海,不须驱马入长安。

文化传承篇

"一堂俎豆千秋业,异代文章四海人"
——从虎丘山"唐宋五贤祠"到沧浪亭"五百名贤祠"

自古以来,先贤、名贤之于文化的发展就备受世人瞩目,也受到了普遍的敬重,《礼记》中有谓:"祀先贤于西学,所以教诸侯之德也。"《周礼·春官·大司乐》亦有云:"凡有道有德者使教焉,死则以为乐祖,祭于瞽宗。"所谓"瞽宗"者,古之学校也,《礼记》所谓"西学"者是也。西周天子设立大学,其学有五:南为成均,北为上庠,东为东序,西为瞽宗,中为辟雍。道德标杆的楷范作用,自然受到历代统治者和教育者的高度重视。东汉末年,"孔融为北海相,郡人甄士然、临孝存知名早卒,融恨不及之,乃命配食县社。其余虽一介之善,莫不加礼焉"(范晔《后汉书》卷一百)。此为古代地方祭祀乡贤之始,此风至于明清,尤为盛行,正所谓:"凡有道有德教于其乡者,没则祭于瞽宗;乡先生没则祭之于社,皆乡贤也。"(蒋冕《全州名宦乡贤祠碑》,见汪森《粤西文载》卷三十九)

除了乡贤之外,历代名宦以及游寓客居之名人,也逐渐成为世人膜拜之对象。唐代著名诗人韦应物、白居易、刘禹锡仕宦于苏州,留下了诸多惠政和美名,人称"苏州三刺史",他们离开苏州的时候,百姓依依不舍,甚至再三拦道挽留。关于他们的惠政,将另作专文,此处不赘。此外,他们也和宋代游寓苏州的著名诗人王禹偁、苏轼一样,留下了许多脍炙人口的诗歌佳作。如白居易的《白云泉》:"天平山上白云泉,云自无心水自闲。何必奔冲山下去,更添波浪向人间。"《正月三日闲行》:"黄鹂巷口莺欲语,乌鹊河头冰欲销。绿浪东西南北水,红栏三百九十桥。鸳鸯荡漾双双翅,杨柳交加万万条。借问春风来早晚,只从前日到今朝。"王禹偁有《洞庭山》诗,描写太湖洞庭到西山的景象有曰:"吴山无此秀,乘暇一游之。万顷湖光里,千家橘熟时。平看月上早,远觉鸟啼迟。近古谁真赏,白云应得知。"后来苏州百姓就把这五位先哲名人并称,在虎丘山麓建祠并祀。明万历二十六年(1598)戊戌,时任长洲知县的文学家江盈科,在虎丘山麓的平远堂旧址修建"唐宋五贤祠",并在其《五贤祠记》一文中详细记载了"五贤祠"修建的重要意义和经过,其中有曰:

虎丘北隅有堂曰"平远",其前为虞山,横伏拱揖。山下诸流分派南泻,如白练错出,平田远野,苍翠交映,堂所由名以此。堂故圮,凡几何年。寺僧曰通

233

密,募得部使澶渊董公、新安管公、通政郡人徐公,前后共捐百余金,因而鸠工庀材,一新其制。不佞登焉,徘徊四顾,欣然会心,因忆唐韦左司、白少傅、刘宾客,宋王元之、苏子瞻,此五君子皆绝代伟人。韦、白、刘俱刺郡,王宰长洲,苏则晚年寓吴。其于兹山,登眺游览,不啻数数,名篇屡咏,载在传记,脍炙人口。然而千余年,未闻有俎豆五君子于山之侧。司土者,其谓缺典何?……然则俎豆之举,其安可已乎?爰用具文,请诸督学陈公、岳伯曹公、郡侯朱公,即平远堂妥五君子之灵血食焉。三公懿德之好,先得不佞之心所同然。佥报曰可。不佞复为擸置三十余金,创设神龛木主,以八月望日,具牲载礼,肃拜堂下祗祀焉。自今已往,令兹土者春秋享祀,罔有佚缺。盖不佞于此堂,始而有会,卒而又复有感。夫吴王阖庐,据有吴会,睥睨中原,不称霸业之雄乎?死而埋骨此山,金锢其内,虎守其外,曾不数世,斩焉丘墟。……而五君子萧然儒流,位不称德,千世而下,艳羡其娇志亮节,文采风流,靡不欣慕,愿为执鞭。即今焕然俎豆,在此不在彼。然则士之不朽,岂必千乘之尊,君王之贵哉?……予故笔之记焉,以告夫世之为士者,努力于其所为不朽,而毋但富贵之为沾沾也。斯予请祀五君子意也。

这里有一个词语需要略作解释,那就是"俎豆"。俎和豆,都是古代祭祀、宴飨时所用的盛食物用的礼器,后由此引申为祭祀和崇奉的意思。柳宗元《游黄溪记》中有谓:"以为有道,死乃俎豆之,为立祠。"在苏州文化圈中人和长洲知县江盈科看来,韦应物、白居易、刘禹锡、王禹偁、苏轼这五位唐宋时期的名贤,其之所以足堪不朽,唯其"娇志亮节,文采风流",绝对不是凡夫俗子所追求的"千乘之尊,君王之贵"。由此可见,江盈科建"五贤祠"的目的全在于劝诫、教化世人,也就是他在文中所说的"告夫世之为士者,努力于其所为不朽,而毋但富贵之为沾沾也"。

江盈科的这份良苦用心得到了苏州百姓和文人士大夫的理解,清代苏州籍的诗人薛雪就有专咏其事的诗作《唐宋五贤祠》,其中有云:"瞻望流风拜下尘,映阶碧草泪痕新。一堂俎豆千秋业,异代文章四海人。荣辱何心依赵孟,纵论无术愧仪秦。生涯百计思量遍,愿卜从今去住身。"所谓"瞻望流风拜下尘",我们完全可以做出这样的诠释:明清以来的苏州文士,在唐宋名贤、先哲的精神引领下,一方面严格恪守着儒家经典中的各种教诲和训诫,不断砥砺着自我的操守和节义;另一方面,以自己的亲身参与,积极入世,践行着"修、齐、治、平"的儒家"千秋业"。

江盈科建"五贤祠"的用意,在明清时期苏州文人题咏虎丘山麓的另一座纪念性建筑——白公祠时,也同样表现得淋漓尽致。清代诗人蔡士芳在《题白公祠》一诗中所说:"补种甘棠绕屋新,后先循吏总诗人。文章声价鸡林贵,香火因缘鹤市春。旧是使君吟咏处,依然兜率去来身。故衫休恋杭州迹,酹酒吴

依味倍醇。"（诗见袁学澜《桐桥倚棹录》卷四）

白居易于宝历元年（825）三月任苏州刺史，五月五日到苏州。下车伊始，白居易就给朝廷奏表，表明自己励精图治的决心："既奉成命，敢不誓心？必拟夕惕夙兴，焦心苦节。唯诏条是守，唯人瘼是求。"（白居易《苏州刺史谢上表》）他常常以诗歌的形式不断自励，在《自到郡斋仅经旬日……》一诗中，白居易这样深情地写道："候病须通脉，防流要塞津。救烦无若静，补拙莫如勤。削使科条简，摊令赋役均。以兹为报效，安敢不躬亲？……警寐钟传夜，催衙鼓报晨。唯知对胥吏，未暇接亲宾。"这首诗在后世似乎已成为历代官员的"官箴"，一直受到世人的尊崇，乾隆帝在其御编的《唐宋诗醇》卷二十五中不仅收录了这首作品，更给予了高度的评价，其中有谓："'救烦无若静，补拙莫如勤'十字，凡为令守者，当录置座右。"在苏州刺史任上，白居易所作的惠及百姓民生的善政颇多，其中最为著名的当数疏浚山塘河，筑起山塘街，北宋时期苏州著名学者朱长文在《吴郡图经续记》中评价此事说："唐白居易守郡，尝作武丘路，免于病涉，亦可障流潦。"后人为纪念白公，遂将山塘街称之为"白公堤""白堤"，在山塘街终点的虎丘山麓修建了白公祠，并补种甘棠，以资纪念。在苏州士民百姓的心目中，白居易不仅是一位艺术造诣甚高的诗人，更是一位关心民瘼的"循吏"。

像白居易这样的风雅廉吏，在苏州历史上绝非个别，蔡士芳诗歌中所谓"后先循吏总诗人"，自然也包括和白居易并称为唐代"苏州三刺史"的韦应物和刘禹锡，以及宋代的王禹偁等诸多名宦贤达。所以，在苏州地方文化的建设中，彰表历代先贤名宦成为一项非常重要的内容，虎丘山麓的唐宋五贤祠，便是其中的代表。

范仲淹的裔孙，明代苏州学者范允临在《重修五贤祠记》中曾有曰："非五君子不能有此山者，夫名贤之重于鼎台也。虽一经宿，一留题，才落姓字，便添声价，山川为之色飞，草木亦觉其流芬。"清代扬州文人吴绮在游览虎丘，拜谒五贤祠之后，作《五贤祠》一诗云："人事有盛衰，大雅无今古。所以古昔人，往往薄簪组。东南富莺花，斯地号天府。岂无当世豪，事往不复数。巍巍此堂中，名贤独称五。左司具高风，刘白信俦侣。元之偶折腰，玉局偶行旅。踪迹重山河，文章历风雨。我来一长揖，异代忽心许。俯仰眺诸峰，苍苍但平楚。"范允临将苏州历史上"名贤"精神遗产的意义看得"重于鼎台"，对当下的精神文明建设是极具启发和借鉴意义的；至于吴绮的一句"我来一长揖，异代忽心许"，则更道出了名贤祭祀对思想道德教育和精神文化建设的重要意义。

除了建乡贤祠以资纪念和彰表之外，地方志也承载了宣扬乡贤名德的重任，这便是唐代史学家刘知几在《史通·杂述》中所说的："郡书者矜其乡贤，美其邦族，施于本国，颇得流行。"或许是为了彰表乡贤之需要，甚或有绘其肖像者，《隋书·经籍志》就著录了《会稽先贤像赞》五卷，以绘像成书而见诸载籍者,此为最古,然而今已不传。

这一种祭祀乡贤、先哲的风气,在文化发达的苏州地区一直长盛不衰,绵绵不绝。南宋绍兴三十一年(1161),吴郡郡守洪遵建"瞻仪堂",将苏州郡守之"名德士"的肖像,取诸"公私所藏","颇补其阙遗",以供世人瞻拜,"又采韩退之《庙学碑》语,名之曰'瞻仪'"。(范成大《瞻仪堂记》,文见范成大《吴郡志》卷六)到了明代,涌现了大量专门载录吴地乡贤生平传记、评赞以及肖像之类的著作,其中名声较著者有杨循吉《吴中往哲记》、王世贞《吴中往哲像赞》、刘凤《续吴中先贤赞》。其中文震孟作《姑苏名贤小纪》,更有"好事者为之图,凡一百余人,今亦散佚。高山仰止,行行止此,不独邦之人有余慕焉,即游是邦者,亦乐为之荟萃,以永其传也"。

最值得人们称道的是,清代道光年间,苏州乡贤顾沅将这类文献集其大成,他"纂集吴中先贤,旁及名宦、游寓。公自吴公子札以降,得五百余人,属孔生继尧各为之图,并系以传"(梁章钜《五百名贤祠序》)。孔继尧所绘的先贤及名宦、游寓者画像近600幅,后皆勒石,每人各系一赞,集中安置于沧浪亭的"五百名贤祠"之中。"其像或临自古册,或访得之于各家后裔,其冠服悉仍其旧,均有征信,无一凭虚造者"(卷首石韫玉序)。至于先贤事实,除史传、志传之外,嘉言懿行散见于遗老传闻、有关掌故者,本传之后也略志一二,以广见闻。画像悉出于玉峰孔继尧手笔,正像、小像悉照原本临摹,冠服有不合古制,皆予改正。而汇纂传略,则出自张麐之手。

顾沅的这一举动,受到了诸多学者、官员的嘉赞。时任江苏巡抚的著名学者梁章钜专门为此作序,并在序中揭示顾氏这一举措的深层意义,其中有曰:"于戏!两生之用心,可谓勤矣!抑其意将一图而止乎?或更有进也。尚友古人,实事求是,立身敦行,务与古人有易地皆然之契,而穷通利钝,不足以问之。庶无负今日作图义耳……余藩牧是邦,有表章文献之责,适重修苏子美沧浪,将奉是像,合而祠之,因纪其事,以勖夫作是图与凡白是图者,遂书以为序。"(梁章钜《五百名贤祠序》)

梁章钜所谓"更有进"的深刻意义,即是先贤名宦以及道德楷模"立身敦行"的正能量及其影响力。沧浪亭"五百名贤祠"四周的建筑以及砖雕、碑刻中,无不时时强化着这一主旨,诸如"周规""折矩""景行维贤"。而"五百名贤祠"中的数副清人撰写的楹联,更是耐人寻味:

  非关貌取前人,有德有言,千载风徽追石室;
  但觉神传阿堵,亦模亦范,四时俎豆式金闾。

          ——陶澍撰联

  千百年名世同堂,俎豆馨香,因果不从罗汉证;
  廿四史先贤合传,文章事业,英灵端自让王开。

——薛时雨撰联

　　百代集冠裳,烁古炳今,总不外纲常名教;
　　三吴崇俎豆,维风励俗,岂徒在科第文章。

——佚名撰联

　　仿佛烟波中,花天月地小开辟;
　　俎豆竹梧径,冥交神契偏同游。

——吴履刚撰联

　　这几副楹联都围绕着"俎豆"名贤的重要意义而展开。需略作解说的是,陶澍联语中与"俎豆"相对举的"石室",出典于《汉书·循吏传》与《水经注·江水注》。据记载,文翁在汉景帝末年到四川任太守,推行教化,提倡仁爱,蜀中风气大振。文翁的具体做法就是"立讲堂,作石室于南城,后守更增二石室"(《水经注·江水注》)。陶澍时任两江总督,他对修祠"俎豆"先贤特别支持,因为他很清楚道德教化对"世道人心"的重要作用,故而会在联语中将"五百名贤祠"的修建与文翁治蜀并举。对此,清人朱方增的《五百名贤祠序》将顾沅、梁章钜、陶澍在内的诸多官员、学士的良苦用心言之甚明,即所谓:"将以俾吴人士,式瞻遗像,知某以德行,某以政事,某以文学,各触发其则效之意。虽不能至,心向往之,于人心风俗,必有翕然易观者。然则是举也,善化宜民,所以纳之轨物中者,莫切于此,较之文翁之治蜀,其功不更伟与!"

　　自苏舜钦贬谪江南,在苏州城南建沧浪亭,便成就了苏州一道独特的文化风景,历代吟咏"濯缨濯足"的诗词歌赋,不胜枚举。而道光年间在园中葺"五百名贤祠"之后,则又赋予沧浪亭以"景行维贤"的道德情怀,这也就是清代苏州籍状元石韫玉在诗中所说的:"山林如画开生面,风月论钱不待赊。况有使君重文献,怀贤稽古意常奢。"(石蕴玉《沧浪亭图为梁茞林方伯题》)这一主旨的诗歌作品在苏州也不断涌现,姑以清代诗人卓秉恬的一首《九月二日偕蓝波云汀同游沧浪亭》为结:

　　碕北杠南际晓过,径开三益畅怀多。
　　循廊细读前贤记,倚树闲听孺子歌。
　　胜赏情移风月地,佳时兴寄水云窝。
　　怜才旷代逢知己,培茸斯亭永不磨。

拓展训练

唐宋五贤祠
（清）吴　绮

人事有盛衰,大雅无今古。
所以故昔人,往往薄簪组。
东南富莺花,斯地号天府。
岂无当世豪,事往不复数。
巍巍此堂中,名贤独称五。
左司具高风,刘白信俦侣。
元之偶折腰,玉局偶行旅。
踪迹重山河,文章历风雨。
我来一长揖,异代忽心许。
俯仰眺诸峰,苍苍但平楚。

唐宋五贤祠
（清）薛　雪

瞻望流风拜下尘,映阶碧草泪痕新。
一堂俎豆千秋业,异代文章四海人。
荣辱何心依赵孟,纵论无术愧仪秦。
生涯百计思量遍,愿卜从今去住身。

吴郡名贤图传赞序
（清）朱　琦

　　吴门新建名贤祠,实自顾子湘舟启其端,逮藏功,湘舟乃汇成一书,统计若干人,人各有像,像有赞,既皆勒石,又别采事实为之传。其中宦于是、寓于是者并,概之曰吴郡云。考图像始汉文翁,而后无传,魏晋来多撰一方传记,亦鲜存者。近则元吴师道《敬乡录》、明宋濂《浦阳人物记》、区大任《百越先贤志》、欧阳东凤《晋陵先贤传》等寥寥数家,大抵未绘像,更不因以立祠。惟宋袁韶知临安府,建许由以下三十九人之祠,而遂制传赞,此以祠著者也。明黄润玉《四明文献录》,传、赞前兼有诸人小像,此以图像著者也。吴中往哲,纪述较繁,已见湘舟《例言》,然或漏略,或散失,君乃甄录而推广焉。网罗浩博,阐扬前徽,于斯为笃。吾人读书论世,期尚友千载,度己以绳。昔者,太史公适鲁,登孔子庙堂,观其车服礼器,景仰先圣,夐乎上巳。外此,胜流逸士,余韵传闻,偶尔经过,往往撼怀旧之念,而发思古之情。即庐舍茔域所在,销沉于兵燹,剥蚀于风雨，犹必稽核凭吊，感慨系之，而况同产此乡者哉？溯三代时，但立西学，曰瞽宗，以祀先贤，后代则有殁而祭社之典。盖高曾规矩，欣慕服从，义尤真切。若反是而随俗波靡，虽生前煊赫，旋归冥漠，甚或逾轶防检，将讳其姓氏而不欲称。呜呼！贤不肖之相去，人亦可以审所自处矣。兹所录品格非一，而政绩之殊异，行谊之芳懿，学问之深粹彬彬，胥足表识俎豆，馨香旁乎，众议祠之立，繫维诸大吏，登高而呼，簪绅衿佩俱踊跃后先。至于远咨勤访，则湘舟力居多。由是垂厥仪型，永以激顽懦而匡风化，殆如振铎乎！爰忘梼昧，作弁词，并藉为醵赀刊布之券。

沧浪亭图卷为顾湘洲题
（清）石韫玉

沧浪之歌出于楚，前有孺子后渔父。
沧浪之亭构自宋，卷山勺水因人重。
七百年来若旦昏，代兴代谢名常存。
自古地灵在人杰，此间旧事吾能说。
苏子当时辟草莱，欧梅题赠诗胪列。
岁久犹存一草亭，衡山三字楣间揭。
商邱中丞来抚吴，残山剩水重搜剔。
纯皇省方问风俗，后先六次巡江浙。
翠华曾向此登临，至今睿藻光严穴。
兔走乌飞四十载，亭台零落溪山在。
重开生面需后贤，明月清风如有待。
封疆大吏多好贤，葺墙缮宇仍完坚。
寿祠环列名贤像，此中香火多因缘。
名贤之像何从致，顾子湘洲今好事。
故家旧族尽搜罗，将相布衣无不备。
刻石流传自永久，况有山僧任居守。
岁时享祀有常仪，守令刑牲复举酒。
一邱一壑绘成图，此图非是文房娱。
桑海虽移此不朽，长留文献征三吴。

五百名贤祠序
（清）梁章钜

《会稽先贤像赞》五卷，见《隋书·经籍志》，此以绘像成书之最古者，至今已不得传。宋绍兴中，吴郡瞻仪堂之建，有绘事而无书，仅存范石湖一《记》。明崇祯时，文湛持先生辑《姑苏名贤小纪》二卷，好事者为之图，凡百余人，今亦散佚。高山仰止，景行行止，此不独邦之人有余慕焉，即游是邦者，亦乐为之荟萃，以永其传也。顾生闭门读书，为学不怠，纂集吴中先贤，旁及名宦、游寓。公自吴公子札以降，得五百余人，属孔生继尧各为之图，并系以传。于戏！两生之用心，可谓勤矣！抑其意将一图而止乎？或更有进也。尚友古人，实事求是，立身敦行，务与古人有易地皆然之契，而穷通利钝，不足以问之。庶无负今日作图义耳。生勉之哉。吴中山水清淑，代有传人。后之视今，犹今视昔。里居姓氏，籍籍人口者，其故安在？人生只此百年，而传不传异焉。则自治不可不严，而自立不可不早也。生勉之哉！余藩牧是邦，有表章文献之责，适重修苏子美沧浪亭，将奉是像，合而祠之，因纪其事，以勖夫作是图与凡白是图者，遂书以为序。

文化传承篇

"先天下之忧而忧,后天下之乐而乐"
——范仲淹及其儒家人格精神之传承

甫从苏州火车站出来,就被广场上一尊巨大的雕塑所吸引,雕塑的基座上清晰地镌刻着脍炙人口的名句:"先天下之忧而忧,后天下之乐而乐"。看到这里,这尊雕像是谁,已经无须再做太多的解释了,他就是苏州文化精神内核的集中体现者,也是儒家人格精神的积极践行者——范仲淹。范仲淹所倡导的"先忧后乐"的思想以及志士仁人的道德操守,即便置身于整个中国文化史,亦可以毫无愧色地说,是为传统儒家思想的发展树立了一个全新的标杆。历史最终给他这样公正的评价:"先忧后乐之志,海内固已信其有弘毅之器,足任斯责,使究其所欲为,岂让古人哉!"(《宋史》卷三一四《范仲淹传》)

范仲淹(989—1052),字希文,北宋著名的政治家、思想家、军事家和文学家,世称"范文正公"。先世彬州(今陕西省彬县),后迁居江南,为苏州吴县(今江苏苏州)人。宋真宗大中祥符四年(1011),至睢阳应天府书院(在今河南商丘)读书,仲淹读书"昼夜不息","冬日惫甚,以水沃面。食不给,至以糜粥继之。人不能堪,仲淹不苦也"。宋真宗大中祥符八年(1015)登进士第。

宋仁宗亲政后,担任右司谏一职。景祐五年(1038),在西夏李元昊的叛乱中,与韩琦共同担任陕西经略安抚招讨副使,采取"屯田久守"方针,协助夏竦平定叛乱。范仲淹治军严格,"号令明白,爱抚士卒"(《宋史·范仲淹传》),故而深得将士之拥戴。在应对西夏的入侵时,范仲淹时出良策,有勇有谋,连续克敌制胜,以致西夏的将帅听到范仲淹的名字就闻风丧胆,敌方在发动军事行动之前,都会很小心谨慎地相互警戒曰:"无以延州为意,小范老子胸中自有数万甲兵。"甚至在边塞还流传着这样的歌谣:"军中有一韩,西贼闻之心骨寒;军中有一范,西贼闻之惊破胆。"(吕中《宋大事记讲义》卷十二)对于"诸羌来者",范仲淹也表现出政治家的胸襟和魄力,能做到"推心接之不疑,故贼亦不敢辄犯其境"(《宋史·范仲淹传》)。范仲淹守边获得了巨大的成功,西夏的首领元昊在接连失败后,向宋王朝称臣,请求议和。

戍守边关,充分展现了范仲淹的军事才能,也是范仲淹一生中极为重要的人生经历,这些不仅存留在历史文献的记载中,也通过他精彩的文学作品得以形象而具体的展现:

塞下秋来风景异,衡阳雁去无留意。四面边声连角起,千嶂里。长烟落日孤城闭。　　浊酒一杯家万里,燕然未勒归无计。羌管悠悠霜满地,人不寐,将军白发征夫泪。

这首《渔家傲》词就是范仲淹在边塞戍边时所作。宋人魏泰在《东轩笔录》卷十一中记载:"范文正公守边日,作《渔家傲》乐歌数阕,皆以'塞下秋来'为首句,颇述边镇之劳苦。欧阳公尝呼为'穷塞主之词'。"这首词以阳刚雄健的笔调写来,"大笔凝重而沉痛",表达了范仲淹和将士们一起誓死守边御敌的英雄气概,同时,在苍茫乃至凄凉的意境中,也"直道将军与三军之愁苦"以及思乡之情。(唐圭璋《唐宋词简释》)范仲淹的这组词作,以其博大的胸襟、深刻的思想内容以及雄健壮美的风格,成为宋代词史上豪放风格的发端。

凯旋还朝的范仲淹出任参知政事。庆历三年(1043),他和富弼、韩琦等人,一起参与了"庆历新政"。范仲淹给朝廷上疏,写了《答手诏条陈十事》,提出了"明黜陟、抑侥幸、精贡举"等十项改革建议。但是,"庆历新政"仅历时一年,就因朝中的反对而失败,范仲淹被贬为地方官,辗转于邓州、杭州、青州等地。"庆历新政"失败之后,他的同榜好友滕子京谪守巴陵郡,心有所触的范仲淹,在不久之后给滕子京所写的《岳阳楼记》中,大声高呼"先天下之忧而忧,后天下之乐而乐",表明了自己心系天下的儒家情怀,一时成为激奋人心的警句:

庆历四年春,滕子京谪守巴陵郡。越明年,政通人和,百废具兴。乃重修岳阳楼,增其旧制,刻唐贤今人诗赋于其上。属予作文以记之。

予观夫巴陵胜状,在洞庭一湖。衔远山,吞长江,浩浩汤汤,横无际涯;朝晖夕阴,气象万千。此则岳阳楼之大观也,前人之述备矣。然则北通巫峡,南极潇湘,迁客骚人,多会于此,览物之情,得无异乎?

若夫淫雨霏霏,连月不开,阴风怒号,浊浪排空;日星隐曜,山岳潜形;商旅不行,樯倾楫摧;薄暮冥冥,虎啸猿啼。登斯楼也,则有去国怀乡,忧谗畏讥,满目萧然,感极而悲者矣。

至若春和景明,波澜不惊,上下天光,一碧万顷;沙鸥翔集,锦鳞游泳;岸芷汀兰,郁郁青青。而或长烟一空,皓月千里,浮光跃金,静影沉璧,渔歌互答,此乐何极!登斯楼也,则有心旷神怡,宠辱偕忘,把酒临风,其喜洋洋者矣。

嗟夫!予尝求古仁人之心,或异二者之为,何哉?不以物喜,不以己悲;居庙堂之高则忧其民,处江湖之远则忧其君。是进亦忧,退亦忧。然则何时而乐耶?其必曰"先天下之忧而忧,后天下之乐而乐"乎。噫!微斯人,吾谁与归?

晚年的范仲淹仕途多艰,辗转于各地,充任地方官吏,虽然不像前期那样有许多为人交口称道的轰轰烈烈的大功业,但他始终没有放弃对"古仁人之心"的追求,他一直在用生命践行着自己"先忧后乐"的理想,他要为民谋福祉。

在范仲淹看来,国家之患,莫过于人才缺乏,因而兴办学校、培育人才是国家当务之急。范仲淹从政三十多年,所到之处,几乎都有他亲手创办和热心扶持的学校。即便在出征西夏,边境战事吃紧的情况下,他也依然没有忽视兴学,西北边塞的延州、耀州、庆州、邠州等的学校,或是由他亲手创办,或是得到过他的扶持。

范仲淹"先忧后乐"的人生信条集中展现了中国传统儒家知识分子的济世情怀和人格魅力,在中国代代相传。在他的家乡苏州,这些宝贵的文化遗产更成为城市精神的重要组成部分,在各级各类学校中得以传扬,因为苏州的一些学校,其历史就可以直接上溯到近千年之前范仲淹的捐资兴学。

北宋景祐二年(1035),范仲淹出任苏州知州。半生漂泊、徙转不定的范仲淹,回到原籍,本可以修建安定的居所。他在苏州城南的南园置地,听闻这是一块"风水宝地",他并没有喜出望外,反而觉得这样的地方若为一人所用,甚是可惜。因为范仲淹始终有一个很朴素的观念,那就是"与其富贵一家,不如富贵一方"。于是,他就捐出土地,用于兴办学校。与此同时,范仲淹还聘请了当时最有名的学者胡瑗、孙复等人前来讲学,一时蔚为兴盛,这就是后来名闻于世的苏州府学。此后,苏州府学的原址始终没有迁变,近千年来,一直作为学校的用地,人才辈出,成为东南地区首屈一指的著名学府。直至今天,立基于府学原址的江苏省苏州中学,依然将范文正公的警句"先忧后乐"作为校训,化育着新时代的年轻学子。

在捐地兴学的同时,范仲淹还请"堪舆师"找到了据说是苏州风水最恶的地方,那就是城外的天平山。范仲淹决定买下这块所谓的"穷山恶水",作为自己和范氏子孙百年沉寂之地。直到今天,苏州的天平山还保留着"范坟"这样一个地名,以此纪念范仲淹的无私奉献精神。

宋仁宗皇祐元年(1049),已过花甲之年的范仲淹在杭州任知州,他和兄长范仲温商议在苏州创建范氏义庄。范仲淹将自己多年积蓄的俸禄捐出,在苏州近郊买了千亩"常稔之田,号曰义田",义田的所有收入,全部用于"养济群族,族之人日有食,岁有衣,嫁娶凶葬皆有赡"。又在城内捐资设立"范氏义庄",作为范氏一族的公产,义庄中还设有"义学",作为范氏子弟读书求学的场所。范仲淹又"择族中长而能干者一人",负责主管"义田""义庄"及日常的运行和开销。(朱长文《吴郡图经续记》卷下)范氏义庄的设立,不仅是苏州,也是我国古代慈善事业史上"义田""义庄"的开创之举。今天的苏州市景范中学就建于"范氏义庄"的原址,其名"景范",对苏州先贤范仲淹的仰慕之意甚明。从范仲淹捐资兴学、设立"义田""义庄"的种种举动,可以看出,他不但是一位忧国忧民、心怀天下的伟大政治家,也是一个天性至孝、胸怀博爱、无私奉献的儒家知识分子。他的精神永远激励着苏州的范氏子孙,也感召着一代代苏州人。

范仲淹一生坚持着胸怀天下的胸襟和俭以养德的自我约束,他死后,竟然"殓无新衣",最后还是"友人醵资以奉葬",他的"诸孤无所处,官为假屋韩城以居之"(富弼《范文正公墓志铭》)。即便这样,他在临终前给朝廷所写的《遗迹表》中,始终没有提个人的要求,只是反复强调:"上承天心,下徇人欲,彰慎刑赏,而使之必当;精审号令,而期于必行。尊崇贤良,裁抑侥幸,制民于未乱,纳民于大中。"

在范仲淹的言传身教下,其诸子范纯祐、范纯仁、范纯礼、范纯粹都能秉持家训,恪守儒家士大夫的精神操守,是远近闻名的清介雅正的儒士,真正做到了"一门雅正清风传"。兹以其二子范纯仁之故事为例,略加说明。

范纯仁有着苏州人的典型个性,如水一般,既有温润和易的一面,也有水滴石穿的坚韧和毅力。《宋史》中对其个性有这样的描写:"纯仁性夷易宽简,不以声色加人。谊之所在,则挺然不少屈。"在家中,他常和人说:"吾平生所学得之'忠恕'二字,一生用不尽,以至立朝事君、接待僚友亲睦宗族,未尝须臾离此也。每戒子弟曰:人虽至愚,责人则明;虽有聪明,恕己则昏。苟能以责人之心责己,恕己之心恕人,不患不至圣贤地位。"他的一生,从布衣到宰相,始终能够做到"廉俭如一",朝廷"所得俸赐,皆以广义庄",这也完全体现了他的人生信条:"惟俭可以助廉,惟恕可以成德。"

"忠恕"待人的范纯仁,在朝为官,历经四朝,始终坚持以忠直耿介立身,真正做到了"谊之所在,则挺然不少屈"。在党争激烈的宋代政坛上,要做到这一点,谈何容易?对于恶劣的政治生存状态,范纯仁是十分清楚的,他曾在给朝廷的上疏中说道:"朋党之起,盖因趣向异同。同我者谓之正人,异我者疑为邪党。既恶其异我,则逆耳之言难至;既喜其同我,则迎合之佞日亲,以至真伪莫知,贤愚倒置,国家之患,率由此也。"但即便身处其中,范纯仁依然坚持不党不私,坚持原则,一切皆以国家和百姓利益为出发点。范纯仁非常重视人才的引荐,"纯仁凡荐引人材,必以天下公议",绝无朋党之私,被他引荐提携的人,"其人不知自纯仁所出"。有人曾问过范纯仁:"为宰相岂可不牢笼天下士,使知出于门下?"然而,范纯仁的回答却是如此坦荡:"但朝廷进用,不失正人,何必知出于我邪?"这样的故事、言论在《宋史·范纯仁传》中多有记载。宋徽宗即位时,曾褒奖他曰:"公先朝言事忠直,今虚相位以待。"在他身后,朝廷给他的谥号是"忠宣",宋徽宗为他"御书碑额曰世济忠直之碑",这是对他最好的评价。

当年范仲淹所选的恶地——天平山,今天已成为纪念范仲淹的重要遗迹,清代乾隆皇帝南巡江南的时候,前来拜谒,题写的"高义园"牌坊至今屹立在山脚。每逢秋日,层林尽染,天平山又成为中外闻名的赏枫胜地。可曾知道,

文化传承篇

"天平红枫甲天下"的背后还有一段往事,见证了苏州范氏家族优良家风历经数百年而不衰的奇迹。明代苏州著名的书画家范允临,是范仲淹的十七世孙,为官清正廉洁,他曾任福建布政司参议,在期满回乡的时候,只带回三百多株枫树苗,种植在天平山祖坟。历经四百多年的岁月沧桑,现存158棵,深秋时节,满山红叶若红霞缭绕,层层片片,蔚为大观。我们在欣赏天平红枫美景的时候,不能忘记这样一段往事,以及范允临廉洁自律的美德。晚清苏州学者袁学澜就在一首《天平山看枫叶》诗中为后人做了"高义犹存参政祠"这样的提醒:

> 青女行霜下空碧,一扫千林变成赤。
> 谁令鸟爪掷丹砂,九枝红照幽人宅。
> 郁郁佳人万笏环,霞标煜爚耀寒山。
> 疑是神仙移绛节,故将奇景眩尘寰。
> 焚香已歇三春市,无复青旗挑醉垒。
> 转绿回黄俄倾间,二月花开十月里。
> 高义犹存参政祠,云泉明媚夕阳时。
> 好将设色荆关笔,画出珊瑚七尺枝。

拓展训练

四民诗·士
(宋)范仲淹

> 前王诏多士,咸以德为先。
> 道从仁义广,名由忠孝全。
> 美禄报尔功,好爵縻尔贤。
> 黜陟金鉴下,昭昭媸与妍。
> 此道日以疏,善恶何茫然。
> 君子不斥怨,归诸命与天。
> 术者乘其隙,异端千万惑。
> 天道入指掌,神心出胸臆。
> 听幽不听明,言命不言德。
> 学者忽其本,仕者浮于职。
> 节义为空言,功名思苟得。
> 天下无所劝,赏罚几乎息。
> 阴阳有变化,其神固不测。
> 祸福有倚伏,循环亦无极。

前圣不敢言,小人尔能臆。
神灶方激扬,孔子甘寂默。
六经无光辉,反入日月蚀。
大道岂复兴,此弊何时抑?
末路竞驰骋,浇风扬羽翼。
昔多松柏心,今皆桃李色。
愿言造物者,回此天地力。

古 鉴
(宋)范仲淹

磨此千年鉴,朱颜清可览。
君看日月光,无求照人胆。

岁寒堂三题(并序)
(宋)范仲淹

　　尧舜受命于天,松柏受命于地,则物之有松柏,犹人之有尧舜也。是故圣人观有心而制礼,体后凋以辨义。丁公神遇,鉴寐形焉;陶相真栖,风韵在矣。前言往行,岂徒然哉?吾家西斋仅百载,二松对植,扶疏在轩,灵根不孤,本支相茂,卓然有立,俨乎若思。霜霰交零,莫能屈其性;丝桐间发,莫能拟其声。不出户庭,如在林壑。某少长北地,近还平江。美先人之故庐,有君子之嘉树。清阴大庇,期于千年,岂徒风朝月夕为耳目之资者哉?因命其西斋曰岁寒堂,松曰君子树。树之侧有阁焉,曰松风阁。美之以名,居之斯逸。由我祖德,贻厥孙谋。昆弟云来,是仰是则,可以为友,可以为师。持松之清,远耻辱矣;执松之劲,无柔邪矣;禀松之色,义不变矣;扬松之声,名彰闻矣;有松之心,德可长矣。念兹在兹,我族其光矣。子子孙孙,勿翦勿伐。惟吾家之旧物,在岁寒而后知。天地怜其材,而况于人乎?作诗纪之,以永长也。

岁寒堂

我先本唐相,奕世天衢行。
子孙四方志,有家在江城。
双松俨可爱,高堂因以名。
雅知堂上居,宛得山中情。
目有千年色,耳有千年声。
六月无炎光,长如玉壶清。
于以聚诗书,教子修诚明。
于以列钟鼓,邀宾乐升平。
绿烟亦何知,终日在檐楹。

太阳无偏照,自然虚白生。
不向摇落地,何忧岁峥嵘?
勖哉肯构人,处之千万荣。

君子树
二松何年植,清风未尝息。
夭矫向庭户,双龙思霹雳。
岂无桃李姿,贱彼非正色。
岂无兰菊芳,贵此有清德。
万木怨摇落,独如春山碧。
乃知天地威,亦向岁寒惜。
有声若江湖,有心若金璧。
雅为君子材,对之每前席。
或当应自然,化为补天石。

松风阁
此阁宜登临,上有松风吟。
非弦亦非匏,自起箫韶音。
明月万里时,何必开绿琴。
凤皇下云霓,锵锵鸣中林。
淳如葛天歌,太古传于今。
洁如庖羲易,洗人平生心。
安得嘉宾来,当之共披襟。
陶景若在仙,千载一相寻。

天平山白云泉
(宋)范仲淹

灵泉在天半,狂波不能侵。
神蛟穴其中,渴虎不敢临。
隐照涵秋碧,泓然一勺深。
游润腾龙飞,散作三日霖。
天造岂无意,神化安可寻?
挹之如醍醐,尽得清凉心。
闻之异丝竹,不含哀乐音。
月好群籁息,涓涓度前林。
子晋罢云笙,伯牙收玉琴。
徘徊不拟去,复发沧浪吟。

乃云尧汤岁，盈盈常若今。
万里江海源，千秋松桂阴。
兹焉如有价，北斗量黄金。

江上渔者
（宋）范仲淹
江上往来人，但爱鲈鱼美。
君看一叶舟，出没风波里。

苏幕遮
（宋）范仲淹
　　碧云天，黄叶地，秋色连波，波上寒烟翠。山映斜阳天接水，芳草无情，更在斜阳外。　　黯乡魂，追旅思，夜夜除非，好梦留人睡。明月楼高休独倚，酒入愁肠，化作相思泪。

"一传词坛标赤帜,千秋大节歌白雪"
——《清忠谱》与诗咏五人义

央视戏曲频道的宣传片中,曾列举了一组戏牌:《一箭仇》《二进宫》《三岔口》《四进士》《五人义》《六月雪》《七星灯》《八大锤》《九江口》《十字坡》,非常巧妙地把一到十这十个数字全部串在一起。在十个剧目中,《五人义》当是最为冷僻的剧目,京剧舞台上早已是多年不见其身影了。笔者现在能找到的资料,还是1959年北京戏曲学校编的京剧演出脚本《五人义》。这个演出脚本在1962年出版之后,就鲜有人再提及这个经典剧目了。之所以说它是经典,只要对此剧略作戏剧史和文学史的梳理,就顿时明朗了。

京剧《五人义》是根据清初苏州籍著名戏剧家李玉的传奇《清忠谱》改编而来的。《清忠谱》是李玉的代表作,也是戏剧史上"吴县派"戏剧创作的代表。李玉(1591?—1671?),字玄玉,号一笠庵主人、苏门啸侣,吴县(今江苏苏州)人,是中国古代戏剧史上一流的剧作家。据焦循《剧说》的记载,李玉原为明末苏州籍状元、宰辅申时行的家人,"为申公子(按:申时行之子申用懋)所抑,不得应科举,因著传奇以抒其愤"。明亡之后,誓不任清廷之职,集中精力于传奇的创作上,藉以表现亡国之痛。关于这一点,吴梅村在为李玉《一笠庵北词广正谱》所作的序言中有明确的记载:"甲申以后,绝意仕进。以十郎之才调,效耆卿之填词。所著传奇数十种,即当场之歌呼笑骂,以寓显微阐幽之旨,忠孝节烈,有美斯彰,无微不著。"《清忠谱》就是吴梅村所称誉的那种"当场之歌呼笑骂",以彰表"忠孝节烈"的剧作。

从题材上来看,《清忠谱》是晚明以来苏州渐为兴起的"时事新剧"之代表。这部剧作取材于明代天启六年(1626)苏州发生的一桩时事,即以苏州人周顺昌为代表的东林党人,以及以颜佩韦等五位义士为代表的苏州市民,与魏忠贤阉党的尖锐斗争。这一部"事俱按实"的剧作,深得大诗人吴梅村的赞赏,在《清忠谱序》中,吴梅村大赞曰:"事俱按实,其言亦雅驯;虽云填词,目之信史可也。"

关于周顺昌和苏州五义士的英勇事迹,明末著名的作家、复社创始人张溥在《五人墓碑记》中有过详细的记载,为了更好地了解李玉的这部剧作,我们先来读一读张溥的这篇名作:

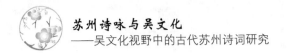

　　五人者，盖当蓼洲周公之被逮，激于义而死焉者也。至于今，郡之贤士大夫请于当道，即除魏阉废祠之址以葬之；且立石于其墓之门，以旌其所为。呜呼，亦盛矣哉！

　　夫五人之死，去今之墓而葬焉，其为时止十有一月耳。夫十有一月之中，凡富贵之子，慷慨得志之徒，其疾病而死，死而湮没不足道者，亦已众矣；况草野之无闻者欤？独五人之皦皦，何也？

　　予犹记周公之被逮，在丙寅三月之望。吾社之行为士先者，为之声义，敛赀财以送其行，哭声震动天地。缇骑按剑而前，问："谁为哀者？"众不能堪，抶而仆之。是时以大中丞抚吴者为魏之私人毛一鹭，公之逮所由使也；吴之民方痛心焉，于是乘其厉声以呵，则噪而相逐。中丞匿于溷藩以免。既而以吴民之乱请于朝，按诛五人，曰颜佩韦、杨念如、马杰、沈扬、周文元，即今之傫然在墓者也。

　　然五人之当刑也，意气扬扬，呼中丞之名而詈之，谈笑以死。断头置城上，颜色不少变。有贤士大夫发五十金，买五人之头而函之，卒与尸合。故今之墓中全乎为五人也。

　　嗟乎！大阉之乱，缙绅而能不易其志者，四海之大，有几人欤？而五人生于编伍之间，素不闻诗书之训，激昂大义，蹈死不顾，亦曷故哉？且矫诏纷出，钩党之捕遍于天下，卒以吾郡之发愤一击，不敢复有株治；大阉亦逡巡畏义，非常之谋难于猝发，待圣人之出而投缳道路，不可谓非五人之力也。

　　由是观之，则今之高爵显位，一旦抵罪，或脱身以逃，不能容于远近，而又有剪发杜门，佯狂不知所之者，其辱人贱行，视五人之死，轻重固何如哉？是以蓼洲周公忠义暴于朝廷，赠谥褒美，显荣于身后；而五人亦得以加其土封，列其姓名于大堤之上，凡四方之士无不有过而拜且泣者，斯固百世之遇也。不然，令五人者保其首领，以老于户牖之下，则尽其天年，人皆得以隶使之，安能屈豪杰之流，扼腕墓道，发其志士之悲哉？故余与同社诸君子，哀斯墓之徒有其石也，而为之记，亦以明死生之大，匹夫之有重于社稷也。

　　贤士大夫者，同卿因之吴公、太史文起文公、孟长姚公也。

　　晚明天启年间的政坛上，权力最为煊赫的非号曰"九千岁"的太监魏忠贤莫属，一时间"阉党"党羽遍天下。天启六年（1626），魏忠贤派"缇骑"（按：锦衣卫属下的禁军）至苏州来捉捕东林党人周顺昌。周顺昌是苏州人，为人端正清廉，深得苏州士绅百姓的拥戴。作为东林党的中坚力量，周顺昌在政坛上始终站在魏忠贤的对立面，因而魏忠贤对他恨之入骨。当魏忠贤所派的"缇骑"来到苏州捕捉周顺昌时，苏州的老百姓群情激奋，数万人不期而群集，一齐来到衙门前面为周顺昌喊冤、请愿，其中领头的就是颜佩韦。杨念如、沈扬、马杰、周文元等人又带领着诸生上疏乞救周顺昌，跪乞至中午不起。面对逐渐失控的情形,禁军士兵"持械击",迅速引起了众怒,老百姓蜂拥奋击,击毙旗尉一名,其余的禁军士兵纷纷鼠窜而走。江苏巡抚毛一鹭是阉党中人,立即飞章报告朝廷,揭发"吴民作乱",为了向魏忠贤表忠心,毛一鹭一心想夺擒拿乱臣贼子的首功,带兵镇压百姓,杀害了颜佩韦等五位义士。

晚明苏州历史上的这次极具影响力的民变事件,直到一年之后天启皇帝驾崩,崇祯即位后才得以翻案。为了纪念这件事和五位义士的忠肝义胆,"郡之贤士大夫请于当道,即除魏阉废祠之址以葬之,且立石墓门以旌其所为"(姚之骃《元明事类钞》卷十五)。尤可注意的是五人之墓的选址,苏州士绅摧毁了当年官员为讨好魏忠贤而修的生祠,在此重新安葬五位义士,以彰表他们的丰功伟绩。直到今天,张溥的《五人墓碑记》依然在五人之墓的墓园中屹立,静静地陪祀着五位义士。

张溥的文章,不仅深情地纪念着义士,更做出了深刻的反思,时时在警醒着世人:"嗟乎!大阉之乱,缙绅而能不易其志者,四海之大,有几人欤?"这些饱读诗书的文士们,反而还不如颜佩韦这些市井"编伍之间"中的普通老百姓,他们虽不曾读过什么圣贤书,但在大阉作乱之际,却能"激昂大义,蹈死不顾",挺身而出,"发愤一击"。相形之下,一些读书人,却在魏忠贤阉党权势煊赫的时候,甘愿做其"义子",为其建生祠,其究属何为?张溥的这一问,实是在深深地拷问着士人的道德良知,无怪乎后来顾炎武会发出"士大夫之无耻,是谓国耻"(《日知录·廉耻》)这样振聋发聩的言辞。张溥对于苏州五义士的表彰,代表了晚明时期士大夫清流之议的道德风向标。此后,就出现了一批文人,纷纷开始以诗词、散文和戏剧等文学形式来讴歌五义士,其中最负盛名的当数李玉的《清忠谱》。

李玉的《清忠谱》确实是思想性和艺术性都极为突出的剧作。全剧采用主、副二线的结构方式,主线写周盛昌被害,以市民暴动为副线,在颜佩韦五义士的被害中又融入"东林六君子"魏大中等人的事迹,既歌颂了苏州士绅和百姓的反抗精神,又揭露了阉党的种种罪恶。在剧作中,出现了非常出色的群众斗争场景的描写,塑造了颜佩韦、周顺昌等鲜明的人物形象。吴梅村在为此剧作序时高度赞扬此剧,并在序言的最后写道:"不知此后填词者,亦能按实谱义,使百千岁后观者泣、闻者叹,如读李子之词否也?"这是吴梅村对后代剧作家的一种期待,其实我们完全可以视为是对李玉这个剧作的最高评价。

李玉的《清忠谱》是怎样感动观众或听众,让大家为之唏嘘不已的呢?我们就先来读一读李玉《清忠谱》开场《谱概》中的一支曲子《满江红》,剧作家把自己的创作动机一览无余地表现了出来:

珰焰烧天,正亘古忠良灰劫。看几许骄骢嘶断,杜鹃啼血。一点忠魂天日惨,五人义乞风雷掣。溯从前词曲少全篇,歌声咽。　　思往事,心欲裂;挑残史,神为越。写孤忠纸上,唾壶敲缺。一传词坛标赤帜,千秋大节歌白雪。更锄奸,律吕作阳秋,锋如铁。

曲中所谓的"珰",就是指魏忠贤及其党羽。阉党遍布天下,也正是忠良之士的劫难时分。在这样黑暗的政治氛围中,"看几许骄骢嘶断,杜鹃啼血",很多忠良义士纷纷含冤去世。就在"万马齐喑"的时候,苏州五义士的壮举,就好比是"风雷"掣过夜空,让天地为之动容。追溯从前的文学创作,对五义士的风义之举,仅在是诗词以及短文中有所表现,"词曲少全篇",还很少有人用戏剧这样宏大的文学样式来全景式地再现这一历史瞬间。李玉带着慷慨激昂的强烈情感进行创作,一是要"更锄奸,律吕作阳秋,锋如铁",也就是用"锋如铁"的春秋笔法揭露、批判阉党的误国殃民。二是要以剧作的形式来传驻义士"孤忠纸上",让世人永远传颂所著五义士的"千秋大节"。

《清忠谱》在这一创作主旨的引领下,剧作家着力塑造两个人物形象:义士颜佩韦、东林党人周顺昌。接下来,我们就以颜佩韦为例,作一简要的分析。

在剧本第十出《义愤》中,颜佩韦出场有一段自我介绍式的说白:"俺颜佩韦,一生落拓,半世粗豪。不读诗书,自守着孩提真性;略知礼义,偏厌那学究斯文。路见不平,即便拔刀相助……俺热血满腔,赤淋淋未知洒落何地;雄心一片,闹轰轰怎肯冷作寒灰!前日在李王庙前听说岳传,因听得童贯杀害忠良,一时怒起,把说书的打得稀烂。"这段说白的词浅切通俗,但颜佩韦这一人物形象已经跃然纸上,他是一个直率豪放、具有侠义精神的义士。为了配合这段说白,李玉还在剧中为颜佩韦设计了一段用《北小桃红》曲牌演唱的唱词:

义侠吴门遍九垓,千古应无赛。今日里,公愤冲天难宁耐,怎容得片时捱?任官旗狼虎威风大,俺这里呼冤叫枉,喧天动地,管教您一霎扫尘霾。

颜佩韦的唱词非常自豪地说到,苏州历史上从来就不乏"义侠",而且是"千古应无赛"。这话其实并非虚言,吴地自古尚武,历史上就先后涌现出铸剑大师干将、莫邪,"吴钩"也成为中国历史上精锐武器的代名词;此外,还有要离、专诸等留名史册的侠义之士。到了明末清初,苏州人的血性也绝不容小觑,比如本文中所讲的主角周顺昌和五义士;还有太仓、吴江等地兴起的复社、几社,虽然是文人为主,但他们以手中的翰墨当武器,批判奸党余孽,也是侠义之士。魏忠贤党羽遍布天下,今日里又派人到苏州抓捕东林党人周顺昌,面对这种逆天而行的事情,剧中的颜佩韦勃然大怒,"公愤冲天难宁耐,怎容得片时捱?"我可不管你什么"九千岁"有多大的权势,多大的威风,我定要在这里"呼冤叫枉,喧天动地",把你魏忠贤及其党羽的那些乌烟瘴气的"尘霾"一扫而尽。

剧本最后的结局写到了崇祯年间,苏州士绅重新收拾五位义士的尸骸,修

文化传承篇

建了五人墓园。历史的真实状况是这样的:"后二年,玱授首,乃毁其半塘之生祠,以为五人之墓,爰立碑曰'五人之墓'。五人,民也。不曰'民'而曰'人',众词也。书'人',以其义,故人之也,此《春秋》之书法也。"(陈鼎《东林列传》卷三)根据这一段历史的真实,剧本中也就有了毁祠这一重要的情节。李玉自己也说他的剧作是"律吕作阳秋",其实,春秋笔法也不只是体现在李玉的剧本中,就连五义士的墓园名曰"五人之墓",也是春秋笔法的体现。五义士虽然只是普通的小民,却都是一个个大写的"人",这在苏州完全属公论"众词",这一点陈鼎的叙述中讲得就很清楚了,无须多言。

除了《东林列传》的记载,还有一些苏州地方文献中,对"五人之墓"修建的过程有些细节的记载,值得我们关注,叙次如下。

第一个细节是关于墓园修建和安葬的费用。陆肇域、任兆麟《虎阜志》卷三有这样的记载:"士大夫哀之,捐金构首合其尸,敛之葬此。吴太仆默题其墓曰'五人之墓',韩馨书。"钱是苏州老百姓和士大夫自发募捐的。今天到山塘街的五人墓园中去凭吊的时候,依然会在一个角落中看到一块《五人义助疏碑》,这块碑上镌刻着当年苏州士绅、百姓捐款的清单,上面列了很多名字,其中有不少是晚明时期苏州地方历史上耳熟能详的名字,如吴默、文震孟、姚希孟、钱谦益、王铎、瞿式耜、王心一、徐汧、杨廷枢、范允临,还有一些周边地区的名士,诸如董其昌、陈继儒、周延儒、庄起元等。

第二个细节,就是《虎阜志》中所说到的"五人之墓"之名的最后确定者是吴默,碑上文字的书写者是韩馨。韩馨,明末苏州书法家,是一位非常早慧的文人,八岁善写诗,且书法已经名闻苏州地区。他的孙子韩骐曾经写过一首《五人墓》诗,诗的题目下有一段自注,较为详细地叙说了祖父韩馨当年书写墓碑的经过:"崇祯初,逆案既定,吴人共毁逆祠,即其地葬五人遗骸。先大父年未及冠,以书名吴下……大父承命大书'五人之墓'四字,勒石墓前。噫!阁部大臣屈膝阉寺,称子称孙,人道灭矣!书曰'人',予之也,所以愧天下之不为人者也。"由此可知,韩馨书写墓碑的时候年纪很小,尚未弱冠。至于名为"五人之墓"的深意,则说法与其他的记载一致。韩骐一如其祖父,充分理解五义士的精神,所以他在凭吊五人墓的时候,写下了这首《五人墓》诗:

> 英风飒飒绕回塘,旧冢累累侠骨香。
> 一击自同椎博浪,百身何异痛三良?
> 头颅敢为忠臣惜,贩负能增党籍光。
> 变例春秋墓前碣,先人秉笔凛严霜。

这首诗中,有几个词值得关注。首先是"贩负",贩夫走卒之意,在这里指五义士只是普通的百姓,但是他们的所作所为,实实在在堪入东林党党籍名录,即使他们的名字不在其中,也足以为苏州百姓和东林党籍增添无限光辉。

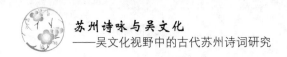

第二个词是"变例春秋墓前碣",也就是在强调,"五人之墓"这一碑碣,其中深蕴的意图,实在可以视为"春秋大义"。最后一个就是"先人秉笔凛严霜",无不是在向世人宣告,韩氏后人自会在祖父书写的四个字中明白"严霜"之气,并以此自砺,始终保持士大夫的道德操守和忠肝义胆。

清代乾隆年间,著名诗人赵翼到了苏州以后,写了一首《山塘绝句》来凭吊五位义士,其诗曰:

> 普惠祠基筑短墙,五人墓木独苍苍。
> 山塘满路皆脂粉,可少秋风侠骨香。

普惠祠就是当年的魏忠贤生祠,生祠的原址现在修建了五人墓。到了乾隆年间,苏州山塘街的经济非常繁荣,南来北往的商贾云集于此,一派热闹繁华的景象,唯独五人墓的墓园是"墓木独苍苍",不免显得有些萧疏。似乎大家只记得山塘街"最是红尘间一二等富贵风流之地",它的富贵风流和胭脂香粉被世人记住了,但忘却了这里曾经有过的忠肝义胆和"秋风侠骨香"。赵翼诗中的警示值得今人深思,当我们徜徉在山塘街的时候,还应该想到数百年前曾经有过的"英风飒飒",去感受"五人"之"秋风侠骨香"。

拓展训练

虎丘吊五人墓
(明)李之椿
乱贼儿孙拥,安危呼吸争。
五人能就死,众正始俱生。
矫逆原非诏,拳凶不为名。
忠魂今尚在,时映夕霞明。

五人墓
(清)王士禛
流连虎阜游,宛转山塘路。
石门映回波,英灵此中聚。
满坛松桂阴,落日青枫树。
生傍伍胥潮,死近要离墓。
千秋忠介坟,鬼雄誓相赴。
酹酒拂苍碑,寒鸦自来去。

鹊桥仙·五人墓

（清）宋 琬

扬旗击鼓,斩蛟射虎,头颅碎黄麻天使。专诸匕首信豪雄,笑当日、一人而已。　　华表崔巍,松杉森肃,壮士千秋不死。从来忠义出屠沽,惭愧杀、干儿义子。

五人墓前作

（清）钟渊映

寒云蔽吴关,朔风吹古路。
访古登胥台,重经五人墓。
五人遗墓临江浔,长松广陌何阴阴。
我闻此事数十载,只今过客犹悲吟。
忆昔明季天启年,银珰奄宦窃弄权。
吴中选君负时望,忽闻钩党来江边。
连连缇骑下吴邑,黄纸宣传上官集。
邑令惟思解绶亡,督邮却抱征书泣。
绣衣中丞何扬扬,金吾隶卒盈华堂。
传呼促索势若虎,观者云集如堵墙。
阊阖城中途路塞,中外汹汹动颜色。
五人偏袒左右呼,锦衣隶卒皆惊匿。
直道犹怜侠客存,布衣不畏君王勒。
一朝就义何从容,英魂长傍要离侧。
独不闻烈皇御极云雾开,诏书褒忠天上来。
逆奄祠宇已尽毁,朱阑绣柱成寒灰。
唯余此地长荆棘,五人遗墓犹能识。
白杨四野风萧萧,过客登临长太息。

五人墓

（清）蒋士铨

断首犹能作鬼雄,精灵白日走悲风。
要离碧血专诸骨,义士相望恨略同。

虎丘竹枝词

（清）舒 位

埋骨青山隔几春,英雄沾尽女儿巾。
五人之墓千人石,为活千年死五人。

"贪泉便饮难移念,廉石将从压载留"
——"官无长物唯求石"的清廉之风代代相传

在中国文化传统中,一直就盛行着爱石、赏石的风气,其中最为脍炙人口的故事当数米芾拜石。米芾对石头的喜爱,可谓痴迷,他甚至可以与之称兄道弟,每天作揖下拜。这其中虽不乏文人的猎奇心理,但更多的则是源自《周易》中的古训:"臭(读作 xiù,意为气味)如兰","介于石"。这是一种典型的"比德"美学手法,石和兰一样,都被中国古代的文人士大夫赋予了君子的道德理想。所谓"介于石",则是训诫君子要有上不媚谄,下不亵渎,耿介不阿的道德操守。当然在后代的统治者手里,这种讲风骨、重道德修为的文化传统,歧变为对珍贵石材和财富无休无止的狂热追捧,这是一种逆流,早已远离了中国文化的正统,是应该加以批判肃清的。

今天我们要讲的一块千古名石,并不是名贵的翡翠、田黄、寿山,也不是鸡血、南红、紫金,而是一块普普通通的压舱石。这块石头现今依然矗立在苏州文庙之中,供人瞻仰凭吊。不知在石头日渐疯狂的时尚潮流中,周围古玩市场红火的交易和讨价还价的喧闹中,可否有人注意到它的存在,细细回味这块名石背后的故事?

这块平淡无奇的石头,"顽然数尺,重而不奇,蠢而不怪",它实在太普通了,随便在那座山上都随处可见、唾手可得,因而根本不入良工、好事者的法眼,正所谓"良工弃之,好事者藐之"。但它却又是那么与众不同,受到了历代贤人君子的无限敬重和激赏,甚至将它与"鲁璜""秦璧"等而视之,明人胡奎在《题画石》一诗中就直言:"不登奇章门,足以当吾拜。"个中原因何在? 明代苏州状元吴宽在《廉石记》一文中言之甚明:"君子则赏之。岂徒赏之? 又从而贵之、敬之,视其物殆与鲁璜、秦璧等。非物也,人也。"我们不妨读一读吴状元的这篇《廉石记》:

石之产于吴者,奇形怪状不可尽述。良工采之,好事者赏之,君子则藐之。于此有石焉,顽然数尺,重而不奇,蠢而不怪,尽山中皆是物也。良工弃之,好事者藐之,君子则赏之,岂徒赏之,又从而贵之、敬之,视其物殆与鲁璜、秦璧等。非物也,人也。盖当汉末,吴郡陆公绩仕于孙氏,为郁林太守。相传泛海归吴,舟轻恐覆,取巨石为装,盖其廉如此。公家娄门之内临顿里之北,石留民家,至今犹存而埋没土中,仅露其背,过者犹能指而称之曰:"此汉陆公郁林石也。"然未有表识之者。今监察御史胙城樊君祉巡按吴中,闻而美之,谓知府史侯简曰:"先哲遗物,固宜表识,且有可以风厉乎人者在。顾其石,僻在东城,非官吏朝夕属目之所,其为埋没等耳。吾将有以置而立之。"侯以为然。于是,吴县知县邝璠、长洲县丞王纶相与督役夫曳置察院之侧,作亭覆之,而樊君为名之曰"廉石"。石始僻而通,久湮而显,观者哄然,足迹不绝,皆曰:"古之才御史必以扬清为事。"樊君此举,虽去之千四百年之人,犹且扬之,况其近者乎?且御史之职在乎举贤,举贤者可以激劝乎一时,石之不朽,虽至于千万年可也,其有功于风纪甚大且久。惟昔南中有贪泉焉,饮之者见宝货,以两手攫而怀之,物之能移人心如此。今之廉石正与此戾。自兹以往,凡过而视之者,其廉士固欣然摩挲爱玩,以益励其操;若夫贪者,将俯首赧颜,趋而过之,有不动心而改行者,尚得为人类也乎? 石之立,为弘治丙辰四月二日,越月而亭成。樊君既题其楣曰"汉郁林太守陆公廉石",复别琢石,请予为记。予美其事,故诺而助成之。

所谓"山不在高,有仙则灵;水不在深,有龙则灵",这块普通石头之所以受人尊崇,不缘于其质地的精良珍贵,而在于石头的主人——陆绩,以及陆绩和石头背后的一段感人的故事。

陆绩,字公纪,吴县(今江苏苏州)人,是东汉末年庐江太守陆康的儿子。其父曾为庐州太守,与袁术交好。"绩年六岁,于九江见袁术。术出橘,绩怀三枚,去拜辞,堕地。术谓曰:'陆郎作宾客而怀橘乎?'绩跪答曰:'欲归遗母。'术大奇之。"这则故事见载于《三国志·吴书》卷十二《陆绩传》,后来这个故事在袁术的交口称赞中广为流传,直至后来成为"二十四孝"中的善举。从陆绩年幼时的行为举止,就可以看出他在严格的家教中所形成的良好品行,这也奠定了他整个人生的轨迹。

孙坚、孙策父子在江东起兵的时候,年轻的陆绩便追随孙策。陆绩身材高大,武艺出众而又博学多才,精通天文、数学,深得孙策的信任,逐渐成为孙策的得力部属。孙策死后,孙权执掌东吴的政治、军事大权。孙权任命陆绩担任奏曹掾一职,负责对军政大事和各级官员的监察工作。陆绩正直无私,即便是遇到主公孙权处理政事不当时,也会当面直谏。孙权深知陆绩一心为国,刚正不阿,因此也不怪罪他。后来,孙权加封陆绩为偏将军,率领二千兵士前往岭南,镇守郁林(今广西桂平),担任郁林太守。

陆绩在任上爱民如子,两袖清风,深受郁林百姓的爱戴。但由于水土不服,陆绩患上了风湿等多种疾病。孙权知道后,便下令免去了他的职务,让他回乡休养。

陆绩等到继任的官员来到广西后,便带着妻子儿女准备乘船渡海回故乡吴县。他因为为政清廉,因此财物很少,回程的行李也十分简单,除了家常日用的行装和数箱书以外,竟然并无其他东西可带,以至于船只太轻不胜风浪,难以入海航行。艄公说:"你一家四口,所带东西不如一介寒士,船装得太轻,遇到狂风大浪,极容易翻船,得想办法增加一些重量。"为了防止意外,于是陆绩就和家人买了一担笋干,用两只大瓮装好放入船舱,可船还是吃水很浅。不得已,他让人从岸边搬来一块巨石放在舱内,这才开船启航平安返乡。陆绩回到家乡后,心生感念,便请人将压船底的石头运回宅院,手书"郁林石"三字镌刻其上。

陆绩为官清廉,"廉石压舱"的事迹传扬天下,在陆氏后人看来,这是家族中最大的一笔精神财富。三国之后,经历了魏、晋、南北朝、隋、唐,陆家宗嗣延续了六百多年,传到唐朝著名诗人陆龟蒙,那块廉石仍屹立在陆家的大门前,警示着陆家的子孙后代。陆氏子孙就把"官无长物唯求石"这句话作为家训代代相传。《新唐书·陆龟蒙传》中就曾有这样的记载,非常值得注目:"陆氏在姑苏,其门有巨石。远祖绩尝事吴,为郁林太守。罢归无装,舟轻不可越海,取石为重。人称其廉,号'郁林石'。世保其居云。"

后来这块巨石已然不专属于陆氏一门,更成为苏州人共有的精神财富。明朝弘治九年(1496),监察御史樊祉把这块石头移入城内官衙中,取名"廉石",并请苏州著名文学家、状元吴宽写了一篇《廉石记》,作为百官之诫。自此之后,"廉石"就作为那个年代苏州文人入仕为官的一条官箴,牢牢铭记在心头。明代太仓诗人王世贞曾为"廉石"题诗曰:"戌削风棱无媚姿,主人瞻拜具冠衣。乍可郁林将压载,那容汉女作支机?"(王世贞《古廉石》)王世贞对"廉石"精神内涵的理解极为深刻到位,每次在送友人赴任时,王世贞都会在赠诗中反复用到陆绩"廉石"的这一典故,这既是对朋友的殷切期望,也是对朋友的勉励和劝诫,试举几首如下:

> 毋烦蒽苡后车传,自有清风扫瘴烟。
> 压载他年借廉石,盟心今日试贪泉。
> ——王世贞《走笔赠张将军赴岭外》

> 五马虽荣未足酬,白门郎署少风流。
> 惭无启事同新沓,薄有诗篇答播州。
> 在宥总偏雷电至,不扬那为海波愁。
> 贪泉便饮难移念,廉石将从压载留。
> ——王世贞《送林户部敬夫出守雷州时敬夫以诗留别》其二

陆绩"廉石"的故事及其美德在社会上广为流传,以至于老百姓都以"郁林石"作为颂扬廉吏的常用语汇。朱彝尊的祖父朱大竞,曾"出知云南楚雄府事",在任上,"一介不取诸民。招流民,平谷价,恤狱囚,绝争讼,款马户之逋责,释獒妇之棰楚。甫八月,而楚雄无枹鼓之警"。朱大竞母亲去世,丁忧离任之际,行李竟然"仅敝衣一簏而已",且"力不能具舟楫"。临行前,按御史姜思睿深情地对同僚说:"朱守可谓身处脂膏不能自润,今万里长路,岂能步还?"于是同僚纷纷捐款赠行,府治百姓则"拒轮于道,争赋歌诗谣辞以述德,取陆绩故事绘图,题曰《郁林石》,其谣曰:'清平太守一世难,百鸟有凤凰有鸾。'"这首歌谣就被题写在《郁林石》画上。朱大竞的为官之道以及此画,自然成为秀水朱氏家族的重要精神遗产,后来朱彝尊将这一段家族往事详尽地记录在《书〈忠贞服劳录〉后》一文中。

"官无长物唯求石"的训诫,不仅影响着陆氏子孙,也成为古往今来苏州仁人志士和任职苏州官员的座右铭、官箴,"廉石之风"在苏州代代相传,历史上先后涌现出白居易、范仲淹、魏了翁、海瑞、况钟、张国维、陈鹏年、汤斌、林则徐、暴式昭等名贤廉吏。他们清正廉洁、刚直不阿,都以民生民瘼为第一要务,正如白居易在任职苏州刺史后说的那样:"夕惕夙兴,焦心苦节。唯诏条是守,唯人瘼是求。"(白居易《苏州刺史谢上表》)他们立基建城,治水安澜,问民疾苦,解决了困扰百姓的水患灾害等诸多民生问题,他们或崇文重教或为政以法,都堪称中兴良守,这些廉吏大人在其任内的鞠躬尽瘁,为苏州城市的发展做出了不可磨灭的贡献,也自然成为苏州城市文化史上的道德典范和楷模。

清康熙四十八年(1709),陈鹏年为苏州太守,将廉石移至纪念明代清官况钟的况公祠中,后又移至苏州府学之中,成为激励、教育一代代苏州学子和苏州官员的生动教材。到了清代道光年间,江苏巡抚陶澍在古典名园沧浪亭中创建"五百名贤祠",以"景行维贤"为宗旨,陆绩这位以清廉而著称的吴中先贤,自然也名列其中,其画像旁的像赞这样评价他的一生:"郁林贤守,吴邦所瞻。怀橘知孝,载石表廉。"

拓展训练

《廉石记》跋
(明)马 录

予读《廉石记》,未尝不善樊柱史昭兹训也。呜呼!士之廉也,犹女子之贞也。女非贞,虽施、嫱之姱,蔡、卫之伎,国之人且丑之。士而弗廉,虽才美肖管、晏,君子弗取焉。何也?才耀乎外,而本之弗修也。呜呼!吾观陆绩氏苦节哉,可以化士行矣!夫弗训而有攸向者,上也;训而知之者,次也;训之弗喻,日且甚焉,吾弗知之矣。孟子曰:"闻伯夷之风者,顽夫廉,懦夫有立志。"夫人若顽懦,品斯下矣,且知向化也。观陆氏石而弗化焉者,其性犹犬马,与我弗类也。或曰:记所云近矫也,非所以训也。录曰:过矣,不愈于亡赖者乎?彼留犊县鱼,虽非中庸,然而令名施于后世。夫矫者訾之,是佐贪也。予故曰"善樊柱史昭兹训也",谓其可以风凡为吏者也,不但苏州尔矣。嘉靖元年二月吉,汝南马录百愚撰。

题廉石

（明）杨于陛

炎荒之地有寒山,更有陆公一片石。
朝夕往还惟丈亲,米颠下拜我尤癖。

题画石

（明）胡　奎

曾闻郁林石,万里过东吴。
偶托循良传,千年入画图。
彼美烟霞姿,巉然亦奇怪。
不登奇章门,足以当吾拜。

辰山下赠陆兰陔少参陆尝备兵两粤

（清）叶方蔼

解组还家鬓未丝,遂初早见赋新辞。
试看翠竹碧梧下,何似红蕉丹荔时?
廉石载归犹压舸,名花携种已交枝。
君家二陆长遗恨,今日文孙更是谁?

后 记

苏州是我的第二故乡,当我第一次踏上这片土地的时候,就深深地爱上了她。现在的我不仅能操着一口流利纯正的吴语,做得一手地道的苏帮菜,更为重要的是,近三十年时间的浸润和熏陶,血脉中已经融入了太多吴文化的基因。

在平淡而简单的读书生活之余,最大的乐趣莫过于穿梭在古城的大街小巷,寻访古代先贤的遗踪,脚步轻叩在青石板上发出的声响,顿时会产生跨越时空而神交古人的幻觉,这是我最享受的时刻。这点小小的个人爱好,竟让来苏的亲朋故旧平添了许多兴致。在我的导引下,他们领略到了原汁原味的苏州民歌和风土人情,体味到苏州园林的典雅隽永和文人意趣,欣赏到了"月落乌啼"的江枫渔火,回味着沈复和芸娘的缠绵爱情,感受到"望去茫茫香雪海"的冰肌玉骨,还有"五人义"的忠肝义胆和慷慨激昂……亲友一次次大呼精彩、惊艳,我却很平静,我深知这些精彩实在是源于吴地文化的博大精深,若没有吴中先贤们的深刻思考以及他们丰富的人生、精彩的文学书写,何来古城今天的华彩?我只不过是把静静留驻在古籍中的文字,用接近现代人的方式激活,把眼前遗址上、旧建筑中曾经的过往复述了一遍而已。这在我的专业来说,算不得什么高深精进之学问,因而也往往为高明所不齿,但我乐在其中。

忽然有一天,有学生对我说:"老师,这么有趣的内容,为什么不作为一门选修课来开呢?"这也可以吗?就在我犹豫再三的时候,学校要开设通识课程,我抱着试试看的心理,以《苏州诗咏与吴文化》为题,申报了学校的通识课,出乎意料的是,课程不仅获批,而且深受年轻学生的喜欢。之后,课程的视频在网络上逐渐受到关注,并获评教育部"全国精品视频公开课"。接下来就有网友感叹课程视频太少了,希望能有相应的书籍。在大家的鼓励下,我开始尝试与以前专著完全不一样的写作方法,语言上尽可能力避艰深古奥,但是有一点是严格坚持的,那就是文字的科学性以及学术的含量、深度,绝不因此而有任何的减弱或折损。记得历史学家虞云国教授在给我的邮件中曾说过:"在优秀学者那里,国学的学术功能与社会功能是可以协调兼顾的。高深的学术专著是学者的立身之本,而学问的普及也是优秀学者'双翼'中不可缺少的。"我记住了虞先生对我说的这句话,只是当我写完这部书稿的时候,我不知道这些微不足道的文字,能不能起到学问普及的社会功能,心中实在是有些惶恐。尤其是作为在校大学生通识课程的配合学材,更感责任重大,生恐贻误学生。

在苏州大学教务部教材专项基金和苏州市文联的资助下,拙稿即将付梓,在此表示谢忱之同时,尚请各位专家不吝批评指正。

稿子完成于台湾东吴大学访学期间,时值丁酉中秋节,情不自禁地在微信中写下了这样一段话:"隔着海峡,想着家中楼下的桂花应该飘香了吧,内心的莼鲈之思被勾起了,想着苏州的当季美食:长发鲜肉月饼、南荡桂花鸡头米、吴中水红菱、阳澄湖大闸蟹、小栗王的糖炒栗子、太湖莼菜、家常茭白肉丝、洞庭红橘……还有琼林阁的苏式面、南园家常包子、万康的酱菜……在这厢,我只能对着图片画饼充饥了啊!"以此拉杂闲话,权作后记之结。

丁酉中秋写于台北外双溪